KB105609

그리고

바통은 넘겨졌다

*본문에 달린 주석은 옮긴이가 붙인 것입니다.

그리고 바통은 넘겨졌다

세오 마이코 장편소설 · 권일영 옮김

아침은 무얼 차릴까? 활짝 갠 상쾌한 가을 아침. 의욕에 넘쳐 일찌감치 주방으로 갔는데 메뉴가 떠오르지 않았다.

인생이 걸린 중요한 일을 앞두고 있으니 가쓰돈[1]으로 할까? 에이, 승부를 겨루는 일도 아닌데 좀 우스운가? 그럼 생각보다 체력이 필요할 테니 기운이 나도록 교자? 아니야, 중요한 날인데 입에서 마늘 냄새를 풍길 수야 없지. 오므라이스를 해서 달걀 위에 토마토케첩으로 메시지를 쓰는 건 어떨까? 유코짱이 기분 나빠할 테니 이것도 안 되려나? 도리아

1 밥 위에 돈가쓰를 올리고 소스를 끼얹은 음식. '가쓰'라는 발음이 일본어의 '이기다(勝つ)'와 같은 소리라 학생이나 운동선수가 입시나 시합을 앞두고 승리를 바라며 먹기도 한다.

에 영양밥을 지어 햄버그스테이크는? 지난 8년 사이에 놀랄 만큼 늘어난 자신 있는 요리들을 떠올려 보았다. 어떤 음식을 차리더라도 유코짱은 '아침부터 너무 부담스럽잖아'라고 하면서도 남김없이 먹어 주리라. 하지만 오늘은 틀림없이 긴 하루가 될 것이다. 식어도 맛있고 간단하게 먹을 수 있는 게 좋겠다.

"달걀 요리는 다른 사람들이 해 준 것도 많이 먹어 보았지만 모리미야 씨가 해 준 오믈렛은 잘 만들기도 했고 맛도 제일 좋아."

언젠가 유코짱이 이렇게 말했다. 그래, 폭신폭신한 오믈렛을 끼워 넣은 샌드위치를 만들자. 메뉴를 정하고 버터와 우유, 그리고 달걀 몇 개를 냉장고에서 꺼냈다.

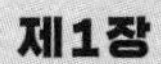
제1장

1

참 난처하다. 나는 전혀 불행하지 않은데. 고민거리나 골치 아픈 문제가 좀 있으면 좋겠지만 머릿속에 떠오르는 게 없었다. 이런 상황이 오면 늘 내가 괜히 면목이 없다.

"밝은 모습도 나쁘지 않지. 그렇지만 고민이나 힘든 일이 있는데도 이야기하지 않으면 다른 사람이 알 수가 없거든."

내 앞에 앉은 무카이 선생님이 말했다.

2학년으로는 마지막 진로 상담. 교단 앞에 놓인 책상을 사이에 두고 담임 선생님과 마주 앉아 이야기를 나누고 있다. 여느 때는 비좁던 교실이 선생님과 단둘이 있으니 아주 넓게 느껴진다.

고민도 없고 힘든 일도 없는데 뭐라고 말씀드려야 할지 몰라 머뭇거렸다.

"말하기 힘들면 하지 않아도 돼. 네가 집에서 어떻게 생활하는지 상황을 알아 두고 싶어서 그러는 거란다. 알겠지, 모리미야?"

선생님이 말했다.

"모리미야……. 맞아요, 모리미야예요."

선생님이 '모리미야'라고 부르자 나는 그 성씨를 외우듯 중얼거렸다. 선생님이 의아하다는 표정으로 바라보았다. 여태 자기 성조차 낯설어하다니, 라고 생각하시리라.

"아, 그냥 친구나 주위 사람들이 저를 유코라고 이름으로 부르기 때문에 성씨를 자주 듣지 못해서 그런 거예요."

내가 진짜 이유를 대자 선생님은 고개를 끄덕이며 이렇게 말했다.

"아, 그렇지. 유코(優子)는 좋은 이름이니까."

흔해 빠진 이름이기는 하지만 좋은 이름이라는 말도 사실이다. 17년을 살아오며 그걸 절실하게 느낀다. 내 이름은 듣기 좋고 금방 기억할 수 있는 이름이기도 하지만 '유코'라는 이름이 지닌 가장 큰 장점은 어떤 성씨와도 잘 어울린다는 사실이다.

이 세상에 태어났을 때 나는 미토 유코였다. 그 다음에 다나카 유코가 되었다가 이즈미가하라 유코를 거쳐 지금은 모리미야 유코로 불린다. 이름을 지어 준 사람은 내 가까이에 없기 때문에 무슨 생각으로 그런 이름을 지었는지는 모르겠다. 그래도 유코는 긴 성씨나 짧은 성씨, 거창하게 느껴지는 성씨나 심플한 성씨와도 잘 어울리는 이름이기는 하다.

"이런저런 일을 많이 겪었을 텐데 넌 이름처럼 착하구나."

"아, 예……."

성씨가 계속 바뀌었지만 나는 이런저런 일을 많이 겪지는 않았다. 별로 착하지도 않다. 그런데 어지간해선 칭찬하는 일이 없는 무카이 선생님이 이런 말씀을 하시다니. 나는 일단 '감사합니다' 하며 고개를 숙였다.

"그래도 왠지 네겐 뭔가 부족한 게 있지 않을까 하는 느낌이 들어. 속마음을 잘 드러내 보이지 않는다고나 할까. 늘 한 걸음 물러서 있는 느낌이랄까."

"예……."

"뭐든 하고 싶은 말이 있다면 이야기해. 그러라고 선생님이 있는 거니까."

"그……, 그렇죠."

전부터 다른 선생님들도 무슨 이야기든 하라는 말을 여러 차례 하셨다. 담임 선생님뿐만 아니었다. 보건 선생님이나 상담 선생님까지 다들 내게 그런 말을 건넸다. 선생님들은 항상 내가 고민을 털어놓기를 바랐다. 내게 필요한 것은 고민이다, 고민. 선생님들이 이렇게 가슴을 열고 내 말을 들어주려 하는데 내겐 고민거리가 없으니 참 면목이 없다.

이럴 때를 위해 슬픈 일 한 가지쯤은 마련해야 할 텐데. 일단 고민거리를 꾸며 내 거짓말을 하고 이 상황에서 벗어날까 생각도 했지만 날카로운 무카이 선생님은 쉽게 눈치채실 것 같다. 힘든 일을 꼽자면 바로 이런 경우다. 고민 없이 평범한 나날을 보내고 있는데 괜히 선생님의 기대를 저버린 사람처럼 주눅이 들고 만다. 아무런 문제도 없는데 내가 밝고 활기찰수록 사람들은 나를 걱정한다. 평범하게 지내는데도 주눅이 들어야 하다니. 이런 게 바로 불행이다.

"하기야 선생님에게 속마음을 털어놓을 학생은 없으려나?"

말이 없는 내게 기다리다 지쳤는지 선생님이 툭 내뱉었다.

무카이 선생님이 내가 겪은 다른 선생님들과 좀 다른 점은 내게 보내는 게 동정이 아니라 의문이라는 사실이었다. '측은하게도'가 아니라 '대체 무슨 생각이지?' 하는. 동정을 받는 일은 쑥스럽지만 아무 일 없이 잘 지내는 내게 '진짜 어떤 생각을 하고 있는 거니?'라고 물어봐야 대답할 길이 없다.

"그래, 소노다단기대학이라고?"

선생님은 내 진로 조사표를 들여다보며 말했다.

"아, 예. 그렇습니다."

그렇다. 지금은 인생 상담이 아니라 진로 상담을 하고 있다. 내 속마음을 털어놓아야 하는 상황에서 벗어나자 나는 고개를 크게 끄덕였다.

"왜 단기대학이지? 네 실력이면 4년제 대학도 충분히 들어갈 수 있을 텐데?"

"집에서 가깝고 영양사 자격을 딸 수 있는 학교가 소노다단기대학 생활과학과라서요. 전 음식에 관련된 일을 하고 싶거든요……. 소노다단기대학에 가면 푸드 스페셜리스트[2] 자격증도 딸 수 있대요. 집에서 가깝고 제 장래 희망에 맞는 학교죠."

"그렇구나. 진로에 대해서는 진지하게 고민했네. 그래, 괜찮겠지. 네 실력이면 충분히 합격할 테고."

"감사합니다."

---

2 공익 사단법인 일본 푸드 스페셜리스트 협회가 인정하는 민간 자격.

무카이 선생님은 쉰 살이 넘은 경험이 많은 교사다. 화장기 없는 얼굴에 머리카락을 한 갈래로 묶었다. 아주 무뚝뚝해 학생들을 가르치기 위해서만 사는 사람처럼 보인다. 자기 이야기를 재미나고 웃기게 들려주는 선생님들도 많지만 무카이 선생님은 공부와 관계없는 이야기는 전혀 하지 않기 때문에 아무도 선생님의 개인 생활을 알지 못한다.

"그럼 이만."

선생님이 이렇게 마무리를 지었다.

"진로에 대해서는 진지하게 고민했네."

선생님이 이렇게 덧붙였는데 무슨 뜻일까. 다른 문제들은 대충 넘어간다는 뜻인가. 물어보고 싶었지만 선생님은 다음 학생 이름을 불렀다. 뭐, 됐지. 소노다단기대학이라면 합격권이라는 말을 들었으니까. 나는 살짝 고개를 숙이고 교실을 빠져나왔다.

"다음에 결혼할 때는 심술궂은 부인을 고르면 안 될까?"

파와 표고버섯, 그리고 유채에 두부. 아무거나 넣은 가자미 조림을 먹으며 내가 물었다.

"왜?"

맨날 배가 고프다는 말을 입에 달고 사는 모리미야 씨는 직장에서 돌아오자마자 양복 차림 그대로 저녁 식탁에 앉았다. 움직이기 불편하고 양복에 음식이 묻을 수 있으니 옷을 갈아입으면 좋을 텐데, 라는 내 말을 무시하고 오늘도 허겁지겁 밥부터 먹기 시작했다.

"늘 착한 사람들에게만 둘러싸여 지내는 일도 쉬운 게 아니거든. 왠지 다음 엄마는 좀 못된 사람이면 더 편하겠다는 생각이 들어서."

새엄마에게 미움을 받고 있다고 상담하면 선생님들은 눈빛을 반짝이며 들어주실 것 같다.

"착한 사람들에 둘러싸여 지낸다는 건 다행이지 않아?"

"그렇기는 해도 보호자가 계속 바뀌는데 고민거리 하나 없다는 것도 좀 그렇고 해서. 아, 이런 말도 있잖아. 젊었을 때 고생은 사서라도 하라."

"유코는 참 기특하네. 그렇지만 너도 십칠 년이나 살았는데 고생은 좀 하지 않았어?"

모리미야 씨는 젓가락질을 멈추지 않으며 말했다.

"뭐 따지자면 있기는 하지만."

내겐 아빠가 셋, 엄마가 두 명 있다. 가족의 형태가 십칠 년 사이에 일곱 차례나 바뀌었다. 이렇게 자주 상황이 변하면 힘들다는 생각을 한 적도 있기는 하다. 새아빠나 새엄마 때문에 긴장하기도 하고, 그 집의 규칙에 익숙해지느라 혼란스러웠다. 모처럼 익숙해진 사람과 헤어지는 일은 안타깝기도 했다. 그렇지만 모두 견딜 수 있는 정도라 주위 사람들이 기대하는 것처럼 슬프거나 괴롭지는 않았다.

"그렇지만 내 고생이라고 해 봐야 별 볼일 없고 빤한 거라서. 좀 더 드라마틱한 불행이 필요하달까……?"

"넌 가끔 이상한 소리를 하는구나. 그렇지만 심술궂은 사람이 새엄마가 된다고 해도 그리 쉽게 불행해지지는 않잖니? 와, 그런데 이 파 정말 부드럽고 맛있네."

"고마워."

모리미야 씨는 내가 차린 저녁 식사를 늘 칭찬해 주었다.

"너는 하는 생각은 엉뚱한데 식재료를 조합하는 감각은 뛰어나."

"대충 넣었을 뿐이야. 여러 가지 섞어서 만들면 뭐든 맛있어지니까."

생선이나 고기를 굽고 찔 때 채소든 두부든 함께 넣으면 균형이 잡혀 그럴듯한 요리가 된다. 전에 함께 살던 리카 씨에게 배웠다. 요리는 좋아해도 학교에서 돌아와 음식을 만들기는 귀찮다. 그래서 평일에는 아무거나 집어넣고 찌거나 볶을 때가 많다. 재료가 여러 가지 들어간다고는 해도 반찬이 한

가지뿐이라 섭섭해할 수도 있을 텐데 모리미야 씨는 늘 맛있게 먹어 준다.

"유코짱, 이상한 소리 하지 말고 식기 전에 너도 먹어. 그런데 가만히 생각해 보면 심술궂은 부인과 결혼하면 불행해지는 건 너보다 나 아닌가?"

모리미야 씨가 웃으며 말했다.

"그런가? 그래도 내겐 계모니까. 모리미야 씨에겐 착해도 내겐 틀림없이 심술궂게 대하겠지."

"그런가?"

"그럼. 내가 거추장스러울 테니까. 계모라니까, 계모."

아마 계모는 내게만 반찬을 덜 주거나 내가 소중하게 여기는 물건을 숨기기도 할 것이다. 그리고 내게 바보라고 욕하며 너만 없다면 좋을 거라면서 몰아붙이겠지. 그러면 난 얼마나 불쌍할까. 이쯤 되면 주변 사람들이 기뻐해 줄 만한 불행이다.

"자꾸 계모, 계모 하는데 리카도 계모였잖아?"

"어?"

모리미야 씨의 말을 듣고 나는 고개를 갸웃거렸다.

"피가 섞이지 않은 엄마는 다 계모야."

"아, 그렇구나."

난 이미 계모와 살았다. 예전에 읽은 동화책 때문에 계모는 심술궂다는 이미지가 떠오르지만 사실은 그렇지 않은 모양이다. 리카 씨는 칠칠치 못하게 물건을 자주 잃어버렸어도 내 물건을 숨긴 일은 없고, 귀찮다며 큰 접시에 이것저것 대충 넣은 음식을 만들었어도 나만 반찬을 덜 준 일도 없다. 아쉽지만 계모라고 해서 다 마음씨가 나쁘지는 않은 모양이다.

"그럼 계모는 포기해야 하려나?"

"그래야지. 병에 걸린다거나 사고를 당하거나 죽거나 하는 진짜 불행은 도저히 눈 뜨고 볼 수 없고. 불행한 자기 모습에 취해 지내서도 안 돼. 그러면 괴롭고 고통스러운 시간만 이어질 뿐이지."

모리미야 씨는 조림 국물을 떠서 밥에 끼얹으며 말했다. 모리미야 씨는 늘 음식을 남김없이 깨끗하게 먹어 치운다.

"그리고 이제 난 결혼할 마음 없어."

"그래?"

진짜 내 생각은 전혀 하지 말고 결혼해야 한다. 모리미야 씨는 아직 서른일곱 살인데 이대로 홀로 늙어 간다면 너무 측은하다.

"그럼, 난 네 아버지니까 당연하지. 최소한 네가 결혼할 때까지는 너를 가장 소중하게 여겨야 할 의무가 있는 사람이니까."

"그러지 마. 그러다 내가 평생 결혼하지 않으면 어쩌려고?"

"그건 그것대로 괜찮지. 난 내가 아빠라는 게 마음에 들어. 의외로 내게 딱 어울리는 것 같아."

아버지의 품격이나 위엄 같은 건 찾아볼 수 없는 모리미야 씨는 싱글벙글 웃으며 말했다. 그러고 보니 리카 씨도 똑같은 말을 했다. 엄마가 될 수 있어 행운이라고. 부모가 되면 번거로운 일만 잔뜩 생길 것 같은데 그렇지도 않은가?

"에이, 그만. 이런저런 생각을 했더니 피곤하네. 아, 디저트로 어제 사 온 푸딩 먹자."

내가 말했다.

주위 사람들이 내게 보내는 동정이나 위로에 가끔 응해 주고 싶을 뿐이지 굳이 아프고 괴로운 일을 겪고 싶은 건 아니다. 주위 사람들이 생각하는 것과 다르다고 해서 굳이 슬픔을 떠안을 일은 없지 않은가. 나는 불행해지는 걸 포기하고 푸딩을 가지러 냉장고로 가려는데 모리미야 씨가 이렇게 말했다.

"미안. 아침에 먹었어."

"응?"

"푸딩. 내가 먹었다고."

죄 지은 사람처럼 고개를 숙이는 모리미야 씨를 보며 내가 말했다.

"괜찮아. 두 개 사다 놓았거든."

아빠라는 느낌이 들지 않아도 함께 생활하고 있다. 과자를 살 때면 나는 늘 모리미야 씨 몫도 함께 샀다.

"그런데 말이야, 한 개 먹었더니 맛있어서 그만 두 개 다 먹어 치웠네. 아침에 단것이 너무 입에 당겨서."

"두 개 다? 아침에?"

"그래. 난 아침에도 뭐든 먹을 수 있거든. 교자건 그라탱이건 다 먹잖아?"

모리미야 씨의 식욕은 내 알 바 아니다. 푸딩을 먹을 생각에 잔뜩 기대에 부풀었던 나는 맥이 빠졌다.

"밥 먹고 나서 먹으려고 사 둔 건데."

"미안, 정말 미안. 얼마 전에 회사에서 선물로 받은 신겐모치[3]가 있을 텐데, 대신 그걸 줄 테니 잠깐 기다려."

모리미야 씨는 소파 위에 놓인 가방을 뒤지더니 '아, 여기 있다' 하며 작은 꾸러미를 꺼내 왔다.

---

3 信玄餅. 야마나시 현 호쿠토 시에 있는 과자 회사가 만들어 파는 화과자. 콩고물을 묻힌 달콤한 떡이다. 전국시대의 무장 다케다 신겐(武田信玄)이 전쟁하러 나갈 때 비상식으로 먹기 위해 만들었다는 일화도 있다.

“이거 언제 받은 거야?”

받아 든 꾸러미의 포장지가 꾸깃꾸깃 구겨져 있었다.

“열흘 전쯤? 괜찮아, 괜찮아. 그리 쉽게 상하지 않을 거야.”

“떡은 먹고 싶지 않은데.”

“그러지 말고. 맛있다니까. 자, 어서.”

모리미야 씨가 웃으며 말했다. ‘그럼 먹어 볼까’ 하며 나는 포장을 뜯어 작은 떡을 입에 넣었다. 순간 잔뜩 묻어 있던 콩가루가 목 안에 퍼졌다.

“그렇게 급히 먹으면 안 되지.”

콜록거리는 나를 보며 모리미야 씨가 웃었다.

“급히 먹은 거 아니야. 매끄러운 푸딩을 기다리던 식도와 기관지가 화를 내는 거지.”

“대단한 신체 기관이네.”

“내 몸이 푸딩을 간절하게 원하고 있으니까!”

나는 호흡을 가다듬으며 하소연했다. 신겐모치도 맛이 있지만 푸딩과는 전혀 다르다.

“미안해. 내가 친아버지가 아니라서 그런지 내 식욕을 참아 내며 딸에게 남겨 준다는 게 불가능한 모양이야. 체면이 말이 아니네.”

콜록거리며 눈물을 글썽이는 내게 차를 따라 주면서 모리미야 씨가 말했다. 그래 놓고 자기는 아버지가 잘 어울린다는 소리를 했나. 진짜 가족이 아니라도 남의 음식은 먹지 않는다. 내가 사 온 푸딩을 두 개 다 먹어 치우다니. 불행이란 우리 일상에 깃들어 있다. 이건 충분히 동정을 살 만한 일이다. 나는 모리미야 씨를 노려보며 차를 단숨에 들이켰다.

2

자명종 시계 소리를 끄고 커튼을 열자 부드러운 햇살이 방 안으로 밀려들었다. 봄에 느끼는 포근하고 따스함. 입학식과 새 학기의 시작. 이런 새로운 출발들이 4월에 몰려 있는 것은 정답이라는 생각이 든다. 따사로운 햇살은 긴장이나 불안을 반쯤 녹여 준다. 고등학교 3학년 시업식이라 긴장할 일은 없지만 따스한 햇살 덕분에 마음이 차분하게 가라앉았다.

어제까지 봄방학이었기 때문에 조금 멍한 머리로 주방으로 가니 진한 국물과 기름 냄새가 났다. 뭐지, 이 냄새는? 숨을 크게 들이쉬며 기억을 더듬었다.

아, 맞다. 작년, 2학년이 시작되던 날도 아침부터 먹었다. 위가 아직 잠에서 깨지 않았는데 곤란하네, 하며 시무룩한 표정으로 식탁에 앉자 모리미야 씨가 싱글벙글 커다란 덮밥을 내 앞에 내놓았다.

"안녕? 유코, 오늘부터 3학년 시작이네."

"맞아. 그런데……."

나는 덮밥을 들여다보면서 살짝 한숨을 쉬었다. 역시 가쓰돈이다. 아침을 든든하게 먹어야 하는 나도 아침부터 밥 위에 얹은 돈가쓰는 목에 넘기기 힘들다.

"올해는 입시도 있고 고등학교 시절 마지막 체육대회에 문화제까지 승부를 겨룰 일이 많을 테니까."

"그런가……?"

2학년이 시작되던 날 아침에도 모리미야 씨는 '엄마들은 자기 자식이 새로운 출발을 할 때 가쓰돈을 만들어 먹인다고 들었거든'이라며 열심히 가쓰돈을 만들어 주었다. 모리미야 씨가 생각하는 '아버지란 이런 거다'는 종종 어긋나서 날 당황하게 만든다.

"자, 식기 전에 먹어. 일찍 일어나서 만들었거든."

"응, 그랬구나. 고마워. 잘 먹겠습니다."

모리미야 씨가 친아빠라면 '아침부터 가쓰돈을 어떻게 먹어'라거나 '기껏해야 새 학년 첫날인데 너무 진지하면 웃기지'라고 대꾸할 수 있을까. 모리미야 씨는 하품을 하면서 자기 커피를 끓이고 있었다. 가쓰돈을 일찍 일어나 준비했다는 이야기다. 상대가 누구건 애써 만들어 준 음식을 밀어내기는 어렵다.

"같이 먹지?"

나는 뱃속이 놀라지 않게 조심조심 돈가쓰를 씹으며 앞에 앉은 모리미야 씨에게 물었다. 모리미야 씨 앞에는 덮밥이 아니라 작은 종이봉투가 놓여 있었다.

"난 아침에 카레나 교자를 먹을 수도 있지만 아무래도 튀김은 좀. 어제 사온 멜론빵이 있어서 그걸 먹을 거야."

모리미야 씨가 봉투에서 꺼낸 멜론빵에서는 고소한 버터 향이 풍겼다. 나도 아침부터 기름에 튀긴 음식을 먹고 싶지 않은데. 맛있다고 소문난 저 멜론빵을 먹고 싶다. 이 사람은 식탁에 함께 둘러앉는 사람이라면 같은 음식을 먹는다는 사실을 모르는 걸까?

"와, 이 빵 소문대로 아주 맛있어."

"다행이네."

멜론빵을 볼이 미어지도록 입에 넣는 모리미야 씨를 부러운 눈으로 바라보면서 나는 돈가쓰를 베어 물었다. 위도 조금씩 움직이기 시작하며 애써 받아들여 주었다.

"아침이라 담백한 게 나을 것 같아 돼지 등심으로 했어. 부드럽게 만드느라 고기를 한참 두드렸는데, 어때?"

모리미야 씨가 의기양양하게 말했다.

"그랬구나. 맛있네."

돈가쓰를 좀 먹고 나니 소스가 스며든 밥은 맛이 부드러워 나름 맛있다는 생각이 들었다. 아침부터 가쓰돈은 부담스럽지만 모리미야 씨의 노력이 느껴지는 맛이었다. 게다가 모리미야 씨는 아무리 실패작이라도 내가 만든 요리는 반드시 남김없이 먹어 준다. 나도 그릇을 싹 비워야 했다. 20분 뒤에는 학교로 출발해야 한다. 서둘지 않으면 늦는다. 나는 돈가쓰를 급히 입에 밀어 넣었다.

"유코짱, 기운이 넘치네. 하긴 이제 고등학교 3학년이니까."

모리미야 씨는 열심히 먹는 내 모습을 보며 미소 지었다.

"뭐, 그렇지."

"반이 바뀐다면서?"

"맞아. 그렇지만 우리 반 애들은 별로 바뀌지 않을 거야."

2학년 때 이미 진로에 따라 학급을 나누었다. 내가 속한 코스는 두 학급뿐이기 때문에 큰 변화가 없을 것이다.

"좋은 반이 되면 좋을 텐데."

"그러게. 아, 참. 출근 시간에 이렇게 느긋해도 괜찮아?"

모리미야 씨는 늘 나보다 먼저 출근하는데 아직도 느긋하게 카페오레를 마시고 앉았다.

"오늘은 가쓰돈도 만들어야 하고 유코짱도 배웅해야 해서 한 시간 늦게 나가겠다고 이야기했어."

"기껏해야 새 학기 첫날 때문에?"

"그래. 고등학교 마지막 학년을 시작하는 날이잖아?"

모리미야 씨는 당연하지 않느냐는 표정을 지었다.

"시업식은 그리 중요한 행사는 아니라고 생각하는데."

입학식이라면 몰라도 이렇게 의욕적으로 시업식을 맞이하는 사람은 없을 것이다. 게다가 고등학생이나 되어서.

"정말?"

"응. 아마 새 학년 첫날이라고 가쓰돈을 먹는 애는 반에서, 아니 전국 고등학생 가운데 나뿐일 거야."

"엥? 그럼 가쓰돈을 언제 먹는데?"

진짜로 놀라는 모리미야 씨가 웃겨서 나는 그만 웃음을 터뜨렸다.

"언제가 어디 있어? 먹고 싶을 때 먹으면 되지. 혹시 학교 다닐 때 어머니가 새 학년 첫날에 가쓰돈 해 줬어?"

"우리 집은 공부만 최고로 여기는 엄격한 분위기였기 때문에 그런 건 없었지. 아침이면 늘 된장국에 낫토와 생선. 그게 머리와 몸에 제일 좋다며 거의 매일 같은 반찬이었어. 재미없는 집안이야."

모리미야 씨는 미간을 찌푸렸다.

이즈미가하라 씨 집에서 살던 때는 나도 일본식으로 차린 정갈한 아침 식사를 했다. 저녁은 별 차이가 없어도 아침 식사는 집집마다 정해진 패턴이 있다. 내가 다나카 유코로 불리던 때는 빵으로 때웠고 미토 유코였을 때는 하루 전에 먹다 남긴 반찬과 밥으로 아침 식사를 했다. 모리미야 씨는 어린 시절에 대한 반동 때문인지 아침 식사가 무척 버라이어티하다.

"고지식한 분이라 우리 엄마는 아침부터 가쓰돈을 해 줄 생각은 하지도 않았을 거야. 대학생이 되어 집에서 나와 살기 시작한 첫날 아침 식사로 나는 콘플레이크를 먹었지."

"어머니는 좋은 분 같은데. 앗, 서둘러야지 큰일 나겠네."

벌써 7시 30분을 넘어선 시각이었다. 나는 마지막 힘을 내서 남아 있던 가쓰돈을 모두 입안에 쓸어 넣었다.

지금 내가 사는 이곳은 8층짜리 아파트의 6층이다. 이 부근에서는 가장 큰 아파트라 백 가구도 넘게 사는데 이상하리만치 복도나 엘리베이터에서 다른 주민들과 마주치는 일이 드물다. 모든 집들이 밀폐 상태로 독립되어 있는 느낌이 든다.

한때 반상회에도 나가고 회람판을 돌리며 마주치는 사람들과 인사를 하고 때론 이웃과 수다를 떠는 생활을 한 적이 있다. 그에 비하면 조금 쓸쓸한 느낌이지만 이 자유로운 분위기는 마음에 든다. 가끔 마주치면 살짝 고개 숙여 인사하는 정도다. 이 아파트에는 내게 집안일을 꼬치꼬치 물을 사람이 없다. 서른일곱 먹은 모리미야 씨와 열일곱 살 난 내가 아버지와 딸이라는 이야기를 간단하게 설명하기도 힘들고 지금까지 살아온 이야기를 하면 오해를 살 수도 있다. 피차 자세한 사정을 모른 채 살 수 있다는 점은 이 아파트의 큰 장점일지도 모르겠다.

연립주택과 단독주택, 그리고 아파트. 아침 식사와 마찬가지로 여러 주거 형태에서 살아 봤지만 '정들면 고향'이란 속담이 괜히 나온 게 아니다. 어디나 장점도 있고 단점도 있다. 살다 보면 정들어 어떤 집에 살건 다 괜찮다는 생각이 든다.

엘리베이터에서 내려 넓은 현관을 지나 밖으로 나왔다. 입구에 있는 벚꽃은 어제보다 더 많은 꽃잎을 피운 채 그림자를 드리우고 있었다. 학년이 바뀔 때가 타이밍이 제일 좋은지 내 보호자는 늘 봄에 바뀌었다. 학년 중간에 새아빠 성을 따라 이름이 바뀌거나 이사하는 것은 좋지 않겠다는 어른들의 배려 때문일 테지만 덕분에 나는 봄마다 안절부절못한다.

그래도 올봄은 평온하다. 모리미야 씨는 현관에서 나를 배웅하며 분명히 오늘밤에는 남은 돈가쓰로 가쓰카레라이스를 만들겠다고 했다. 앞으로도 한동안 이 아파트에서 버라이어티한 아침 식사를 하는 생활이 이어질 것이다. 이런 생활이 최선인지 어떤지는 몰라도 같은 집에서 계속 생활하게 될 거라고 생각하면 확실히 마음이 놓이기는 한다.

지금쯤 모리미야 씨도 출근 준비를 시작하고 있을까? 나는 6층을 쳐다본 뒤 버스 정류장으로 걸음을 서둘렀다.

나는 2반이 되었고 담임은 작년과 마찬가지로 무카이 선생님이 맡게 되었다.

"으아—, 또 무카이야?"

"저 할망구가 또 담임이라니, 올해는 글렀어."

남학생 몇몇이 쑥덕거리자 무카이 선생님은 매서운 눈길로 제압했다.

"마지막 한 해, 올해는 모두들 자각하기 바랍니다."

무카이 선생님은 우리를 둘러보며 입을 열었다.

3학년은 모두 여섯 학급이다. 젊고 예쁜 스즈키 선생님이 담임이면 당첨, 생활지도 주임이자 체육 담당인 사카이 선생님이 담임이면 꽝이랄까. 무카이 선생님은 냉정하고 엄격하지만 반을 차분하게 만드는 능력이 있다. 가슴이 설렐 일은 없어도 진로 지도를 확실하게 해 주는 담임 선생님이라는 점은 나쁘지 않다. 다들 실망은 하면서도 속으로는 그렇게 생각하는 듯했다. 그렇지만 엄마가 한 번 아빠가 두 번 바뀐 나는 누가 담임 선생님이 되건 별 차이를 느끼지 못했다.

"대학 진학이나 취업, 각각 다르지만 고등학교를 졸업하면 여러분은 다른 세상으로 나아가는 커다란 한 걸음을 내딛게 됩니다. 이 안에도 내년이면 집을 나와 혼자 살 사람도 있을 테고 아르바이트를 시작할 사람도 있겠죠. 자기 문제를 스스로 결정할 기회가 많아져 어른 취급을 받는 일도 많아질 테고……."

"좋겠다. 빨리 혼자 살고 싶어."

"정말. 나도 혼자 살아 보고 싶어. 엄마 잔소리도 듣지 않을 테니 천국이겠지."

혼자 산다는 말이 나오자 웅성거리기 시작한 학생들을 보며 선생님은 '다른 사람이 이야기하는데 방해하는 사람은 독립해서 혼자 살아갈 수 없을걸'이라며 꾸짖었다. 매몰찬 말투에 남학생들은 어깨를 움츠리며 서로 얼굴을 마주 보았다.

주변에 부모 곁을 떠나고 싶어 하는 아이들이 많지만 난 혼자 살고 싶다고 생각한 적이 단 한 번도 없다.

친부모와 살았던 시간이 짧고 부모가 귀찮게 느껴지기도 전에 남이었던 리카 씨와 함께 살기 시작했다. 그 다음에 내 부모가 된 사람은 이즈미가하라 씨, 모리미야 씨. 친딸이 아니라 그런지, 아니면 아빠란 원래 그런 존재인지, 잔소리를 들은 적은 여태 없다. 그리고 내가 친자식이 아니기 때문에 내게 더 좋은 아빠가 되려고 애를 썼다. 피가 섞인 가족에게는 없는 깔끔한 거리감이 늘 내 곁에 있다. 혼자 살고 싶은 마음이 든 적이 없는 게 다행인가, 아니면 불행인가?

멍하니 그런 생각을 하고 있는데 담임 선생님이 계속해서 프린트를 나누어 주었다.

"이건 대학 설명회 일정. 가고 싶은 대학이 있으면 서둘러 신청하세요. 다음은 보건 소식. 아침 식사를 거르지 않아야 머리가 좋아진다고 적혀 있습니다. 그리고 이건 진로 희망 조사. 작성한 다음에 부모님 도장을 받아 오도록."

담임 선생님은 간단하게 설명하면서 프린트를 나누어 주었다.

파스텔컬러로 치장한 대학 설명회 알림 팸플릿. 보기만 해도 가슴이 두근거린다. 지금도 따분하게 지내지는 않지만 더 큰 세상으로 다가갈 한 해라고 생각하니 가슴이 설렜다.

“끝으로 올해 여러분이 치러야 할 시험 일정표. 다음 주에는 모의고사가 있으니 준비 잘 하도록.”

담임 선생님이 올 한 해 일정표를 나누어 주자 여기저기서 큰 한숨 소리가 흘러나왔다. 새 학기가 시작되자마자 바로 시험. 일정표를 보니 숨 쉴 틈 없이 공부에 쫓길 듯해 우울해진다. 가슴 설레면서도 우울한 한 해가 되는 건가? 올해는 학교생활이 중심인 한 해가 되나?

리카 씨와 가족이었던 때는 하루하루 살아가느라 기를 썼다. 이즈미가하라 씨의 딸이었을 때는 너무 풍족하게 살다 보니 왠지 위화감이 들었다. 언제가 가장 좋았는지 잘 모르겠지만 학교생활에 무게를 두고 산다는 게 신선하기는 하다.

“으아, 3학년이 되니 진로 상담이다 뭐다 해서 성가시네.”

새 학기 첫날이라 2교시까지만 수업을 받고 일찍 교실을 나오는데 모에가 한숨을 내쉬었다.

“그래?”

“그럼. 나는 헤어 메이크업 전문학교에 가고 싶은데 부모님은 자꾸 다른 쪽을 권해. 진로 조사표 보여 주면서 또 한바탕 해야겠지.

모에는 파마가 필요 없는 곱슬머리라고는 해도 뽀글뽀글

하지 않고 부드럽게 굽어진 머리카락을 쓸어 올리며 말했다.

"우리 엄마, 아빠는 어디든 괜찮다고 이해해 주는 척하면서도 집에서 다닐 수 있는 거리에 있는 대학에 보내려고 해서 짜증나."

후미나도 얼굴을 찌푸렸다.

"고민이겠구나."

나는 그렇게 말하며 하늘을 우러렀다. 밖으로 한 걸음 나오니 이제 곧 낮 열두 시를 맞이할 맑은 하늘이 끝없이 펼쳐졌다. 4월은 하루 종일 햇볕이 부드럽다. 따스한 공기가 스치는 상쾌함에 눈을 가늘게 뜨는데 모에와 후미나가 입을 모아 말했다.

"아아, 난 유코가 부러워."

"어째서?"

"넌 집에서 네가 정한 진로를 반대하지 않잖아?"

"그야 내가 정한 진로가 설득력이 있으니까."

내가 목표로 삼은 소노다단기대학은 집에서 30분쯤 걸리는 거리에 있고 내 실력이나 장래성을 보더라도 딱 알맞은 진로다.

"그렇기야 하지만 유코 넌 가수가 되겠다고 해도 집에서 반대하지 않을 거 아니야?"

후미나가 말했다.

"가수? 글쎄."

모리미야 씨가 이러쿵저러쿵하는 모습은 상상이 되지 않지만 가수가 되겠다고 하면 무척 놀라겠지.

"반대하면 진짜 아빠도 아니면서 그런다고 하면 그만일 거 아니야. 유코에겐 끝내주는 비장의 카드가 있으니까."

진심으로 부럽다는 눈길로 바라보는 모에에게 내가 말했다.

"얘, 난 여태 그런 말 한 번도 한 적 없어."

내가 나무라듯 말했다.

"정말?"

"한 번도?"

둘 다 믿기 힘든 모양이지만 그런 소리를 할 생각은 해 본 적도 없다. '진짜 아빠가 아니다'라는 말이 듣는 사람에게 얼마나 큰 충격을 주는지 어려서부터 잘 알고 있었다. 다들 좋은 아빠가 되려고 애쓰듯 나 또한 착한 딸이고 싶다. 가족이 되어 가는 과정이니 당연히 그래야 한다는 생각이 든다.

"나 같으면 막 해 댈 텐데. 그러면서 내 마음대로 하려고 들겠지."

그렇게 말하는 모에를 보며 '너 무섭다, 무서워' 하고 웃던 우리는 교문에서 하교 지도를 하던 담임 선생님을 발견하고 몸가짐을 바로 했다.

"얘들아, 조심해서 가거라."

선생님의 말씀에 우리는 '내일 뵙겠습니다'라며 공손하게 고개를 숙이고 교문을 나섰다.

"뭐야, 저 위압감. 담임이 말을 걸기만 해도 설교당하는 기분이 들어."

무카이 선생님이 보이지 않게 되자 모에가 몸서리치는 시늉을 했다.

"여유도 없고 빈틈도 없고 장난도 모르는 저 싸늘한 분위기가 무시무시해."

후미나도 얼굴을 찡그렸고 나도 '맞아' 하며 고개를 끄덕였다.

"아, 참. 역 옆에 새로 생긴 카페에서 생초코케이크 먹고 가자."

후미나가 말하자 모에가 눈빛을 반짝이며 대꾸했다.

"좋아. 우리 언니가 거기 그 생초코케이크 맛있다고 했어."

생초코케이크는 나도 엄청 좋아한다. 초등학교 입학식 때도 집에서 먹었다.

"역시 새 학년 첫날은 가쓰돈이 아니라 케이크지."

내가 혼잣말하듯 중얼거리자 후미나가 미간을 찡그렸다.

"가쓰돈?"

"아냐, 아무것도 아니야. 그래, 가자."

가쓰돈을 생각하면 속이 거북해지는 기분이다. 나는 '배고파'라고 하면서 걸음을 재촉했다.

3

어떤 사람을 진짜 아빠라고 하는지 모르겠지만 나를 낳은 아버지, 핏줄로 이어진 아버지가 진짜라면 그 아빠와 가족으로 지낸 기간은 짧다. 게다가 그때는 내가 어렸기 때문에 기억도 흐릿하다.

특히 엄마 기억은 전혀 없는 거나 마찬가지다. 아빠 말로는 내가 세 살이 되기도 전에 사고로 세상을 떠났다는데 도무지 실감이 나지 않는다. 엄마 사진을 보면 왠지 아는 사람 같다는 느낌이 드는 정도지 또렷하게 떠오르는 추억은 하나도 없다.

나를 낳은 사람에 대한 기억이, 내가 세상에 태어나 처음 삼 년을 함께 지낸 사람에 대한 기억이 이렇게 흐릿하다는 사실이 놀랍다. 철이 들기 전에 사라지면 아무리 중요한 사람이라 해도 이렇게 잊고 마는 걸까? 그렇지만 한편으로는 엄마가 또렷하게 기억이 난다면 늘 쓸쓸한 마음을 안고 살아야만 했을 거라는 생각도 든다.

*

"유짱, 그걸 또 메고 있는 거니?"

"응. 내일부터 1학년인걸."

저녁 식사를 마친 뒤 나는 란도셀을 등에 메고 방 안을 이리저리 걸었다. 안에 아무것도 넣지 않았는데 란도셀은 꽤 무거웠다.

"잘 어울리는구나. 그런데 이제 그 모습 보기도 질리네."

아빠는 보름 동안 매일 란도셀을 메고 있는 나를 바라보며 웃었다.

"할머니하고 할아버지도 잘 어울린다고 했어."

"그러셨겠지. 그래도 이제 그만 벗어 놓고 설거지 좀 도와줘."

"에이—."

"에이라니. 이제 초등학생이잖아. 너도 거들어야지."

"아아, 초등학생이 되니 너무 바빠지네."

할머니와 할아버지가 사 준 란도셀은 짙은 빨간색이었다. 사실 테두리에 꽃을 수놓은 핑크색을 갖고 싶었는데 할머니가 '그런 건 6학년이 되면 어울리지 않아'라고 하는 바람에 아주 평범한 란도셀을 사게 되었다. 보라색이나 갈색, 노란색. 이런 예쁜 색 란도셀을 갖고 싶었지만 무슨 색이든 란도셀을 메기만 하면 초등학생이 된 것 같아 기뻤다.

"입학식에 아빠 올 거야?"

"유짱, 초등학생인데 이제 아빠 말고 아버지라고 부르랬잖아."

아빠가 테이블 위에 있던 식기를 싱크대로 옮기면서 말했다.

"아, 그랬지. 알았어, 아버지."

아버지라고 불러 보니 그 느낌이 너무 이상해 나는 킥킥 웃었다. 아무리 봐도 아빠는 그냥 아빠인데 갑자기 아버지라고 불러야 한다니 웃음이 났다.

"아버지가 올 거지?"

"물론. 전부터 회사에 입학식 날 쉬겠다고 이야기했으니까."

"대박."

나는 아빠 뒤를 따라 싱크대로 가 서랍에서 행주를 꺼냈다.

유치원 마지막 운동회 때는 아빠가 와 주었지만 학부모 참

관일이나 졸업식에는 늘 할머니가 왔다. 할머니가 와도 기쁜데 역시 아빠가 오면 아주 특별한 기분이 든다. 초등학교 입학식. 새롭게 출발하는 날이다. 나는 설레는 마음으로 식기를 닦았다.

아빠는 내 옆에서 '깨뜨리지 않게 조심해'라고 하면서 접시에 묻은 세제 거품을 첨벙첨벙 씻어 냈다. 아빠는 세제를 많이 쓰기 때문에 싱크대에는 거품이 가득 찼다. 물이 아깝지만 아빠가 설거지하는 걸 보고 있으면 재미있다.

저녁 식사를 마친 뒤에 식기를 씻는 건 아빠가 하지만 마른 행주로 물기를 닦는 건 내 일이다. 그래도 집에서 저녁을 먹는 날은 아빠가 일찍 퇴근했을 때뿐이니 일주일에 한 번쯤 있을까 말까. 다른 날은 할머니네 집에 가서 조림이나 생선뿐인 늘 같은 저녁을 먹는다.

"넌 초등학교 가는 게 좋은 모양이로구나."

"응. 좋아."

큰 소리로 대답했다. 유치원 친구인 아키짱과 유나짱도 같은 초등학교에 다니게 되었다. 한 반이 되면 좋을 텐데. 게다가 초등학교에는 놀이 기구도 유치원보다 훨씬 많다. 커다란 정글짐에도 올라가 보고 싶다. 공부도 재미있을 것 같다. 유치원 선생님이 초등학교에 가면 여러 과목을 배우게 된다고 했다. 새 공책과 연필, 필통도 빨리 쓰고 싶다.

불안해 가슴이 두근거리기도 하지만 기대되는 일들이 훨씬 많다. 해 보고 싶은 것들이 잔뜩 기다리고 있다. 그게 초등학교다. 나는 그렇게 생각했다.

입학식 날. 잔뜩 긴장해서 '예' 하고 대답할 때 목소리가 이상하게 나오고 말았다. 그렇지만 선생님 말씀대로 큰 소리로 대답해 식이 끝난 뒤에 '미토 학생. 대답 잘했어요'라고 칭찬받았다.

미토 학생. 정말 멋지다. 유치원 선생님들은 모두 나를 유짱이라고 불렀다. 그런데 미토 학생이라니, 막 어른이 된 기분이다. '감사합니다'라고 하자 선생님은 '미토 학생은 예의가 바르네'라고 칭찬하셨다. 할머니는 늘 자세를 바르게 하고, 인사할 때는 상대방에게 들리도록 또렷하게 해야 한다고 잔소리를 했다. 이렇게 칭찬을 듣다니. 할머니 말대로 하기를 잘했다.

초등학교 선생님은 젊고 멋쟁이일 줄 알았는데 담임인 아오야기 선생님은 유치원 원장 선생님과 비슷한 아주머니였다. 좀 실망했지만 마음씨 고운 분 같으니 괜찮을까.

나는 1반. 1학년은 두 학급뿐인데 아키짱과 유나짱은 2반이 되었다. 대신 아오이짱과 다케루가 같은 반이 되었다. 집이 가까운 사키짱도 같은 반이다. 나는 교실을 두리번거리며 아는 아이들이 있는지 살펴보았다.

유치원보다 교실이 훨씬 넓고 책상에 개인 사물함 같은 것들이 보였다. 칠판에는 예쁜 그림과 입학을 축하한다는 글자가 적혀 있었다. 선생님이 '여러분을 위해 6학년 언니, 오빠들이 그린 거예요'라고 했다. 6학년이 되면 저렇게 글자도 잘 쓰고 그림도 잘 그리는구나. 이제 막 초등학생이 되었지만 얼른 6학년이 되고 싶었다.

선생님이 교과서를 나눠 주기 시작하자 엄마, 아빠들이 교실로 들어왔다. 학교생활에 대해 보호자에게도 설명하는 모양이다. 뒤를 돌아보니 아빠, 아니 아버지가 문에서 제일 가까운 쪽에 서 있었다. 출근할 때보다 훨씬 멋진 양복을 입고 있어 아빠보다 아버지라고 부르는 게 더 어울렸다. '아버지'라고 내가 소리는 내지 않고 입만 움직이며 손을 흔들자 아버지도 입 모양으로 '파이팅' 하며 손을 흔들어 주었다.

사람들이 정말 많이 왔다. 이렇게 많은 어른들은 처음 본다. 나는 교실 뒤를 찬찬히 살펴보았다. 아버지 옆에는 예쁜 기모노를 입은 아주머니, 그 옆에는 꽃무늬 원피스를 입은 아주머니. 아오이짱의 엄마는 분홍색 정장이었다. 나나짱은 엄마와 아빠가 함께 왔다. 저 아주머니는 누구 엄마일까. 엄청 예쁘네. 다들 예쁘고 멋쟁이에 상냥해 보였다.

어라……? 쭉 늘어선 어머니들을 보며 나는 고개를 갸웃거렸다. 뒤에 서 있는 사람들은 누가 봐도 어머니들이다. 유치원 졸업식 때는 우리 집 말고도 할머니, 할아버지, 삼촌같이 어머니 대신 온 사람들이 많았는데. 그렇지만 오늘 뒤에 서 있는 사람들은 그야말로 모두 '어머니'였다.

나는 엄마가 없다는 걸 잘 안다. 그렇지만 할머니가 없는 애도 있고 아빠가 유치원에 한 번도 데리러 오지 않은 아이도 있다. 그런 건 다 저마다 다를 뿐 이상한 일은 아니라고 생각했다.

그런데 어머니가 없다는 건 좀 특별한 일일지도 모른다는 생각이 들었다. 어째서일까. 가슴이 두근거리고 설레었는데 생글생글 웃는 어머니들을 바라보니 왠지 김이 빠지는 기분이었다.

"어머니들이 많이 오셨어."

입학식을 마치고 돌아가는 길. 학교 교문을 나서자 내가 아빠에게 말했다. 왠지 학교 안에서 그런 이야기를 하면 안 될 것 같은 기분이 들었기 때문이다.

교문 앞으로 난 길로 많은 어머니와 아이들이 이야기를 나누며 집으로 돌아가고 있었다. 교과서가 여러 권 든 보따리를 어느 어머니보다 가볍게 들고 걷는 아빠가 멋지기는 했지만 어머니와 함께 걷는 다른 아이들은 나보다 즐거워 보였다.

"어머니들은 모두 입학식에 오는 건가?"

나는 아빠 옆에 바짝 달라붙어 걸었다.

"그렇겠지. 졸업식과 입학식이 초등학교에선 제일 큰 행사가 아닐까?"

"그럼 나는 왜 엄마가 오지 않았지?"

"엄마?"

아빠는 맞아 봐야 아프지도 않을 텐데 살랑살랑 얼굴 앞을 가로지르는 벚꽃 잎을 피하면서 되물었다.

"그래. 엄마. 엄마라고 해야 하나 어머니라고 불러야 하나?"

"아아, 그거야 먼 데 있으니까 그렇지."

아빠는 여느 때와 같은 대답을 여느 때와 똑같은 말투로 했다. 지금까지는 아빠가 그렇게 말하니 그런 줄만 알았는데 나도 이제 초등학생이라 안다. 그 대답은 왠지 이상하다는 걸.

나는 아빠를 쳐다보았다.

"먼 데가 어딘데?"

"먼 데가 먼 데지."

"자동차나 전철을 타도 갈 수 없는 데?"

"좀 힘들겠지."

"비행기 타도 갈 수 없어?"

"응, 그럴 거야."

아빠는 아오이짱과 아오이짱의 어머니가 지나가자 꾸뻑 인사하고 나서 느릿느릿 대답했다.

그 빠른 비행기로도 갈 수 없는 곳. 그런 데가 있나? 유나짱이 봄방학 때 비행기를 타고 한참 가는 하와이에 다녀왔다는데 거기보다 멀까? 다케루가 전철을 세 번 갈아타고 할아버지를 만나러 갔다는데 더 많이 갈아타야만 갈 수 있는 데일까? 그렇지만 아주 멀고 불편한 곳에 있더라도 엄마는 입학식에 와 줄 텐데. 틀림없이 란도셀을 멘 내 모습을 보고 싶을 텐데. 엄마는 도대체 어디에 있는 걸까. 아빠는 왜 제대로 이야기해 주지 않는 걸까.

"그럼 어떻게 하면 볼 수 있어? 엄마는 왜 멀리 간 거야? 입학식에도 오지 않고. 그럼 언제 오지? 엄마는 먼 데서 뭐하는데?"

나는 궁금한 것들을 단숨에 늘어놓았다. 엄마에 대해 알고 싶은 건 아주 많다. 그런데 아빠는 '넌 호기심이 참 많구나.

앞으로 뭐가 될지 기대되는걸' 하고 내 머리를 쓰다듬으며 웃었다.

"네가 더 크면 가르쳐 줄게."

아빠가 말했다.

"난 벌써 컸어."

나는 아빠 곁에 서서 까치발을 해 보였다. 유치원 때 키 순서도 중간보다 좀 더 큰 편이었고, 이제 초등학교 1학년이다. 난 이제 어린애가 아니다.

"더 커야지."

"더? 몇 센티미터까지 크면 돼?"

"키만 이야기하는 게 아니야."

"그럼 몇 킬로그램 되어야 해?"

"몸무게가 아니고, 네 마음이 더 커지면 이야기할 거야."

아빠가 그렇게 말했다.

"마음?"

"그래. 더 많은 걸 제대로 이해할 수 있게 되면 말이야."

그게 언제일까? 오늘 칠판에 그림을 그려 준 6학년 언니, 오빠만큼? 그러려면 아직 멀었는데.

"왠지 수상해."

내가 뾰루퉁하게 말하자 아빠는 '아, 참!' 하며 손뼉을 쳤다.

"왜 그래?"

"케이크 사러 가야지."

아빠는 엄마 이야기를 완전히 까먹은 듯 아무렇지도 않게 말했다.

"케이크?"

"그래. 너 입학 축하해 주려고 생초코케이크를 주문해 두었거든."

생초코케이크. 내가 제일 좋아하는 케이크다. 평소에는 할머니와 할아버지가 잔소리를 하는 바람에 단것은 거의 먹지 못한다. 뿌루퉁했던 내 마음이 다시 설레기 시작했다.

"정말?"

"정말이지. 역 앞에 있는 케이크 가게야. 아주 맛있대. '입학 축하해, 유짱'이라고 글씨도 써 달라고 했거든."

아빠는 싱글벙글하면서 말했다. 받침대까지 있는 예쁜 케이크라니, 마치 생일 같다. 그건 빨리 먹어야지. 케이크가 기다린다면 엄마 이야기는 좀 미뤄도 괜찮다.

"우아, 신나!"

내 머릿속은 이미 케이크 생각으로 가득 찼다.

"그것도 아주 큰 걸로 주문했지. 할머니하고 할아버지도 함께 먹자."

"응. 좋아. 빨리 가자."

나는 아빠 손을 잡아끌었다.

하늘은 왜 파란지 물었을 때도, 내 왼쪽 눈 아래 왜 점이 있는지 물었을 때도 아빠는 제대로 대답하지 못했다. 엄마가 있다는 먼 곳이 어디인지. 이것도 마찬가지다. 아빠도 대답할 수 없는 일이 있기 마련이다.

"케이크, 케이크, 생초코케이크."

나는 멋대로 케이크 노래를 지어 흥얼거렸다. 입학식에 온 어머니들을 보고 왠지 기운이 빠지는 느낌이었지만 생초코케이크 덕분에 다시 마음이 들떴다. 달콤하고 맛있는 것을 먹으면 어려운 문제나 슬픈 기분도 어디론가 사라지고 만다. 생초코케이크는 최고다.

그 뒤, 2학년이 된 나는 엄마에 대해 알게 되었다. 내 키가 1학년 때보다 엄청 자랐거나 더 똑똑해져서도 아니었다. 아빠가 좀 갑작스럽게 털어놓은 이유는 조금 뒤에 알게 되었지만 어쨌든 나는 2학년 되던 해 4월에 엄마가 있는 곳을 알게 되었다.

2학년 첫 신체검사에서 내 키는 121센티미터, 몸무게는 22

킬로그램이었다. 아빠는 내 건강 기록부를 보면서 '키 컸네' 라며 기쁜 표정을 지었다.

"그렇지만 키 작은 순서로 따지면 여자 가운데 일곱 번째야."

나는 조금 시무룩해하며 말했다. 일곱 번째면 딱 중간이다. 1학년 때는 아홉 번째였는데. 틀림없이 할머니가 무릎을 꿇고 앉게 했기 때문일 거다. 3학년인 기미카 언니가 무릎을 꿇고 앉으면 키가 작아진다고 했다.

"일곱 번째나 아홉 번째나 그게 그거지. 아, 네 키가 좀 자랐으니까 이야기해 줄까?"

"뭘?"

"엄마 이야기."

아빠는 내가 키 때문에 풀이 죽은 모습을 보며 웃더니 그렇게 말했다.

아빠가 왜 그 이야기를 불쑥 꺼내는지 이상했지만 드디어 엄마 이야기를 듣게 된다. 나는 아빠 앞에 오도카니 앉아 있었다.

"엄마가 있는 먼 데는 하늘나라란 곳이야."

"하늘나라?"

"그래. 엄마는 죽은 거야. 네가 세 살이 되기 조금 전에."

아빠는 여느 때와 다를 바 없는 표정으로 말했다. 너무도 변화가 없는 아빠 표정에 나는 엄마가 죽었다는 말이 쉽게 받아들여지지 않았다.

"죽었어……?"

"교통사고로. 작은 트럭이었는데 머리를 다쳤지. 병원으로 옮겼을 때는 이미 늦었어."

아빠는 엄마가 마트에 갔다가 오는 길에 횡단보도를 거의 다 건넜을 때 트럭에 치었다고 했다. 머리를 부딪쳤으니 아팠겠다. 그 트럭을 운전하던 사람은 참 나쁜 사람이다. 이런 저런 생각이 내 머릿속에서 조금씩 솟아올랐다. 그러다 보니 엄마가 죽었다는 게 확실하게 느껴지면서, 얼굴도 기억나지 않는데 그냥 눈물이 났다. 죽는 건 너무 무섭고 슬프다. 그런 끔찍한 일을 당하다니. 엄마가 불쌍하다.

그리고 아주 먼 곳이 아니라 하늘나라에 있다면 아무리 기다려도 입학식이나 졸업식에서 엄마를 볼 수 없다는 뜻이라는 걸 알게 되었다. 언젠가 만날 거라는 희망이 이제 사라졌다는 이야기다.

늘 엄마가 어디 있는지 알고 싶었다. 그래도 어차피 만날 수 없을 거라면 엄마가 어딘지 모를 아주 먼 곳에 있다고 알고 지내는 편이 훨씬 낫다. 2학년이 되지 않았다면 그런 슬픈 이야기는 듣지 않아도 되었을 텐데. 나는 얼른 자라 똑똑해지고 싶었다. 그렇지만 어린 채로 더 자라지 않는 게 훨씬 나을지도 모른다는 생각이 들었다.

그 뒤로 내 가족은 여러 차례 바뀌었다. 아버지나 어머니였던 사람들과 헤어졌다. 그렇지만 죽은 사람은 나를 낳아 준 엄마뿐이다. 함께 살지 않게 된 사람과 만나는 일은 없다. 그래도 어딘가에 있어 준다는 것과 어디에도 없다는 건 전혀 다르다. 피가 섞였건 안 섞였건 내 가족을, 곁에 있어 주었던 사람을 잃는다는 건 무엇보다 슬픈 일이다.

4

"와아, 초코케이크다."

가쓰카레로 저녁을 먹은 뒤에 내가 냉장고에서 케이크를 꺼내 오자 모리미야 씨는 두 눈을 반짝였다.

"돌아오는 길에 모에랑 후미나와 함께 케이크 사 먹었지. 맛있어서 모리미야 씨 것도 사 왔어."

촉촉한 스펀지케이크에 달콤쌉싸름한 크림을 얹은 초코

케이크. 틀림없이 모리미야 씨도 좋아할 거라는 생각이 들어 결국 조각 케이크를 사고 말았다.

"이런. ……그래서 나도 사 왔는데."

모리미야 씨는 힘없이 일어서더니 냉장고 채소실 안에서 케이크 상자를 꺼내 왔다. 내가 사 온 것과는 달리 커다란 케이크였다.

모리미야 씨가 테이블 위에 내려놓고 상자를 열자 안에서는 커다란 케이크가 나왔다. 게다가 위에는 '유코짱, 3학년이 된 걸 축하해!'라고 적은 플레이트가 얹혀 있었다. 남들 다 되는 고등학교 3학년이 되었을 뿐이니 축하할 일 없는데. 아니, 그보다 케이크 크기에 나는 미간을 찌푸렸다.

"이 큰 걸 둘이 먹어?"

딸기에 복숭아, 멜론. 과일을 잔뜩 얹은 케이크는 6인분쯤 되어 보였다. 가쓰카레를 잔뜩 먹은 뒤가 아니라도 이건 너무 크다.

"그야 이 집에는 우리밖에 없으니까."

모리미야 씨는 당연하지 않느냐는 표정을 지었다.

"이렇게 큰 걸 살 필요 없는데."

"그렇지만 이런 케이크는 무슨 이벤트가 없으면 먹을 수 없잖아? 오늘은 3학년 첫날이야. 아마 다른 집들도 오늘 축하

파티를 하겠지. 천천히 먹으면 돼."

"뭐 하긴. 그렇지."

모리미야 씨는 다른 가족이 하는 거면 자기도 해야 한다고 생각하는 모양인데 늘 좀 어긋났다. 가쓰돈도 그렇고 커다란 케이크도 먹을 기회는 달리 얼마든지 있을 거다. 하지만 내가 초코케이크 조각을 작은 상자에 넣어 받아들었을 때처럼 모리미야 씨도 케이크를 주문할 때 내가 먹는 모습을 상상하며 꽤 가슴이 설렜을 것이다.

"좋아. 오늘은 학교에서 부모님에게 전달하라는 프린트도 많이 줬으니까. 케이크 먹으면서 체크해 줘."

"엥? 나 서류 보는 거 싫어하는데."

"그러지 말고. 잘 부탁해."

나는 차를 진하게 우린 다음 학교에서 나누어 준 프린트를 모리미야 씨 앞에 내놓았다.

"와, 무척 많구나……. 어디 보자. 학부모 총회 공지. 이건 나갈 수 없고 이건 연간 행사 예정표구나. 무척 바쁘겠네. 그리고 이건……."

모리미야 씨는 혼자 중얼거리면서도 프린트를 한 장 한 장 꼼꼼하게 살폈다.

"스펀지케이크 부분이 폭신폭신해서 맛있네."

나는 모리미야 씨를 바라보면서 천천히 케이크를 입에 넣었다. 과일을 잔뜩 얹은 케이크는 맛이 상큼해서 배가 부른데도 뜻밖에 잘 들어갔다.

"그치? 그리고 다음 주에는 교통안전교실이 있네. 으음. 고등학교인데도 이런 걸 하는구나. 보건 소식은 뭐 됐고."

"케이크 먹으면서 읽어도 돼."

모리미야 씨는 프린트를 읽느라 열중해 케이크에는 눈길도 주지 않았다. 이런 상태라면 이 커다란 케이크는 처치할 수 없다. 게다가 내가 사 온 케이크에 대한 감상도 빨리 듣고 싶다. '맛있어'라는 한마디를 듣지 못하면 왠지 손해를 본 기분이 든다. 나는 모리미야 씨에게 포크를 디밀었다.

"아, 그래."

"자, 먹어."

"잘 먹겠습니다……. 와, 초코가 진한데도 담백하고 맛있네. 평소에는 느끼지 못하는데 밀가루와 버터는 맛이 참 좋아."

모리미야 씨가 한 입 가득 케이크를 먹는 모습을 보니 사 오기를 잘했다는 생각이 들었다. 내가 '더 먹어'라고 하자 이렇게 대꾸했다.

"나도 말이야, 맛있는 걸 먹으면 유코짱 생각이 나. 회사에서 거래처가 선물로 과자를 들고 오거나 눈에 보이면 두 개

씩 슬쩍 빼 오지."

"안 돼. 그러다 횡령으로 잘려."

"과자 정도로 해고되지는 않아. 그래도 나 먹을 것 말고 네 몫을 준비할 때 가족이 생겼다는 실감이 나거든. 네가 맛있게 먹는 모습을 상상하면 쩨쩨한 놈이라는 소리를 들으면서도 아랑곳하지 않고 회사 과자를 들고 오는 거지. 딸이 생겼다는 건 정말 굉장한 일이야."

모리미야 씨는 거침없이 나를 가족이라고, 딸이라고 부른다. 그 대범함에는 감탄하지만 나는 왠지 쑥스러워진다.

"아, 이건 도장 찍어야 해."

멋쩍어진 나는 프린트를 내밀었다.

"뭔데? 아아, 진로?"

모리미야 씨는 슬쩍 보더니 바로 도장을 찍었다. 너무나 간단하게 찍어 나는 '이거 진로 조사표야'라고 주의를 주었다.

"응. 다 읽었어."

"그럼, 뭐 할 말 없어? 일단, 뭐랄까, 자녀의 진로 문제가 적혀 있는데."

"그래? 뭐라고 한마디 하는 게 좋은가? 음. 소노다단기대학. 좋다고 생각해."

"어떻게 좋은데?"

후미나도 그렇고 모에도 진로 조사표를 보여 주면 아버지가 잔소리를 할 거라고 했다. 반대해 주기를 바라는 건 아니지만 그런 어려운 관문을 이렇게 아무렇지도 않게 통과해도 괜찮은 건지 불안했다.

"글쎄, 이럴 때 어떻게 이야기해야 하는지 몰라서 말이야. 주위에 고등학생 자녀가 있는 녀석도 없고."

"그야 그렇겠지만 한마디쯤 있어야 하지 않겠어?"

"한마디라……. 음, 그렇지. 유코짱 인생이니까 하고 싶은 걸 하면 돼. 아니, 이건 좀 무책임한가? 그렇다면 진로라는 게 말이야……."

모리미야 씨는 도장을 쥔 채로 생각에 잠기고 말았다. 3학년이 된 걸 축하한다는 글자가 적혀 있는 케이크의 플레이트를 아득아득 씹으면서 기다렸지만 도무지 할 말이 떠오르지 않는 모양이었다. 한참 뒤에 '뭐 어쨌든 난 응원할게'라며 어깨를 으쓱해 보였을 뿐이다.

"옛날에 대학을 선택할 때 부모님에게 도움 말씀 듣지 않았어?"

모리미야 씨가 면목이 없다는 듯 건네는 진로 조사표를 받아들면서 내가 물었다.

"별말씀 없었어."

"그럼 혼자서 도쿄대학에 응시하기로 결정한 거야?"

내 두 번째 어머니인 리카 씨가 '옛날 우리 반 친구 가운데 아주 공부 잘하는 애가 있어. 유코짱 아빠로 딱이야'라며 데리고 온 사람이 모리미야 씨였다.

"뭐 그런 셈인가? 어렸을 때부터 어른들이 공부만 시켜서 그냥 별생각 없이 도쿄대학에 가는 게 목표가 되었으니까. 아버지는 그걸로 만족하지 않았을까?"

"그렇구나. 그럼 내가 더 좋은 대학에 가기를 바라지 않아?"

"음, 그렇지만 나하고는 달리 유코짱 실력이라면 소노다단기대학이 맞지 않을까? 그래. 좋은 선택이라고 생각해."

모리미야 씨는 내가 이 집에서 나갈 때까지 결혼하지 않겠다고 했지만 워낙 성격에 문제가 있어서 못 하는 게 아닐까 하는 의심이 종종 든다.

"이것도 안 되나?"

"아냐, 됐어. 어드바이스 고마워."

"뭘, 아버지인데 당연하지."

모리미야 씨는 만족스러운 표정으로 말하더니 임무에서 해방되어 마음이 놓이는지 케이크를 입에 밀어 넣었다.

진로 조사표에 찍힌 모리미야라는 빨간 글자. 미토에 다나카, 이즈미가하라. 지금까지 여러 도장을 보았지만 이제 곧 나는 부모의 도장을 받지 않아도 스스로 결정할 수 있게 된다.

"잠깐, 왜 과일만 먹어?"

진로 조사표를 접던 나는 커다란 케이크를 보고 고개를 갸웃했다. 모리미야 씨는 위에 얹은 과일만 집어 먹고 있었다.

"아, 역시 스펀지케이크 부분이나 크림 부분은 부담스러워서. 난 위에 있는 과일을 먹을 테니까 케이크 부분은 네가 먹어."

맛있게 먹는 내 모습을 보고 싶어서 사 온 케이크라고 하지 않았나?

"정말 제멋대로라니까."

내가 투덜거렸다.

"그게, 진로니 뭐니 하는 생각을 했더니 속이 더부룩해져서."

모리미야 씨가 배를 꾹 눌렀다.

"말은 잘하셔."

나는 어처구니없어 하면서도 스펀지케이크와 크림만 있는 부분을 떠서 입에 넣었다.

5

5월 마지막 주 HR 시간. 활짝 연 창문으로 불어오는 바람에 커튼이 크게 나부꼈다. 교실에서 쾌적하게 지낼 수 있는 날씨는 한 해에 얼마 되지 않는다. 선생님이 다음 달에 열릴 구기대회에 대해 설명하는데 학과 수업과는 달리 부담이 없어서인지 졸음을 부르는 오후의 따사로운 햇살에 하품하는 학생들도 몇몇 있었다.

"피구나 배구 둘 중 하나에 참가하도록 하세요. 음, 여학생이 아홉 명씩이고 남학생이……."

담임 선생님이 이야기하는 중에 '피구가 낫기는 한데 운동장에서 해야 하니 더워서', '배구는 돌아가면서 심판을 봐야 하기 때문에 싫어서'라며 수군거리기 시작했다.

피구건 배구건 상관없으니 다른 아이들이 다 고르고 남은 걸 하면 되겠지. 그런 생각으로 칠판을 보고 있는데 뒤에 앉은 하야시가 등을 콕콕 찌르더니 작은 쪽지를 건넸다. 네모로 접은 쪽지에는 '모리미야에게 전달'이라고 적혀 있었다. 수업 중에 몰래 쪽지를 돌리는 일이 자주 있다. 아마 모에가 보낸 쪽지일 것이다. '배구로 하자'는 식의 글이 적혀 있을 줄 알았는데 거기에는 '우리 구기대회 실행위원을 하자'고 적혀 있었다.

깔끔하지만 서둘러 쓴 글씨는 모에가 쓴 것도 아니고 후미나가 쓴 것도 아니었다. 진짜 내게 보낸 쪽지인지 다시 확인하니 겉에는 역시 '모리미야에게 전달'이라고 적혀 있었다. 누가 이런 걸 보냈을까? 교실 안을 둘러보았다.

우연히 눈이 마주친 후미나가 '배구로 하자'고 하기에 고개를 끄덕이고 다시 교실을 둘러보았다. 모에는 옆자리에 있는 미야케와 이야기에 정신이 팔려 있었다. 교실 전체를 둘러보았지만 쪽지를 보낸 듯한 사람은 찾을 수 없었다.

누가 장난친 걸까? 도대체 왜? 누가 이런 장난이야? 다시 교실 안을 천천히 둘러보는 사이에 선생님이 참가 희망 종목을 받기 시작했다. 남자는 어느 쪽이건 상관없다고 생각하는 아이들이 많기 때문에 쉽게 구분되었다. 배구 쪽으로 희망자가 몰린 여자는 가위바위보로 나누었다. 나나 모에나 가위바위보에 져서 피구 쪽으로 결정되었다.

종목이 결정되고 다들 조용해지기를 기다린 뒤 선생님이 이렇게 물었다.

"그럼 남은 건 실행위원이네. 남녀 한 명씩 뽑아 그날 행사를 준비하고 진행하는 일을 맡길 거야. 할 사람, 누구 없니?"

조금 전 받았던 쪽지에는 '우리 구기대회 실행위원을 하자'라고 적혀 있었다. 그렇다면 실행위원을 하고 싶은 사람이 그 쪽지를 보냈을 것이다. 누굴까. 나는 지원자가 나오기를 가만히 기다렸다. 하지만 아무도 손을 들지 않았다.

무카이 선생님이 다시 의견을 물으려는데 남학생 하마사카가 손을 들었다.

"그럼 제가 하겠습니다."

쪽지를 보낸 사람이 하마사카였나 싶어 내가 얼굴을 보려고 고개를 돌리는데 동시에 하마사카가 이렇게 덧붙였다.

"모리미야와 함께."

'엥?', '뭐야?' 하고 놀라는 목소리와 '와, 대단한데', '둘이 사귀는 거 아니야?'라고 놀리는 목소리로 교실 안이 가득 찼다. 그런 가운데 하마사카는 실실 웃으며 서 있었다. 제일 당황한 사람은 나였다.

무카이 선생님이 '그렇게 떠들면 회의가 진행이 되지 않잖아'라며 조용히 하게 만든 다음 하마사카에게 물었다.

"모리미야에게 양해는 구했니?"

그러자 하마사카는 천연덕스럽게 대답했다.

"일단 같이 하자고 권했습니다."

내가 얼굴을 찌푸리는 건 아랑곳하지 않고 남학생들이 '오오, 좋네', '같이 해 줘라, 유코짱' 하는 소리가 들려왔다. 여학생들도 실행위원을 맡지 않으려고 '뭐 모리미야가 하면 좋지', '유코가 딱 맞아'라고 소곤거리는 소리도 들렸다. 모에는 어깨를 으쓱하며 '어머머' 하고 살짝 놀라는 입 모양을 해 보였다.

"그랬구나. 모리미야는 괜찮아?"

선생님이 물었다.

"예……뭐."

나는 살짝 고개를 끄덕였다.

이런 분위기에서는 도저히 거절할 수 없었다. 다들 나하고 하마사카가 실행위원으로 결정된 듯 떠들어 댔다. 선생님이 말씀하신 대로 구기대회 실행위원은 부담이 적은 일이다. 하마사카에게 낚인 듯해 내키지 않았지만 하지 않을 수도 없었다.

"정말 괜찮지?"

무카이 선생님이 다시 확인하자 나는 '예' 하며 좀 더 확실하게 고개를 끄덕였다.

6교시가 끝나자 교실 안은 나하고 하마사카가 어떻게 된 거냐는 이야기로 시끌벅적했다.

"얘, 빨리 자백해. 응?"

"우리한테 아무 말도 없이, 너무해."

후미나와 모에가 나를 잡아끌고 복도로 나오자 하마사카가 따라 나왔다.

"내가 좀 일방적이었나? 미안해, 모리미야."

"그 메모 네가 보낸 거였어?"

"그래, 맞아."

조금 전까지만 해도 그렇게 시끄럽던 교실이 조용해졌다. 다들 귀를 쫑긋 세우고 나와 하마사카의 대화를 엿듣고 있다.

"실행위원을 같이 하고 싶다는 생각이 HR 시간 시작되고 나서 들었어. 불쑥 그런 이야기 꺼내서 미안해."

하마사카는 학교에서 꽤 인기가 있는 남학생이다. 누구에게나 편하게 말을 걸 만큼 명랑하고 다른 학생들을 웃기는 유머 감각도 있다. 그래서 그다지 잘생긴 것도 아니고 공부나 운동을 빼어나게 잘하지도 않는데 다들 좋아한다. 분위기 메이커라는 사실은 인정하지만 나는 그런 모습이 가볍게 보여 좀 꺼려졌다.

"원래는 구기대회에서 멋진 모습을 보여 준 뒤에 고백하려고 계획을 짜 놓았었는데."

하마사카가 설명하는데 내 옆에 있던 모에가 '와아, 만화 같아'라고 웃었다. 후미나는 '그렇지만 구기대회에서 꼭 멋진 모습을 보여 줄 수 있다는 보장은 없지'라며 냉정하게 말했다.

"그렇기는 하지. 그렇지만 모리미야가 점심시간에 1반 세키모토한테 고백 받았잖아?"

"아, 그랬지."

"그래서 서둘러야겠다는 생각에 이런 궁리를 하게 된 거야."

"아아……."

그런 이유로 구기대회 실행위원을 떠맡게 된 건가? 하마사카의 계획에 낚이고 만 것 같아 불쾌했다.

"아, 그렇지만 실행위원이 되었다고 사귀어야 하는 건 아니지?"

실행위원이 되었다고 사귀는 사이까지 되면 곤란하다. 나는 못을 박았다.

"지금은, 하지만 함께 실행위원을 하다 보면 좀 좋은 사이가 되지 않겠어?"

하마사카가 그렇게 이야기하며 웃어 보였다.

실행위원을 함께 한 두 사람이 사귀게 되는 일은 흔하다. 여자 배구부 주장인 후미나도 남자 배구부 주장인 니시노와 사귀고 있다. 그렇지만 이렇게 시작되어서는 좋아하게 될 가능성이 아주 낮다.

"다른 아이들 앞에서 둘이 함께 지원한 거나 마찬가지니 우린 이미 공인된 사이지."

"공인?"

"그래. 실행위원 하는 중에는 너한테 고백하러 올 녀석은 없겠지."

대체 무슨 소리야. 내 생각은 완전 무시하고 있잖아? 미간을 찡그리는 나를 달래며 모에가 놀렸다.

"유코처럼 인기가 많은 애를 좋아하다니, 너도 대단하네."

"인기? 그런 거 없어……."

"없긴 뭘. 넌 인기 많다니까."

후미나도 덩달아 놀렸다.

이상하게도 나는 초등학교 5, 6학년 때부터 남자애들에게 고백을 받는 일이 많아졌다. 특별히 두드러지지도 않고 공부나 운동이나 아주 평범한 내가 인기 있는 까닭은 두 번째 엄마인 리카 씨의 영향이다.

6

"여자란 인기가 있어야 해. 나이가 들었건 어리건 여자건 남자건 상관없이 다른 사람들이 나를 좋아해 주느냐 아니냐에 따라 행복한지 아닌지가 결정되지."

리카 씨는 이렇게 큰소리쳤다. 여자나 노인은 몰라도 남자에게는 그야말로 인기가 많았다. 예쁜 얼굴은 아니지만 또렷한 눈매와 큰 입 때문에 화려해 보이고 화장이나 헤어스타일을 어울리게 아주 잘한다. 자기 자신을 잘 드러내는 사람이었다. 그런 리카 씨를 처음 본 것은 내가 초등학교 2학년 여름방학 때였다.

*

7월 마지막 일요일. 근처 쇼핑몰에 가던 길에 아빠는 낯선 아파트 앞에 차를 세웠다.

"어? 여기 어디야?"

"오늘은 말이야, 아빠 친구인데, 어떤 언니도 함께 가기로 해서……. 괜찮겠지?"

아빠는 뒷좌석 창문으로 밖을 내다보며 머뭇머뭇 말했다.

"언니?"

나는 '언니'가 너무 좋다. 학교 오락 시간에 선배 언니와 놀 때면 늘 가슴이 설렜다. 나보다 뭐든 잘하고 마음씨도 곱다.

그게 언니다. 그렇지만 아빠 친구 가운데 언니가 있다니, 좀 이상하다.

"분명히 너도 그 언니를 좋아하게 될 거야. 알았지?"

아빠가 그렇게 말해 '좋아'라고 대답하는데 아파트에서 여자가 걸어 나오는 모습이 보였다. 언니라고 해서 초등학교 6학년쯤 되는 줄 알았는데 날씬한 어른 여자였다.

"난 리카라고 해. 유코짱, 안녕?"

어른 언니는 그렇게 말하며 내 옆에 앉았다.

"안녕하세요?"

꾸벅 인사를 하면서 나는 재빨리 그 언니를 머리끝에서 발끝까지 훑어보았다.

핑크색 블라우스에 풍성한 갈색 스커트. 하얀색 가방에는 리본이 달려 있고 구두는 반짝반짝 빛났다. 한 번도 본 적이 없는 방법으로 묶어 뒤로 정리한 갈색 머리카락은 아주 단정했고 비누 비슷한 냄새가 났다. 이름은 내가 정말 좋아하는 인형 리카짱과 똑같고 목소리까지 예뻤다. 리카 씨는 내가 부러워하던 모든 것을 갖추고 있었다.

"언니 머리 정말 예쁘네."

차가 출발하자마자 머리카락을 뚫어지게 보면서 내가 말했다.

"그래? 유코짱도 내가 이렇게 땋아 줄까?"

"할 수 있어?"

"그럼. 이걸로 묶어 올리는 거야."

리카 씨는 가방 안에서 노란색 천에 싼 고무줄을 꺼내 내게 보여 주었다.

"우아, 예쁘다."

"그치? 유코짱은 머리카락이 매끈매끈하구나."

단발로 자른 내 머리카락을 리카 씨가 손으로 쓰다듬기 시작했다. 가늘고 예쁜 손가락. 할머니의 쭈글쭈글한 손이나 아빠의 울퉁불퉁한 손과는 너무 달랐다.

"유코짱은 예뻐서 머리 기르면 잘 어울리겠는데."

"길면 할머니가 바로 잘라 버려."

할머니는 눈에 좋지 않다거나 움직일 때 거추장스럽다거나 하면서 내 머리카락이 어깨에 닿거나 앞 머리카락이 눈썹에 닿으면 가위로 싹둑 잘라 버린다. 나는 조금 더 기르고 싶은데 할머니는 '넌 이게 제일 어울린단 말이야'라고 하기 때문에 아무 소리도 못하고 있다.

"어머. 할머니가 머리를 만져 주시는구나."

리카 씨는 내 머리카락을 매만지며 말했다.

"응. 언니는 누가 잘라 줘?"

"난 미용실에 가서."

"미용실?"

그러고 보니 반에서 제일 예쁜 아유짱도 '미용실에서 머리를 했다'고 자랑했었다. 역시 멋쟁이들은 다들 미용실에 가는 모양이다.

리카 씨는 작은 거울을 꺼내 나를 비춰 주었다.

"와, 대박!"

머리카락은 위로 끌어올려 고무줄로 묶여 있었다. 이런 머리 모양은 한 번도 해 본 적이 없다. 아버지도 신호에 걸려 차를 세웠을 때 뒤를 돌아보고 '와, 우리 딸 정말 예쁘네'라며 칭찬해 주었다.

리카 씨는 어떤 사람일까? 아빠하고는 어떤 친구일까? 물어봐야 할 건 아주 많은데 예뻐진 머리카락에 정신이 팔려 그런 건 아랑곳하지 않고 나는 리카 씨의 옷과 머리카락에 대해서만 물었다. 리카 씨는 무슨 질문을 해도 생글생글 웃으며 대답해 주었다. 어쩜 이렇게 멋질 수가 있을까. 이런 언니와 함께 있다니 꿈만 같다. 나는 리카 씨가 금방 좋아졌다.

쇼핑몰에 도착하자 나는 필통을 찾으러 문구 코너로 갔다. 초등학교 입학 때 산 필통이 망가져 뚜껑이 닫히지 않기 때문이다.

초등학생도 아닌데 필통을 구경해야 하면 리카 씨가 심심하지 않을까. 그냥 돌아가고 싶어 하면 어떡하지, 하는 걱정이 들었다. 그런데 문구 코너에 도착하자 리카 씨가 소리를 질렀다.

"와아, 이거 예쁘다."

"정말."

리카 씨가 기쁜 표정을 지어 나는 마음이 놓였다.

"아, 그래도 이게 좋겠다. 왠지 멋져 보이네. 봐, 유코짱에게 딱 어울려."

리카 씨가 집어 든 것은 여자애와 토끼가 있는 분홍색 필통이었다. 포근한 느낌이 드는 그림이 예쁘다. 그런데 당장은 내 마음에 들지만 6학년이 되었을 때는 어떨까? 할머니와 할아버지는 무엇을 살 때나 늘 내게 '6학년이 되어서도 그걸 쓰고 싶은지 어떤지 생각해 본 뒤에 사라'고 했다. 그리고 '6학년은 언니니까 너무 귀여운 걸 쓰면 어린애 같아 창피하지'라고 덧붙였다.

옅은 분홍색 필통. 엄청 예쁘고 갖고 싶다. 그렇지만 6학년이 되면 내겐 어울리지 않을 것 같기도 하다.

"6학년이 되면 너무 귀여워서 싫어질까?"

내가 혼자 중얼거리자 리카 씨가 말했다.

"6학년이면 앞으로 4년이나 남았는데 그때까지 계속 이 필통을 쓸 건 아니잖아."

"엥?"

입학식 때 산 필통도 졸업할 때까지 소중하게 쓰라고 했다. 그게 망가져 시무룩해 있었는데 6학년이 될 때까지 쓸 수 없다는 게 무슨 소릴까?

"필통은 소모품이야. 매일 쓰잖아. 한두 해 쓰면 어디든 망가지기 마련이지."

필통이 또 망가지면 곤란하다. 당황한 나를 보며 리카 씨가 말했다.

"필통이 망가질 때쯤이면 유코짱이 좋아하는 스타일도 바뀔 거야. 그땐 새로 사면 되지. 안 그래, 슈짱?"

슈짱. 아빠를 그렇게 불렀다는 걸 바로 알아차렸다.

나는 아빠라고 부르고, 할아버지와 할머니는 슈헤이라고 부른다. 저번에 왔던 회사 사람은 '과장님'이라고 불렀다. 아빠를 '슈짱'이라고 부르는 사람은 처음 보았다. '슈짱'이라니, 어린애 같았다.

"뭐 그러면 되잖아? 그래도 조심해서 써야 해."

아빠는 고개를 갸웃거리는 내게 이렇게 말했다.

"으, 응. 그럴게."

"어, 이것 봐! 필통하고 같은 캐릭터 지우개와 연필도 있네. 여기."

이번에는 리카 씨가 지우개를 집어 들었다.

"지우개는 있어."

"에이, 세트로 사면 좋잖아."

"그렇지만 그림이 잔뜩 그려진 지우개는 잘 안 지워진다고 할머니가 그랬어."

"아니야. 케이스에만 그림이 있는 거잖아. 지우개 성능은 똑같아. 필통하고 같은 캐릭터로 사는 게 제일 낫지."

리카 씨가 너무 단호하게 말하는 바람에 그렇게 하는 게 맞는 건가 하는 생각이 들었다.

"그런가?"

"지금 쓰는 건 집에서만 쓰고 새 학기엔 필통과 지우개를 세트로 갖춰 학교에 가면 좋잖아? 안 그러니?"

"그렇군. 그래, 새 학기니까 그렇게 하자."

아빠도 그렇게 말하며 필통과 연필, 지우개에 내친김에 책받침까지 사 주었다.

리카 씨가 나타났을 뿐인데 생일도 아닌 날 예쁜 걸 많이 사 주었다. 기쁘기보다는 깜짝 놀랐다. 그렇지만 할머니나 할

아버지에게는 들키지 않도록 해야 좋을지도 모르겠다.

쇼핑을 마치고 햄버거를 먹은 다음 리카 씨와 아이스크림을 먹었다. 나중에는 차에서 마시자며 사이다까지 샀다. 즐겁기만 했던 하루. 내 곁에는 없었던 반짝반짝하는 것을 가지고 와 준 사람이 리카 씨였다.

그 뒤 몇 차례 아빠, 리카 씨와 함께 셋이서 쇼핑하러 가거나 유원지에 놀러 가기도 했다. 리카 씨는 늘 예쁘게 하고 나왔고 말도 잘해 함께 있으면 나까지 기분이 좋아졌다. 몇 번 만나면서 리카 씨의 성이 다나카이며 아빠보다 여덟 살 아래인 스물일곱이고 아버지가 일하는 회사에서 파견사원으로 일한다는 걸 알게 되었다. 그러던 중에 리카 씨는 '난 유코짱과 반대로 엄마밖에 없어'라는 이야기도 해 주었다. 그 말을 듣고 동경의 대상이었던 리카 씨가 훨씬 더 가깝게 느껴졌다.

그리고 3학년이 되기 직전인 봄방학 때 아빠는 '리카 씨가 유짱 엄마가 될 텐데 괜찮아?'라고 물었다.

아주 중요한 걸 묻고 있다는 느낌이 들었지만 리카 씨가 매일 우리 집에 있으면 틀림없이 즐거울 것이다. 나는 '응, 응. 당연하지'라며 바로 대답했다. 그리고 아빠가 엄마 이야기를 서둘러 말해 준 게 이 일 때문이라는 사실도 깨달았다.

3학년이 시작되자마자 리카 씨가 우리 집으로 와서 셋이 함께 살게 되었다.

찜과 생선구이뿐이었던 저녁 식사는 오므라이스나 카레라이스, 하이라이스가 올라왔고 청소나 빨래도 리카 씨가 해 주었다. 내가 거들면 칭찬해 주었다. 집에 돌아오면 늘 리카 씨가 있었고 쉬는 날은 셋이서 이리저리 놀러 다녔다.

매일 아침 학교에 가기 전에 리카 씨가 머리를 예쁘게 묶어 주었다. 친구들이 놀러 올 때면 과자를 많이 준비해 주었다.

친구들이 말했다.

"유짱 엄마는 젊고 예뻐서 좋겠다."

"나도 유짱 집 딸이 되고 싶어. 늘 재미있을 것 같아."

나는 리카 씨가 너무너무 자랑스러웠다.

그렇지만 리카 씨는 어디까지나 리카 씨였지 엄마라는 느낌은 들지 않았다.

"엄마라고 부르는 게 좋아?"

함께 살기 시작한 지 세 달째 되었을 때였다. 끈적끈적 더운 여름밤, 저녁을 먹은 뒤 리카 씨가 준 젤리를 먹으며 내가 물었다.

녹여서 차게만 하면 만들 수 있는 인스턴트 젤리. 멜론 맛이라고 적혀 있는데 과일 맛은 거의 나지 않고 입안에서 부드러우면서도 탱글탱글한 느낌이 들어 기분이 좋다. 여름이 가까워지자 리카 씨는 이 젤리를 자주 만들어 주었다.

"왜?"

리카 씨도 내 것과 같은 젤리를 먹으며 고개를 갸웃거렸다.

"왜라니……? 리카 씨가 엄마가 되었으니까 리카 씨라고 부르는 건 이상하지 않은가?"

"어떻게 부르건 상관없어. 그냥 유코짱 편하게 불러."

리카 씨는 웃으며 그렇게 말했다.

웃으면 리카 씨는 얼굴이 더 화사해 보인다. 그 얼굴은 엄마라고 부르기에 어울리지 않았다. 어떤 친구의 엄마도 리카 씨처럼 생기지 않았다. 빨래도 해 주고 음식도 만들어 주었다. 그렇지만 자유로운 멋쟁이에 예쁘다. 나나 아빠나 리카 씨가 우리 집에 와 주어 기뻤는데 리카 씨는 어떨지. 아빠하고 결혼하고 싶었을 테지만 엄마까지 된 게 마음에 들었을까?

"난 진짜 행운이라고 생각해."

생각에 잠겨 있던 내게 리카 씨가 말했다.

"뭐가?"

"슈짱과 결혼했을 뿐인데 유코짱 엄마까지 될 수 있으니까."

"그게 행운이야?"

엄마가 되면 아이를 돌보기도 하고 집안일도 해야 해 무척 바쁠 것 같은데. 뭔지 모르지만 좋은 일도 있는 건가?

"그럼. 게다가 유코짱은 벌써 여덟 살이고."

"여덟 살이 좋은 거야?"

"응. 왜냐하면 아기를 낳을 때 엄청 힘들거든. 수박을 콧구멍으로 꺼내면서 허리를 쇠로 만든 채찍으로 맞는 것처럼 아프대. 그리고 아기를 키울 때도 세 살까지는 막 울고, 자주 안아 줘야 하고 해서 힘들어. 그런 걸 모두 건너뛰고 이렇게 많이 자란 유코짱 엄마가 될 수 있으니 엄청 플러스지."

수박에 쇠 채찍. 무슨 뜻인지 잘 이해되지 않는 부분도 있지만 리카 씨는 우리 집에 와서 좋았던 모양이다.

"엄마가 되는 게 좋아?"

"응. 좋아. 유코짱하고 같이 있으면 아주 옛날에 지나간 내 여덟 살 시절을 다시 겪을 수 있거든. 아이가 없으면 불가능한 일들이 얼마나 많은데."

"그렇구나."

"그럼, 그럼. 예쁜 문구를 사거나 친구 집에 놀러 가는 것도 다 재미있지."

기쁜 표정으로 이야기하는 리카 씨가 거짓말하는 것 같지는 않았다.

"유코짱도 항상 웃으면 많은 행운이 올 거야."

"그래?"

"그럼. 여자는 웃으면 30퍼센트는 더 예쁘게 보이지. 누구나 웃는 사람을 좋아하고. 다른 사람들이 날 좋아해 준다는 건 아주 중요하거든. 즐거울 때는 활짝, 힘들 때도 나름대로 살짝 웃어야 해."

리카 씨는 그렇게 말하며 방긋 웃었다. 그 표정을 보니 나도 기뻤다.

될 수 있으면 웃자. 누구에게나 웃음을 보여 주자. 나는 그렇게 마음먹었다. 어지간해서는 잔소리를 하지 않는 리카 씨가 모처럼 해 준 충고다. 그러니 그 말에 따르는 게 좋다. 그리고 매일 이렇게 즐거운 일만 있지는 않을 것이다. 웃어서는 안 될 일이 언젠가 생길 것이다. 왠지 그런 예감이 들었다.

7

"리카 영향보다는 아무래도 네 친아버지를 닮아서 얼굴이 예쁘기 때문이겠지."

오늘 하마사카와 있었던 일을 이야기하자 모리미야 씨는 이렇게 말했다.

"그런가?"

"네 역대 아버지 가운데 친아버지인 미토 씨가 제일 미남이니까. 나는 몰라도 이즈미가하라 씨를 닮지 않아서 다행이지."

역대 아빠 가운데 피가 섞인 사람은 미토 슈헤이뿐이다. 다른 사람 얼굴을 닮았을 리가 없는데도 모리미야 씨는 진지한 표정으로 그렇게 말했다.

"이즈미가하라 씨에게 실례야."

"괜찮아. 이즈미가하라 씨의 장점은 얼굴이 아니니까."

"뭐 그렇긴 하지만, 그런데 나 리카 씨를 닮지 않았나?"

나는 제일 오래 함께 살았던 보호자인 리카 씨의 분위기와 사람 대하는 법을 닮았을 거라고 생각했다. 초등학교 5, 6학년쯤부터 남자애한테 고백을 받게 된 까닭은 리카 씨처럼 늘 밝게 웃고 애교가 있기 때문 아닐까?

"유코짱과 리카는 가지고 있는 게 다르니까."

"난 리카 씨처럼 화려하지는 않지."

모리미야 씨에게 물어보지 않아도 리카 씨처럼 화려해 보이지는 않는다는 사실을 나도 잘 안다.

“맞아. 유코짱은 수수하고 얌전하지. 잠깐이기는 하지만 할아버지, 할머니가 키우셨기 때문일 거야.”

“그런가……?”

리카 씨와 살면서 좋은 일들뿐이었다. 하지만 리카 씨가 우리 집에 들어오자 할머니, 할아버지를 볼 일이 없어졌다. 아빠가 없을 때는 할머니 집에서 지내곤 했는데 내가 혼자 있을 일이 없어지니 그럴 필요가 없었던 까닭이다. 그래서 차츰 멀어지고 말았다.

피가 섞인 분들인데, 그토록 아끼고 보살펴 주었는데 어느덧 완전히 멀어지고 말았다. 인사 잘하기, 물건을 소중하게 여기기, 젓가락 쓰는 법이나 말투까지. 그런 걸 모두 할머니와 할아버지한테 배웠는데 지금은 두 분이 어떻게 지내는지도 모른다. 할아버지와 할머니를 생각하면 마음이 편치 않다.

“자, 자. 그런 이야기보다 이 젤리 먹자, 젤리. 오늘은 젤라틴을 덜 넣고 만들었어.”

잠시 시무룩했던 내 앞에 모리미야 씨는 젤리를 내려놓았다. 투명한 유리그릇에 담긴 옅은 노란색 그레이프프루트. 상큼한 향기가 났다.

“와아, 맛있겠다.”

"그치? 오늘은 젤라틴을 권장량보다 절반만 넣고 해 본 거야."

5월 들어 모리미야 씨는 매일 젤리를 만들었다. 주스에 젤라틴을 녹여 냉장고에서 식혔을 뿐이지만 매일 아주 조금씩 젤라틴 양을 조절하며 여러 가지 주스로 만들었다.

"자, 먹어 봐."

"고마워……. 와 찰랑거리고 맛있네."

스푼에서 흘러내릴 듯 부드러운 젤리는 입에 넣자 쑥 목구멍으로 넘어갔다.

"와아, 이 정도면 고급 젤리야."

모리미야 씨도 한 입 먹더니 만족스러운 표정으로 말했다.

"젤리라는 게 젤라틴과 액체를 섞으면 만들 수 있는 거야. 백 퍼센트 주스와 섞으면 제대로 된 맛이 나거든. 케이크 가게에서는 이런 걸 팔지 않지. 팔더라도 아주 비싸게 받아."

"그럴지도."

"이렇게 간단하고 쉽게 만드는 디저트를 돈을 받고 팔다니."

모리미야 씨는 젤리를 바라보며 탐탁지 않다는 듯이 말했다.

"젤리를 담은 그릇값도 들어간 거 아닌가? 케이크 가게에서 파는 젤리는 예쁜 그릇에 담겨 있는 게 많잖아."

"그릇이 필요하면 그릇 가게에 가지. 예쁜 그릇이 필요해서 케이크 가게에 간다는 이야기는 들어 본 적도 없어."

"아, 맞는 말이야. 참. 그런데 애인은 안 생겨?"

모리미야 씨는 젤리에 관해서는 엄청 말이 많다. 지긋지긋해서 나는 화제를 바꾸려고 했다.

"왜?"

"리카 씨 없이 지낸 지 2년이나 지났고 아직 서른일곱 살이잖아."

"서른일곱이면 젊은 나이는 아니야. 게다가 난 아버지 역할을 제대로 하려고 애쓰는 중이고. 이렇게 바쁘니 연애할 상황이 아니지."

모리미야 씨는 스스로가 대견하다는 듯 말했다.

리카 씨는 지금쯤 틀림없이 새로운 상대와 행복한 나날을 보내고 있을 것이다. 리카 씨는 계속해서 앞으로 나아가는 사람이다. 모리미야 씨는 싹 잊고 지금의 생활을 만끽하고 있을 게 틀림없다. 이렇게 생각하면 모리미야 씨가 측은해지기도 한다.

"그런데 말이야, 젤리를 담은 그릇을 다른 데 쓰기도 하나? 절대로 쓰지 않을 거야. 케이크 가게에서 보니까 예쁜 거지 생각보다 싸구려일걸. 종류가 다른 식기가 하나 있으면 처치 곤란일 테고."

다시 젤리 이야기로 돌아갔다. 나는 살며시 한숨을 내쉬었다. 겨우 젤리를 놓고 이렇게 오래 이야기를 하는 사람이라면 아버지 역할 때문에 바쁘지 않더라도 아무도 애인이 되어 주지 않을 것이다.

"좋아! 내일은 알맹이가 있는 오렌지주스로 젤리를 만들어 보자. 어때? 상상만 해도 맛있을 것 같지 않니? 내 상상력은 꽤 괜찮아."

"그렇긴 하지."

"무슨 반응이 그리 미지근해?"

"그런 거 아니야. 그래, 만들어 주는 젤리는 정말 맛있어."

리카 씨가 만들어 주던 인스턴트 젤리도 좋았지만 이 찰랑거리는 부드러운 젤리도 맛있다. 게다가 누구나 나를 좋아하게 만드는 것이 낫다. 리카 씨를 떠올리며 나는 젤리를 다 먹고 방긋 웃었다.

"그렇지?"

모리미야 씨는 만족스러운 듯이 고개를 끄덕이더니 '더 갖다줄게'라며 주방으로 갔다.

투명한 젤리. 달콤한 초코케이크처럼 먹는 것만으로도 행복한 기분이 들 만큼 강력하지는 않지만 언제 먹어도 기분 좋은 디저트다. 다른 맛의 젤리가 기다리고 있다. 이렇게 생각만 해도 역시 내일 이 시간이 기다려진다.

8

구기대회가 열리는 날. 장마철이 가까워 습기가 많았지만 하늘은 맑고 푸르렀다.

"다도코로 모에, 빨리 이쪽 코트로 이동해."

"아아—, 후미나는 체육관에 있어서 좋겠다. 난 이제 더는 움직이고 싶지 않아."

가위바위보에 져서 피구를 하게 된 모에는 하마사카가 부르자 운동장 구석에 있는 나무 그늘에서 일어섰다.

"힘내. 이제 마지막 시합이니까."

"우리 팀은 한 번도 이기지 못했으니 꼴찌 확정이잖아? 그냥 기권하는 게 나을 텐데."

"부전승은 들어 봤어도 부전패는 들어 본 적 없어."

"유코네 팀은 1등이라 좋겠다."

모에는 느릿느릿 걸으며 투덜거렸다.

"난 피하기만 하고 아무것도 하지 않는데."

"우리 팀은 의욕이 넘쳐. 하마사카뿐이지만."

모에가 '빨리 와'라며 손을 흔드는 하마사카를 보고 얼굴을 찌푸렸다.

"그러지 말고 어서 가."

"그래, 알았어. 으아—, 저 고교 매직남이 설치니 더 싫어진다."

모에는 '에이 시끄러'라고 하면서 코트 쪽으로 달려갔다.

'고교 매직남'. 모에와 일부 여자애들은 하마사카를 이렇게 놀렸다. 성격이 밝다는 이유만으로 인기가 있는 것은 고교 시절의 마술일 뿐이고 사회에 나가면 평범한 남자가 된다. 틀림없이 하마사카가 반 분위기를 띄우는 발언을 하거나 누구와도 이야기를 나누는 모습은 다들 좋아한다. 그래서 하마사카 같은 학생이 학교에는 필요하다는 사실을 모두들 알고 있다.

제비뽑기로 나눈 A팀과 B팀. 그 멤버를 보고 다들 '제비뽑기는 평등한 것 같으면서도 잔인하다'고 생각했을 것이다. 활발한 학생이 많은 A팀과 달리 B팀은 운동이 서툰 학생들이나 얌전한 학생들, 모에처럼 움직이기 싫어하는 학생들이 모여 있었다. 그런 가운데 나와 함께 A팀이 된 하마사카가 이렇게 말했다.

"실행위원이 둘 다 같은 팀에 있는 건 좋지 않지. 내가 B팀으로 갈게."

하마사카는 '이런 팀이라면 내 활약이 돋보이겠지?'라며 나를 보고 웃었다. 하마사카가 없으면 B팀은 그야말로 말이 아니었을 것이다. 그 경박함은 꼴 보기 싫지만 분위기를 띄워 반 전체가 잘 돌아가게 만드는 일도 많았다.

"역시 마지막까지 패배였어."

진행 본부 천막 안에서 폐회식을 준비하고 있는데 모에가 목에 수건을 걸고 다가왔다.

"그래도 아슬아슬했잖아."

"그랬지. 우리 팀이 막 분위기를 타기 시작하는데 시합이 끝났어."

많이 움직였는지 모에의 얼굴이 빨갛게 익었다.

"그래도 모에 너는 마지막까지 살아 있었잖아?"

"헤헤. 맞아. 너도 실행위원 하느라 고생했네. 꽤 힘들었지?"

"전혀. 오늘 일은 이제 이것하고 뒷정리뿐이야."

나는 표창장에 팀 이름을 적으면서 그렇게 말했다.

모든 게임이 끝나고 체육관에 있던 학생들도 운동장으로 모였다. 다들 지쳤다고 하면서도 표정은 밝았다. 입시 준비에 쫓기던 나날 속에 구기대회 덕분에 그래도 숨통이 트인 모양이다. 억지로 떠맡은 실행위원이지만 학생들 모습을 보고 있으니 왠지 뿌듯했다.

방과 후 실행위원들은 뒷정리를 하게 되었다. 6월 중순에 접어들어 오후 3시가 지난 운동장은 아직 대낮이라 땀이 흥건히 났다.

천막과 시트를 창고에 넣고 운동장을 정비하는 것이 일이다. 길고 무거운 천막 기둥 여러 개를 하마사카와 함께 창고로 옮겼다.

"모리미야, 솜씨가 좋네."

하마사카가 기둥을 번쩍 들어 올리며 말했다.

"그래?"

부지런한 하마사카의 움직임에 맞추고 있을 뿐인데 우리는 다른 반보다 훨씬 많이 옮겼다.

"지치지 않아?"

"괜찮아."

"일찍 끝내는 게 좋지. 곧 동아리 활동도 시작될 테고."

하마사카는 종례를 마친 학생들이 운동장에 나오는 모습을 보며 말했다.

"하긴."

여름이 가까워 동아리들의 연습도 한창이다. 방해가 되면 안 되기에 나도 걸음을 서둘렀다.

"남은 건 짧은 기둥 몇 개와 컬러 콘뿐이야. 운동장 정돈은 내가 할게."

하마사카가 말했다. 나는 1반 실행위원인 기즈와 짧은 기둥을 창고로 옮겼다.

"옮기는 건 지옥이지만 창고 안에 있는 동안은 천국이네."

창고 안에 들어오자 기즈가 말했다.

창고 안은 어두컴컴하고 햇볕이 들지 않기 때문에 더운 바깥과는 달리 무척 서늘했다. 이 안에 있으면 자연히 땀도 식는다.

"정말. 여기만 겨울 같네. 와아."

천막 기둥을 안으로 옮기려던 나는 줄 긋는 라인기에 발이 걸려 넘어졌다..

"아아, 이런. 미안. 얼른 치울게."

넘어지는 바람에 라인기 안에 있던 석회가 쏟아져 바닥이 하얗게 되었다. 나는 구석에 세워져 있던 빗자루를 얼른 집어 들었다.

"도와줄게."

기즈도 빗자루를 들고 쓸어 주었다.

"고마워. 이제 됐네."

라인기에 들어 있던 석회라 그리 많은 양은 아니었다. 깨끗해졌는데 기즈는 꼼꼼한 성격인지 구석구석 공들여 쓸었다.

"이제 되지 않았어?"

"좀 더 쓸자. 이제 옮길 물건도 없으니 서둘러 운동장으로 돌아갈 건 없잖아."

기즈의 말처럼 남은 일은 운동장 정리뿐이다. 비닐시트나 구기대회에 쓴 물건들도 모두 창고에 옮겨 놓았다. 나는 '하긴' 하며 다시 바닥을 쓸면서 창고에 학생이 여섯 명이나 있다는 사실을 깨달았다.

집행위원은 여섯 학급이니 열두 명. 특별 진학반 네 명은 보충수업이 있어 뒷정리에는 빠졌기 때문에 지금 있는 실행위원은 나를 포함해 일곱 명이 창고에서 천막 기둥을 정리하거나 비닐시트를 접는 자질구레한 작업을 하고 있었다. 다들 꼼꼼한 애들이라고 생각하면서 운동장 쪽을 바라보다가 깜짝 놀랐다.

운동장에서는 하마사카가 혼자 고무래처럼 생긴 정지기를

끌고 있었다. 살짝 기울기 시작한 햇살을 등으로 받아 체육복이 땀에 젖은 걸 알 수 있었다. 운동장은 덥고 정지기를 끄는 일은 중노동이다. 창고에서 느긋하게 정리하는 동안 자진해서 운동장을 정돈해 준다면 고마운 일이다. 어쩌면 이렇게 생각하는 사람도 있을지 모르겠다.

"나 운동장으로 돌아갈래. 창고는 어두컴컴해서 왠지 내키지 않아."

나는 기즈에게 이렇게 말하고 운동장으로 나갔다.

"창고 뒷정리 다 했어?"

하마사카는 달려온 내게 물었다.

"응, 미안. 라인기에 걸려 넘어져 석회가 쏟아지는 바람에 쓸어 담느라 늦었네."

"창고 안은 공기가 나쁜데 고생했겠네."

창고에서 하는 작업은 운동장에서 땅을 고르는 일보다 훨씬 편하다. 하마사카 말고는 다들 창고에 있으려 한다고 말해 주고 싶었지만 고자질하는 것 같아 그만두었다.

"어라, 정지기는 다루기 힘드네."

"누르면 힘이 드니까. 끌면 움직이기 쉽지."

정지기를 제대로 다루지 못하는 내게 하마사카가 시범을 보였다.

"그렇구나……. 야구부원들이 쉽게 쓰는 것 같아 다루기 편한 줄 알았더니."

"설마."

하마사카는 소리 내어 웃고 나서 내친김에 이야기하겠다는 듯이 '나 너한테 고백하는 거 포기할게'라고 했다.

"뭐?"

"너한테 고백하겠다고 생각했는데 그만둘게."

"그래……?."

고백을 기대했던 건 아니지만 그런 말을 들으니 맥이 빠졌다. 함께 실행위원을 하는 동안에 내가 별 볼일 없다고 판단한 걸까 하는 생각도 들었다.

"멋진 모습을 보여 주지도 못했으니까."

왜냐고 이유를 물으려던 내게 하마사카가 말했다.

"멋진 모습?"

"그래. 피구에서 우리 2반 B팀이 꼴찌를 했잖아."

하마사카는 정지기를 쓱쓱 끌면서 말했다.

이겨야 멋있게 보이는 것은 아니라는 생각이 들지만 그렇다고 어떤 모습을 봐야 좋아질지는 모르겠다. 그런 생각을 하면서 요령 좋게 흙을 고르는 하마사카 옆에서 끙끙거리며 정지기를 끌었다.

"그렇지만 실행위원 같은 거 또 함께 하자. 난 너하고 하는 게 즐거워."

하마사카가 살짝 흥분한 목소리로 말했다.

"나 다른 애들 앞에 서거나 이끄는 일을 잘 못해."

"나도 그래."

"거짓말. 넌 분위기를 잘 맞추니까, ……아니, 뭐랄까 활달하니까 어울릴 거야."

"가끔 이런 생각을 해,"

"어떤 생각?"

"넌 사용하는 어휘가 좀 특이하다는 느낌이 들어."

하마사카는 킥킥 웃었다.

"아, 그건 아빠 영향 때문……. 아, 그렇지만 분위기를 잘 맞춘다, 밝아서 좋다는 거. 좋은 말이잖아?"

내가 어휘 선택이 특이한 까닭은 틀림없이 매일 밤 모리미야 씨와 이야기를 나누기 때문이리라. 나는 기를 쓰고 변명했다.

"분위기를 잘 맞추지만 난 소심하니까."

"그래?"

"그래. 그래서 이렇게 정지기를 끌고 있는 거지."

"그래? 응. 나도 정지기 끄는 일이라면 또 해도 괜찮을 것 같아."

"정지기 담당 실행위원은 없지. 모리미야, 너 대충 얼버무리고 넘어가려는 거구나."

하마사카가 또 웃었다.

"아니야, 이것도 아빠 영향이라……."

이렇게 말하려다가 늘 '머리는 좋다'고 주장하는 모리미야 씨의 얼굴이 떠올랐다. 그렇다면 얼버무리고 넘어가는 건 어느 아빠 영향일까. 그런 생각을 하니 나도 그만 웃음이 났다.

운동장을 반쯤 정돈했을 때 다른 실행위원들이 운동장으로 나왔다.

"이제야 천막 정리가 끝났어."

이런 소리를 하면서 정지기를 집어 드는 아이들을 보며 하마사카가 대꾸했다.

"그랬구나. 미안. 운동장 고르기만 하고 있어서. 그래도 이제 곧 끝날 거야."

정지기를 쥔 하마사카의 팔은 땀으로 반짝였다. 피구에서 많은 사람을 죽이는 것보다 정지기를 잘 끄는 게 훨씬 멋지다. 하마사카가 좋아지지는 않았지만 다시 무슨 위원을 하는 건 괜찮겠구나, 그런 생각을 했다.

9

"가다가 어디서 디저트 먹고 가자."

구기대회를 치른 지 일주일 뒤, 모에가 꼬드기는 바람에 '단골 가게에서 얼마 전부터 빙수를 해'라는 후미나의 제안에 따라 함께 역 근처 카페로 가게 되었다.

역에서 언덕을 올라가면 나오는 작은 카페는 낡은 가게이기는 하지만 선생님들이 오는 일도 없고 오래 앉아 있을 수 있어 셋이 자주 들렀다.

"이제 여름이네."

테이블 위에 놓인 차가운 디저트를 보며 후미나가 말했다.

"장마철이야. 비는 별로 오지 않지만 끈적끈적해서 잠을 잘 수가 없네."

모에가 파르페에 얹은 아이스크림을 스푼으로 뜨면서 얼굴을 찌푸렸다.

"정말. 어느새 장마철이야."

나는 우유 빙수를 입에 넣었다. 얇게 간 얼음이 입안에서 녹았다. 저녁 식사 후에 매일 젤리를 먹었기 때문에 남들보다 한 걸음 먼저 여름을 맞이한 기분이었는데 마침내 장마철에 들어섰다.

"얘, 그 뒤에 어떻게 된 거야?"

날씨 이야기를 얼른 마치고 모에가 작은 목소리로 속삭이듯 내게 말했다.

"그 뒤라니?"

"하마사카하고 어떻게 되었느냐고."

"하마사카? 아무것도 없는데."

나는 솔직하게 이야기했다.

구기대회가 끝난 뒤에는 마주칠 때 '날씨가 덥네', '영어 숙제 했어?' 정도의 이야기는 나누게 되었다. 하지만 그뿐이고 이전과 아무런 변화도 없었다.

"그래? 음, 그렇구나."

모에는 고개를 끄덕이며 웨이퍼를 베어 물었다. 하마사카와 나에 대한 다른 아이들의 관심도 이제 잦아들 때가 되었는데 이제 와서 왜 그러는 걸까 하는 생각을 하며 빙수를 먹었다.

"모에가 말이야, 사실은 하마사카에게 마음이 있는 것 같아."

후미나가 씩 웃으며 말했다.

"어? 그래?"

뜻밖이었다. 모에가 좋아하는 남자는 지금까지 늘 선배거나 나이가 위인 어른스러운 타입이 많았다. 게다가 하마사카는 얼마 전까지만 해도 '고교 매직남'이라고 흉을 보았는데.

모에는 '헤헤헤' 웃으며 얼굴이 빨개져서 말했다.

"구기대회 때 같은 팀이었잖아? 열심히 하는 모습에 끌렸다고나 할까?"

"그랬구나."

"왠지 그 애가 점점 괜찮은 애라는 생각 들지 않아?"

모에가 그렇게 말하자 나는 '그건 그런가'라며 맞장구를 쳤다. 결정적으로 잘생기거나 운동신경이 뛰어나지는 않지만 하마사카는 결코 남을 기분 나쁘게 만드는 사람은 아니다.

"그래서 말이야, 유코가 중간에 다리를 놔줄 수 없을까 해서."

"다리를 놔?"

모에가 너무도 뜻밖의 말을 하는 바람에 나는 되물었다.

"그래. 나 하마사카하고 사귀고 싶어서."

마음이 끌리는 정도인 줄 알았더니 모에는 거기까지 생각하고 있었다. 나는 무심코 '대박'이라고 내뱉었다.

"하마사카는 유코를 좋아했던 거지?"

"어? 글쎄, 그런가?"

"그러니까 유코가 나하고 사귀어 보라고 권하면 잘 되지 않을까 싶어서."

속마음을 털어놓고 나니 배짱이 생긴 모양이다. 조금 전까지만 해도 쑥스러워하던 모에는 어느새 평소 말투로 돌아왔다.

"그런가……?"

"그래. 유코가 이야기하면 들어줄 것 같지 않아?"

"글쎄……."

내가 생각하기에는 잘 될 것 같지 않았다. 나를 좋아했던 사람에게 다른 사람을 사귀라고 권하는 건 실례다. 또 하마사카는 좀 소심하고 지나치게 진지한 면이 있기 때문에 성격이 대담한 편인 모에와는 어울릴 것 같지가 않았다.

"그냥 말이라도 전해 줘. 마음을 전달해 주는 정도니까 괜찮잖아?"

우지킨토키 빙수[4]를 싹 비운 후미나는 찬 것을 많이 먹어 아픈지 머리를 누르면서 말했다.

"그래."

그쯤이라면 내가 할 수 있을까. 나는 당황하기는 했지만 고개를 끄덕였다.

"부탁할게, 유코. 나 진심이거든."

---

4 宇治金時氷. 곱게 간 얼음에 말차와 설탕과 물을 섞어 만든 시럽을 얹고 팥앙금을 올린 빙수.

모에는 짝 소리가 나도록 두 손을 마주 쳤다.

"응."

"잘 됐다! 너무 고마워."

모에가 기뻐서 웃는 얼굴을 보며 나는 불안해졌다. 잘되지 않으면 모에가 실망하게 될 텐데, 어쩌지?

카페에 올 때는 빨리 빙수를 먹고 싶었는데 냉방이 되는 가게 안에서 먹으니 좀 시들했다.

나는 거의 다 녹은 빙수를 입에 떠 넣으면서 들떠서 이야기하는 모에의 말을 멍하니 듣고 있었다.

"불러냈어."

이튿날 등교하자마자 모에가 말했다.

"뭐?"

"후미나 남자 친구에게 부탁해서 하마사카에게 방과 후 미술실로 와 달라고 했지."

교실에 들어가기 전에 복도에서 모에는 내 귓가에 대고 속삭였다. 어제오늘 사이에 벌써 이야기가 진행되었다. 나는 너무 빠른 전개에 놀랐다.

"빠르네……."

"내일부터 기말시험이어서 오늘은 오전 수업이잖아? 다들 일찍 갈 테니까 남들 눈에 띄지도 않을 테고."

수업도 없는 날에 따로 떨어진 교사에 있는 미술실에 가는 학생은 없으리라. 일시나 장소는 잘 골랐다는 생각이 들었다.

"유코가 하고 싶은 이야기가 있는 것 같다고 했거든."

"괜찮을까?"

"괜찮아. 기본적으로 남자는 여자의 고백을 거절하지 않으니까."

"그렇다면 다행이겠지만."

모에의 자신만만한 표정을 보니 나는 더 걱정되었다.

"유코는 전달만 해 주면 돼. 아, 그렇지만 말을 잘해 줘. 내가 좀 화려한 걸 좋아하는 애로 여겨지는 모양인데 사실은 부드럽고 순수한 여자애라고 해 줘."

모에는 짓궂은 표정으로 웃었다.

모에는 2학년 때부터 같은 반이었다. 1학년 때부터 나하고 사이가 좋았던 후미나와 모에가 친하기도 해 셋이 자주 어울렸다. 모에는 화려한 걸 좋아하고 자기주장이 또렷하기도 했지만 친구를 좋아하고 남을 위해 나서기 좋아하는 애이기도 했다. 내 생일 때는 선물뿐 아니라 편지를 세 장이나 써서 주었다. 좋은 친구지만 가끔 억지스러울 때가 있어 당황스럽다.

시험 전날이라 수업은 네 시간 모두 시험공부를 하라고 자습을 시켰다. 그런데 공부를 하려고 해도 방과 후의 일이 마음에 걸려 머리에 들어오지 않았다. 하마사카가 모에를 좋아해 모에의 뜻대로 되면 좋을 텐데. 하지만 잘될 거라는 느낌이 들지 않았다.

하마사카는 나와 반대로 복도 쪽 제일 앞자리에 앉아 있다. 내 자리에서는 등밖에 보이지 않는다. 방과 후에 내가 할 이야기가 있다는 건 이미 알고 있으리라. 하마사카는 무슨 생각을 할까. 내가 무슨 이야기를 할 거라고 예상하고 있을까. 물끄러미 하마사카의 뒷모습을 바라보는데 세 줄 건너에 앉은 모에의 시선이 느껴졌다. 내가 하마사카 때문에 신경 쓰고 있다고 생각하게 되면 난처하다. 나는 모에 쪽을 바라보며 방긋 웃고 다시 문제집을 들여다보았다.

"어머, 벌써 왔네."

종례를 마치고 서둘러 미술실 앞으로 가니 하마사카는 벌써 와 있었다.

"응, 서둘러 왔어."

"나도 서둘러 왔는데 나보다 먼저 왔네."

"난 육상부잖아."

"그런가? 그런데 정말 여기까지 달려온 거니?"

나는 호흡을 가다듬으며 물었다. 인기척이 없는 복도는 아주 조용해서 목소리가 크게 울렸다.

"왠지 신경이 쓰여서 오늘은 시험공부가 하나도 안 되더라."

내가 말했다. 그러자 하마사카가 웃으며 대꾸했다.

"할 이야기는 네가 있다고 해 놓고. 네가 마음 쓰일 일은 없잖아?"

"그런가? 그렇지."

미술실 주변에는 아무도 없었지만 복도 한복판에서는 좀 마음이 놓이지 않는다. 우리는 자연스레 미술실 안으로 들어갔다.

"그런데 뭘 그렇게 멀리 돌아서 이야기를 했니? 네가 나한테 할 이야기가 있다는 말을 3반 니시노에게 전해 들었어."

"아, 그랬지. 미안."

"편하게 이야기하기 힘든 내용이야?"

하마사카는 좀 긴장한 모양이다. 눈썹을 찡그리고 있었다.

"그런 건 아닌데."

나는 꿀꺽 침을 삼켰다. 마음은 무겁지만 빨리 이야기하는 게 최고다. 이런 이야기는 뜸을 들이지 않는 게 좋다.

"사실은 말이야."

나는 빨리 털어놓으려고 입을 열었다. 그러자 하마사카가 얼굴을 찡그리며 말했다.

"으아, 왠지 무지 좋지 않은 예감이 드네. 너하고 내가 사귀고 있는 게 아니니 헤어지자는 이야기를 할 리는 없을 테지만. 그래도 좋은 예감은 들지 않아. 굳이 이런 곳까지 부른 걸 보면 뭔가 심각한 이야기겠지."

하마사카는 농담처럼 이야기하며 머리를 감싸 쥐는 바람에 살짝 마음이 약해졌다.

'모에가 널 좋아한대. 그 애랑 사귀지 않을래?'

이렇게만 이야기하면 된다. 그런데 말하기 너무 힘들었다. 만약에 내가 좋아한다고 고백한 사람한테 다른 남자와 사귀라는 이야기를 들으면 틀림없이 기운이 빠질 것이다. 그런데 하마사카에게 이런 이야기를 해야 하다니, 너무 미안했다.

"무슨 이야기인데?"

머뭇거리는 내게 하마사카가 물었다.

"그러니까, 그게……."

"여기까지 불러 놓고 뭘 그렇게 망설여?"

"그렇구나. 그러니까, 그게 말이야……."

"설마 아무것도 아니라거나, 장난으로 그런 거 아니겠지?"

이렇게 말하며 웃는 하마사카를 보니 상처를 줄 수는 없다는 생각이 들었다.

"아니, 그런 게 아니고. 아, 참!"

"아, 참? 뭐야, 아침에 내게 이리 나오라는 말을 전해 놓고 이제야 할 말이 생겼다는 거야?"

하마사카는 눈썹을 찌푸렸다.

"그래, 있잖아, 그거. 2학기가 되면 결정할 거잖아? 각 부문 담당자."

"아, 그러겠지."

"도서위원은 어때?"

"응?"

하마사카가 눈썹을 더 찡그렸다.

"그러니까, 네가 또 무슨 위원 같은 것 하자고 했었잖아. 구기대회 때. 만약에 함께 한다면 말이지만."

하마사카는 의아한 표정을 지었다. 하긴 그렇다. 굳이 불러내서 아직 시간이 많이 남은 위원 결정 이야기를 하다니. 당황하는 게 당연하다.

"할 이야기라는 게, 설마 그거야?"

"응, 그래. 그런가?"

내가 힘없이 웃었다.

"거짓말이지?"

"미안해. 그냥 오늘 아침에 문득 생각이 났어."

"그게 뭐야? 너 좀 이상하다."

"미안. 시험 전날에 쓸데없는 소리를 해서."

나는 고개를 숙였다.

"아냐, 그건 괜찮아."

"아, 그럼 저어, 나 그만 갈게. 정말 미안해."

모에와 후미나가 기다리고 있다. 나는 영문을 모르겠다는 표정으로 우두커니 서 있는 하마사카에게 '먼저 갈게' 하고 다시 고개를 숙인 뒤 교실까지 달려갔다.

시험 전날이라 모두 일찍 돌아갔는지 교실에는 후미나와 모에밖에 없었다.

"어떻게 됐어?"

내가 교실로 들어가자 대뜸 모에가 다가왔다. 불안을 슬쩍 내비치면서도 눈은 반짝거리며 입은 미소를 짓고 있다. 성공했다고 생각하는 모양이다. 나는 가슴이 답답해지는 걸 느끼면서 말했다.

"그게, 제대로 말을 못했어. 미안해……."

나는 살짝 고개를 숙였다.

그러면 어떻게 되었는지 눈치챌 수 있을 거라고 생각했다.

이런 일은 어려울 수밖에 없어 잘 안 될 거라고 생각했었다. 그런데 내 말을 들은 순간 모에의 표정이 싹 바뀌었다. 못마땅한 듯 입술을 삐죽 내밀더니 매서운 눈으로 나를 노려보았다.

"왜?"

"왜냐고? 그게, 그러니까……."

"내가 좋아한다는 이야기만 전하면 되는 거잖아. 제대로 말을 못하다니, 왜?"

기가 센 모에가 반 아이들이나 선생님에게 화내는 모습은 자주 보았다. 그렇지만 그 분노가 나를 향하기는 처음이라 무척 당황했다.

"왠지 말하기 거북해서."

"뭐가 거북해? 유코, 너 하마사카를 좋아하는 건 아니잖아?"

"그건 그렇지."

나는 고개를 크게 끄덕였다. 그러자 모에는 '흐음' 하며 시큰둥한 표정으로 바라보더니 이렇게 말했다.

"그런데 다른 여자애, 아니 자기 친구와 사귀는 건 싫다는 거니?"

"뭐?"

"넌 네가 좋아하지 않는 사람이라도 너를 좋아하기를 바라는 거로구나."

"그렇지 않아."

"그럼 친구가 더 중요하지 않아?"

모에의 낮은 목소리에는 짜증이 배어 나왔다.

"누굴 더 중요하게 여기지는 않아."

"말은 잘하네. 넌 너부터 생각하잖아. 친구를 제일 소중하게 여겨야 하지 않아? 이쯤은 해 줘도 괜찮지 않아?"

우선순위를 매기지도 않았고 하마사카의 마음을 내게 붙잡아 두고 싶은 것도 아니다. 그냥 그 말을 꺼내지 못했을 뿐이다. 어떻게 설명해야 이해해 줄까. 망설이고 있는데 모에가 먼저 입을 열었다.

"정말 실망이야. 네가 그런 아이인 줄 몰랐어."

그러더니 큰 소리가 나도록 바로 앞에 있는 책상에 부딪히면서 교실을 나갔다.

"힘들어도 이야기를 전해 주었으면 좋았을 텐데."

잠자코 듣고 있던 후미나도 그렇게 말하더니 모에를 따라 교실을 나갔다.

어쩌다 이렇게 되고 말았을까? 저렇게까지 화를 낼 일인가? 모에는 그토록 하마사카를 좋아한 걸까? 시험 전날 친구와 갈등을 빚다니. 모에의 부탁을 냅죽 받아들이는 게 아니었다. 모에가 빨리 기분이 풀리면 좋을 텐데. 혼자 남겨진 교실에서 나는 그때 심각하게 받아들이지 않고 있었다.

"안녕?"

이튿날 아침, 복도에서 만나 말을 건네자 모에는 나를 거들떠보지도 않고 얼른 교실로 들어갔다. 아직 화가 풀리지 않았다. 난처하네. 후미나와 의논해 볼까 하는 생각에 이미 자리에서 문제집을 펼치고 앉아 있던 후미나에게 다가갔다. 그런데 후미나는 내가 말을 걸기 직전에 자리에서 일어서더니 모에 쪽으로 갔다.

생각보다 심각해지고 있다. 나는 가슴이 두근거리기 시작했다. 둘 다 나를 피했다. 그렇지만 지금 두 사람과 이야기를 해서 문제를 해결할 수는 없을 것 같았다. 이제 곧 조례가 시작될 시간이다. 일단 마음을 가라앉히자고 생각하며 내 자리로 향했다. 도중에 나와 친한 미나미에게 '안녕?' 하고 인사를 건넸다. 그런데 미나미는 난처한 듯 고개를 숙이고 있었다. 혹시……. 불길한 예감이 들었다. 이용하는 전철역이 같아 종종 함께 등교하는 하루나에게 '시험공부 많이 했어?'라고 물어보았다. 하지만 마찬가지였다. 하루나는 공부하느라 정신이 팔린 척하면서 대꾸도 없었고 고개도 들지 않았다.

반에는 모에와 친하지 않은 아이들도 있고 남학생도 있으니 모두는 아닐 것이다. 그렇지만 나는 대부분의 여학생에게 무시당하고 있는 듯했다.

"사귈 만하지 못한 애도 있지."

"대개 남자보단 친구가 더 중요하지 않아?"

모에가 아닌 누군가가 이렇게 말하는 소리가 들렸다. 어제 그 일은 이미 소문이 퍼진 모양이다.

"친구를 배신하다니, 그건 안 되지!"

"정말 형편없어."

남들 눈에 띄기 좋아하거나 남들 싸우는 걸 좋아하는 스미다와 야바시의 목소리다. 기가 센 두 사람을 당해 내기는 쉽지 않다. 나는 못 들은 척하며 자리에 앉았다.

스미다와 야바시는 누구라고 딱 집어서 이야기하지는 않았지만 내가 도리에 어긋난 짓을 했다는 듯 목소리를 높여 비판했다.

내가 그렇게 나쁜 짓을 한 걸까? 친구라는 게 그렇게 소중한 건가? 친구가 하는 부탁은 뭐든 들어줘야만 하는 걸까? 그럴 리 없다. 우선해야 할 것, 그게 뭔지는 모른다. 하지만 친구가 아니라는 건 확실하다.

10

초등학교 4학년 3학기[5] 종업식 때였다. 집에 가는 길에 미나짱, 가나데짱과 헤어지자 나는 서둘러 집으로 갔다. 통지표가 지금까지 제일 좋았다. '참 잘했어요'가 여덟 개나 되었고 선생님은 통지표에 '친구들에게 친절하고 다른 학생들과 협력하며 노력했습니다', '적극적으로 여러 가지 일에 참여했습니다' 같은 좋은 말만 적어 주셨다.

이걸 보면 리카 씨는 '대박' 하며 놀랄 것이다. 아빠는 '친구들에게 친절한 게 최고다'라고 칭찬해 주리라. 그런 모습을 상상하기만 해도 발걸음이 절로 빨라졌다.

그런데 봄방학이 끝나면 5학년이 되기 때문에 위원회 활동도 있고 영어 수업도 있다. 반이 바뀌는 건 가슴 설레지만 가나데짱과 미나짱은 절친이기 때문에 반이 갈려도 매일 같이 놀기로 약속했다. 앞으로 재미있는 일들이 더 많아질 것이다. 그렇게 생각하니 가슴이 설레었다.

"유코짱, 똑똑하구나."

---

5 일본의 초중고등학교는 대부분 한 학년을 3학기로 구분한다. 학년은 4월에 시작해 다음 해 3월 31일에 끝난다.

통지표를 펼친 리카 씨는 예상대로 우와아, 하고 놀랐다.

"이번에만 잘했을 뿐이야."

"그렇지 않아. 국어, 수학, 과학은 물론이고 체육이나 음악도 다 잘했다고 하잖아. 유코는 뭐든 다 잘하는구나."

리카 씨가 엄청나게 칭찬하는 바람에 나는 쑥스러워 헤헤헤 웃었다.

"이런 대박 통지표를 보면 슈짱도 기뻐할 거야."

리카 씨는 그렇게 말하며 통지표를 곱게 접어 책상 위에 놓았다.

"정말?"

"그럼. 틀림없이 기뻐하겠지. 그래. 오늘 저녁에는 데마키스시를 먹자. 슈짱도 일찍 퇴근하겠다고 했거든."

"만세."

나는 정말 기뻐서 짝짝 박수를 쳤다.

최근 두 달 사이 리카 씨와 아빠는 왠지 잘 지내지 못하는 것 같았다. 밤에 내가 내 방으로 돌아간 뒤 두 사람이 나누는 이야기 소리가 들린 적도 있다. 내용은 잘 모르겠지만 리카 씨의 목소리에는 화가 난 듯 가시가 돋아 있었다. 게다가 일이 바빠서인지 아빠는 요즘 늦게 집에 들어오는 날이 많았다.

그런데 오늘은 아빠가 일찍 온다고 하고 기뻐할 거라고 한다. 통지표는 참 대단하다. 힘내서 공부하기를 잘했다고 속으로 생각했다.

"다 함께 저녁 먹는 건 오래간만이네."

내가 신바람이 나서 말했다.

"그런가? 요즘 슈짱이 늦게 들어와서."

"맞아. 진짜야."

나는 점심으로 리카 씨가 차려 준 필래프를 싹싹 긁어 먹으며 말했다. 종업식은 오전에 끝나 점심 먹고 나서 미나짱과 놀기로 약속했다.

"봄방학에 어디 갈까?"

입안 가득 음식이 있는데도 나는 마음이 들떠서 그렇게 말했다.

"봄방학?"

"내일부터 방학이야. 우리 같이 어디 놀러 가자."

"글쎄, 봄방학에는 바쁘지 않으려나?"

리카 씨는 스푼으로 깨작거리며 말했다. 냉동 필래프를 볶았을 뿐이지만 맛은 좋다. 그런데 리카 씨는 식욕이 없는지 전혀 손을 대지 않았다.

"그래?"

"봄이면 바빠질 거야, 아마도……."

"봄이면 아마도?"

나는 고개를 갸웃거렸다.

여름방학에는 수족관에 갔고, 설날 연휴에는 도쿄 디즈니랜드에 놀러 갔다. 가서 하루 묵고 왔다. 긴 연휴에는 늘 어딘가 갈 거라고 생각했는데 이번에는 그렇지 못하나? 봄방학에는 숙제도 적어 제일 편한데.

"그런데 봄에 왜 바빠……?"

이렇게 물으려는 내 말을 가로막고 리카 씨가 재촉했다.

"빨리 먹어야 미나짱하고 놀지?"

"그렇기는 하지만."

"과자 사다 놨어. 가지고 가서 함께 먹어. 난 이제 설거지해야겠다."

리카 씨는 그러면서 필래프가 그대로 남은 식기를 싱크대로 옮기기 시작했다.

왠지 느낌이 이상하다. 그렇지만 뭐 별일 아닐 테지. 리카 씨는 초등학생인 내가 보더라도 기분파라서 무슨 생각이 떠오르면 바로 행동에 옮기는 성격이다. 뭔지는 몰라도 하고 싶은 일이 있겠지. 어서 미나짱과 놀러 나가는 게 낫겠다. 나는 서둘러 필래프를 먹었다.

미나짱이 새로 산 리카짱 인형을 가지고 놀고, 미나짱 어머니가 만들어 준 슈크림을 맛있게 먹은 다음 저녁때 헤어졌다. 오늘은 아빠, 리카 씨와 함께 데마키스시를 먹을 것이다.

미나짱네 집에서 서두르면 10분밖에 걸리지 않는, 네 가구가 사는 빌라. 리카 씨가 오기 전부터 아빠와 나는 여기서 살았다. 오렌지색 지붕에 크림색 벽. 빌라 주차장 주변에는 꽃이 많이 심어져 있고 늘 깔끔하게 손질되어 있다. 미나짱네 집에 비하면 작고 가나데짱이 사는 아파트만큼 새집은 아니다. 그렇지만 나는 우리 집이 마음에 들었다.

이층 오른쪽 끝이 우리 집이다. 올려다보니 흰색 레이스가 달린 커튼 틈새로 거실 조명이 켜진 게 보였다. 커튼이 흔들리는 정도, 창문으로 흘러나오는 불빛의 느낌. 나는 그것만 보고도 아빠가 집에 돌아왔는지 어떤지 알 수 있다. 리카 씨가 오고 나서는 집에 혼자 있을 일은 거의 없어졌다. 리카 씨와 이야기하면 즐겁고, 리카 씨는 예쁘고 재미있어 너무 좋다. 그래도 아빠가 집에 있으면 나는 정말 기쁘다.

얼른 계단을 올라가 무거운 문을 여니 현관에는 검정색 커다란 아빠 구두가 있었다.

"아빠, 왔어? 엄청 일찍 왔네."

거실로 들어가니 아빠는 식탁에 앉아 있었다. 해가 저물기 전에 아빠가 퇴근하다니, 진짜 드문 일이다.

"오늘은 일을 일찍 끝냈으니까."

"그렇구나. 근데, 봤어?"

내가 선반 위에 있던 통지표를 집어 들자 아빠가 말했다.

"네가 돌아오면 보려고 기다렸지."

"헤헤. 그래? 자, 봐."

"고마워. 어디 보자."

아빠는 통지표를 꼼꼼히 살피고 나서 '와아, 대단하네'라고 조용히 말했다.

"어? 놀라지 않아?"

"아, 놀랐지만 그래도 네가 잘한다는 건 나도 알고 있으니까."

"그래? 선생님 말씀은 읽었어?"

"그래. 다른 아이들과 함께 노력 많이 했구나."

"응. 그랬어."

"그래, 잘했어. 넌 정말 착한 아이야."

아빠가 차분하게 말을 이었다.

"친구들과 친하니까."

"그래, 좋은 일이지."

아빠의 반응은 예상보다 차분했지만 기뻐해 주는 듯했다.

"자, 밥 먹자."

리카 씨가 아빠와 나에게 말했다. 저녁 차리는 걸 거들려고 했는데 식탁 위에는 벌써 밥과 생선회가 잔뜩 놓여 있었다. 생일이라거나 연휴 같은 때 '많이 차린 것 같지만 스시용 초밥을 짓고 생선회를 늘어놓기만 한 거라 간단해'라며 리카 씨는 데마키스시를 준비했다.

자기 앞에 놓인 김 위에 밥과 먹고 싶은 회를 얹어 싸서 먹는다. 할머니가 한 번도 만들어 준 적이 없는 요리다. 처음 먹었을 때는 자유롭게 좋아하는 걸 골라 먹고 싶은 만큼 먹을 수 있다는 생각에 나는 흥분했었다.

"근사하네."

"오늘은 넉넉하게 샀지."

리카 씨는 내 옆에 앉으며 말했다.

내 앞에는 아빠, 옆에는 리카 씨. 다들 자리에 앉자 나는 무엇을 먹을까 하고 큰 접시 안을 살폈다. 참치에 오징어, 새우. 리카 씨가 만든 달걀말이도 있었다.

"오징어하고 오이를 말까?"

내가 김을 집어 들며 말했다.

"미안한데 아무래도 그 전에 말이야."

아빠가 입을 열었다.

"식사를 한 뒤에 하려고 했지만 그러면 나른해질 테니까. 중요한 내용이라 먼저 이야기하는 게 낫지 않을까?"

"뭔데?"

나는 손에 들었던 김을 접시에 다시 내려놓았다. 중요한 내용이라니. 아빠가 이런 말로 이야기를 시작한 적은 없었다. 무슨 이야기를 하려는 것인지는 도무지 짐작이 되지 않았다. 그런데 아빠의 미간에 주름이 깊게 파여 있었다. 좋은 이야기는 아닌 모양이었다.

"이번 봄방학에는 유코짱이 결정해야 할 일이 있거든."

아빠는 내 얼굴을 가만히 바라보았다.

"결정할 일?"

"유짱, 이제 5학년이 되지?"

"응."

"이제 많이 자랐으니 네 의견도 들어야 한다고 생각해서."

내가 컸다는 사실을 인정받은 것 같아 기뻤지만 아빠의 굳은 표정에 그런 기분은 바로 사라졌다. 흘끔 보니 옆에 앉은 리카 씨는 아무것도 모른다는 표정으로 접시를 보고 있었다. 그 모습에 나는 더욱 불안해졌다.

"아빠가 말이야, 브라질로 가게 되었어."

"브라질?"

그 나라 이름은 들어 본 적이 있다. 남미에 있는 나라인데 우리나라에서 아주 멀다고 사회 시간에 선생님이 말씀하셨다. 봄방학에 간다는 걸까? 왜 그렇게 먼 곳에?

게다가 왜 이렇게 심각한 표정으로 이야기하는 걸까?

"유짱은 어떡할래?"

"어떡하다니? 다 함께 여행 가는 거 아니야? 나만 집을 보라는 건가?"

나는 아빠가 한 이상한 질문에 이렇게 되물었다.

"아니. 이건 여행이 아니야."

"여행이 아니라고?"

여행 말고 외국에 갈 일이 있을까? 나는 고개를 갸웃거렸다.

그러자 리카 씨가 끼어들었다.

"아빠가 일 때문에 브라질로 가는 거야. 봄방학에만 가는 게 아니라 계속 브라질에서 살게 되는 거지."

"됐어. 내가 이야기할게."

아빠는 조용히 리카 씨의 말을 가로막더니 살짝 한숨을 내쉰 다음 입을 열었다.

"아빠가 회사 일 때문에 한동안 브라질에 있는 지사에서 일하게 되었어. 당연히 일본에서 출퇴근할 수는 없으니까. 거기 가서 살게 되지. 브라질 지사 업무가 궤도에 오르려면 대략 3년에서 5년은 일본을 떠나 생활하게 될 거야."

아빠가 천천히 또박또박 이야기해 주었지만 이해하기까지는 시간이 걸렸다. 나는 목이 말라 차를 한 모금 마시고 싶었지만 도저히 그럴 분위기가 아니었다.

"그럼 이사한다는 거야?"

"해야 하지 않을까? 유짱은 어떻게 하고 싶니?"

"어떻게 하고 싶냐고?"

"그래. 나하고 함께 브라질에 가지 않을래?"

아빠는 내 눈을 보면서 말했다.

외국에서 산다니, 상상이 가지 않는다. 다니는 학교도 바뀐다는 건가? 낯선 곳에서 모르는 언어를 배워야만 하는 걸까? 그런 일은 될 수 있으면 누구나 피하고 싶을 텐데.

"가지 않으면 어떻게 되는데?"

"아빠와 헤어져 지내게 되지."

"그건 싫어. 그럴 수는 없잖아."

나는 단호하게 말했다. 이곳을 떠나고 싶지 않지만 혼자 여기 남겨지면 살아갈 수가 없다. 난 아직 어린아이인데 내버려 두고 가다니, 아빠가 그럴 리 없다.

"난 혼자서는 아직 아무것도 할 수 없는걸. 절대 그럴 수 없어."

그러자 리카 씨가 말했다.

"난 일본에 있을 거야."

"응?"

리카 씨의 말에 나는 머릿속이 복잡해졌다. 아빠는 브라질에 가야 한다는데 리카 씨는 일본에 있으면 어떻게 되는 건가.

"유코짱은 둘 중 하나를 선택할 수 있어. 아빠와 브라질에 가서 거기서 살거나 나하고 여기 남아서 계속 지금처럼 살거나. 두 가지 가운데 하나를 고르면 돼."

리카 씨는 아빠보다 더 확실하게 설명해 주었지만 그래도 무슨 의미인지 몰라 나는 '그게 뭔데?'라고 되물었다.

"아버지와 리카 씨는 헤어지는 거야. 그러니까 이제 부부가 아니게 돼. 그래서 유짱이 아버지하고 살 건지 리카 씨하고 살 건지 선택해 달라는 거야."

이번에는 아빠가 말했다.

"그러니까, 무슨 소리인지 모르겠어."

내일부터 봄방학이고 오늘은 즐거운 저녁 식사가 기다리는 줄 알았는데 갑자기 둘이 무슨 소리를 하는 건지. 나는 고개를 설레설레 저었다. 머릿속은 꿈이라도 꾸듯 멍하고 흐릿했다.

"미안해, 이렇게 되어서. 아버지와 리카 씨도 여러 번 의논했지만 어쩔 수 없었어. 네가 후회되지 않도록 결정하면 좋겠구나."

"뭘 결정해야 하는 거지? 브라질이냐 일본이냐? 아빠냐 리카 씨냐?"

멍한 머리로도 슬픈 일이 닥쳐오고 있다는 사실만은 알 수 있어 눈물이 흘렀다.

"어렵겠지. 물론 나는 계속 너하고 함께 살고 싶어. 너하고 아버지는 진짜 부녀지간이니까. 브라질은 멀지만 나하고 함께 가는 게 낫다고 생각해."

아빠가 그렇게 말하자 리카 씨가 언성을 높였다.

"진짜 부녀지간이라니, 그게 무슨 소리야? 그런 얍삽한 소리는 하지 마. 나도 유코짱이 너무 소중하니까. 유코짱, 브라질 같은 데 가면 엄청 힘들어. 아무리 생각해도 여기 있는 게 나을 것 같아."

나는 아빠를 정말 좋아한다. 그리고 함께 산 시간은 적지만 리카 씨도 좋아한다. 리카 씨와 같이 살면서 하루하루가 훨씬 즐거워졌다. 그런데 두 사람 가운데 한 명을 고르라니. 생각하고 싶지도 않은 일이다.

"내가 어떻게 선택해?"

눈물이 더 쏟아졌다. 머릿속이나 눈앞이나 모든 것이 뿌옇게 변했다. 어떡해야 좋을지 도무지 알 수 없었다. 아빠가 없는 것도, 리카 씨가 없는 것도 싫다. 어느 쪽을 상상해도 슬프다.

"브라질에는 일본 사람들이 많아. 멀기는 하지만 그렇게 불편하지는 않지. 유짱이 바로 익숙해질 거야."

아빠가 '자' 하고 수건을 건네주며 말했다.

"브라질은 따스하고 즐거운 나라야."

"그럼 다 함께 브라질로 가는 거야?"

이곳을 떠나기는 싫지만 셋이 함께라면 갈 수도 있을 것 같았다. 내가 수건으로 얼굴을 닦으며 말하자 리카 씨가 말했다.

"난 싫어. 브라질은 말도 다르고 음식도 다르고 파는 물건까지 모든 게 완전히 달라. 치안도 좋지 않고. 유코짱이 지금 보는 애니메이션도 브라질에서는 방영하지 않아. 텔레비전도 일본어가 아니고. 게다가 3년이면 너무 길어. 다음에 일본에 돌아올 때는 유코짱이 중학생이 되는데."

리카 씨는 아빠도 나도 보지 않고 계속해서 말했다.

"그건 왠지 싫어……. 저어, 그럼 아빠가 브라질에 가지 않는 방법은 없는 거야?"

"그렇게는 안 돼. 거절하면 회사에 남아 있을 수가 없지. 직장 일이라는 게 좋아하는 것만 할 수 있는 것은 아니거든."

아빠가 힘주어 말했다. 직장 생활이 힘들다는 건 안다. 운동회 때도 아빠는 직장 일 때문에 오지 못했다. 내 뜻대로 되지만은 않는 게 회사 일이라고 아빠가 자주 이야기했다.

"나도 가고 싶지 않아. 그렇지만 네가 함께 가 주면 힘이 날 거야."

"그래?"

"그럼. 게다가 3년은 긴 것 같으면서도 짧아. 처음에는 당황스러울지도 모르지만 분명히 너도 재미있을 거야. 나중에 좋은 경험이 되기도 할 테고."

아빠 말은 다 맞는 것 같았다. 외국에서 사는 게 그리 나쁜 일만은 아닐 것이다. 가 보면 재미있을지도 모른다는 생각이 조금은 들었다. 그런 내게 리카 씨가 말했다.

"그렇지만 친구들과 헤어지게 되는걸."

"친구?"

"그래. 미나짱도 가나데짱도 더는 볼 수 없게 되는 거야."

"그럴 수가!"

그건 절대로 안 된다. 내게 미나짱과 가나데짱은 무엇보다 소중하다. 셋이 함께 있으면 너무 즐겁다. 계속 쓰고 있는 교환일기도 여기서 끝낼 수는 없다.

"유코짱이 돌아오면 중학생이잖아? 친구들과 만날 기회가 없지 않을까?"

리카 씨는 창 쪽을 보면서 약간 싸늘한 목소리로 말했다.

"그럴 수가……. 어쩌지?"

"유짱, 중요한 문제야. 내 말 잘 들어. 텔레비전이나 친구 문제가 아니라 유짱 자신이 어떻게 하고 싶은가를 생각하라고."

나는 지금과 똑같이 지내고 싶다. 그뿐이다. 아빠와 헤어지는 건 생각할 수도 없고 마찬가지로 친구들과도 떨어져 지내고 싶지 않다.

"브라질에 가면 지금과는 전혀 다를 거야. 나하고 여기 남으면 지금과 똑같은 생활을 할 수 있고."

리카 씨가 말하자 아버지는 '그렇게까지 이야기할 건 없지'라고 낮은 목소리로 말했다.

그 뒤로는 셋 다 말이 없어졌다. 아무도 데마키스시를 먹지 않았다. 수북한 밥이 말라 윤기를 잃었고 생선회도 색이 변하기 시작했다. 이제 곧 큰 변화가, 바라지도 않은 변화가 밀어닥치리라. 그런 생각이 들자 오징어고 참치고 먹고 싶지 않았다.

봄방학 내내 어떻게 해야 좋을지 고민했다. 브라질이 어떤

곳인지 도서관에서 책을 읽어 보기도 했다. 책에 실린 사진을 보면 생각보다 도시가 많고 높은 건물이 아주 많았다. 사람들은 알록달록한 양복을 입고 있었으며 밝고 즐거워 보였다. 그렇지만 어느 사진에도 일본 사람은 보이지 않았다. 아빠는 일본과 그리 다를 게 없다고 했지만 사진으로 느끼는 분위기는 전혀 달랐다.

외국에서 살아도 즐겁게 지낼 수 있을지 모른다. 전혀 다른 생활을 해 보는 것도 좋은 경험이리라. 가 보면 어떻게든 지낼 수 있을 거라는 생각이 드는 날도 있었다. 그렇지만 그리 간단한 문제가 아니다. '땡큐'와 '헬로'밖에 모르는데 친구가 생길 리 없다. 말도 모르는 나라에서 살면 너무 외로울 거다. 아빠가 일하러 나가면 어떻게 지내야 할까 불안해지는 날도 있었다. 아무리 고민해도 정답이 찾아질 것 같지 않았다.

가나데짱과 미나짱에게 이 이야기를 하자 '절대 안 돼. 유짱은 우리 친구인걸. 절대 가지 마.'라고 했다. 미나짱은 '유짱이 없다는 생각만 해도 슬퍼'라며 눈물을 뚝뚝 흘렸다. 그리고 둘 다 '우리 셋이 절대 헤어지지 않기로 약속하자'고 했다.

그렇다. 내겐 친구가 있다. 미나짱, 가나데짱과 헤어질 수는 없다. 두 친구가 없는 날들은 상상할 수 없다. 그때 나는 진심으로 그렇게 생각했다.

아빠냐 리카 씨냐. 제대로 선택할 수가 없었다. 그렇지만 브라질과 이곳 가운데 하나를 선택하기는 아주 간단했다.

"나 전학 가고 싶지 않아."

3월 30일. 나는 아빠에게 이렇게 말했다.

"그래?"

"친구와 헤어지고 싶지 않아. 아빠와 함께 살고 싶지만 친구와 학교를 바꾸고 싶지 않고 지금 사는 집에서 이사하는 것도 싫어."

말을 하다 보니 눈물이 고이다가 마침내 주르륵 흘러내렸다.

"알았어, 알았어. 유짱, 미안하구나."

아빠는 그렇게 말하며 나를 껴안고 이렇게 말했다.

"어딜 가더라도 아빠는 유짱 아빠야."

이런 당연한 소리를 몇 번이나 했다. 지금은 괴롭지만 3년만 헤어져 지낼 뿐이다, 리카 씨와 아빠가 이혼한다는 건 알지만 그래도 다시 지금 같은 생활을 할 수 있게 될 거라고 믿었다.

4월 5일. 브라질로 떠나는 아빠를 리카 씨와 공항까지 배웅했다. 계속 손을 흔들며 아빠의 모습이 보이지 않게 된 뒤에도 내내 탑승구를 바라보고 있었다.

나는 아빠가 없는 쓸쓸함을 견뎌 낼 수 있을지 불안했지만 돌아오는 길에 리카 씨가 보고 싶은 영화가 있다며 데리고 가고, 쇼핑도 하고, 패밀리레스토랑에서 저녁을 먹고 하다 보니 그런 걱정은 좀 잊게 되었다.

이튿날.

미나짱, 가나데짱과 놀다 돌아오니 리카 씨가 햄버그스테이크를 만들어 주었다.

내가 너무 좋아하는 햄버그스테이크. 그런데 리카 씨와 함께 먹다 보니 갑자기 눈물이 나고 숨을 쉴 수 없었다.

리카 씨와 단둘이 저녁을 먹은 적은 전에도 있다. 그렇지만 늘 밤이면 아빠가 돌아왔고, 내일도 모레도 아빠는 집에 들어올 거라는 믿음이 있었다. 하지만 이제 아빠와 밥을 먹을 수 없다. 아무리 이야기하고 싶은 게 있어도 아빠는 3년 동안 오지 않는다. 그런 사실이 그제야 피부에 와닿았던 것이다.

내가 훌쩍거리자 리카 씨는 '제발 울지 마'라고 몇 번이나 말했다.

"젤리 줄게. 케이크도 줄게. 앞으론 재미있는 거 실컷 하며 지내자. 내일은 수족관에 갈 거야. 유원지에도 가고. 알았지? 아, 5학년이 되었으니 새 옷이 필요하겠구나. 함께 사러 가자."

리카 씨는 이런 말로 나를 달랬지만 전혀 마음이 끌리지 않았다.

*

나보고 선택하라고 하지 말아야 했다. 아빠와 리카 씨가 자기들끼리 결정하고 나를 설득해야 했다. 초등학교 5학년이 된다고는 해도 만으로 겨우 열 살이다. 옳은 판단을, 나중에 후회하지 않을 판단을 할 수 있을 리 없다.

그때 나는 친구를 먼저 생각했다. 아빠보다 친구들과 있는 쪽을 선택했다. 그 결과 오늘이 있다. 지금 생활에 불만은 없고 부정하고 싶지도 않다. 아빠를 따라 가는 편이 나았을 거라고는 단정할 수 없다. 리카 씨와 지낸 덕분에 겪어 볼 수 있었던 일들도 많다.

다만 친구는 절대적이지 않다. 실제로 미나짱과 가나데짱도 어느덧 연하장이나 겨우 주고받는 사이가 되었다. 친구는 또 생긴다. 그렇지만 나와 핏줄로 이어진, 아기였던 나를 안아 주었던 부모는 다시 생기지 않는다.

만약 우선순위를 매겨야 한다면 제대로 매겨야 한다. 그렇게 하면 설사 자기가 한 선택 때문에 슬퍼지는 일이 있어도 잘못했다고 후회할 일은 없다.

친구에게 따돌림을 당하더라도 공부를 소홀히 하는 것은 좋지 않다. 모에와 후미나는 좋은 친구였지만 내 장래를 약속해 주지는 않는다. 기말시험은 좋은 성적을 받아 놓아야 한다. 나는 자세를 바로 하고 영어 단어장을 펼쳤다.

11

여름방학 동안 모에는 한 번도 연락하지 않았다. 하지만 후미나와는 휴대전화 문자를 주고받으며 몇 차례 점심을 먹으러 가기도 했다.

"시험 끝나고 바로 여름방학에 들어갔으니까. 서먹한 상태가 오래가네."

여름방학이 끝나는 날, 입시 학원에서 돌아오는 길에 들렀다면서 후미나가 집에 놀러 왔다.

"그렇겠구나."

나는 후미나가 편의점에서 사온 초콜릿을 베어 물었다. 뜨거운 날씨 때문인지 흐물흐물해진 초콜릿은 입안에서 바로 녹았다.

모에는 단순하기 때문에 이틀이 지나자 기분이 나아진 듯 했다. 그렇지만 내가 잘못해서 모에가 화났다, 라는 분위기는 우리 반 전체에 퍼져 있었기 때문에 서로 다가가지 못한 채로 여름방학에 들어갔다. 몇 차례 소집일이 있었지만 방학 중이라 분위기가 어수선한 상태에서 하루가 끝나 모에에게 다가가지 못하고 말았다.

"무엇보다 네가 너무 태연해서 놀랐어."

후미나는 쿠키를 집어 들면서 말했다. 공부하면 당분이 필요해지는지 후미나가 사 온 과자는 단것들뿐이었다.

"그래?"

"그래. 너 모에가 화를 내도 태연했잖아."

"그렇지 않은데. 내가 어떻게 해야 했을까?"

사과하는 일에는 저항감이 없기 때문에 해서 사이가 좋아진다면 몇 번이고 했을 것이다. 그렇지만 공연히 모에를 기분 나쁘게 만들 것 같아 아무것도 하지 못한 채 시간을 보냈을 뿐이다.

"별 도리 없었을 테지만 모에한테 무시당하거나 다른 애들이 멀리해도 거의 신경 쓰지 않았잖아? 너 참 대단하다고 생각해."

"아니야, 마음이 쓰이기는 했어. 시험 중이라 좀 덜했지."

"시험 덕분에 잠시 잊을 수 있다는 것도 대단하지. 나라면 친구와 사이가 꼬였을 때는 공부도 되지 않을 텐데."

여자 배구부 주장을 맡고 있어 의지가 굳은 후미나에게도 그런 일면이 있다니. 오히려 내가 놀랐다.

"뭐 이제 됐잖아? 모에는 오픈 캠퍼스 때 다른 학교 남자애가 말을 걸어 지금 썸을 타는 모양이던데."

후미나가 '모에답지'라며 웃었다.

"맞아. 잘됐어."

나는 진심으로 그렇게 생각했다. 모에는 남자 친구가 있는 기간에는 기분이 좋다. 그래서 함께 있기도 편하다.

"하마사카는 이제 관심 밖이 되었으니 2학기에는 우리 사이가 전처럼 좋아지겠지."

같은 반 애들이 나를 피하는 교실에서 지내기는 우울하고 모에하고도 사이좋게 지내고 싶다. 나는 희망을 담아 '그렇게 되면 좋을 텐데'라고 했다.

바로 그때였다.

"아, 친구 왔구나."

모리미야 씨가 고개를 들이밀었다.

"노크 좀 하라니까."

"아, 미안, 미안. 퇴근했더니 현관에 유코짱 신발 말고 다른 신발이 있고 이야기하는 소리가 들려서 친구가 왔구나 싶어 마음이 급해서."

모리미야 씨는 어깨를 으쓱했다.

"안녕하세요? 같은 반 사에키 후미나입니다."

후미나가 일어서서 인사하자 모리미야 씨도 '아, 그래요. 난 유코 아버지. 모리미야라고 해요'라며 고개를 숙였다. 현관에서 바로 내 방으로 온 모양이다. 아직 양복 차림에 손에는 가방을 들고 있다.

"아버지 모리미야라니. 뭐야. 부모, 자식 사이면 당연히 성이 같지."

"아, 그런가? 내 딸과 친하게 지내서 고마워요."

"아니에요, 저야말로."

후미나는 살짝 고개를 숙였다.

"아, 저녁 먹을 거죠? 으음, 뭔가 그럴듯한 음식을 차려야겠네. 큰일이야."

내 친구를 처음 보는 모리미야 씨는 혼자 허둥댔다.

"아니에요, 괜찮습니다."

"벌써 일곱 신데 배고프겠죠. 그래, 배달 음식을 시킬까?"

"아, 전 곧 돌아가야 해서."

"아니야, 아니야. 사양하지 말고. 바로 준비할게요."

"사양하는 게 아니라 정말 괜찮아요."

"그래. 후미나네 집에서도 저녁 준비를 했을 텐데. 자꾸 붙잡으면 안 돼."

후미나와 내가 말리는데도 '정말 저녁 준비 하지 않아도 되는 거야?'라며 모리미야 씨는 의아하다는 듯이 말했다.

"그래. 됐어."

내가 딱 잘라 말하자 모리미야 씨는 '뭐야' 하면서 넥타이를 느슨하게 하며 후미나에게 물었다.

"딸 친구가 와서 음식을 대접해야 한다는 생각에 애가 탔는데 그렇지도 않은가? 아, 그렇다. 학생 아버지는 딸 친구가 오면 어떻게 해요? 내가 갑자기 고등학생 아버지가 되어 어떻게 해야 하는지 전혀 몰라서."

"저희 아빠는…… 어땠더라? 뭐 아빠가 제 친구를 만난 적이 없어서요."

후미나는 킥킥 웃으며 대답했다.

"그런가? 하기야 아버지는 모습을 잘 드러내지 않기는 하지. 뭐 나도 고등학교 다닐 때 반 친구 아버지는 한 분도 본 적이 없으니."

"그래. 그러니까 이제 나가. 우리 신경 쓰지 말고 자기 일이나 신경 쓰시면 돼."

나는 방에서 내보내려고 모리미야 씨의 등을 밀었다.

"정말이니? 그럼 난 이만. 그래도 차 정도는 끓여 올게. 가만히 생각해 보니 난 아버지이기도 하고 어머니이기도 하니까."

"됐어. 주스 마시고 있으니까."

"에이, 그건 아니지. 네 친구가 모리미야네 집에서는 차도 한 잔 안 주더라, 하면 곤란하지. 조금만 기다려."

모리미야 씨가 그렇게 말하며 방을 나가자 후미나는 꾹 참던 웃음을 터뜨리고 말았다.

"재미있네. 유코……, 아빠?"

"뭐 일단 아빠. 모리미야 씨는 좀 이상해. 후미나, 기분 나쁘게 생각하지 마."

나는 고개를 설레설레 저으며 한숨을 내쉬었다.

"전혀. 그런데 너희 아빠 도쿄대학 나왔다면서? 그렇게 보이지 않는데. 재미있는 분 같아."

"머리가 좋은 것 같기는 한데 어디선가 어긋나니까."

"호호호. 딸에게 그런 소리를 듣다니. 안됐다, 얘. 그래도 생각보다 멋지셔."

후미나는 씩 웃었다.

"그렇지 않아. 키 크고 날씬하니까 그렇게 보일 뿐이야. 얼굴 자세히 보면 전체적으로 조그맣고 평범한 얼굴이야."

"어머, 너 눈이 높구나. 왠지 묘한 느낌이 들거나 그러지는 않아?"

"설마."

모리미야 씨가 젊기 때문에 이런 말을 듣기도 하고 놀림을 당하기도 한다. 그렇지만 모리미야 씨가 어딘가 이상하기 때문인지 아니면 아빠로 만났기 때문인지 남자로 보인 적은 한 번도 없었다. 게다가 아빠치고는 너무 젊을지도 모르지만 나이로 따지면 스무 살이나 차이가 난다.

"저어, 유코짱. 차만 주면 쩨쩨하다고 생각하지 않을까? 뭔가 더 내와야 하는 거 아니니?"

후미나와 이야기하고 있는데 문 밖에서 모리미야 씨가 작은 목소리로 물었다.

"아이, 그런 말 하지 마. 친구가 듣고 있잖아."

내가 어처구니가 없어 이렇게 대꾸하자 후미나는 키득키득 웃었다.

2학기가 시작되는 날. 교실로 가는 계단에서 앞에 걸어가는 모에를 발견하고 나는 '안녕?' 하고 인사를 건네며 다가갔다.

이제 학기가 바뀌었다. 마음의 응어리도 풀렸을 거라고 생각했는데 모에는 살짝 웃기만 할 뿐이었다.

어라? 기분이 풀리지 않았나? 그런 생각을 하며 더 말을 걸었다.

"여름방학 잘 지냈어? 오픈 캠퍼스에 갔다면서?"

그렇지만 모에는 살짝 난처한 표정을 지으며 고개를 숙인 채 얼른 교실로 들어가고 말았다.

후미나는 예전 상태로 돌아왔다고 했는데 마음이 그리 쉽게 풀리지는 않는 모양이라고 생각하며 모에의 뒤를 따라 교실로 들어갔다.

"왔다!"

"오늘도 예쁘네, 유코."

야바시와 스미다가 큰 소리로 말하는 게 들렸다.

두 사람은 교실에서 제일 튀는 여자애들이다. 여름에도 긴소매 교복 셔츠를 입고 스커트는 아주 짧게 접어 입는다. 들키지 않도록 팔찌와 목걸이를 하고 다니는데 얼굴에는 속눈썹을 붙이고 아이라인까지 그렸다. 교칙은 위반하지만 불량 학생이라고 할 만한 짓은 하지 않았다. 반 분위기를 띄울 때도 있고 재미있는 면도 있다. 하지만 좋다 싫다 자기 의견을 확실하게 이야기하기 때문에 다들 두 사람에게 반감을 사지 않으려고 신경 썼다.

"유코, 더 예뻐졌잖아?"

"그렇다면 여름방학에 남자 친구가 생긴 거로구나. 이번엔 누굴까?"

둘이 그렇게 말하며 웃었다.

모에가 나를 무시하는데 이 두 명은 내게 먼저 접근했다. 누군가를 공격하기 좋아하는 두 사람이다. 무슨 일이 생기면 고개를 들이밀고 소동을 크게 키우는 일이 잦았다. 특히 별 의미도 없이 재미 삼아 나를 표적으로 삼고 있을 것이다. 입씨름해 봐야 이길 것 같지 않다. 나는 씁쓸하게 웃으며 얼른 내 자리로 갔다.

"역시 쌀쌀맞군. 여자들은 싫어해도 남자들이 좋아해 주니까."

스미다는 그렇게 말하며 물들인 머리카락을 쓸어 올렸다. 머리카락은 여기저기 색이 빠져 보기 좋지 않았다.

"유코, 다음에는 누굴 노리는 거니?"

"모르고 당하면 골치 아프니까. 아무리 친구라고 해도 남자는 빼앗거든."

두 사람은 손뼉을 치며 웃었다. 주위에 있던 다른 아이들도 함께 웃거나 모르는 척하고 있었다.

내가 '그렇지 않아'라는 말 정도는 할까 망설이는데 담임 선생님이 교실로 들어왔다. 선생님이 교단에 서자 다들 아무 일도 없었다는 듯 조용해졌다.

스미다와 야바시는 모에나 후미나처럼 나하고 친하지 않기 때문에 무슨 소리를 해도 나는 상처받지 않는다. 다만 새 학기 첫날인데 산뜻하게 시작하지 못해 기분은 무거웠다.

"새 학기 첫날은 어땠어?"

내가 소면과 달걀말이를 식탁으로 옮기자 모리미야 씨가 물었다.

"별로 특별한 일 없는데."

"또 나왔다. 별로. '별로'라는 말과 '그냥 그래'라는 말은 가장 나쁜 표현 방법이야."

모리미야 씨는 김과 파를 장국 그릇에 넣으며 못마땅한 듯이 말했다.

"전에도 똑같은 말을 했었는데."

"그래. 사람이 아무 일도 없을 수는 없잖아."

"회사에서 매일 그렇게 무슨 일이 있어?"

나는 차를 준비하고 식탁 앞에 앉았다.

"그럼, 있지. 별일 없는 회사라면 망하기 직전이라는 소리 아니야? 좋아, 됐다. 산초를 잔뜩 넣으니 소면이 드디어 어엿한 저녁 식사처럼 보이네.”

달콤하게 익힌 메추리알까지 넣고 모리미야 씨는 ‘잘 먹겠습니다’라며 두 손을 모았다.

“아, 학교. 방학이 끝났잖아? 무슨 일 있었지? 없을 리 없을 텐데.”

“무슨 일이라면…….”

나는 파와 김만 넣은 장국에 소면을 적시며 모호하게 대꾸했다. 그러자 모리미야 씨는 히죽히죽 웃으며 이렇게 말했다.

“그것도 진짜 무슨 일 있었을 때의 말투야.”

“그런 재미있는 일은 전혀 없었어.”

“아마, 트러블이겠지? 여고생들에겐 늘 따라다니는.”

“트러블이 있었을 거라면서 어떻게 웃을 수가 있어?”

“엥? 내가 웃었나?”

모리미야 씨는 자기 뺨을 탁탁 두드렸다.

“아까부터 계속 웃고 있어.”

“미안, 미안. 그러면 표정을 가다듬고. 그래, 무슨 일이 있었니?”

“뭐 별 대수롭지 않은 문제인데, 몇몇 여자애들이 날 미워하는 것 같아서. 내 흉을 보는 모양이야.”

나는 오늘 있었던 일을 솔직하게 이야기했다. 어차피 눈치를 쳤다면 툭 털어놓는 게 낫다. 게다가 피가 섞이지 않은 부모와 산 적이 많기 때문일까. 나는 옛날부터 학교에서 일어난 일은 될 수 있으면 집에서 이야기했다. 친아빠가 아니기 때문에 거리낄 것 없이 마음 편하게 이야기할 수 있는지 아니면 친아빠가 아니기 때문에 이야기하지 않으면 내 마음이 전해지지 않을 거라고 생각했는지 어느 아빠와 지낼 때나 내게 묻는 것은 모두 다 이야기하려고 했다.

"음—. 왜 미움을 받는 거지? 유코짱이 남을 기분 나쁘게 만드는 타입은 아닌데."

조금 전까지만 해도 히죽히죽 웃었던 모리미야 씨는 못마땅한 듯 미간을 찡그렸다.

"뭐 그랬지. 1학기 때는."

"1학기? 많이 거슬러 올라가네. 난 이야기 들은 적 없는데."

"그러니까 지금부터 이야기한다고."

내가 하마사카 때문에 생긴 일을 이야기하자 모리미야 씨는 눈을 반짝이며 맞장구를 쳤다.

"우아—. 있지, 그런 경우."

"잠깐, 왜 그렇게 흥미진진한 표정이야?"

"그야 이런 이야기 만화 스토리 같아서 재미있잖아?"

"딸이 학교에서 좋지 않은 일을 겪고 있는데 뭐가 재미있다는 거야?"

"좋지 않은 일이라니. 넌 곤혹스러워하지 않잖아?"

"글쎄."

모리미야 씨의 말을 듣고서야 나 스스로를 돌아보기 시작했다. 틀림없이 곤혹스럽다고 여기지는 않는다. 그렇지만 성가시고 우울하기는 하다.

"그런데 야바시나 스미다 같은 여자는 어디에나 있지!"

모리미야 씨는 소면을 후룩후룩 먹더니 잘난 체하며 말했다.

"그래?"

"우리 회사에도 있거든. 자기가 꽤 잘나간다고 생각하는. 좋고 싫고를 지나치리만큼 확실하게 가르는 주제에 남들은 자기를 좋아하기만 해야 한다고 생각하는. 아니, 자기를 좋아하지 않을 리가 없다고 여기는 사람들."

스미다나 야바시나 자기 의견은 확실하게 주장한다. 나는 '그렇구나' 하며 살짝 고개를 끄덕였다.

"그런 사람들은 남들이 자기가 하는 말을 믿으며 영향력이 있다고 생각하거든. 엄청난 착각이지."

"무슨 기분 나쁜 일이라도 있었어?"

"뭐 우리 회사에도 5년 후배인 야모리란 여자애가 있는데,

나를 모리미야짱이라고 불러. 높은 분들이 자기를 아끼니까 나를 막 대해도 괜찮다고 생각하는 눈치야."

"그러고 보니 스미다와 야바시도 나하고 친하지도 않으면서 성을 부르지 않고 이름으로 부르네."

나는 소면을 쪽 빨아들였다.

"그렇겠지. 그런 여자들 공통점이야. 그런데 해외여행을 가거나 등산을 가거나 여기저기 나다니는 자신을 아주 좋아해. 꼭 그걸 드러내 놓고 자랑하지. 오늘만 해도 그랬어. '모리미야짱, 서머 록페스티벌 같은 데는 절대 가지 않지? 엄청 재미있는데'라고 하더라고."

험담을 하면 배가 고파지는지 모리미야 씨는 투덜거릴 때마다 소면을 후룩후룩 흡입했다. 나는 빨려 들어가는 소면을 보면서 물었다.

"그런 데 가 본 적 없잖아?"

"응. 록페스티벌은커녕 콘서트도 가 본 적 없지."

모리미야 씨는 자랑스럽다는 듯이 대답했다.

"그럼 그렇지."

"어차피 그 야바시와 스미다라는 애들도 여름방학 중에 페스티벌에 가느라 시험공부는 하지 않았을 거야."

"록페스티벌에 갔는지 어떤지는 모르지만……. 아, 그래도 다른 나라 사람들이 모이는 파티에 갔었다고 애들 앞에서 이야기했는데."

두 사람은 오늘 쉬는 시간마다 그 파티 이야기를 했다. 외국인들은 엄청 자유롭기 때문에 함께 있으면 정말 텐션이 올라간다는 이야기를 큰 목소리로 여러 차례 떠들었다.

"그래, 맞아, 맞아! 야모리도 똑같아! 외국인 친구가 있다는 걸 엄청 티내지. '그런데 모리미야짱은 외국에 아는 사람 없지?'라고 묻는다니까. 나는 '야, 너 영어 회화 학원 선생님하고 알고 지낼 뿐이잖아'라고 쏴붙여 주고 싶은 심정이야."

"그러면 쏘아붙이지 그랬어? 그런데 외국인 친구는 있어?"

"있을 리 없지. 일본인 친구도 거의 없는데."

모리미야 씨는 천연덕스럽게 말했다. 같이 이야기하다 보면 이렇게 맥이 쭉 빠진다.

"그렇구나."

"그래, 맞아. 게다가 '모리미야짱, 난 혼자서도 라면 가게에 들어가'라고 하는데 그게 무슨 자랑이냐? 스무 살이 넘도록 혼자 라면 가게에도 들어가지 못하는 녀석이 더 희귀하지. 난 라면 같은 건 늘 혼자서만 먹는데."

투덜거릴 때마다 모리미야 씨의 외로운 인간관계가 드러나 나는 '아, 그렇구나'라고 달래듯 말했다.

"그런데 스미다와 야바시는 어차피 질투일 거야. 유코짱이 예쁘니까. 페스티벌에 가건 외국인과 친구가 되건 외모나 심성이나 유코짱에게 상대가 되지 않으니까."

불평을 다 털어놓았나 보다 생각했는데 모리미야 씨는 터무니없는 소리를 아주 태연하게 꺼냈다.

"그만해. 자식 자랑은 팔불출이라잖아."

"엥?"

"팔불출이라는 소리 듣는다고. 내가 예쁘다느니 하는 소리는 밖에 나가서 절대로 하지 마."

내가 주의를 주는데도 모리미야 씨는 '헤헤헤' 하고 멋쩍은 듯 웃더니 '아! 알았다' 하며 손뼉을 짝 쳤다.

"뭐야? 왜 그래?"

"소면 때문이야."

"뭐가?"

"유코짱이 기운이 없는 이유. 저녁 때문이지, 저녁 식사. 어제도 그저께도 오늘도 소면을 먹었잖아?"

"그렇기는 한데."

모리미야 씨가 오추겐[6] 선물로 받은 소면이다. 더울 때 먹기 편해서인지 요즘 소면이 계속 들어왔다. 그렇지만 소면과 내 친구들과는 아무런 관계도 없다.

"나 기운 없지 않은데."

"아니야. 너 더위를 먹은 거야. 진짜 더위는 여름이 끝날 무렵에 온대."

모리미야 씨는 맛있게 소면을 흡입하면서 말했다.

"나 소면 좋아하는데."

소면은 가늘고 길어 목에 잘 넘어간다. 면 종류 가운데 가장 좋아한다.

"더 든든하게 먹으면 유코짱은 최강이 될 텐데. 스태미너 충전이 제대로 된 유코짱에겐 당해 낼 수 없을 테니까. 스미다, 야바시, 야모리도 찍소리 못할 거야."

"그러니까 팔불출 소리를 듣는 거야. 이제 진짜 그만해."

내가 화를 내는데도 모리미야 씨는 '뭐 아버지니까 그런 소리 들어도 괜찮아'라며 웃는 얼굴로 소면을 후루룩 빨아올렸다.

"그리고 야모리 씨는 나하고 아무 관계도 없잖아."

"그런가? 야모리는 나만의 적이로군. 야모리인지 이모리[7]

---

6 お中元. 일본은 음력 1월 15일을 상원, 10월 15일을 하원이라고 하며 그 중간에 있는 음력 7월 초부터 15일 사이를 중원이라고 하여 조상을 모시는 행사를 하거나 성묘를 했다. 예전부터 쌀, 면 종류, 과자 같은 식품을 부처님 앞에 바치기도 했는데 요즘은 평소 신세를 졌던 분들에게 선물을 보내는 날로 여겨진다. 소면은 대표적인 선물 상품 가운데 하나다.

인지 모르지만 다른 부서로 가지 않나? 화성 같은 데로."

"화성에 회사 지사가 있어?"

"아니, 있지는 않아."

나 참. 모리미야 씨의 동료 험담은 초등학생 수준이다. 그렇지만 모리미야 씨와 함께 투덜거리다 보니 기분이 풀려 소면을 얼마든지 먹을 수 있었다.

이튿날, 교실 분위기는 여전했다. 모에는 나와 마주치면 어색한 표정을 지었다. 후미나도 '골치 아픈 상대에게 찍혔네'라고 하면서도 스미다와 야바시 앞에서는 나와 거리를 두었다.

점심시간이 되자 '모에, 후미나. 같이 먹자'라며 스미다가 두 사람을 불렀다. 그래서 나는 혼자 학생 식당으로 갔다. 다른 아이들과 같이 먹을까 하는 생각도 했지만 지금 내가 말을 걸면 불편하게 여길 것이다. 그리고 교실을 벗어나는 게 마음이 편했다.

학생 식당에 들어가니 우리 2반 교실 상황과는 전혀 달리 시끌시끌했다. 우리는 어엿한 고등학생이다. 학생 식당에는

---

7 イモリ(井守·蠑螈). 도롱뇽의 일종. '矢守(야모리)'라는 성은 '도마뱀붙이'와 발음이 같다.

나 말고도 혼자 밥을 먹는 아이들이 여럿 보였다. 중학생들처럼 혼밥이 눈치가 보이거나 하지도 않는다. 후미나와 모에는 마음도 맞고 함께 있으면 즐겁다. 하지만 아무것도 신경쓰지 않고 이야기를 나눌 수 있는 있는 것은 아니라 가끔 혼자서 시간을 보내는 것도 괜찮을지 모른다.

나는 느긋하게 진로지도실에서 가져온 대학 팸플릿을 보면서 달걀덮밥을 먹기 시작했다. 빵을 가져왔지만 소스 냄새에 이끌려 바로 지은 밥을 먹고 싶어져 달걀덮밥을 주문했다. 조금 진한 국물에 폭신폭신한 달걀. 학생 식당 메뉴 가운데는 덮밥 종류가 제일 맛있다.

소노다단기대학 학생 식당은 어떨까. 대학이니까 더 맛있는 것들이 있겠지, 하며 학교 소개 팸플릿을 살펴보았다. 식당 사진은 멋진 레스토랑 같았다. 역시 대학은 다르다고 생각하며 보고 있는데 앞쪽에서 인기척이 느껴졌다.

"뭐하는 거니?"

목소리가 들린 쪽을 보니 앞에 무카이 선생님이 서 있었다.

"아뇨, 특별히 뭘 하는 건 아닌데요……."

뭔가 주의를 주시려는 게 아닐까. 나는 요즘 내 행동을 되돌아보았다.

"그런데 왜 혼자 밥을 먹니?"

무카이 선생님은 여느 때와 같이 담담한 말투로 그렇게 물으며 내 앞자리에 앉았다.

"별 이유 없는데……."

"별 이유가 없다니. 무슨 문제라도 있는 거 아니야?"

"그런 건 없는데요."

무카이 선생님 앞에서는 늘 긴장하고 만다. 나는 물을 한 모금 마셨다.

"처음엔 다도코로 모에와 다투었나 보다 했는데 이거 너무 오래 끌잖아?"

"그렇긴 하네요."

"그냥 다툰 거라면 몰라도 좀 복잡하게 꼬인 거 아니니?"

"아뇨. 괜찮아요. 단순한 다툼이랄까. 뭐 흔히 있는 일이에요."

나는 별일 아니라는 걸 강조하듯 살짝 웃어 보였다.

무카이 선생님은 그런 내 얼굴을 들여다보며 물었다.

"힘들지는 않아?"

"예."

나는 크게 고개를 끄덕였다. 정말 힘들지 않았다. 될 수 있으면 마무리가 지어졌으면 좋겠다고는 생각했다. 그렇지만 단체로 생활하다 보면 이런 일도 있기 마련일 거라고 객관적으로 생각하기도 했다.

"그래 보이는구나. 그렇지만 이런 상황이 아무렇지 않다는 것도 문제이기는 한데."

"평소 남과 생활하다 보니 이런 갈등에 익숙하죠."

나는 농담하듯 그렇게 말했다. 하지만 바로 그 사람들과 다툰 일이 전혀 없다는 사실을 깨달았다. 리카 씨, 이즈미가하라 씨, 모리미야 씨. 친아빠와 헤어지고 나서 함께 살았던 사람들은 모두 피붙이가 아닌 남이었다. 하지만 갈등을 빚은 적이 없다.

선생님은 내 말에 웃지 않고 말씀하셨다.

"친구는 학교생활에서 차지하는 비중이 무척 크다고 생각하는데?"

"그렇죠."

친구가 중요한지 어떤지 골똘히 생각하면 잘 모르겠지만 친구를 소홀히 여기지는 않는다. 친구가 없으면 쓸쓸한 것도 사실이다.

"네 일인데 남의 일처럼 말하는구나. 괜찮아?"

"괜찮습니다."

"정말 그렇다면 다행이겠지만."

"예. 정말 어려운 문제 없어요……. 이런 일은 시간이 해결하겠죠. 지금은 잠깐 사이가 좋지 않을 뿐이에요. 그냥 놔둔다고 할까, 가만히 지켜봐 주세요."

내가 그렇게 덧붙였다. 그러자 선생님은 나를 가만히 바라보며 말씀하셨다.

"넌 참 강하구나."

교실에 돌아온 나를 보더니 스미다와 야바시가 씩 웃었다.

"유코, 담임하고 점심 먹었다면서?"

그런 정보는 정말 빨리 돈다. 갈등을 빚는 상황이 재미있어 더 꼬이기를 바라는 인간은 아주 많다.

"학생 식당에 있는데 우연히 말을 거셨을 뿐이야."

나는 내 자리로 가면서 말했다.

"혹시 우리를 고자질한 거 아니야? 그렇지만 아쉽네, 담임이 여자라서."

"그래, 맞아. 남자라면 편을 들어줄 테지만 무카이 할망구는. 아, 참. 유코, 너 지난번에는 1학년 남자애한테 고백을 받았다면서? 정말 인기 끝내준다."

야바시가 그렇게 말하자 '대단하네', '죽여주네' 하며 놀리는 여자아이들 목소리가 들려왔다.

"그런 일 없어."

나는 태연한 표정으로 책상 서랍 안에서 교과서를 꺼냈다. 대답하지 않으면 더 투덜거릴 것 같아 적당히 대꾸해 줄 수밖에 없다.

"유코, 너 남자 정말 좋아하는구나. 너 엄마도 두 번이나 남편을 바꿨다면서? 피는 못 속여."

스미다가 말했다. 나하고 같은 중학교를 나온 아이에게 들은 걸까. 나는 내 성장 과정에 대해 자세하게 이야기하지 않지만 숨기지도 않기 때문에 보호자가 몇 차례 바뀐 사실을 아는 애들은 여럿 있다.

"두 번이라니, 대단하네. 그렇지만 그 엄마도 지금은 없잖아?"

"수상해. 누가 진짜 아빠인지 모르는 거 아니야?"

스미다와 야바시는 그렇게 떠들며 웃었지만 교실은 조금 전까지와는 달리 아주 조용해졌다.

틀림없이 두 사람이 가족 문제를 건드렸기 때문이리라. 다들 고개를 숙이거나 다른 일에 신경을 쓰는 척하고 있다. 남의 가정 문제를 건드리면 안 된다는 걸 다들 알기 때문이다. 아빠 문제로 찔러 대도 나는 마음이 아프기는커녕 가렵지도 않다.

"그래서 지금은 아주 젊은 아빠와 둘이 살고 있다면서? 수상해."

"혹시 아버지와 그렇고 그런 거? 아, 무서워."

두 사람은 주위가 조용해졌는데도 눈치채지 못하고 계속 떠들었다. 듣지 않는 척하지만 다들 귀를 기울이고 있다. 일단 사실만은 확실하게 해 두어야 하려나.

나는 자리에 앉은 채 고개를 들고 스미다 쪽을 보았다. 다들 지켜보고 있다는 걸 알 수 있었다. 아아, 별 이야기도 아닌데 필요 이상으로 주목을 받는다. 보호자가 계속 바뀌는 폐해는 바로 이런 거다. 얼른 간단하게 설명하려고 입을 열었다.

"아, 그 몇 번이나 남편을 바꾸었다는 엄마는 두 번째 엄마니까 피가 섞이지 않았어. 그리고 날 낳아 준 부모는 확실해. 엄마는 내가 어렸을 때 돌아가셨고 아빠는 다른 나라에 가 있어서 가까이 있지는 않지만. 엄마가 두 명, 아빠가 세 명 있는 건 사실이야. 그게 뭐? 아, 그래, 맞아. 지금 아빠. 나이 차이가 크게 나지는 않아도 벌써 서른일곱 살이야. 게다가 좀 이상한 사람이랄까? 도저히 연애 상대가 될 만한 사람이 아니라고. 피가 섞이지도 않은 나를 돌봐 주는 착한 사람이지만……. 이제 됐니?"

내가 설명을 마치자 '대박', '어머, 그렇구나' 하는 소리가 교실 여기저기서 들려왔다. 야바시와 스미다는 좀 당황한 모양이었다. 역시 내 소문을 과장했던 모양이다.

"별일 아니야, 부모가 바뀌었을 뿐이지. 난 곤란한 문제 전혀 없어."

나는 얼른 덧붙였다. '보통이 아니야'라고 누가 말하는 소리가 들렸다.

"모리미야는 왠지 저력 같은 게 느껴져."

"역시 가정의 변화가 심하면 자연히 저렇게 되는구나."

뒤편에서 남자애들이 소곤거리고 있었다.

무카이 선생님도 말씀하셨지만 틀림없이 내겐 강한 면이 있는지도 모르겠다. 하지만 그건 보호자가 여러 차례 바뀌었기 때문만은 아니다. 아빠가 내 곁에서 떠난 뒤 리카 씨와 함께 한 생활은 자유롭고 즐거웠어도 편하지는 않았다. 그 무렵에는 살기 위해 죽을힘을 다했고 강인해야 버틸 수 있었다.

12

"아, 이달에 쓸 수 있는 돈이 이제 팔백 엔밖에 없네. 월급날까지는 아직 닷새나 남았는데."

동전을 찾는지 리카 씨는 가방과 지갑 안을 뒤적이며 말했다.

"낭비가 심해서 그래. 매달 이렇게 되는 걸 알면서도."

나도 옷장에 걸린 리카 씨의 스커트 주머니를 뒤져 보았다. 리카 씨는 뭐든 주머니에 넣어 두니까. 이따금 동전이 몇 개 나올 때도 있었다.

"내가 어디 쓸데없는 데에 돈을 썼나?"

리카 씨가 심각한 표정으로 궁리하는 모습을 보며 나는 한숨을 내쉬었다.

"지난주에 백 샀잖아. 똑같은 거 이미 가지고 있으면서."

"저 회색 백?"

"그래. 회색에 밖에 포켓이 달려 있는 백."

"전혀 다른 거야. 저런 가방은 없어. 디자인이나 사이즈도 갖고 있는 것과 다르고."

리카 씨는 그렇게 말했지만 내 눈에는 똑같은 백이 여러 개 있는 걸로 보인다. 색이 약간 다르거나 모양이 조금 다를 뿐인 백이 왜 여러 개 필요한 걸까.

"그리고 내게도 카디건을 사 주었잖아? 작년부터 키가 그리 많이 자라지 않아서 입던 걸로도 괜찮은데."

리카 씨는 매달 내게 옷을 사 주었다. 그렇지만 이제 5학년이 된 나는 키가 그렇게 빨리 자라지 않아서 입던 옷으로도 충분했다.

"유코, 너 진심으로 하는 말이니?"

리카 씨는 동전을 찾던 손길을 멈추고 내 얼굴을 빤히 바라보았다.

"진심이지."

"여자인데 그러면 안 되지. 옷은 몸이 자라서 입을 수 없게 되기 때문에 사는 게 아니야. 올해 유행이라거나 하는 게 있어. 멋을 내는 데 쩨쩨하게 굴어서는 안 된다고 전부터 말했잖아."

"난 그런 거 몰라. 작년에 입던 옷 입어도 죽지는 않지만 먹지 못하면 죽어. 어쨌든 다음 달은 옷 사는 거 금지야."

내가 단호하게 말했다.

"유코짱은 초등학교 5학년인데 말하는 건 노인네 같아. 예, 예, 알겠습니다요."

리카 씨는 태연한 얼굴로 이렇게 대꾸하더니 텔레비전 화면으로 시선을 옮겼다. 돈이 없다고 난리면서도 리카 씨는 태평했다. 백 엔이라도 더 나오면 좋겠는데. 나는 옷장에 쑤셔 박아 놓은 리카 씨의 백을 하나하나 뒤져 보았다.

"어, 또 넣어 놓고 깜빡했구나. 빨리 보내라니까."

옷장 안의 가방에 들어 있던 편지를 발견하고 나는 리카 씨에게 보여 주었다.

"아, 그래. 그거. 응, 내일 보낼게."

"빨리 보내야지. 이제 곧 다음 편지 쓸 텐데."

"미안, 미안."

"제대로 보내는 건가……? 답장이 전혀 오지 않는데."

"글쎄. 슈짱이 바쁠 테지. 브라질에 편지가 도착하려면 시간도 꽤 걸릴 테고."

리카 씨는 텔레비전에서 시선을 떼지 않고 그렇게 말했다.

아빠가 떠난 지 7개월이 흘렀다. 그 뒤로 나는 일주일에 한 번씩 편지를 썼다. 학교 이야기와 리카 씨와의 생활. 아빠에게 하고 싶은 이야기가 많아 매주 쓰는 편지는 여러 장이 되었다. 브라질에 편지를 부치는 방법을 모르기 때문에 보내는 일은 리카 씨에게 맡겼다. 리카 씨는 '알았다'고 하면서도 종종 편지 보내는 일을 까먹고 백이나 책상 서랍에 넣어 두기도 했다. 그때문은 아닐 테지만 아빠한테서 답장이 온 적은 한 번도 없었다. 리카 씨는 '어른은 편지를 잘 쓰지 않아'라고 했지만 나를 그토록 소중하게 여겼던 아빠가 편지 쓸 시간을 내지 못하다니, 너무하다. 외국에서 지내는 생활은 역시 많이 힘든 걸까? 일본에 남은 나와 리카 씨도 새로운 생활에 적응하느라 허둥댈 지경이니까.

아빠가 출국하고 두 달쯤 지나서 리카 씨는 '양육비만으로는 도저히 생활할 수 없다'며 일하러 나가기 시작했다. 한 달 뒤에는 '집세를 내기 힘들고 이 집은 둘이 살기 너무 크다'며 우리는 작은 연립주택으로 이사했다. 먼저 살던 곳에서 걸어서 5분밖에 떨어지지 않았는데 전혀 다른 집, 방도 두 개뿐이고 주방도 거실도 무척 좁았다.

'집세가 반으로 줄었어'라고 리카 씨가 말했기 때문에 이사한 뒤에는 생활이 좀 편해질 줄 알았는데 그렇게 되지는 않았다. 리카 씨는 돈이 남으면 남는 만큼 쓰고 만다. 그 덕분에 리카 씨와 둘이 살기 시작해 첫 여름이 끝날 무렵에는 저금이 한 푼도 남지 않았다. 가을이 되면서부터 '이번 달은 힘드네'라고 한숨 쉬는 생활이 이어지고 있었다.

"앗, 나왔다! 50엔."

편지가 나온 백 안에 있는 포켓에 손을 넣은 나는 동전을 발견하고 무심코 소리를 질렀다.

리카 씨는 나한테서 50엔짜리 동전을 받아들더니 '와, 부자가 되었다'고 하며 전기장판 스위치를 켰다.

"50엔 늘었다고 해 봐야 하루에 170엔밖에 쓸 수 없어."

나는 전기장판의 온도를 낮게 조절하고 얼굴을 찌푸렸다. 11월도 절반이 지나 추워지기는 했지만 이쯤이라면 견딜 수 있다.

"170엔? 유코, 월급날까지 버티기 힘들까?"

"그럼, 힘들어. 쌀은 아직 있으니까 밥은 지을 수 있지만 반찬은……. 집주인 할머니에게 채소를 좀 달라고 부탁할게. 그리고 달걀이나 닭고기만 사서 버텨 봐야지."

"난 아침에 빵이 좋은데."

리카 씨는 이런 상황에서도 철없는 소리를 한다.

"그럼 식빵 테두리를 얻어 올게. 상점가에 있는 빵집에 봉투 가득 담아 놓았던데. 그거 공짜로 얻을 수 있을 거야."

"뭐? 아무것도 사지 않고 빵 테두리만 얻는다고?"

리카 씨는 미간을 찡그렸다.

"돈이 없으니 어쩔 수 없지. 난 집주인 할머니한테 채소를 좀 얻어 올 테니까 가서 빵 테두리를 얻어 와."

"아아, 가난은 정말 싫어. 특히 추위가 뼛속까지 파고드는 것 같아."

리카 씨는 말은 그렇게 하지만 사실 아무런 걱정도 않는 것 같다. 그래서 매달 돈을 낭비하고 마는 것이다. 게다가 내 엄마가 되었을 때도 그랬지만 리카 씨는 어떤 생활을 하건 제대로 즐겼다.

"보험 영업이 내게 맞을까 걱정했는데 아주 잘 맞아. 여러 사람을 만나서 이야기할 수도 있어서 내 뛰어난 사교성이 딱 어울리는 것 같아."

리카 씨는 일을 시작하자마자 분명히 그렇게 말했었다.

13

연립주택 뒤에 있는 풀과 나무가 무성한 집. 이 낡고 큰 단층집에 집주인이 산다.

우리 할머니, 할아버지보다 훨씬 나이가 많은 집주인은 남편이 먼저 세상을 떠난 뒤 몇 년째 혼자 살고 있는 모양이다. 이사 오던 날 인사하러 간 뒤로 집세를 낼 때도 나는 종종 얼굴을 보았다.

처음 만난 날 집주인 할머니는 '젊은 엄마 혼자서 힘들겠구나'라며 우리에게 마음을 써 주었다. 그렇지만 그 말을 들은 나는 리카 씨가 아주 젊어서 피가 섞이지 않은 모녀 사이라는 걸 들키지 않을까 가슴이 조마조마했다. 그때 나는 부모

자식 사이란 피가 섞여야만 한다고 믿고 있었다.

그래서 이사한 달 말일에 집세를 내러 간 나는 집주인에게 이렇게 물었다.

"우리 엄마 많이 젊은가요?"

그러자 집주인은 이렇게 말하며 깔깔 웃었다.

"유코짱 엄마는 젊게 꾸미고 다니지만 저래 봬도 꽤 나이를 먹었겠지?"

리카 씨는 그때 서른 살이었으니 나이가 그리 많은 편은 아니었지만 집주인 할머니에게 '화장하고 멋 부리는 걸 좋아해서요'라며 나도 따라 웃었다. 대개 이런 식으로 집주인과 이야기를 나누다 보면 너그러운 성격 덕분에 무슨 일이나 큰 문제가 아닌 것처럼 느껴졌다.

집주인은 혼자 살기 때문인지 내가 가면 무척 반가워했다. 밖에서 부르면 '내가 귀가 어두워서 잘 안 들려'라고 하면서도 늘 초인종을 누르기 전에 나와 주었다. 그리고 올 때마다 밭에서 거둔 채소나 아는 사람들에게 받았다는 화과자를 잔뜩 주었다.

할머니와 할아버지를 만나지 못하기 때문일까? 나는 집주인 할머니에게 가는 게 무척 좋았다.

리카 씨에게 채소를 얻으러 가겠다고 약속한 다음 날, 학교에서 돌아와 나는 바로 집주인이 사는 집으로 갔다.

"추워졌구나. 너 지내는 방은 괜찮니? 낡아서 외풍이 꽤 들어올 텐데."

집주인은 나를 거실로 맞아들이더니 차를 끓여 주었다.

"괜찮아요. 전기장판도 있으니까."

나는 집주인이 준 센베이를 먹었다. 큼직한 간장 센베이는 기분 좋은 소리를 내며 부서졌다. 집주인이 '유코는 이가 아주 튼튼하구나' 하며 웃었다.

"올해까지만 하고 밭일도 그만두려고. 이제 일을 제대로 할 수 없어서."

집주인은 그렇게 말하며 현관에서 신문지로 싼 배추와 무를 가지고 왔다.

"그래요? 아깝네. 내가 도와드릴 수 있는데."

"유코짱은 학교 다녀야지. 게다가 많이 심어도 다 먹지 못해. 늘 남게 되지."

"아저씨 드리면 될 텐데."

집주인 아들 부부는 차로 15분쯤 거리가 되는 곳에 산다. 나도 몇 번 본 적이 있다.

"그래도 다 처치할 수가 없지. 네가 가져가 줘서 고마워."

집주인 할머니는 그렇게 말하며 다리를 문질렀다. 얼마 전에 무릎을 다쳤는지 일어설 때나 층이 진 곳을 넘어설 때마다 무척 힘들어 했다.

"배추도 있고 두부를 숭덩숭덩 썰어서 기름에 튀긴 다음 졸인 반찬도 있다. 무절임도 만들어 두었으니까 가지고 가렴."

"고마워요. 잘 먹을게요."

집주인은 말하지 않아도 채소를 줬고, 리카 씨는 돈이 없다는 소리는 할 필요 없다고 했다. 그렇지만 이 배추와 무가 얼마나 고마운 것인지 나는 꼭 밝혀 두고 싶었다.

"돈이 850엔밖에 없어서 밥을 어떻게 먹어야 하나 어제 엄마하고 이야기했어요."

내가 그렇게 말하고 웃자 집주인은 이렇게 말했다.

"너희 집에 돈이 없어서 다행이로구나."

"어째서요?"

"그야 돈이 많이 있어서 뭐든 살 수 있다면 이렇게 못생긴 배추와 무는 필요 없을 거 아니냐? 누가 가져가지 않으면 처치 곤란이라서."

"그렇네요."

돈이 없어도 좋은 일이 조금은 있는 모양이다.

"아, 참. 포치 산책시키고 올게요."

현관 쪽에서 짖는 소리가 들려 나는 자리에서 일어섰다.

포치는 집주인이 기르는 중형견이다. 집주인이 다리가 아파 밖에 나갈 수 없게 된 뒤로는 내가 왔다는 눈치를 채면 산책을 데려가 달라고 짖는 모양이었다.

"그래, 고맙구나. 고마워."

"그럼 갔다 올게요."

"따뜻하게 하고 다녀와라."

"예."

나는 전에 집주인이 준 머플러를 단단히 두르고 포치와 집을 나섰다.

큰길로 나와서 언덕을 내려가 강을 따라 걷는 게 포치의 산책 코스다. 일주일에 한 번쯤 나는 포치를 데리고 나왔다.

"포치도 나하고 마찬가지로 늙었어."

집주인이 이렇게 말하는 포치는 마구 뛰거나 하지 않고 조용히 발걸음을 옮겼다. 나와 포치가 걷는 속도는 거의 같았다.

"와아, 낙엽이 잔뜩 쌓였네."

강을 따라 난 길에는 나무에서 떨어진 잎이 펼쳐져 있었다.

포치는 무슨 말을 해도 '컹' 하고 낮게 짖을 뿐이지만 내 말을 알아듣는 것 같아서 산책 중에 이런저런 말을 건넸다.

"저기 봐. 벌써 저녁놀이 지네. 겨우 다섯 시 조금 지났을 뿐인데."

나뭇잎이 떨어지고 해가 짧아질수록 풍경은 쓸쓸해졌다. 바람도 살갗을 베듯 날카로웠다. 겨울이 시작되고 있는 조짐이 여기저기 흩어져 있었다.

나는 강이 보이는 벤치에 걸터앉았다. 산책 도중에 여기서 포치와 저녁놀을 보았다. 그게 우리가 정해 놓은 규칙이었다. 해가 가까워지는 수면은 반짝반짝 빛났다.

"얘야, 뛰자. 얼른 저녁 준비 해야겠다."

"아빠 일찍 와, 엄마?"

"그래."

"만세."

장을 보고 돌아가던 엄마와 아들이 우리 뒤를 잰걸음으로 지나가는 소리가 들렸다.

"안아 줘."

"조금 더 걸어야지."

"안아 줘, 안아 줘."

애가 안아 달라고 조르자 안아 든 어머니가 '에구, 무거워'라고 하는 소리도 들렸다.

저녁에 이 길을 걷는 사람들은 어쩜 이리 따스한 분위기를 풍기는 걸까.

리카 씨는 '추워지면 가난이 뼈를 파고든다'고 했지만 그뿐만이 아니다. 겨울이 되면 혼자 남겨진 것 같은 쓸쓸함도 몸을 적신다.

해가 짧아져서 친구들과 놀 시간도 줄어들었다. 미나짱은 오늘 학원에 가고, 가나데짱은 오늘 아빠 생일이라 같이 놀 수 없다고 했다.

아빠는 9월에 생일이 있었다. 올해는 혼자서 생일을 축하했으려나? 때때로 아빠 얼굴이 머릿속에 떠올랐다. 그리고 한번 생각이 나면 여러 가지 기억이 한꺼번에 되살아났다. 배웅하던 공항 풍경. 내가 일본에 남겠다고 했을 때의 아빠 표정. 함께 동물원에 갔을 때나 입학식 때의 기억. 더 어렸을 때, 나를 몇 번이고 하늘 높이 던져 올려 주던 아빠의 큰 팔.

기억이 솟아나기 시작하자 걷잡을 수 없었다. 아빠와 함께 살던 때로 돌아가고 싶어져 견딜 수 없었다. 그렇지만 그럴 수 없어서 우는 걸로나 마음을 달랠 뿐이었다.

좋은 운동이 될 테고 집주인 할머니에게 신세를 져서 뭐든 해 드리고 싶어 포치와 산책했다. 하지만 이 산책이 가장 좋은 까닭은 여기 이렇게 포치와 나란히 앉아 눈물을 흘릴 수 있다는 점이다. 혼자 집에서 울다 보면 내가 그냥 어딘가에 갇혀 버리는 느낌이 든다. 울지 않고 참으면 언젠가 어딘가가 터지고 말 것 같았다. 하지만 드넓은 하늘 아래서 강을 바라보며 울면 눈물도 기억도 함께 흘러갈 것만 같은 기분이 든다.

나는 불행하지 않다. 리카 씨와 즐겁게 지내고 있다. 그렇지만 아무래도 쓸쓸하고 아빠가 그립다. 그런 기분을 쉽게 떨쳐 낼 수 없었다.

강물 위를 비추던 오렌지색 햇빛이 더 짙어지자 포치가 '멍' 하고 한 차례 크게 짖었다.

"그래, 돌아가야지."

너무 늦으면 집주인 할머니가 걱정하신다.

다른 누가 결정해 준 게 아니다. 바로 내가 아빠가 아닌 리카 씨를 선택했다. 아빠와 함께 브라질로 갔더라도 또 다른 외로움을 느꼈으리라. 지금 내 앞에 있는 생활을 하는 수밖에 내가 할 수 있는 일은 없다. 눈물을 흘리고 나니 뭔가 한 가지를 해결하고 '지금 울고 있을 때가 아니야'라며 기운을 내고 일어서는 기분이 들었다.

"그래, 가자."

내가 벤치에서 일어서자 포치가 다시 '멍' 하고 힘차게 짖었다.

14

12월 중순을 넘어서면서 흐린 날씨가 이어져 해를 보지 못했다. 오전인데도 무겁게 가라앉은 회색 하늘 아래 나는 종업식 때 받은 통지표를 보여 주려고 학교에서 바로 집주인 할머니에게 갔다.

"와아, 유코짱 똑똑하구나."

집주인은 통지표를 보더니 그렇게 칭찬해 주었다.

"그래요?"

아빠에게 마지막으로 보여 주었던 통지표. 그때보다 '참 잘했어요'는 다섯 개나 줄었고 산수는 '더 열심히 합시다'를 받았다. 공부는 자기 자신을 위해 하는 거라고 담임 선생님이 말씀하셨지만 기뻐할 사람이 줄어들면 하고 싶은 마음도 줄어든다.

"성적이 점점 떨어지고 있는데."

내가 말하자 집주인 할머니가 웃으며 대꾸했다.

"그런 건 선생님이 대충 평가해서 그래. 별거 아니란다."

그러더니 선생님이 남긴 의견을 읽었다.

"어디 보자, 도서 담당으로 맡은 일을 열심히 하며 책임감을 가지고 노력했습니다. 친구들에게도 싹싹하고 성실하며……. 뭐 빤한 소리로구나."

"그죠?"

나는 집주인이 끓여 준 코코아를 마시며 고개를 끄덕였다.

작년까지는 선생님이 써 준 내용을 읽으며 그저 기뻐하기만 했는데 5학년이 되면서 친구들과 내용이 비슷하다는 걸 깨닫기 시작했다.

이번에 내게 써 준 의견은 사쓰키짱이 1학기에 받은 의견과 거의 같았다. 도서 담당과 수업 전에 선생님께 인사할 때 구령을 붙이는 담당이라는 차이뿐이었다. 사쓰키짱과 나는 성격이 다르지만 학생이 서른여덟 명이나 되다 보니 똑같은 의견을 적게 되었을지도 모른다.

"더 자세히 보고 써 주어야 하는데. 유코짱이라면 그렇지. 이웃사람들에게 예의 바르게 인사하고 어머니를 잘 도와주고 뒷집 강아지 산책도 시켜 주고, 밝고 명랑하며 예쁘고……."

집주인 할머니가 하는 말을 듣고 나는 얼굴이 새빨개졌다.

"그렇게 칭찬하면 오히려 기분이 나빠요."

"사실인데? 뭐 좀 팔불출 같은 소리인가?"

내가 멋쩍어하는 모습을 보며 집주인은 웃었다.

"팔불출?"

도대체 무슨 말일까? 처음 듣는 단어라 나는 고개를 갸웃거렸다.

"그래, 여러모로 덜 떨어진 사람을 가리키는 말이지. 제 마누라 자랑, 조상 자랑, 자기 자랑, 형제 자랑 등등을 하는 사람들을 가리키는데 거기에 자기 자식을 너무 자랑하는 사람들도 낀단다. 나는 유코짱하고 피가 섞이지 않았지만."

집주인 할머니는 사과를 깎으며 이렇게 설명해 주었다.

아빠와 헤어진 뒤로 나하고 피가 섞인 사람은 한 번도 만난 적이 없다. 그런데 팔불출이라는 말을 하자면 리카 씨도 못 말리는 팔불출이다.

"어머, 맛있어요."

나는 집주인이 깎아 준 사과를 베어 물었다. 단단한 사과는 아삭하고 안에 꿀이 든 것 같았다.

"겨울에 고타쓰에서 과일을 먹다니, 내가 호강하는구나."

집주인 할머니는 '몸이 여기저기 덜거덕거리지만 치아만은 튼튼해서 다행'이라며 사과를 베어 물더니 문득 생각났다는 듯 이렇게 말했다.

"아, 참. 나 말이다, 내년에는 시설에 들어가게 되었단다."

시설에 들어간다는 게 무슨 말인지 잘 몰랐던 나는 씹던 사과를 삼키고 난 뒤 '그게 뭔데요?'라고 물었다.

"시설이란 건 노인 요양원을 말하지. 점점 움직이기 힘들어지고 작년에 뼈가 부러진 뒤에 한 차례 치료를 받았지만 내가 이제 할 수 없는 일들이 늘어나서."

노인 요양원은 우리 학교와 자매결연한 곳이 있어서 가 본 적이 있다. 할머니, 할아버지들이 아주 많이 있었는데 그때 함께 노래도 부르고 쉬운 게임 같은 것도 했다.

"노인 요양원은 왔다 갔다 하는 게 아니에요?"

"아니야. 거기 가서 살아야지. 의사도 있고 간호사도 있거든. 밥도 해 주고. 여기서 혼자 사는 것보다 훨씬 편하지."

집주인은 기대된다는 표정으로 말했다. 분명히 다리가 좋지 않아 지팡이를 짚어야만 걸을 수 있어 밖에 나가기는 힘들 것이다. 하지만 요리도 잘하고 말도 잘하고 아직 정정한데.

"그런 데 가지 말지. 가끔 아주머니가 와 주시는데. 그리고 장보기 같은 건 나한테 시키면 언제든 갔다 올게요."

내가 말하자 집주인 할머니는 이렇게 말했다.

"내 자식보다 시설 사람들 시중을 받는 게 마음이 편하단다."

"정말이요?"

집주인 할머니가 거짓말을 하는 것 같지도 않고 억지로 그러는 것처럼 보이지도 않는다. 그래도 노인 요양원에 들어가는 게 낫다니, 좀 이상한 기분이 들었다.

"정말이란다. 노인 요양원에는 늙은이들을 돌봐 주는 전문가들이 아주 많으니까. 게다가 내 자식이라면 꺼릴 일도 남들은 척척 처리해 주기도 하거든."

"그런가?"

자식보다 남이 더 나을 수 있다니, 나는 잘 이해되지 않았다.

"그래서 말이다."

집주인 할머니는 '에구구' 하며 일어서더니 옷장 서랍을 열었다.

"이걸 네게 줘야겠구나."

집주인 할머니는 또 '에구구' 하며 천천히 자리에 앉더니 내게 봉투를 내밀었다. 꽤 두툼한 봉투였다.

"유코짱, 이거 받아라."

"열어 봐도 돼요?"

"아무렴."

집주인 할머니가 고개를 끄덕이기에 봉투를 열어 보니 안에는 돈이 들어 있었다. 그것도 1만 엔짜리 종이돈이었다.

"이게 뭐지?"

이렇게 많은 종이돈을 본 적이 없는 나는 깜짝 놀라며 할머니의 얼굴을 보았다.

"뭐긴 뭐야. 돈이지, 돈. 20만 엔 들었다."

별일 아니라는 듯 집주인은 말했지만 그 금액에 나는 무심코 목소리가 커졌다.

"20만 엔?"

"그래."

"왜 20만 엔이나? 이걸 나한테?"

"네가 받아 줬으면 좋겠구나. 이 집에서 나갈 테니 깔끔하게 정리하고 싶어서."

집주인은 차를 마시면서 대답했다.

나는 봉투를 내려놓았다. 우리 집은 돈이 없지만 도저히 받을 수 있는 금액이 아니었다.

"노인 요양원에 들어가기 전에 하는 내 부탁이란다. 받아두면 돼."

"안 돼요. 엄마한테 혼나."

"그러니까 네 젊은 엄마에게 주라는 게 아니야. 엄마한테는 비밀. 네게 주는 거란다."

"그건 안 돼요. 절대로."

아무리 거절해도 집주인은 물러서지 않았다.

"쓰건 쓰지 않건 네 마음이야. 그냥 갖고 있어 주면 되니까."

"그래도……."

"돈은 무서운 게 아니니까."

"그럼 할머니가 갖고 있으면 되잖아요."

내가 말하자 집주인은 깔깔 웃었다.

"그야 그렇지. 하지만 이건 이제 유코짱 돈이란다. 어려운 일이 있을 때 도움이 될지도 모를 일이야. 어떻게든 하고 싶은 일이 생기거나 했을 때 이 돈을 쓰렴. 부적이다 생각하고 지니고 있거라."

그러면서 봉투를 떠맡겼다.

"이 이야기는 이제 그만. 얼른 봉투를 가방에 넣고. 아, 그보다 너 지금 겨울방학인데."

집주인은 다른 이야기로 넘어갔다.

겨울방학에는 집주인 할머니의 집 정리를 거들었다. 노인요양원은 만원인 곳이 많아 집주인이 들어갈 시설은 꽤 먼 곳이라고 한다. 포치는 집주인의 아들이 데려가게 되었다.

이제 정말 강해져야 할 때가 오겠구나. 집주인 할머니가 살던 집이 깨끗하게 치워지는 걸 보면서 나는 이런 느낌을 받았다.

3학기는 눈 깜빡할 사이에 지나갔다. 겨울을 넘기고 봄을 맞이할 무렵이면 나는 6학년이 된다. 빵 테두리쯤은 당당하게 얻으러 가야 할 테고 리카 씨에게도 더 계획적으로 생활하라고 말해야만 한다. 흐르는 강물을 바라보며 눈물이나 흘리고 있을 때가 아니다.

해가 바뀌자마자 바로 아들 부부를 따라 노인 요양원으로 떠나는 집주인 할머니를 배웅했다.

"유코짱, 잘 지내거라."

"할머니도……."

하고 싶은 말은 많았지만 말이 제대로 나오지 않았다.

"그런 표정 짓지 말고."

"그렇지만 이제 만날 수 없다고 생각하니까."

"이제 만날 수 없다니, 난 앞으로도 오래오래 살 거란다. 살아 있으면 네가 행복하기를 바라며 뒤에서 응원할 수도 있지."

집주인 할머니는 그렇게 말하며 내 손을 꼭 잡았다. 주름이 쭈글쭈글하지만 아주 따스한 손이었다. 그 손을 차마 먼저 놓을 수 없었다.

헤어진다는 건 친부모가 아니라도 마음 아픈 일이다. 울고 있을 때가 아니라고 다짐했던 내 눈에서 그만 눈물이 쏟아졌다.

집주인 할머니, 아빠, 할머니, 할아버지. 기억 속에서밖에 만날 수 없는 사람이 점점 많아진다. 그렇지만 계속 과거에 매달려 있어서는 안 된다. 저렇게 나이 많은 집주인 할머니도 새로운 생활을 시작한다. 나도 답장이 오지 않는 아빠에게 계속 편지를 쓰고 있을 수는 없다. 부녀지간이라고 해도 헤어지면 끝이다. 당장 살아 내야 할 하루하루를, 지금 곁에 있어 주는 사람을 소중하게 여기자. 집주인 할머니를 태운 차를 배웅하면서 나는 마음속으로 그렇게 다짐했다.

*

그때 받은 20만 엔은 아직도 쓰지 않았다. 진짜 힘든 일은 아직 일어나지 않은 걸까?

15

"저녁은 뭐야?"

숙제를 끝내고 나서 식탁으로 간 나는 대뜸 물었다. 마늘 냄새가 방 안에 가득했다.

"뭐긴, 교자지. 마늘과 부추를 잔뜩 넣었거든."

모리미야 씨는 싱글벙글하며 주방에서 말했다.

"다 되었으니 식탁으로 가져가."

"평일에 교자라니……. 내일도 학교 가야 하는데."

나는 교자가 수북하게 놓인 큰 접시를 받아 식탁으로 옮겼다. 바삭하게 잘 구운 교자는 맛있어 보였지만 냄새는 심했다.

"더위 먹은 게 나을 때까지는 계속 교자를 먹어. 대략 50개쯤 만들었거든."

"진짜? 나 더위 먹지 않았는데."

큰 접시로 세 접시에 쌓인 교자를 식탁에 내려놓더니 두 손을 모으며 말했다.

"자, 열심히 먹자."

가득 놓인 교자는 보기만 해도 배가 부를 것 같았다.

"마늘도 그렇고 부추도 평소보다 곱절을 넣었거든. 더위도 날려 버릴걸."

모리미야 씨는 교자를 하나 입에 넣으며 말했다.

"마늘을 그렇게 많이 먹으면 냄새 나잖아……."

"뭐 어때? 채소도 많이 넣었으니까 보기보다는 먹기 쉬울 거야."

모리미야 씨가 두 번째 교자를 입에 넣을 때 나도 하나 집어 베어 물었다. 뜻밖에 냄새가 적어 먹기 편한 맛이었다.

"맛있기는 하네."

내가 말하자 모리미야 씨는 '그렇지?' 하며 고개를 끄덕였다.

"맛도 있고 기운도 나고. 교자는 최고의 음식이야. 이것만 먹으면 스미다나 야바시, 야모리도 물리칠 수 있을 거야."

"자꾸 왜 그래? 야모리 씨는 아무 상관없잖아. 그리고 내가 더워 먹었다고 누가 뭐라는 것도 아닌데."

나는 이렇게 말하면서 내 성장 과정을 교실 안에서 털어놓은 일을 떠올렸다. 아이들은 동정과 흥미로 가득 찬 표정을 보여 주었다. 아무렇지도 않은 듯 이야기한 셈인데 지금까지 나에 대해 이야기하기는 늘 어렵다.

"그렇게 축 처져 있을 틈이 있다면 얼른 먹어."

모리미야 씨는 생각에 잠긴 내게 교자를 덜어 주었다. 자그마한 교자는 얼마든지 먹을 수 있을 것 같다. 나는 교자를 입 안에 쏙 집어넣었다.

"교자 먹고 기운 내면서까지 해결할 문제도 아닌데."

"그래도 몸이 나른한 것보다는 기운이 넘쳐야 승산이 있지 않겠니?"

"그야 기운 넘치는 게 제일 좋지. 그렇지만 마늘 냄새 때문에 왕따 당할지도 몰라. 애들이 다 나를 피하면 어떡해?"

나는 교자를 집어 들고 냄새를 맡아 보았다. 식욕은 끌리는데 마늘과 부추가 지닌 독특한 냄새가 코를 찔렀다.

"그건 그래. 다른 아이들이 너를 피하는 건 성장 과정이나 성격 때문이 아니라 이 냄새 때문이라고 생각하면 마음이 편하지 않겠어?"

"무슨 소리야? 냄새 때문에 사람들이 날 피하는 게 제일 싫어."

"그렇다면 모든 걸 마늘 탓으로 돌릴 수 있겠지. 가만히 생각해 보면 교자는 기운만 나게 해 주는 게 아니라 사람들이 널 피하게 만드는 역할도 해 주는 구나. 만능 식품이야."

모리미야 씨는 적당히 둘러대더니 '아아, 이거 한잔하고 싶어지네. 나 한잔 마셔도 되지?'라며 냉장고로 맥주를 꺼내러 갔다.

모리미야 씨는 평소 거의 술을 마시지 않는다.

"유코짱에게 무슨 일이 생기면 운전을 해야 하잖아? 밤중에 병원에 가서 문 좀 열어 주세요! 애가 열이 나요! 하며 엄마가 문을 두드리는 장면을 드라마에서 자주 보았거든."

아주 급한 상황이라면 구급차가 있고 나는 이제 고등학생이다. 밤에 병원에 가야 할 아기가 아니다. 내가 그렇게 말해도 모리미야 씨는 '부모란 자기를 희생할 각오가 되어 있지 않으면 해낼 수 없는 역할이야'라고 진지하게 말했다.

그러면서 교자나 어묵처럼 술안주에 어울리는 반찬이 식탁에 오르면 술을 마셨다. 순 엉터리 각오다.

"그래, 실컷 마셔."

내가 말하자 '그럼 허락을 받았으니까'라며 모리미야 씨는 유리잔에 맥주를 따랐다.

"역시 교자에는 맥주야. 아, 유코짱도 마실래?"

"무슨 소리야?"

"알았어. 왠지 나만 나쁜 놈 같네."

모리미야 씨는 그렇게 말하면서도 꿀꺽꿀꺽 맥주를 마시고 교자를 입으로 가져갔다.

그 바람에 나도 교자를 하나 입에 넣었다. 하나를 먹었다면 몇 개를 먹어도 냄새는 똑같다. 나중에 우유를 마시면 냄새가 좀 가시겠지.

"교자도 그렇고 스프링롤도 그렇고 피로 감싸 만드는 음식은 결국 공기감이 중요한 거야."

세 번째 접시에 담긴 교자도 먹기 시작했다. 이미 서른 개는 먹었을까? 모리미야 씨는 그래도 아직 맛있다는 듯이 교자를 입에 넣으며 다시 말했다.

"교자의 공기감이라니, 그게 뭐야? 취했어?"

"안 취했어. 마늘 냄새 때문에 다른 애들이 내 딸을 멀리하려는 사태가 일어나려고 하는데 취할 리 없지. 교자나 스프링롤이나 속을 잔뜩 넣기보다 약간 빈틈이 있어야 공기를 머금어서 먹기 좋다는 소리지."

"그렇구나."

취하지 않았어도 모리미야 씨는 음식에 대해 이러쿵저러쿵 말이 많다. 교자를 먹는데 공기감이라는 것까지 생각해야 한다니, 귀찮다. 나는 또 시작이라고 생각하면서도 고개는 끄덕여 주었다.

"빈틈이 이 바삭한 경쾌함을 느끼게 해 주거든."

"음, 대단하네."

교자 속은 양배추와 부추를 잘게 썰어 넣어 입안에 아무것도 남기지 않고 목구멍으로 쏙 넘어간다. 채소도 물기를 쪽 뺐기 때문에 좀 식어도 납작해지지 않고 맛있다. 공기감 같은 건 몰라도 시간과 노력을 들여 만든 맛이다. 이 말을 해 줄까 생각했지만 그러면 모리미야 씨의 말이 더 길어져 곤란할 것 같아 그만두었다.

나는 마지막으로 남은 하나를 집어 들었다. 냄새 고민은 어느새 잊힌 듯했다.

"50개를 둘이서 먹어 치우다니, 대단해."

모리미야 씨도 만족스러운 듯 남은 맥주를 다 들이켰다.

"교자만 먹었는데 배가 가득해."

"그렇지? 이제 내일은 거뜬하겠구나."

"그렇다면 다행이겠지만."

"뭐, 걱정하지 않아도 돼. 내일 또 학교에서 다른 애들과 이런저런 말썽이 생긴다면 또 교자를 만들어 먹자. 내일 만들 재료도 이미 다 사 놓았거든."

모리미야 씨는 씩 웃었다.

교자는 맛있었지만 이틀 연속은 너무하다. 내일은 다른 걸 먹을 수 있도록 반 분위기도 나아지면 좋겠는데. 나는 그렇게 기도하면서 우유를 잔에 가득 부었다.

이튿날, 교실에 들어서자마자 하야시와 미즈노가 말을 걸었다.

"얘, 얘. 엄청 멋지다면서……?"

"뭐가?"

"너희 아빠 말이야. 만화 주인공 같다면서?"

"어제 방과 후에 우리 그 이야기 엄청 했어."

갑자기 어쩐 일일까. 평소 거의 어울리지 않던 두 사람이 말을 걸다니. 나는 당황해하며 내 자리에 앉았다.

"너희 아빠, 요리도 해 주지?"

"친구가 오면 신경 많이 써 주는 신사라고 들었어."

설마 모리미야 씨를 말하는 건가? 대체 어디서 그런 정보를 얻었을까 생각하고 있는데 좀 떨어진 자리에서 후미나가 말했다.

"지난번에 유코네 집에 갔던 이야기를 해 주었어."

"그렇게 된 거야? 그렇지만 전혀 멋지지 않아."

나는 어깨를 으쓱했다.

"정말? 그래도 좋겠다—. 새아빠가 젊고 마음씨 좋아서."

미즈노는 제멋대로 상상의 나래를 펼치는지 황홀해하는 목소리로 말했다.

"우리 아빠는 어딘가 좀 이상하고 둔하기도 하고 만사태평이야. 실제로 보면 만화 주인공처럼 멋지지 않아. 그리고 어젠 그 아빠가 교자를 엄청 만들어서 나도 잔뜩 먹었거든. 냄새가 심할 테니 가까이 오지 않는 게 좋을 거야……. 우유를 마시기는 했지만."

내가 솔직하게 털어놓는데 하야시는 '무슨 그런 소리를 하니? 너도 좀 이상하구나. 함께 살다 보니 닮게 된 거 아니니'

라며 웃었다.

"아냐. 닮지 않았어. 닮았을 리 없어."

모리미야 씨와 함께 엮이면 곤란하다. 기를 쓰고 부정하는데 스미다와 야바시가 교실로 들어왔다. 두 사람이 들어왔을 뿐인데 교실 분위기가 확 바뀌었다.

"그럼……."

"나중에 이야기하자."

조금 전까지만 해도 웃으며 이야기하던 하야시와 미즈노가 얼른 자기 자리로 돌아갔다.

교자를 먹었다고 모든 일이 해결될 만큼 고교 생활이 평화롭지는 않다. 자기 전에도 마셨고 아침에도 우유를 마신 덕분에 냄새 난다고 피하는 아이들이 없었다는 점만 해도 다행이었다.

그날은 야바시와 스미다가 없을 때면 내 성장 과정에 관심있는 애들이 몇 차례 물어보러 오거나 '그런 줄 몰랐는데 고생 많구나'라며 동정해 주기도 했다. 모에도 내게 와 '후미나에겐 너희 아빠 보여 주고, 너무해. 나도 만나게 해 줘'라며 말을 걸었다. 점심도 혼자 먹었고 집에 돌아올 때도 혼자였다. 그렇지만 분위기가 좀 풀린 것만은 확실했다. 내 성장 과정은 아주 가끔 좋은 효과를 가져다줄 때도 있다.

16

“정말 오늘 저녁도 교자야?”

다시 식탁에 오른 많은 교자를 보고 나는 비명에 가까운 소리를 질렀다.

“그래. 어제 말했잖아? 유코짱은 아직도 더 기운을 내야 하니까.”

모리미야 씨는 식탁을 부지런히 정돈하면서 당연하다는 표정을 지었다.

“으아―. 이틀 연속 교자는 괴로운데.”

“유코짱, 이틀 연속 교자를 먹는다고 그렇게 축 처지면 어떡해? 그러면 아무것도 이겨 낼 수 없어.”

“그래, 알았어. 먹을 거라니까.”

교자 가지고 엄청 말이 많다. 나는 모리미야 씨가 더 말이 많아지기 전에 얼른 자리에 앉았다.

“그래야지, 어서 먹자.”

“잘 먹겠습니다. ……어라? 속은 교자가 아니네.”

교자를 베어 문 나는 고개를 갸웃거렸다. 오늘은 마늘과 부추 냄새가 나지 않는다 했더니 교자 속에는 차조기와 치즈, 부드러운 닭 가슴살이 들어 있었다.

"그래. 오늘은 산뜻한 교자를 만들어 보았지."

모리미야 씨는 의기양양하게 말했다.

"그렇구나. 어, 이건 감자 샐러드네."

나는 두 번째 교자를 베어 물고 안을 살폈다.

"재미있지? 세 가지를 만들었거든. 또 하나는 새우와 시금치를 넣었어."

"어쩐지 오늘은 주방에서 냄새가 나지 않는다 했지. 그렇지만 닭 가슴살에 새우에 감자 샐러드가 교자 속이라니, 이거 교자라고 할 수 있는 건가?"

나는 새우가 든 교자를 입에 넣었다. 통통한 새우는 맛있지만 어제 교자처럼 자극적인 맛은 없었다.

"교자피에 쌌으니까 교자지."

"으음. 그렇지만 마늘이 들어 있지 않아도 기운이 날까?"

마늘을 먹고 싶은 건 아니지만 그냥 의문이 들어 내가 물었다.

"그럼, 기운 나지. 딱 보면 교자잖아. 음식이건 사람이건 딱 보이는 게 90퍼센트라니까."

모리미야 씨는 그렇게 말하며 교자를 입에 넣었다. 하지만 진짜 교자가 아니기 때문인지 오늘은 맥주를 마시고 싶지 않은 모양이다.

"흐음. 혹시…… 회사에서 마늘 냄새 난다는 소리를 들은 거야?"

새우와 닭 가슴살 교자도 맛있지만 진짜 교자만큼 식욕을 자극하지는 않았다. 이틀 만에 모리미야 씨가 교자를 포기하다니, 왠지 수상했다. 내가 그렇게 묻자 모리미야 씨는 고개를 움츠리며 대꾸했다.

"들켰나?"

"나한테는 마늘 냄새가 나더라도 기운을 내야 한다며 잘난 척 떠들더니 자기는 바로 충격을 받은 거네."

남들이 냄새 난다고 하자 당황해 허둥대는 모리미야 씨의 모습이 머릿속에 그려졌다. 그래도 내 앞에서 교자를 또 만들겠다고 선언한 체면상 변형 교자로 얼렁뚱땅 넘어가려고 한 그 모습이 너무도 모리미야 씨다웠다.

"유코짱은 학교에서 애들이 피하지 않았어?"

"아니 내가 말했잖아. 교자가 아니어도 요즘 애들이 날 피한다니까."

내가 이죽거리자 모리미야 씨는 태연하게 대꾸했다.

"그랬구나. 좋겠다. 주위 사람들이 피하다니. 남들이 나를 일도 잘하고 스마트한 사람으로 여기잖아? 그런데 갑자기 마늘 냄새를 풍기니까 다들 놀라더라."

아니, 우리 반 애들이 신사적이고 다정한 새아빠라고 여기는 사람이 이 사람 맞나? 따지고 싶은 게 너무 많았지만 나는 그냥 '아, 그래?'라고만 해 두었다.

"그래, 교자는 효과가 좀 있었니?"

"별로 없었어."

나는 새우를 넣은 교자를 내 접시로 옮겼다. 감자 샐러드는 뭉클뭉클하고, 닭 가슴살은 맛이 없어 금방 질린다. 변형 교자로는 새우가 제일 맛있었다.

"그래? 그럼 내일은 다시 마늘을 넣은 교자를 만들어야겠구나."

"그러면 회사에서 또 사람들이 피할 텐데. 뭐라고 했지? 일 잘하고 스마트한 사람으로 여긴다면서?"

내가 말하자 모리미야 씨는 진지한 표정으로 이렇게 말했다.

"할 수 없지. 딸을 위해서라면 내 호감도 따위 어떻게 되건 상관없어."

"호감도 같은 거엔 아무 관심 없지만 하루걸러 마늘 냄새 풍기면 애들이 더 싫어할 거야."

"그렇지만 상황이 호전되지 않는다면 기운을 계속 보충할 수밖에 없잖아. 다른 방법 있니?"

"방법은 없지만 이런 건 시간이 해결해 주기를 기다릴 수밖에 없어."

학교에서 일어나는 말썽들은 아무리 애를 써 봐야 더 빨리 해결되지 않는다. 반 분위기가 바뀌기를 기다릴 수밖에 없다.

"그럼 남몰래 힘을 비축하면서 때가 오기를 기다리도록 하자."

"그런 노력은 필요 없어. 그리고 오늘은 친구들과 이야기도 조금 나누었고."

"그래?"

"그래."

내가 살짝 고개를 끄덕이자 모리미야 씨는 기쁜 표정을 지으며 말했다.

"거봐! 교자 효과가 나타났잖아!"

"교자는 아무 상관이 없는데."

상황이 변한 까닭은 내가 기운을 보충했기 때문이 아니다. 아이들이 계속 나를 피하다 보니 질렸을 뿐이다. 모에도 내게 화를 내지 않게 되었고, 스미다와 야바시도 내 성장 과정을 알게 된 뒤 험담하기 힘들어졌다.

"열흘만 있으면 예전으로 돌아가지 않을까?"

"그렇겠구나."

"그러니까 이제 교자는 필요 없어."

"정말? 교자 먹으면 그 열흘이 사흘로 줄어들 텐데?"

"됐어."

그렇다. 그리 서둘지 않아도 된다. 쉬는 시간을 혼자 보내고 혼자 집에 돌아오면 된다. 그건 별로 고통스럽지도 않고 쓸쓸하지도 않다. 이 상황이 좋지 않다는 사실은 알지만 혼자 있어 보니 뜻밖에 마음이 차분해졌다. 학교에서 친구와 지내고 집에 돌아와서도 가족이라고는 해도 피가 섞이지 않은 사람과 함께 지낸다. 이번에 완전히 외톨이가 되고 보니 머리와 마음을 무겁게 누르던 것이 빠져나가는 느낌이 들었다. 마음이 놓인다고 하는 게 이런 건지도 모르겠다. 그런 생각을 하고 있는데 모리미야 씨가 내 접시에 똑같이 생긴 교자만 담아 가지고 왔다.

"자, 감자 샐러드 교자 먹어."

"왜?"

"감자 샐러드는 아무래도 교자 속으로 어울리지 않네. 물컹물컹하고 따뜻한 샐러드는 난 못 먹어."

모리미야 씨는 얼굴을 찡그리며 대답했다.

"나도 마찬가지야."

"그렇지만 여자는 감자 샐러드 좋아하잖아? 부탁해."

터무니없는 핑계다. 부녀지간이라고 해도 이렇게까지 뻔뻔하다니, 부럽기 짝이 없는 성격이다.

"예, 예. 알겠습니다."

더는 반박할 기운도 없어 차를 마시며 감자 샐러드 교자를 다 먹어 치웠다.

그 뒤로 냄새 없는 마늘을 넣은 교자를 먹었다. 토요일이면 마늘을 잔뜩 넣은 교자를 먹었으며 속이 더부룩하면 교자 속 대신 채소나 치즈를 교자피를 싸서 먹었다. 이럭저럭하는 사이에 스미다에게는 대학에 다니는 남자 친구가 생겨 야바시를 비롯한 패거리는 그 이야기를 하느라 나에 대한 관심이 점점 옅어졌다. 그리고 9월이 끝나 갈 무렵, 모에와 후미나가 방과 후에 '같이 가자'고 말을 걸어 왔다.

"일을 크게 만들어서 미안해."

교문을 나서자 모에가 말했다.

"네 잘못이 아니잖아."

나는 진심을 이야기했다. 또래들이 모이다 보면 때로는 아무도 잘못하지 않았는데 별것 아닌 이유로 다툼이 일어난다.

그리고 조금 어색하기는 하지만 우리 셋은 이런저런 이야기를 하며 역으로 향했다. 오래간만에 친구들과 함께 하는 하교 시간은 즐거웠다. 어째서일까? 하찮은 이야기라도 친구와 함께 하면 신바람이 난다. 내 이야기도 계속하고 싶어지고 두 사람의 이야기도 자꾸 더 듣고 싶어진다.

분명히 교자를 먹지 않았어도 이렇게 풀렸을 것이다. 대부분의 일은 어떻게 움직이느냐와 관계없이 그냥 이럭저럭 수습된다.

어쨌든 이제 교자에서 벗어나야 한다. 지금 모리미야 씨는 내 기운을 북돋운다는 원래의 목적은 까맣게 잊고 교자피에 무엇을 싸 먹으면 맛있을지 시행착오를 거듭하고 있다. 그러다 보니 진짜 교자나 변형 교자나 질리고 말았다.

그 이튿날.

모에, 후미나와 함께 역까지 와서 버스를 내려 집으로 가는데 아파트 앞에 하마사카가 있었다.

"왜 여기 있니? 너희 집 이 근처야?"

내가 타는 버스에는 우리 학교 학생이 몇 명 있지만 다들 중간에 내린다. 여기까지 오는 것은 나뿐이다. 이상한 생각이 들어 내가 묻자 하마사카는 이렇게 대답했다.

"우리 집은 학교 바로 옆이야. 여기까지는 자전거 타고 왔지."

하마사카는 현관 옆 화단 쪽에 세워 둔 자전거를 가리켰다.

"자전거 빠르네. 나보다 먼저 도착하다니."

"뭐 역 앞 교통 정체도 빠져나올 수 있고 버스처럼 정류장마다 서지도 않고 지름길로 올 수 있으니까."

"음, 자전거는 대단하네……. 그런데 여긴 어쩐 일로?"

"잠깐 이야기할 수 있을까?"

하마사카는 그러더니 이렇게 덧붙였다.

"중요한 내용은 아니지만 말이야."

"그래……? 아, 그렇다면 저쪽 우체국 뒤에 작은 공원이 있거든. 벤치가 있을 거야. 그리 가자. 서서 이야기할 수는 없으니까."

학생들은 아무도 지나다니지 않을 테지만 여기 있으면 모리미야 씨와 마주치게 된다. 모리미야 씨는 하마사카와 나를 발견하면 히죽히죽 웃으며 엉뚱한 소리를 할 게 뻔하다. 그러면 골치 아프기 때문에 나는 공원으로 가자고 했다.

오후 6시를 앞둔 공원은 어린아이들 모습도 없어 조용했다. 얼마 전까지만 해도 이 시간이면 환했는데 해가 짧아졌다. 가을로 접어들면 겨울로 가는 속도가 빨라진다.

"사람 없는 공원은 정말 조용하구나."

하마사카는 낡은 나무로 된 벤치 위를 손으로 털고 걸터앉았다.

나도 옆에 앉았다. 무슨 이야기일까. 설마 고백은 아닐 테고, 짐작이 가지 않았다.

"저어, 미야케에게 이야기 들었는데, 내가 원인이라고."

"원인?"

무슨 이야기인지 몰라 나는 그대로 되물었다.

"그러니까, 뭐랄까, 스미다 패거리가 너를 못살게 군다거나 다도코로 모에와 사이가 벌어졌다거나."

"아, 아아. 그거? 이제 괜찮아."

"괜찮다니. 어떻게 괜찮아진 거야?"

"어떻게라니……?"

"내가 원인이었다는 이야기를 듣고 걱정이 되어서."

이미 해결된 일인데 들쑤시는 것 같아 내키지 않았지만 하마사카가 '가르쳐 달라'고 몇 번이나 조르는 바람에 나는 모에에게 중간에 다리를 놓아 달라는 부탁을 받았던 일을 이야기했다. 이제 와서 돌이켜 보면 이토록 꼬인 게 이상할 만큼 한심한 이야기 같다.

"뭐야, 미술실 앞으로 불러냈을 때 그 이야기를 하려던 거였구나."

하마사카는 다 이해했다는 듯이 '그랬구나'라거나 '아, 그런 건가?' 하며 맞장구를 쳤다.

"그렇지만 이제 모에에겐 남자 친구가 생겼고 우린 사이도 다시 좋아졌어. 끝난 일이야."

내가 말하자 하마사카는 이상하다는 표정을 지었다.

"다리 놓아 달라는 부탁을 받았을 때 내게 이야기하지 않기를 잘했네. 그런데 왜 숨겼니?"

어라? 그런 이야기를 본인에게 해 주는 게 옳았던 걸까?

"틀림없이 사귀지 않을 거라는 생각이 들어서……. 그러면 네가 기분 나빠할 것 같았어."

"사귀지는 않았겠지만 누가 내게 호의를 품고 있다는 건 기분 나쁠 일은 아니지."

그러고 보니 그렇다. 친구가 좋아한다고 하면 그걸 전달해 주는 건 나쁜 일이 아니다.

"그리고 이야기해 주었으면 내가 다도코로 모에에게 확실하게 이야기할 수 있었을 텐데."

"그렇구나……."

내가 잘못을 저지르고 만 걸까. 하마사카에게 실례가 될 거라면서 모에가 마음을 전달할 기회도, 하마사카가 모에의 마음을 알 기회도 빼앗아 버린 건지도 모른다.

그런 생각을 하는 내게 하마사카가 말했다.

"아, 내가 뭐라고 하는 건 아니야. 네가 친구들과 사이가 벌어져서 힘들겠다고 생각했는데 내가 그 원인이라는 이야기를 듣고 깜짝 놀랐을 뿐이지."

"네 탓이 아니야."

"그렇다면 다행이지만. 내게 가르쳐 주었다면 해결하겠다고 잘난 척 나섰다가 괜히 더 복잡하게 만들었을지도 모르지."

"그렇지 않아. 내가 혼자서 복잡하게 만든 거야."

"뭐 넌 약삭빠르게 움직일 줄 모르니까."

"뭐? 나 처세에는 제법 뛰어난 편인데……."

내 말에 하마사카는 눈썹을 찡그리며 말했다.

"거짓말이지?"

"거짓말 아니야. 생각해 봐. 난 보호자가 계속 바뀌었잖아. 그때그때 상황을 벗어나는 일에는 익숙하지."

"무슨 소리야. 전혀 그렇지 못해."

하마사카는 킥킥 웃었다. 이미 해가 진 공원의 고요함 속으로 웃음소리가 빨려 들어갔다.

리카 씨, 이즈미가하라 씨, 모리미야 씨. 나는 어떤 부모건 그 나름대로 관계를 쌓아 왔다. 이런 걸 처세에 뛰어나다고 하는 거 아닌가?

"뭐 나야 잘 모르지만, 그건 계속 바뀐 보호자들이 다들 널 소중하게 여겼기 때문이잖아."

"뭐 그야 그렇지만."

"그래서 처세가 서툴러도 잘 지낼 수 있었던 거야. 그러고 보면 보호자가 많은 것도 괜찮네."

"그런가?"

그런 걸 부러워하는 사람은 여태 한 번도 본 적 없다. 피가 섞인 부모가 곁에 있는 게 최고 아닐까?

"나 이제 그만 갈게. 엄마가 저녁 준비하면서 학원 늦는다고 잔소리할 테니까."

"아, 그래."

하마사카가 벤치에서 일어섰다. 나도 함께 일어났다.

"괜히 시간 빼앗아서 미안. 이런 데까지 불러내고."

"아니야. 와 줘서 고마워. 그럼 내일 학교에서 보자."

공원을 나서자 하마사카는 자전거에 올랐다.

"조심해서 들어가, 모리미야. 집 가깝지?"

"그래. 너야말로 조심해서 가."

자전거가 달려가는 모습을 잠시 바라보다가 나도 집으로 걸음을 서둘렀다. 집에서는 모리미야 씨가 또 교자를 만들고 있을 것이다. 어제 '이제 괜찮으니 교자는 그만'이라고 했는데 모리미야 씨는 '좀 더 교자의 가능성을 추구하고 싶어'라며 고집을 부렸다.

그런데 집에 들어가니 교자가 아니라 향긋한 카레 냄새가 풍겼다.

"어? 교자 아니야?"

주방에서는 모리미야 씨가 채소와 잘게 썬 고기를 볶고 있었다.

"응. 오늘은 드라이 카레."

"어째서?"

교자에서 해방되어 마음이 놓였지만 그토록 교자에 빠져 지내던 모리미야 씨가 다른 메뉴를 준비하다니, 놀랐다.

"어째서라니? 다 됐어. 어서 손 씻고 양치질하고 옷 갈아입은 다음에 식탁 정리해."

모리미야 씨는 프라이팬을 집어 들면서 바삐 말했다.

"아, 알았어. 시키지 않아도 다 할 거야."

정말 잔소리가 많다. 나는 얼굴을 찌푸리며 세면대로 갔다.

저녁은 토마토와 양파가 듬뿍 들어간 드라이 카레였다. 일반 카레라이스와는 좀 다른, 산뜻한 향신료 냄새에 입맛이 당겼다.

"드라이 카레는 푹 익히지 않아도 되는 게 좋아. 자, 먹자."

식탁에 앉자 모리미야 씨가 말했다.

"그렇지. 잘 먹겠습니다."

오래간만에 교자가 아닌 음식이라 나는 냉큼 입에 떠 넣었다. 내용물이 무엇인지 생각하지 않고 입에 넣을 수 있으니 좋다.

"아, 맛있다. 뭔가 산뜻하고 복잡한 맛이 나네."

"그렇지? 토마토케첩에 카레 가루, 우스터소스, 콩소메, 간장 같은 걸 다 넣었지."

모리미야 씨도 맛있다는 듯이 입으로 가져갔다.

"이제 교자의 가능성은 추구하지 않아도 되는 건가?"

"그런 셈이지. 유코짱이 이렇게 기운이 넘치니 교자를 계속 먹는 건 좀 그렇다는 생각이 들어서. 파워가 흘러넘치면 젊은 친구들은 무얼 할지 모르니까."

"흘러넘치지는 않아. 그렇지만 기분은 좀 가뿐해졌어."

친구들과 함께 하니 학교생활은 아주 편해졌다. 학교생활이 예전으로 돌아왔기 때문인지 오랜만에 먹는 교자가 아닌 음식 때문인지 나는 정말 배가 고파 드라이 카레를 계속 떠 먹었다.

"이제 5년은 교자가 필요 없겠어. 아, 그렇지만 유코짱이 더위를 먹으면 바로 다시 만들어 줄게."

나도 교자라면 지긋지긋하다. 5년은 너무해도 반년쯤은 먹고 싶지 않다.

"이제 됐어."

한동안 교자를 먹지 않기 위해 나는 단호하게 말했다.

"그렇겠지. 너 얼굴이 밝아졌어."

"그래?"

"어쩌면 교자에서 해방되었기 때문일 테지만."

모리미야 씨가 그렇게 웃었다.

"그건 아니야."

나는 저녁에 하마사카와 나누었던 이야기를 털어놓았다. 교자가 지긋지긋하기는 했지만 교자를 만들어 주어 고마웠던 것도 사실이다.

"와아, 하마사카는 꽤 멋진 아이구나."

모리미야 씨는 내 이야기를 다 듣더니 그렇게 말했다.

"뭐 그런 셈이지."

"하마사카가 이야기한 대로 얼른 그 애에게 이야기했으면 그런 일은 없었을 텐데 말이야."

"맞아. 내 멋대로 하마사카가 난처할 거라고 생각하고 틀림없이 잘 안 될 거라고 추측해 버렸어. 그런 건 내가 결정할 일이 아니었는데."

나는 하마사카가 한 말을 떠올리며 말했다. 모에와 하마사카, 그 두 사람 문제다. 결정할 권한을 그들에게 넘겨야 했다.

"그래, 맞아. 유코짱은 좀 오만한 구석이 있기는 해."

모리미야 씨가 맞장구를 쳤다. 나는 '그게 무슨 소리야?'라고 언성을 높였다. 날 보고 오만하다니. 그런 말은 한 번도 들어 본 적 없다.

"유코짱은 자기가 옳다고 생각하는 면이 있잖아."

"없어. 그렇지 않아. 누가 할 소리를 하는 거야?"

내가 반발하자 모리미야 씨는 잘난 척하며 이렇게 말했다.

"이런 듣기 싫은 소리는 아버지밖에 할 수 없으니까. 내가 해야지."

"내가 오만하다고?"

"그럼. 빨래할 때 세제도 나는 쏙 집어넣기만 하면 되는 캡슐로 된 걸 쓰고 싶은데 유코짱은 싸다면서 가루 세제를 사잖아. 쌀도 씻기 귀찮아서 씻어 놓은 쌀을 사고 싶은데 넌 비싸다면서 일반 쌀을 사려고 하고."

모리미야 씨는 '안 그래?' 하는 표정으로 이것저것 늘어놓았다.

"그게 뭐가 오만한 거야? 절약이지."

"돈이 궁하지는 않으니까 그쯤은 써도 괜찮아. 편리한 건 자꾸 써야 해. 낭비하면 안 되지만. 잡일하는 시간을 줄여야지. 절약이 옳다는 것도 네가 정한 거잖아? 참 오만해."

모리미야 씨는 재미있다는 듯이 또 '오만'이라는 단어를 입에 올리며 카레를 먹었다.

그래 놓고도 내가 '그럼 앞으로 씻어 나온 쌀을 사'라고 쏘아붙이자 천연덕스럽게 대꾸했다.

"싫어. 씻어 나온 쌀보다 그냥 쌀이 더 맛있거든."

"그게 무슨 소리야?"

"그냥. 유코짱은 낭비가 나쁘다고 생각하지만 나는 시간을 돈으로 살 수 있다면 괜찮다고 생각해. 그럴 수도 있잖아?"

"뭐 그렇긴 하지만."

난 절약이 전부라고 생각하지도 않고 이런 걸 오만이라고 할 만큼 내가 심하지는 않다고 생각한다. 하지만 모리미야 씨가 하는 이야기도 어느 정도 이해는 된다.

우선순위 첫 번째는 친구가 아니다. 뭐가 첫 번째인지 모른다면 옳은 것을 앞에 두면 된다. 하지만 뭐가 옳은지 판단할 수 있을 만큼 나는 대단한 사람이 아니다.

"그럼 다음에는 캡슐로 된 세제를 사자."

내가 말하자 모리미야 씨는 기쁜 표정으로 말했다.

"만세. 그거 꼭 써 보고 싶었는데. 세탁기에 쏙 던져 넣기만 하면 된다니, 끝내줘. 잘됐다."

빨래는 내가 다 하는데.

약삭빠른 모리미야 씨의 말을 흘려들으며 나는 드라이 카레를 먹었다.

알맞게 매운 드라이 카레. 안에는 양파뿐만 아니라 표고버섯, 홍당무, 시금치, 피망, 가지, 잘게 썬 갖가지 채소가 들어 있었다.

"손이 많이 가는 걸 좋아하네."

내가 말하자 '그게 무슨 소리야?'라며 모리미야 씨는 고개를 갸웃거렸다.

"이 카레 엄청 맛있다는 소리."

"그치? 교자는 공기감이 중요한데 드라이 카레는 반대로 건더기들끼리 밀착되어야 맛있는 것 같아……."

또 시작이다. 교자뿐만 아니라 카레를 가지고도 말이 길어진다. 모리미야 씨의 억지 논리를 들으며 나는 카레를 한 입 가득 입에 넣었다. 매콤한 카레에 양파와 홍당무는 달콤하고 맛있다. 틀림없이 제대로 볶았기 때문이다. 우울할 때나 기운이 넘칠 때나 밥을 해 줄 사람이 있다. 이 사실이 그 어떤 반찬보다 더 큰 힘을 주는지도 모른다.

17

10월도 중순으로 접어들자 가을은 더 깊어졌다. 더위 같은 것은 어디에도 남아 있지 않아 겨울옷을 꺼내 입어도 쌀쌀했다.

한 해의 끝을 향해 달려가는 속도는 작년보다 빠른 기분이 들었다. 졸업이라거나 입시가 기다리기 때문일까. 여느 해보다 춥고 어두운 겨울로 빠져 들어가는 듯했다. 그런 가운데 학교에서는 계속 행사가 진행되어 2학기 마지막에는 합창제가 열렸다.

중학교 때부터 합창제는 이상하게 열기가 뜨거웠다. 특히 3학년이 되면 어느 반이나 최우수상을 받으려고 기를 썼다.

여러 사람 앞에서 노래하기는 부끄럽고 음악 수업은 대충 받는 아이들도 많다. 그런데 왜 합창이라면 다들 이렇게 몰두하는지. 함께 노래할 때 느끼는 좋은 기분은 사춘기의 미묘한 감정까지도 훌쩍 넘어서는 걸까.

"피아노는 모리미야 유코가 맡으면 되겠지."

반장인 다하라가 HR 시간에 이렇게 말하자 박수 소리가 났다. 고등학생이 되면 반주를 맡을 사람은 대개 정해져 있다. 합창 반주라는 게 생각보다 까다로워 고등학생이 부를 만한 노래를 연주할 수 있는 사람은 거의 없어 늘 같은 학생이 뽑혔다.

나는 중학교 3학년 때부터는 합창제가 열릴 때마다 피아노를 맡아 왔다. 피아노를 배운 건 중학생이 되면서부터. 늦게 시작했지만 그때는 매일 피아노를 쳤다. 그 때문인지 나도 모르는 사이에 실력이 늘어 반년 만에 중학교 합창용 반주쯤은 어렵지 않게 연주할 수 있는 수준이 되었다. 지금 집에 있는 것은 디지털 피아노뿐이다. 가벼운 터치에 익숙해졌기 때문에 음악실 피아노로 연습을 해야만 한다.

"반주를 맡은 학생들은 방과 후에 기쿠치 선생님과 회의가 있으니 종례가 끝나면 음악실로 가도록."

종례가 끝나자 무카이 선생님이 악보를 주셨다.

우리 2반이 부를 곡은 '하나의 아침'. 작년에 3학년 학생들도 불렀기 때문에 들어 본 적이 있다. 느긋하게 시작해 점점 힘차게 부르기 때문에 합창에 어울리는 장중한 곡이다.

아아, 빨리 치고 싶다. 악보를 보니 머릿속에 멜로디가 흘러 그 소리를 건반으로 누르고 싶은 마음이 굴뚝같았다.

"괜찮겠니? 입시도 얼마 남지 않았는데 반주까지 맡으려면 바쁘겠다."

"예. 열심히 하겠습니다."

합창제는 11월 20일이니 한 달은 여유가 있다. 그만큼 연습하면 연주할 수 있을 것이다.

"그래. 부디 공부 소홀히 하지 않도록 하고."

무카이 선생님이 다짐하듯 말했다.

방과 후에 3학년 각 반의 반주자들이 음악실에 모였다. 합창제가 열리기 전에 음악 담당 기쿠치 선생님에게 몇 차례 피아노 연주 지도를 받게 된다. 처음에는 노래를 하는 학생들도 자기들이 맡은 파트를 중심으로 연습하기 때문에 피아노 반주와 함께 하는 일이 없어 따로 연습한다.

음악실에 모인 반주 담당은 1반 여학생 구보타, 3반 남학생 시마니시, 4반 여학생 다다, 6반 여학생 가와이.

반이 바뀌었다고는 해도 작년과 똑같은 멤버다.

"5반은 남학생인 하야세로 결정되었다고 들었는데, 아직 오지 않았나?"

기쿠치 선생님이 우리들에게 물었다.

하야세. 처음 듣는 이름이었다. 작년에는 여학생 미야코가 왔었는데 올해는 바뀌었나?

몇 분 기다렸지만 하야세는 나타나지 않았다. 기다리다 못한 기쿠치 선생님이 말했다.

"이상하네. 누가 가서 불러올래?"

"집에 간 것 같은데요."

3반 시마니시가 기어들어 가는 목소리로 말했다.

"그래? 연락을 받지 못한 건가?"

"아뇨. 아마 오늘 피아노 레슨이 있는 날일 거예요."

"아아, 레슨을 최우선으로 여기는 거로구나. 좋아. 오늘은 연습에 대한 설명만 할 거니까."

기쿠치 선생님은 시원시원하게 말하더니 우리에게 프린트를 나누어 주셨다. 합창제까지는 방과 후에 피아노 연습을 하게 된다. 다음번 모임에서 다 함께 연습을 한 뒤에는 두 명씩 연습하게 되는데 내 이름도 3, 4일에 한 번씩 하는 걸로 적혀 있었다.

기쿠치 선생님의 그 말을 끝으로 모임은 끝났다.

"안 들려?"

갑자기 바로 옆에서 들린 목소리에 고개를 드니 모리미야 씨가 서 있었다.

"어머, 깜짝 놀랐네."

내 방에서 피아노를 연습하던 나는 깜짝 놀라 헤드폰을 벗었다.

"삼백 번은 불렀을 거야. 저녁 식사 차렸어. 다 식잖아."

모리미야 씨는 얼굴을 찌푸리며 말했다.

"미안, 미안해."

호들갑을 떤다고 생각하며 시계를 보니 벌써 8시였다. 저녁 식사 때가 된 줄도 모르고 계속 피아노를 치고 있었던 모양이다.

"또 악몽 같은 합창제 시즌이구나."

식탁에 앉자 모리미야 씨가 말했다.

"에이, 너무 그러지 마. 와, 맛있겠다."

저녁은 버섯 영양밥과 연어 구이, 된장국이었다. 가을 식재료에는 좋은 향기가 나는 것들이 많다. 나는 숨을 크게 들이쉰 다음 '잘 먹겠습니다'라며 손을 모았다.

"합창제 준비는 언제까지 하는 거야? 유코짱이 방에 틀어박혀 노크해도 대답도 하지 않으니 빨리 끝나면 좋겠는데."

모리미야 씨는 버섯 영양밥에 잘게 썬 파를 뿌리면서 말했다.

"합창제는 11월 20일이니까 한 달만 연습하면 돼."

"우아, 오래 하네. 30일 동안이나 암흑의 나날이 이어진다니. 아, 유코짱도 파 좀 뿌리지."

"아, 고마워. 그런데 그런 소리 하지 마. 고등학교 다닐 때 합창제 열심히 하지 않았어?”

나는 파가 든 그릇을 받아 들면서 말했다. 모리미야 씨는 양념 뿌리는 걸 좋아해서 집에는 잘게 썬 파가 늘 준비되어 있다.

“합창제? 3학년 때는 다들 적당히 하고 치우지 않나? 입시가 코앞이라.”

“정말? 몰라서 그렇지 다른 학생들은 열심히 했을 거야.”

모리미야 씨는 고교 시절에도 아웃사이더였을 것 같다. 내가 그렇게 말하자 모리미야 씨는 태연하게 대꾸했다.

“뭐 어때? 난 노래하는 거 좋아하지도 않는데.”

“왠지 불쌍해…….”

“잠깐. 그렇게 측은하다는 눈길로 바라보지 말아 줄래?”

모리미야 씨는 얼굴을 찌푸리더니 다시 버섯 영양밥에 파를 뿌렸다.

버섯과 유부, 톳을 넣은 밥. 재료에 부드러운 육수가 잘 스며들어 쌀 한 톨 한 톨에서도 버섯 향이 났다. 그런 가운데 아삭아삭 신선하게 씹히는 파가 기막힌 악센트를 준다. 나도 밥에 파를 듬뿍 얹었다.

“파를 얹으면 밥을 한없이 먹을 수 있을 것 같아. 좋아, 얼른 먹고 자기 전에 피아노 연습 조금 더 해야지.”

합창제 날이 다가온다. 음악실에서 그랜드피아노를 칠 수 있고 나중에는 반 친구들의 노래에 맞추어 연주하게 된다. 생각만 해도 가슴이 설렜다.

나는 씩씩하게 밥을 먹었다. 모리미야 씨는 그런 내 모습을 보고 '나 원 참' 하며 한숨을 크게 내쉬었다.

사흘 뒤에 있을 반주 연습 때는 하야세도 출석해 여섯 명 전원이 모였다.

하야세는 옛날부터 피아노를 쳐 왔고 음악대학을 목표로 한다는 이야기를 구보타한테 들었기 때문에 피아노에 푹 빠져 지내는 섬세하고 외골수인 남학생 이미지를 멋대로 그리고 있었다. 그런데 눈앞에 나타난 실제 모습은 덩치가 크고 다부진 체격이었다. 손발이 큰 걸 보면 수영이나 농구 따위를 할 것 같은 활기찬 분위기를 지닌 학생이었다. 미야코가 손가락 골절을 당해 처음 합창 반주를 맡게 되었다고 한다. 저 굵고 튼튼한 손가락은 어떤 소리를 낼까. 나는 하야세의 손가락을 가만히 바라보았다.

"오늘은 여러분이 어떤 느낌으로 피아노를 연주할지도 알고 싶으니 실수 걱정하지 말고 마음껏 쳐 보세요."

기쿠치 선생님이 지명하자 구보타가 피아노 앞에 앉았다.

1반이 부를 합창곡은 '무지개'. 경쾌하고 섬세한 멜로디가 구보타의 가녀린 손가락에서 차분하게 흘러나왔다. 초등학교 때부터 계속 피아노를 배우고 있는 구보타는 역시 실력자라서 사흘만 연습했는데도 한 군데도 틀리지 않고 완벽하게 연주했다.

"선이 조금 가느다란 느낌이 들지만 잘 쳤어. 그럼 다음은 모리미야."

구보타의 연주를 듣고 박수 치고 있는데 기쿠치 선생님이 나를 불렀다. 대충 연주할 수 있을 만큼은 연습했지만 구보타 다음이라 차이가 또렷하게 드러나겠다는 생각이 들었다. 나는 주눅이 들어 고개를 슬쩍 숙여 인사한 다음 피아노를 치기 시작했다.

디지털 피아노와 정식 피아노의 건반은 완전히 다르다. 집에서 하듯 건반을 누르면 손가락이 어긋난다. '하나의 아침'은 전조가 많아 여러 차례 곡조가 바뀌는데 건반을 정확하게 누르는 일에 정신이 팔리다 보니 감정의 전환까지는 신경을 쓰지 못했다. 무엇보다 디지털 피아노의 가벼운 터치에 익숙해 건반을 깊이 누르지 못하다 보니 소리가 약하게 난 부분이 여러 군데 있었다.

곡이 끝나자 기쿠치 선생님은 이렇게 말했다.

“괜찮아. 이제 세 번째 연습이니까.”

구보타 때는 ‘잘 쳤다’고 했으니 나는 잘 못 쳤다는 이야기다. 더 연습해야 한다. 나는 ‘죄송합니다’ 하며 고개를 숙였다.

내 다음으로 피아노 앞에 앉은 시마니시는 이미 악보를 외운 상태라 완벽하게 연주했다. 강약, 완급을 제대로 조절해 완전히 자기 곡으로 소화했다. 4반은 가스펠에 도전하는데 다다는 리듬을 따라가기 어려운 듯 고전하는 모습을 보였다. 하지만 워낙 기본이 튼튼한 피아노 실력이라 듣기 편했다. 아, 다들 대단하구나. 이렇게 감탄하고 있는데 ‘다음은 하야세’라는 선생님의 목소리가 들렸다. 하야세는 과연 어떤 연주를 들려줄까. 귀를 기울이는데 하야세는 악보도 없이 피아노 앞에 앉았다. 그리고 의자가 높은지 허리를 구부리더니 불쑥 건반을 두드리기 시작했다.

5반의 합창곡은 ‘대지 찬송’.

하야세가 낸 첫 소리에 음악실의 공기가 변하는 걸 느꼈다. 그는 천천히 건반을 눌렀다. 그 소리 하나하나가 두드러져 작은 소리까지도 방 안에 울려 퍼졌다. 굵고 긴 손가락이 건반을 누를 때마다 살아 움직이는 것 같은 소리가 났다. 나는 첫 소절부터 하야세의 연주에 빨려 들어갔다.

피아노 독주다. 그런데 오케스트라와 함께 연주하는 것 같았다. 합창 소리가 들려올 것 같은 중후한 울림이었다. 그 소리는 가슴을 파고들며 나를 압도했다. 정말 대단한 연주였다. 소리 안에 온몸이 빠져드는 느낌. 이런 피아노 연주는 한 번도 들어 본 적 없다.

"와아, 대단해! 정말 대단해."

무슨 연주회장에서 한 곡을 들은 것 같은 착각에 빠져 연주가 끝나자 나도 모르게 박수를 치며 옆에 앉은 구보타에게 말했다.

그 다음에 6반 가와이가 연주했지만 이미 그 소리는 들어오지 않았다. 내 귀에는 하야세가 들려준 피아노 소리만 남아 있었다.

"다음부터 두 사람씩 여기서 연습할 거야. 프린트에 적혀 있는 일정에 따라 모이도록. 사정이 있는 날은 서로 바꿔도 좋아. 다들 점점 더 좋아질 테니까 열심히 하도록."

기쿠치 선생님이 마지막으로 이렇게 말했다.

점점 더 좋아진다. 하야세의 피아노 연주도 아직 완성되지 않았다는 걸까. 더 좋아진 연주는 어떨지 들어 보고 싶었다.

"하야세라는 애 피아노 정말 잘 치더라."

학교에서 역으로 가는 길. 구보타와 걸으며 내가 말했다.

"맞아."

"내가 모를 뿐이지 피아노를 잘 치는 사람은 얼마든지 있을 거야."

11월을 눈앞에 둔 하늘은 오후 5시도 되지 않았는데 저녁놀이 조용히 물들고 있었다. 햇볕의 온기를 머금지 않은 공기가 퍼지기 시작해 나는 손이 시려 주머니에 넣었다.

"하야세는 지금까지 자기 연습을 할 시간이 아까워 합창제 반주를 맡지 않았을 뿐이지. 올해는 미야코가 손가락 골절을 당해 어쩔 수 없이 나오게 된 것 같아."

구보타가 말했다.

"그렇구나."

"중학교 2학년 때까지 내가 같은 음악학원에 다녔는데 하야세는 그때 이미 선생님보다 잘 치게 되어 그만두었어. 지금은 다른 레슨을 받고 있지. 전철을 타고 한 시간씩 걸리는 곳까지 가서."

"와, 대단하구나."

"네가 더 대단하지."

"내가?"

구보타의 말을 듣고 나는 고개를 갸웃거렸다.

"피아노 레슨을 받지 않잖아? 게다가 디지털 피아노밖에 없는데 반주를 맡다니, 난 하야세보다 네가 더 대단하다고 생각하는데."

"중학교 때 배웠고 악보를 받고 나서는 디지털 피아노로 연습하니까. 아빠가 못마땅한 표정을 지을 만큼."

내가 그렇게 말하자 구보타는 예쁘게 기른 머리카락을 찰랑거리면서 웃었다.

"연습하는데 못마땅한 표정을 짓다니, 이상한 아빠네."

어제도 모리미야 씨는 '아아, 시끄러워서 귀가 이상해질 것 같아'라며 투덜거렸다. 헤드폰을 쓰고 연주하기 때문에 모리미야 씨에게 들릴 리 없는데 생트집을 잡았다. 아무래도 내가 피아노 연습에 열중해 다른 일들을 얼른 해치우는 게 마음에 들지 않았던 모양이다. 오늘은 오랜만에 내가 저녁 식사를 차려야겠다.

"난 슈퍼마켓에 들렀다 가야 해서."

나는 역 앞에서 구보타에게 손을 흔들었다.

나는 어떻게 피아노를 칠 수 있게 되었을까. 구보타뿐 아니라 다들 이상하게 여긴다. 피아노는 부유한 집 아이들이 하는 악기라는 이미지가 강해서일까. 몇 차례 부모가 바뀌고 월말이면 빵 테두리를 얻으러 다니던 나와는 거리가 먼 악기인지도 모른다.

그래도 중학교 1학년 때부터 3학년까지 나는 그야말로 피아노에 빠져 하루하루를 보냈다.

18

초등학교 6학년이 되자 피아노를 배우는 친구가 늘었다. 가나데짱은 선생님이 집으로 가르쳐 주러 오고 미나짱은 야마하음악교실에 다닌다고 했다. 미나짱 집에서 둘이 피아노를 치는 걸 들은 적이 있다. 멜로디언과는 차원이 다른 묵직하고 깨끗한 소리. 높은 음에서 낮은 음까지 손가락을 움직이기만 하면 갖가지 곡을 연주할 수 있다. 나도 쳐 보고 싶어 견딜 수 없었다.

"피아노 배우고 싶어."

피아노는 비싼 악기라는 걸 알고 있었지만 그리 깊게 생각하지 않았던 나는 리카 씨와 저녁을 먹으며 그렇게 말했다. 8월 들어 아직 며칠 지나지 않아 수프에 햄버그스테이크를 올린 호화로운 저녁을 먹고 있었기 때문에 배부른 소리가 나왔는지도 모른다.

"피아노?"

리카 씨는 수프를 뜨던 스푼을 멈추고 되물었다.

"응. 미나짱도 가나데짱도 배우거든. 둘이 치는 걸 들었는데 정말 좋아. 나도 쳐 보고 싶어졌어."

"으음, 피아노를……?"

리카 씨는 잠시 생각에 잠기나 싶더니 이렇게 말했다.

"그렇지만 지금은 힘들겠네."

"어째서?"

"피아노는 무겁고 커서 이 집에는 들일 수 없어. 게다가 소리가 크기 때문에 방음 시설이 있는 아파트나 단독주택이 아니면 안 되지."

"그렇구나."

그냥 피아노만 사면 되는 게 아닌 모양이다. 이사해야만 살 수 있는 거라면 포기할 수밖에 없다. 생각보다 훨씬 힘든 일이라는 걸 알고 나는 그 뒤로 피아노를 잊었다.

그런데 한 달쯤 지났을 때 리카 씨가 말했다.

"피아노, 어떻게든 해 볼게."

"어떻게든, 이라니?"

놀라는 나에게 리카 씨가 단호한 말투로 '피아노 칠 수 있게 해 줄 거야'라고 했다. 아무래도 농담이 아닌 듯했다.

"아니, 이사하지 않으면 안 된다고 했잖아? 게다가 피아노는 비싸고……."

"값이 싸고 아파트에서도 칠 수 있는 디지털 피아노도 있지만 진짜 피아노를 치는 게 당연히 낫지. 꼭 칠 수 있게 해 줄게."

"그냥 됐어."

틀림없이 크게 무리를 하게 될 거다. 그렇게까지 하면서 피아노를 쳐야만 하는 것은 아니다. 나는 고개를 저었다.

"됐어. 난 멜로디언 있으니까."

"아니 누가 멜로디언으로 피아노를 대신할 수 있대? 시간은 좀 걸릴 테지만 내게 맡겨."

리카 씨는 내가 필요 없다는데도 이렇게 선언했다.

피아노와 피아노를 칠 수 있는 집. 간단하게 살 수 있는 게 아닌 것들을 리카 씨는 대체 어떻게 하겠다는 걸까. 하루하루 먹고 살기도 빠듯한 처지인데 도무지 알 수 없었다.

그렇지만 그날부터 리카 씨는 툭하면 '피아노 이제 조금만 기다려', '이제 얼마 남지 않았어'라고 했다.

그리고 6개월쯤 지난 초등학교 졸업식 날, 저녁 식사를 한 뒤에 케이크를 먹으며 리카 씨가 말했다.

"졸업 축하한다. 늦었지만 피아노를 축하 선물로 준비했어."

"피아노?"

주위를 둘러보았지만 피아노는 어디에도 없었다. 무슨 소리를 하는 건지 몰라 이상해하는 나에게 리카 씨가 웃으며 말했다.

"여기엔 없어. 피아노를 칠 수 있는 큰 집과 함께 선물할 거야."

"집? 이사한다는 거야?"

대체 무슨 소리지? 나는 당황했다.

"내일 바로 이사할 거야."

리카 씨가 의기양양하게 말했다.

이튿날 아침, 집에 이삿짐센터 직원 네 명이 왔다. 지난번에는 리카 씨와 알고 지내는 아저씨 세 명이 도와주러 와서 이사했는데 이번에는 거창했다.

이삿짐센터 직원 가운데는 여성도 있어 식기며 옷가지들까지 꼼꼼하게 상자에 넣어 주었다. 다들 아주 부지런히 움직여 나는 허둥지둥할 수밖에 없었다.

좁은 방은 내가 아무것도 하지 않았는데 정리되고 짐을 실은 트럭이 떠난 뒤 택시가 왔다. 리카 씨가 이 택시를 타고 우리는 이사할 곳으로 갈 거라고 했다.

갑작스러운 이사. 우르르 몰려온 이삿짐센터 직원들, 그리고 택시로 이동. 모든 게 너무 갑작스러워 피아노는 까맣게 잊고 있었다. 친구들과 같은 중학교에 다닐 수 있다면 이사는 슬프지 않다. 낡고 황량한 집은 2년 동안 살면서 나름 정이 들었지만 집주인 할머니도 떠난 뒤로는 아무 미련 없었다. 그런데 우리가 이사를 하다니, 리카 씨는 몰래 돈을 모았던 걸까. 그런 눈치는 전혀 보이지 않았다. 대체 어떻게 된 일인지 도무지 알 수 없었다. 하지만 리카 씨가 대담하고 엉뚱하다는 사실은 안다. 그런 리카 씨가 결정한 일이다. 나는 많은 의문이 들었지만 리카 씨라면 있을 수 있는 일이라 생각하며 택시에 올랐다.

차는 10분쯤 고지대에 있는 고급 주택가 쪽을 향해 달렸다. 다들 한산하고 조용한 주택가라고 이야기하는 지역이다. 이 부근에 아파트라도 얻은 걸까? 새집으로 이사하는 것은 괜찮지만 그 대신 식사나 하루하루 쪼들리는 생활 때문에 걱정하기는 싫었다. 그런 생각을 하는데 커다란 집들이 늘어선 가운데 더 묵직한 품격을 풍기는 집 앞에 차가 멈췄다.

"자, 다 왔어. 내려."

"내리라니? 여기서?"

"그래, 여기야. 이 집과 피아노, 그리고 중학교 입학에 어울리는 새아버지도 함께 얻었단다."

차에서 내리자 리카 씨가 내 귓가에 속삭였다.

피아노와 집, 그리고…… 뭐?

아버지?

대체 무슨 소리지, 이게? 새아버지도 얻었다니?

머리를 굴리고 있는 내 옆에서 리카 씨는 거침없이 집 안으로 들어갔다. 따라가지 않으면 미아가 될 것 같아 나는 일단 리카 씨를 따라 걸었다.

주차장에는 대형 승용차가 두 대. 드넓은 정원에는 자갈이 깔려 있고 멋진 나무들이 서 있었다. 벽으로 둘러싸인 집은 문을 지나면 밖이 보이지 않는다. 내가 이런 곳에 살게 되는 건가? 전혀 이해가 되지 않아 나는 주위를 계속 둘러보았다. 정원을 지나 현관문을 열자 품위 있는 아주머니가 맞이해 거실로 안내해 주었다.

살던 집이 몽땅 들어갈 만큼 큰 거실. 심플하지만 조명이나 커튼, 놓여 있는 관엽식물과 걸려 있는 그림 모두 다 내가 보기에도 고급이라는 걸 알 수 있었다.

"어서 와, 유코짱."

거실에 있는 커다란 가죽 소파에 앉아 있던 아저씨가 나를 보더니 그렇게 말하며 일어섰다. 흰머리가 섞인 머리카락에 은테 안경. 각이 진 얼굴에 어깨가 넓은 다부진 체격. 베이지색 카디건을 입은 아저씨는 쉰 살이 조금 넘었을까. 그때 내 눈에는 무척 나이 들어 보였다.

이 사람이 새로 아버지가 될 사람이라는 걸 깨달았다. 하지만 어떻게 된 일인지, 왜 이렇게 되었는지 전혀 이해할 수 없었다.

내가 불안으로 가득한 얼굴을 들어 리카 씨를 쳐다보니 리카 씨는 소파로 가며 이렇게 말했다.

"이쪽은 이즈미가하라 시게오 씨. 지난주에 나하고 혼인신고를 하고 결혼했어. 그러니까 이제 유코짱 아버지가 된 거지."

리카 씨는 간단하게 설명하더니 '아, 이사는 피곤해' 하며 소파에 털썩 앉았다.

"유코짱, 이리 와 앉아. 지금 홍차 끓여 내오라고 할 테니까."

이즈미가하라 씨가 와서 앉으라고 손짓했다. 나는 리카 씨 옆에 살짝 걸터앉았다. 짙은 갈색 소파는 크고 푹신푹신해서 앉으면 왠지 빨려 들어가듯 몸이 가라앉았다.

잠시 후 아까 거실로 안내해 준 아주머니가 홍차를 내왔다.

꽃이 그려진 화사한 컵. 접시에는 쿠키가 놓여 있었다.

"이분은 요시미 씨. 요리와 청소를 비롯한 여러 일을 해 주시지. 정말 친절한 분이니까 유코짱도 뭐든 부탁해."

아주머니가 홍차를 우리 앞에 내려놓는 동안 이즈미가하라 씨가 그렇게 소개했다.

도우미인가? 하지만 요시미 씨는 옛날 동화에 나오는 하녀 같은 느낌이 아니라 그냥 아주머니로 보인다. 날씬하고 예쁜 아주머니. 이즈미가하라 씨보다도 나이가 조금 더 많아 보이는 아주머니에게 중학생인 내가 집안일을 시키다니, 말도 안 되는 소리 같았다.

홍차를 마시면서 리카 씨는 이사 이야기와 내가 갈 중학교는 여기서 걸어서 15분쯤 걸린다는 이야기를 했다. 이즈미가하라 씨는 조용히 맞장구를 치며 듣고 있었다. 나는 어떻게 된 상황인지, 무슨 일이 일어나고 있는지 어서 확인하고 싶었다. 그렇지만 지금 묻는 건 좋지 않을 것 같아 리카 씨와 단둘이 남게 될 때를 기다렸다.

소파에서 한동안 이야기를 나눈 뒤, 이즈미가하라 씨는 집 안을 안내했다. 이층에는 이즈미가하라 씨의 침실과 수많은 책이 꽂혀 있는 방이 있고, '네 방으로 써라'라며 나를 제일 안쪽 방으로 데리고 갔다. 방에는 이미 책상과 침대가 놓여 있었고 창에는 작은 분홍색 꽃무늬 커튼이 쳐져 있었다.

"유코짱 마음에 들면 좋을 텐데."

이즈미가하라 씨가 말했다.

나는 아직 이 집에 살게 되었다는 사실이나 이 아저씨가 아버지라는 사실도 납득하지 못한 상태다. 그런데 내 방까지 마련되어 있다니. 계속해서 여러 가지 일들이 정해져 가는 것 같아 기뻐해야 할지 거부해야 할지 알 수 없었다.

1층에는 거실 옆이 주방과 식당이고 복도를 사이에 두고 다다미가 깔린 방이 있다. 그 옆에는 묵직한 문이 있는 방이 있었다.

"여기에 피아노를 두었단다."

이즈미가하라 씨는 그렇게 말하며 문을 열었다.

"방음 시설도 해 두었으니 유코짱 마음껏 연주해도 돼. 치고 싶을 때면 언제든."

방 안에는 짙은 와인색 그랜드피아노가 놓여 있었다. 위풍당당한 피아노는 반짝반짝 빛났다. 그 모습은 여러 불안과 의문을 잠시 잊게 해 주는 힘이 있었다.

"우아……."

내가 탄성을 질렀다.

"쳐 볼래?"

이즈미가하라 씨는 피아노 건반 뚜껑을 열어 주었다.

"칠 줄 아는 게 없는데요."

나는 그렇게 말하면서도 살짝 건반을 눌렀다. 멜로디언과는 전혀 다른 묵직한 건반이 아래로 쑥 가라앉자 맑은 소리가 울려 퍼졌다. 내 손가락이 건반을 누르면 나는 피아노 소리는 생각보다 훨씬 멋졌다.

"아니, 이게 어떻게 된 거야? 어떻게 된 거냐고?"

집 안을 한바탕 안내받은 뒤 내게 쓰라고 준비해 준 방에 리카 씨와 둘이 들어간 나는 대뜸 물었다.

"호호호. 많이 놀랐니?"

리카 씨는 침대에 걸터앉더니 장난스럽게 웃었다.

"지금 내가 놀랄 때가 아니지. 무슨 일이 일어난 건지도 모르는데."

도저히 내 방이라는 생각이 들지 않아 나는 구석 쪽에 앉으며 말했다.

"피아노 매일 칠 수 있게 된 거야."

"피아노?"

"그래. 피아노 치고 싶어 했잖아?"

리카 씨는 천연덕스럽게 말했다. 자기가 피아노는 문제가 되지도 않을 만큼 큰 변화를 일으킨 걸 이해하지 못하는 걸까?

"피아노가 아니라 저 사람, 이즈미가하라 씨는 누구야? 결혼이라니, 대체 무슨 소리지? 왜 여기서 살아야 해?"

나는 궁금한 것들을 질문했다. 초등학교를 졸업하자마자 생각도 하지 못한 일들이 성난 파도처럼 밀려드니 진정이 되지 않았다.

"아휴, 그렇게 한꺼번에 묻지 마. 설명할게. 이즈미가하라 씨는 내가 일하는 보험회사 단골이야. 작지만 부동산 회사 사장이고, 그래서 피아노도 있다고 하더라……. 온화하고 착한 사람이라 괜찮겠다 싶어서 결혼한 거지. 식은 올리지 않았지만 혼인신고는 지난주에 했어."

리카 씨는 텔레비전으로 본 드라마 이야기라도 하듯 가볍게 말했다.

"결혼이라니, 리카 씨하고 이즈미가하라 씨, 사랑하는 사이였어?"

이즈미가하라 씨는 내가 생각한 것보다 젊어 마흔아홉 살이라고 한다. 이제 서른두 살이 된 리카 씨와는 나이 차이가 너무 나서 도저히 부부로 보이지 않았다.

"뭐 사랑한다면 사랑하는 사람이지. 그렇지만 세상엔 맞선이란 것도 있어. 오래 사귄 사람들끼리만 결혼하는 건 아니야."

"그럼, 리카 씨는 저 사람 좋아해?"

맞선을 봐 결혼하는 일이 있다는 것은 나도 안다. 하지만 리카 씨는 어제까지만 해도 누구하고 사귀는 기색이 전혀 없었다. 그런데 결혼이라니. 게다가 저 아저씨하고. 도저히 이해되지 않았다.

"좋아한다고 할까, 나쁜 사람은 아니야."

리카 씨가 말을 끝내기도 전에 '나쁜 사람은 아니라는 이유만으로 결혼을 해?'라고 소리를 빽 지르고 말았다.

"어머, 왜 그래? 착한 사람이라 결혼했다고 하는데, 됐잖아? 그렇게 바득바득 따지지 마. 난 유코짱에게 피아노를 선물하고 싶었어."

리카 씨는 뾰로통한 표정으로 말했다.

"피아노?"

"그래. 피아노. 너 갖고 싶어 했잖아."

분명히 나는 피아노가 갖고 싶었다. 하지만 그게 이렇게까지 해서 손에 넣어야 할 것이란 말인가? 삶을 바꾸면서까지, 새아버지를 맞이하면서까지 피아노를 갖고 싶었던 걸까?

"갖고 싶다고는 했지만……. 그래도 결혼하면서까지 갖고 싫었던 건 아닌데."

"결혼 같은 건 별일 아니야. 유코짱은 옷을 사 줘도 기뻐하지 않고 가방을 사 줘도 좋아하지 않으면서 피아노는 스스로 갖고 싶다고 했잖아."

리카 씨는 그렇게 말하더니 미소를 지으며 이렇게 덧붙였다.

"이제 따분한 이야기는 그만하자. 어쨌든 유코짱에게 빨리 피아노를 칠 수 있게 해 주고 싶었어. 알았지? 내일부터 마음껏 쳐. 내게도 피아노 치는 거 들려줘."

리카 씨가 내 엄마가 된 건 반년에 걸쳐 친해졌기 때문이다. 그런데 이번에는 본 적도 없는 사람이 아버지가 되었다. 어떻게 받아들이라는 말인가. 이런 큰 변화를 어떻게 받아들이라는 거지?

그렇지만 나는 아직 어리다. 아빠와 이 나라에서 함께 살 수 없게 된 것처럼 이번에도 받아들일 수밖에 없다. 부모 결정에는 따를 수밖에 없다. 어린이란 그런 거다. 나는 내가 어린이라는 사실을 뼈저리게 느꼈다.

완전히 바뀐다는 게 이런 거다.

이즈미가하라 씨 집으로 이사한 다음 날부터 생활이 완전히 바뀌었다. 지금까지 아침 식사는 빵을 구워 대충 때웠는데 다 함께 식탁에 둘러앉아 요시미 씨가 지은 밥에 된장국, 생선 구이, 나물 등 균형 잡힌 식사를 하게 되었다. 부지런히 하던 빨래도 그렇고 집안일은 모두 요시미 씨가 해 주기 때문에 하지 않아도 되었다.

직장을 그만둔 리카 씨는 할 일이 없어졌고 나도 거들 일이 전혀 없었다. 방을 늘 깔끔하게 청소해 주었고, 빨래한 옷가지는 침대 위에 놓아두었다. 식사도 다 차려 주고 저녁 설거지를 마친 뒤에야 요시미 씨는 퇴근했다.

이렇게 손가락 하나 까딱하지 않기는 미안해서 가끔 그릇을 싱크대로 옮기거나 식탁을 훔치려고 하면 요시미 씨는 '이건 내가 할 일이니 앉아 있어요'라며 부드럽게 말렸다.

보름쯤 지났을 무렵이 되어 집안일을 거들려고 움직이는 게 요시미 씨를 방해하는 셈이라는 사실을 깨닫고 나는 가만히 앉아 있게 되었다. 그렇지만 '이런 생활에 익숙해지면 안 된다'는 생각도 들었다.

얼마 전에 비해 너무 달라진 생활이라 그저 허둥대며 하루하루를 보냈다. 아주 윤택한 생활이었다. 그렇지만 리카 씨와 둘이 살 때 느꼈던 자유로움은 없었다. 누가 뭐라고 하는 것도 아닌데 왠지 거북했다. 그리고 그런 거북하거나 따분한 시간을 지워 주는 것이 피아노였다.

이즈미가하라 씨는 내가 온 이튿날부터 피아노 선생님을 집으로 모셔 배우게 해 주었다. 선생님은 일주일에 두 차례 왔다. 그래서 매일 연습하지 않으면 진도를 따라갈 수 없었다. 리카 씨가 자신의 삶을 바꾸면서까지 만들어 준 기회다. 열심히 배워야 했다. 그렇게 피아노에 몰두하고 있으면 개운치 못한 마음도 잠시 잊을 수 있었다.

이즈미가하라 씨는 리카 씨가 말한 대로 착한 사람이라는 걸 바로 깨달았다. 가끔 '이제 이 집 생활에 좀 익숙해졌니?'라고 물을 뿐 아버지 행세를 하는 일도 없었다. 내가 '아저씨'라고 불러도 너그럽게 받아들였다.

아침 식사는 함께 하지만 이즈미가하라 씨는 일이 바빠 밤에는 내가 잠이 든 뒤에야 귀가하는 듯했다. 토요일과 일요일에도 일 때문에 나가는 일이 많았다. 함께 지낼 시간이 적기 때문인지 이즈미가하라 씨와는 여러 날이 지나도 별로 친해지지 못했다.

아버지라는 사람은 온화하고 친절했다. 먹고 살 걱정이 사라진 유복한 생활. 피아노도 칠 수 있다. 느닷없이 생긴 아버지와 갑작스러운 이사에 저항감을 느꼈지만 불만을 품을 만한 상황이 아니다. 나는 스스로를 이렇게 납득시켰다. 어느 친척집에서 지내듯, 아주 편하지는 않았지만 이게 내 생활이라 여기니 몸도 마음도 차츰 익숙해졌다.

새로운 생활을 시작한 지 3개월이 지났다. 여름을 맞이하기 직전이었다. 밤중에 잠에서 깨 주방에서 물을 마시려고 일층으로 가니 피아노 방에서 불빛이 흘러나오고 있었다. 전등을 끄지 않았나 싶어 방 앞으로 가는데 살짝 열린 문틈 사이로 피아노 소리가 흘러나왔다.

어떻게 된 일인가 싶어 문을 여니 이즈미가하라 씨가 그랜드피아노 안을 들여다보고 있었다.

"아저씨, 뭐하세요?"

내 목소리에 이즈미가하라 씨는 '어어'라고 살짝 놀라며 멋쩍은 표정으로 나를 바라보았다.

"그냥…… 잠깐 조율 좀."

"조율?"

"그래, 그냥 잠깐 손을 보는 거야."

피아노 뚜껑이 활짝 열려 내부가 보였다.

"아저씨, 조율을 할 줄 알다니, 대단해요."

조율은 전문가에게 맡기는 거라고 생각했던 나는 진짜 감탄했다.

"아니야, 아니야. 아마추어가 그냥 해 보는 척 하는 거야. 뭘 고치거나 하는 자질구레한 일들을 좋아하거든……. 이 피아노는 전처가 어렸을 때부터 쓰던 거라 오래되었기 때문에 소리가 가끔 이상하게 나는 거 아닌가 싶어서."

이즈미가하라 씨는 자기 피아노인데 나쁜 짓이라도 하다가 들킨 사람처럼 얼른 도구를 정리하며 말했다.

"아저씨도 피아노 칠 줄 알아요?"

"아니, 전혀. 집사람이 세상을 떠난 뒤로는 아무도 치는 사람이 없어서 유코짱이 쳐 주는 피아노 소리를 기쁘게 듣고 있어."

이즈미가하라 씨가 아주 오래전에 부인을 병으로 잃었다는 이야기는 리카 씨에게 들었다. 그래도 이렇게 이즈미가하라 씨의 입을 통해 부인 이야기를 듣기는 처음이었다. 내가 무슨 말을 해야 할지 몰라 머뭇거렸다.

"아, 미안해. 세상 떠난 사람이 쓰던 피아노라고 하면 별로 기분이 좋지 않겠네."

이즈미가하라 씨는 이렇게 말하며 고개를 숙였다.

"아니에요. 그런 소중한 피아노를 제가 쳐도 되는 건지 모르겠어요……."

"당연히 쳐 주면 고맙지."

"그렇다면 다행이지만. 그런데 아저씨, 내가 피아노 치면 부인 생각이 나서 슬프지 않아요?"

"아내야 이제 10년 넘게 지난 일이거든."

이즈미가하라 씨는 부드러운 말투로 대답했다.

엄마가 세상을 떠난 지 10년이다. 기억조차 없는 엄마는 머릿속에 떠올릴 수도 없다. 그렇지만 지금도 친엄마를 볼 수 없다는 사실이 마음 아프다.

"10년 지나면 잊히나요?"

"아니. 잊을 수는 없지. 곁에 있던 사람의 죽음보다 슬픈 건 없으니까. 하지만 시간이 흐르면 이렇게 새로운 삶을 살게 돼. 그렇게 생각하면 그래도 어떻게는 살아갈 수 있다고나 할까……. 그래, 오늘은 여기까지만."

이즈미가하라 씨는 그러면서 피아노 뚜껑을 닫았다.

아저씨의 부인은 어떤 사람이었을까. 내가 온 걸 어떻게 생각할까. 조금 더 이야기하고 싶었다. 그런데 이즈미가하라 씨는 이렇게 말하고 방을 나갔다.

"자, 늦었어. 가서 자렴. 내일도 학교에 가야 하잖아."

리카 씨는 이사한 뒤 첫 한 달쯤은 '천국 같아'라고 했지만 세 달쯤 지나자 '답답해', '심심해' 하는 소리를 하기 시작했다.

"아아, 심심해 죽겠네."

9월 중순의 일요일 오후. 거실 소파에 앉아 쿠키를 먹으며 리카 씨가 말했다.

"심심해 죽는 사람이 어디 있어?"

요시미 씨가 가져온 아이스티를 한 모금 마시며 내가 대꾸했다.

"어쩜 이렇게 할 일이 없을까. 난 매일 이렇게 앉아서 홍차나 마시고 있을 뿐이잖아. 유코짱은 학교에 가니까 좋겠다."

리카 씨가 시무룩한 표정을 지으며 말했다.

"취미라도 찾아보면 어때? 뭘 배우거나."

"그건 아니지."

리카 씨는 그러면서 '어때, 우리 둘이 도망갈래?'라고 소리 죽여 속삭였다.

"뭐야. 그럼 이즈미가하라 씨하고 헤어지는 거야?"

"음. 그것도 괜찮지 않을까?"

"피아노는 어떡하고? 그렇게 칠 수 있게 해 주겠다고 하더니."

"그거야 이즈미가하라 씨는 부자니까 헤어질 때 피아노 살 돈을 주지 않을까?"

"말도 안 돼."

리카 씨는 가끔 터무니없는 소리를 한다. 나는 애써 미간을 잔뜩 찌푸렸다.

"그렇지만 너 이즈미가하라 씨 좋아하지는 않았잖아? 헤어져도 마음 아프지는 않지?"

리카 씨는 소파 위에서 책상다리를 하고 앉았다. 리카 씨는 늘 '이렇게 푹신푹신한 소파는 앉아 있기 참 힘들어'라며 앉은 지 5분도 지나지 않아 책상다리를 했다.

"좋지도 않고 싫지도 않은데. 그렇지만 이즈미가하라 씨는 좋은 사람이라고 생각해."

갑자기 생긴 아버지에게 갖는 감정은 좋다거나 싫다거나 하는 식으로 구분할 수 있는 게 아니었다. 다만 나쁜 사람은 아니다. 전에 리카 씨가 이야기했듯이 이즈미가하라 씨에 대한 마음은 그게 전부였다.

"아무래도 여기 있으면 안 될 것 같아."

"그렇다면 여기서 안 되지 않을 방법을 찾으면 되지."

그러지 못하는 사람이 리카 씨라고 생각하면서도 나는 그렇게 말했다.

"뭐야, 유코짱. 마치 설교하는 것 같네. 이런 생활을 하기 때문인데. 함께 나가서 다시 둘이 살자. 그게 더 편해. 그래, 그렇게 하자."

리카 씨는 좋은 생각이 났다는 듯이 손뼉을 짝 쳤다.

"싫어."

"어째서? 다시 가난해지는 게 싫은 거야?"

"가난한 거야 아무 상관없어. 그렇지만 난 이 집에 있는 저 피아노가 좋아. 그래, 될 수 있으면 여기서 피아노를 치며 지내고 싶어."

내가 그렇게 말하자 리카 씨는 한숨을 내쉬었다.

"어디에 있는 피아노건 다 똑같은 건데."

그날 저녁 식사 시간.

전갱이 튀김에 소스를 얹으려던 리카 씨에게 요시미 씨가 말했다.

"아, 이 튀김은 그냥 드세요."

리카 씨는 그 말을 듣지 못한 듯 소스를 듬뿍 끼얹더니 '역시 안 되겠어'라고 중얼거렸다.

이튿날, 학교에서 돌아오니 리카 씨가 보이지 않았다.

설마 진짜 나갈 줄이야. 놀라기도 했고 어떻게 해야 할지 몰라 불안하기도 했다. 그렇지만 나는 언젠가 이런 일이 일어날 거라고 각오하고 있었던 기분이 들었다. 생각이 나면 바로 행동에 옮겨야 직성이 풀리는 리카 씨가 불만을 품은 채 살아갈 리는 없었다. 틀림없이 월말에 먹고 사는 일 때문에 힘든 것보다 더 어려운 문제가 이 집에 있었을 것이다. 그리고 리카 씨는 친아빠와 헤어지게 하면서까지 나를 데리고 살았다. 한동안 시간이 지나 기분이 후련해지면 내게 돌아올 거라고 믿었다.

"유코짱, 미안하구나."

리카 씨가 사라진 이튿날 아침, 이즈미가하라 씨는 내게 고개를 숙였다.

"불편한 일이나 필요한 게 있으면 뭐든 이야기해 다오."

"괜찮아요."

나는 작은 목소리로 대답했다.

"그럼 계속 여기서 지내렴."

이즈미가하라 씨는 걱정스러운 눈빛으로 나를 바라보았다. 나는 고개를 끄덕일 수밖에 없었다.

나간 다음 날부터 리카 씨는 매일 저녁마다 찾아왔다.

몇 번이나 '같이 가자', '유코짱이 없으면 안 돼'라고 나를 설득했다. 내가 '그럼 리카 씨가 돌아와'라고 하자 '그럴 순 없어'라며 떨떠름한 표정을 지었다. 집을 나갔지만 리카 씨는 매일 찾아왔다. 아침이나 밤에는 없지만 저녁에는 리카 씨가 와서 이런저런 이야기를 나누었다. 외롭다는 느낌은 들지 않았고 생활에는 아무 변화도 없는 것 같았다.

다만 리카 씨가 집을 나간 뒤 이즈미가하라 씨는 귀가가 빨라졌고 쉬는 날도 집에 있는 시간이 늘었다. 그렇다고 해도 나와 접촉하는 일이 늘어나지는 않았다. 이야기를 나누는 일도 없었고 외출하자고 권하는 일도 없었다.

리카 씨는 내가 원하는 것을 온 힘을 다해 마련해 주었다. 나를 얼마나 소중하게 여기는지 행동으로, 말로 보여 주었다. 하지만 그 애정은 강하면 강할수록 왠지 쉽게 부서질 것 같고 부질없게 느껴지는 것도 사실이었다.

옆방에서 살며시 귀 기울이고 들어줄 사람이 있는 집에서 최고 상태의 피아노를 치는 것.

그게 그때 나를 평온하게 만들어 주는 유일한 요소였던 기분이 든다.

19

합창제를 위한 반주 연습은 두 사람이 한 조를 이루어 진행되었는데 내가 하야세와 같은 조로 연습하는 날은 없었다. 그래도 한 번 더 그 피아노 치는 소리를 듣고 싶은 욕망을 누르지 못하고 다다에게 연습하는 날을 바꾸자고 했다.

"하야세하고 함께 피아노를 치면 수준 차이가 많이 나서 싫었어."

다다는 선선히 승낙해 주었다.

모두 모여 피아노를 치고 이틀 뒤 반주 연습. 내가 음악실로 가니 하야세가 벌써 음악실에 와 있었다. 연습하는 것도 아니고 악보를 보고 있지도 않았다. 벽에 붙은 작곡가의 초상화를 바라보고 있었다.

"안녕?"

내가 다가가자 '아아' 하며 잠깐 나를 돌아보았을 뿐 이내 초상화로 눈길을 돌리고 말았다.

피아노는 언제부터 친 거야? 평소 어떻게 연습하니? 좋아하는 곡은 뭐야? 물어보고 싶은 게 계속 머릿속에 떠올랐지만 하야세는 진지한 표정으로 초상화를 바라보고 있어 아무 말도 할 수 없었다.

"으음. 뭐랄까. 로시니만 그렇지 않네."

한동안 초상화를 보던 하야세가 말했다.

"뭐가?"

로시니. 음악 시간에 유명한 오페라 작곡가라는 걸 배웠다. 그 사람이 왜?

"생각해 봐. 초상화가 모두 무섭잖아. 베토벤은 기분이 언짢은 표정이고 바흐나 헨델은 아주 엄숙한 척 하는 느낌이 들고. 어쨌든 다들 무뚝뚝하지 않아?"

"으음, 그런가?"

무슨 이야기를 하려는 걸까. 내가 고개를 갸웃거리자 하야세는 퉁퉁한 로시니의 얼굴을 가리키며 말했다.

"그렇지만 봐, 이걸. 로시니만 살짝 웃고 있는 것 같지 않아? 입가나 눈초리가 살짝 웃는 것 같아."

"진짜."

초등학교 때는 밤이 되면 초상화의 눈이 움직인다는 소문이 돌았을 만큼 초상화는 다들 무섭게 보였다. 그렇지만 잘 보면 분명히 로시니는 기분이 좋은 듯 느긋한 표정이었다.

"난 이 사람 좋아해."

하야세가 말했다.

로시니를 좋아한다니 하야세는 오페라도 연주하는 걸까. 그걸 묻기 전에 기쿠치 선생님이 들어와 우리 이야기는 거기서 끊어졌다.

"미안, 미안. 종례가 늦어져서. 자 시작할까? 그럼 2반 모리미야부터."

"예.

나는 피아노 앞에 앉아 보면대에 악보를 세웠다. 건반을 끝에서부터 차례로 훑어본 뒤 살짝 숨을 내쉬었다. 그래, 칠 수 있어. 스스로를 그렇게 타이르며 손가락을 움직였다. '하나의 아침'은 느긋하게 시작해 점점 힘차게 진행되는 곡이다. 너무 힘이 들어가지 않도록, 너무 빨라지지 않도록 노랫소리를 떠올리며 피아노를 쳤다. 처음 쳤을 때와는 달리 건반을 잘못 누르는 일은 없었지만 곡조의 변화에 맞추기는 어려웠다. 그래도 마음을 실어 마지막까지 어떻게든 마무리했다.

"상당히 좋아졌네."

연주를 마치자 기쿠치 선생님이 옆으로 다가와 이렇게 말했다.

"감사합니다."

"실수는 없어졌는데 소리가 가벼워지는 부분이 있으니까 그 부분을 조심해."

"예."

"그리고 곡조가 바뀐 뒤에 좀 느려지는 느낌이 들지 않니? 여기 이 소절에서……."

기쿠치 선생님의 조언을 들으며 나는 슬쩍 하야세를 보았다.

내 피아노 연주를 어떻게 생각할까. 형편없다고 여길까. 하야세는 태연한 표정으로 멍하니 창밖을 보고 있어 어떻게 느끼는지 알 수 없었다.

"그럼 다음은 하야세."

선생님이 부르자 피아노 앞에 앉더니 지난번과 마찬가지로 하야세는 바로 연주하기 시작했다. 호흡을 가다듬거나 어깨의 힘을 빼는 움직임도 없었다. 건반에 손가락을 얹더니 곡을 시작했다.

하야세의 연주는 처음부터 끝까지 압권이었다. 실수는 당연히 없고 불안한 음이나 악보보다 길게 끄는 음도 없다. 음 하나하나가 생생하게 들렸다. 이미 완성된 상태라고 생각하는데 이틀 전에 들었을 때보다 더 다이내믹하고 섬세했다. 나는 온몸이 오싹오싹하는 기분을 느끼며 그 연주에 빠져들었다.

"너 정말 대단해, 연주 솜씨가."

음악실을 나서며 내가 말했다. 하야세의 연주를 듣고 느낀 감동을 전하지 않을 수 없었다.

"뭘, 너도 잘하던데."

"난 모리미야라고 해, 2반이야."

"모리미야, 너도 잘 쳤어."

말도 안 된다. 하야세에 비하면 내 피아노는 초보자라고나 해야 할 수준이다. 나는 고개를 저었다.

"그런 말 하지 마. 아직 한참 연습하지 않으면 안 될 텐데."

"그런가? 처음 모였을 때는 다 함께 쳤잖아? 그때도 제일 좋다고 생각했어."

괜히 하는 소리라고 해도 말도 안 될 하야세의 말을 듣고 나는 그만 웃고 말았다.

"그때 실수한 건 나뿐이었는데."

"실수는 중요한 문제가 아니고. 자기 피아노가 아닌데 음악실 피아노에 금방 적응해 첫 음부터 부드러웠어."

"적응했다고?"

나란히 걸어 보니 하야세는 키가 무척 컸다. 나는 고개를 들고 올려다보며 물었다.

"그래. 보통은 평소 치던 피아노와 다르면 다루기 힘들잖아."

"글쎄."

그건 분명히 집에 있는 피아노가 디지털 피아노기 때문이리라. 전혀 다르기 때문에 음악실 피아노에 저항감이 없었을지도 모른다.

"나는 좋던데. 네 피아노."

"뭐?"

"네가 치는 피아노, 난 좋아한다고."

하야세가 거침없이 그렇게 말하는 바람에 내 얼굴은 바로 새빨개졌다. 누군가에게 고백을 받았을 때와는 비교도 되지 않을 만큼 가슴이 크게 뛰었다.

만약 내가 디지털 피아노가 아니라 진짜 피아노로 연습했다면 어떻게 되었을까. 저녁 식사 중에도 나는 하야세가 한 말을 떠올렸다. 진짜 피아노를 매일 쳤다면 더 잘 쳤을까. 하야세가 더 좋아할 만한 연주를 할 수 있었을까. 그렇게 생각하면서 무심코 중얼거렸다.

"아아, 피아노가 있다면."

"피아노?"

"그래, 피아노."

"아아, 진짜 피아노? 내 벌이가 나아지면 피아노 얼마든지 사 줄 텐데."

맞은편의 모리미야 씨가 하는 말을 듣고 나는 흠칫했다. 너무 실례되는 소리를 하고 말았다.

"아니야, 아니야. 그게 아니야. 디지털 피아노로 충분해. 그래, 저 피아노가 좋아."

나는 얼른 고개를 저었다. 그러자 모리미야 씨는 남아 있던 된장국을 다 들이켜고 나서 말했다.

"또, 또 마음에 없는 소리를. 진짜 피아노와 디지털 피아노는 소리 수준이 다르잖아. 아무래도 진짜 피아노가 좋겠지."

"소리는 다 거기서 거기야. 게다가 디지털 피아노에는 나름 장점이 있잖아. 살짝 터치해도 되니 덜 피로하고 헤드폰을 쓰면 한밤중에도 칠 수 있고."

"왜 그렇게 디지털 피아노 편을 드는 거니? 피아노 갖고 싶으면서."

"그게 아니라니까. 디지털 피아노 사 준 것만 해도 정말 고마워. 합창제 전에 진짜 피아노를 칠 기회가 많다 보니 불쑥 그런 소리가 나온 거야. 피아노는 장소도 많이 차지해 거추장스럽고 소리도 커서 이웃에 민폐가 되니……."

내가 열심히 설명하는데 모리미야 씨는 한숨을 푹 내쉬며 말했다.

"다 아는데 뭘."

"아, 미안해. 내가 괜히 기분 나쁘게 만들었나……?"

"유코짱, 왜 갖고 싶은 걸 이야기한 것뿐인데 그렇게 기를 쓰고 얼버무리려는 거지?"

모리미야 씨가 나직한 목소리로 말했다.

"그야…… 나한테 해 줄 만큼 다 해 주니까."

"다 해 주다니?"

"집도 있고 이렇게 끼니 걱정도 없고. 난 전혀 고생하지 않는걸……."

"그야 당연하지. 자식이 고생하지 않고 살게 해 주는 건 부모 의무야. 그런 말 하면 안 되지."

모리미야 씨의 말에는 고개를 숙일 수밖에 없었다. 괜히 빼는 것도 아니고 진짜 부녀지간이 아니라서 꺼리는 것도 아니다. 하지만 알게 된 지 3년 된 사람이 아무런 불편 없이 살게 해 주는 생활을 아무 생각 없이 받아들일 만큼 나는 어리지 않다.

"미안. 내가 그만 쓸데없는 소리를 했네……. 울지 마, 유코 짱."

모리미야 씨의 말을 듣고서야 내가 울고 있었다는 사실을 깨달았다.

슬픈 게 아니었다. 그저 우리가 서로 본질을 건드리지 않고 무난하게 지내고 있을 뿐인지도 모른다는 사실이 어느 순간 고스란히 드러나면 나는 말로 표현할 수 없는 기분이 든다.

"난 괜찮아."

이렇게 말하려고 했지만 입을 열면 눈물이 마구 쏟아질 것만 같아 나는 고개를 저을 수밖에 없었다.

이튿날 아침, 내가 식탁으로 가자 모리미야 씨가 여느 때보다 더 가벼운 말투로 '잘 잤니? 빵 구웠다'라고 했다.

"고마워. 와아, 맛있겠다."

나는 그렇게 말하며 의자에 앉았지만 맛있다고 한 말은 거짓말처럼 들렸을 거라는 생각이 들어 후회되었다. 어제 아침도 똑같은 빵이었다.

아침 식사가 시작되자 서로 말이 없는 것은 좋지 않다는 듯이 모리미야 씨는 이런저런 이야기를 늘어놓았다. '날씨가 좋네. 아니, 역시 추운가?'라거나 '역 앞 슈퍼마켓에서 홋카이도 페어를 하고 있어' 같은. 나는 '그렇지', '재미있겠네' 하며 바로 맞장구를 쳤다.

"벌써 11월인가? 한 해가 눈 깜빡할 사이에 갔네."

"정말."

"어쩐 일인지 해가 지날수록 점점 시간이 빨리 흐르는 것 같아."

"맞아. 놀라워."

"합창제도 가까워졌네. 기대된다."

모리미야 씨는 그렇게 말하고 어깨를 으쓱했다.

여느 때 같으면 '기대된다는 소릴 잘도 하네. 피아노 소리 시끄럽다고 투덜거리기만 한 주제에'라고 했을 것이다. 하지만 그러지 않고 '응, 이제 얼마 남지 않았어'라며 고개를 끄덕였다.

서로 배려하고 있다는 걸 눈치채게 되면 가벼운 말투나 농담은 주고받을 수 없게 된다. 분위기를 딱딱하게 만들지 않도록 화제를 고르기는 쉬운 일이 아니다. 우선 빨리 아침 식사를 마치고 등교 준비를 하자. 나는 참 먹기 힘들다고 생각하며 빵을 입에 넣었다.

"무슨 일이야? 왜 그렇게 멍하니 있어?"

쉬는 시간에 후미나가 말했다.

"그래?"

"그래. 영어 수업 시간 내내 선생님이 부르는데도 멍하니 있었잖아."

모에도 주먹밥을 한 입 가득 베어 물면서 말했다.

"아아, 그게 모리미야 씨하고 좀 서먹한 상태랄까, 서로 어긋나는 게 있어서."

나는 솔직하게 대답했다.

수업 중에 자꾸만 어젯밤 일이 생각났다. 내가 피아노를 갖고 싶다는 소리만 하지 않았다면 분위기가 이렇게 되지는 않았을 텐데 하는 생각이 들었다. 표면적으로야 별문제가 없지만 좋은 상황이라고는 할 수 없다는 생각도 들었다. 그런 생각들이 머릿속에서 맴돌고 있었다.

"모리미야 씨라니, 네 아빠?"

후미나가 물었다.

"그래, 아빠하고 좀 분위기가 어색해졌어."

내가 대답하자 모에와 후미나는 서로 얼굴을 마주보며 웃음을 터뜨렸다.

"역시 웃기네. 고등학생이 되어서도 아빠와 티격태격하다니."

두 사람의 모습을 보며 나는 살짝 한숨을 내쉬었다.

친아빠라면 18년 동안 함께 살았을 것이다. 지금쯤이면 관계가 꼬이는 일은 없을 텐데. 게다가 확고한 끈으로 연결되어 있으면 사소한 이유로 분위기가 어색해지는 일도 없다.

"아니야, 아니야, 그 반대."

모에가 웃으면서 말했다.

"반대?"

"아빠와 티격태격하는 게 우습다는 거야. 기분 나쁘면 우리 집은 아빠하고 말도 하지 않아."

모에가 얼굴을 찡그리며 말했다.

"우리도 꼭 필요한 말밖에 하지 않아. 이야기하면 잔소리가 길어져서. 아으, 싫어. 정말 싫어."

후미나가 몸서리를 치며 말했다.

"그게 무슨 소리야? 친아버지잖아?"

"그래. 친아버지인데 그냥 불결하고 성가셔."

모에는 내게 혀를 날름 내밀어 보였다.

"불결하고 성가시다고?"

그런 사람이 집에 있으면 곤란하다. 내가 '거짓말이지?'라고 물었다.

"불결하다고까지는 할 수 없을지 몰라도 성가시기는 해. 아버지를 마주치지 않으려고 밤에는 될 수 있으면 내 방에서 나오지 않는 게 최고야."

후미나도 말했다.

"아빠들 불쌍하네……."

딸에게 이런 소리를 듣는다면 견딜 수 없을 거라고 내가 중얼거리자 후미나가 이렇게 말했다.

"유코는 좋겠네. 모리미야 씨는 깔끔하고 고집도 세지 않으니. 게다가 젊기까지 하고."

그러자 모에도 동의했다.

"정말이야. 맞아. 한 달 만이라도 우리 아빠와 바꿀 수 없겠니?"

"설마 진심으로 하는 소리야?"

"진심이지. 우리 집하고도 바꾸자. 난 고등학교 졸업하면 독립할 거야. 아빠가 늘 듣기 싫은 소리만 골라 하는걸."

"후미나네 집은 그래도 낫지. 우리는 추운데 목욕하고 나서 팬티 한 장만 걸치고 어슬렁거려. 변태야."

"맞아. 아빠들은 자기가 아저씨라는 것도 모르나? 주변 사람들 좀 생각을 해 주면 좋겠는데."

험담을 마구 늘어놓는 후미나와 모에의 아빠가 딱하다는 생각이 들었다. 그리고 이토록 험담을 늘어놓으면서도 함께 살 수 있구나 하는 생각이 들었다. 피가 얼마나 진한지, 그 깊이를 비로소 알게 된 기분이었다.

그로부터 1주일이 지났지만 우리는 여전히 어색한 시간을 보내고 있었다.

분위기는 좀 풀리기는 했지만 저녁 식사 때면 나는 좀 더 분위기를 좋게 만들 만한 화제가 없는지 궁리했고, 모리미야 씨는 둘이 함께 있는 시간이 적어도 온화할 수 있도록 애썼다. 그리고 서로에 대한 이런 배려를 어딘가 이상하다고 생각하고 있었다.

합창제가 2주 뒤로 다가온 날 저녁 식사 뒤, 모리미야 씨가 사다 준 슈크림을 먹고 홍차를 마시는데 이렇게 말했다.

"유코짱, 피아노 연습을 하고 싶을 텐데 그렇게 오래 앉아 있지 않아도 괜찮아."

"억지로 앉아 있는 거 아니야. 이제 꽤 칠 수 있게 되었기 때문에 여유가 좀 생겼어."

"그렇다면 다행이지만."

"굳이 과자 사 오지 않아도 되는데."

"마침 외출했다가 파는 가게가 있어서 샀을 뿐이야."

"그래? 어제는 롤케이크를, 그저께는 푸딩을 사왔는데……."

내가 그렇게 말하고 나서 자꾸 사 오지 않아도 된다고 하면서도 괜히 밉살맞은 소리가 되지 않았는지 조금 걱정이 되었다.

모리미야 씨는 '나도 몰랐는데 요즘 케이크 가게 근처에서 볼일이 많았나?' 하며 슬쩍 웃었을 뿐이다.

아아, 이 느낌은 대체 뭘까. 모리미야 씨와 살기 시작한 무렵에 느낀 어색함과는 또 다른 불안한 느낌. 해법은 뭘까. 우리 반 여자애들에게 따돌림을 당했을 때처럼 시간의 흐름에 맡겨 두기만 할 수는 없었다. 이 집에는 나와 모리미야 씨뿐이다. 단 둘이 지내는 공간이라 아무 일도 없었던 것이 될 수는 없으리라. 그렇다면 툭 털어놓고 부녀지간이란 무엇인가를 이야기하는 게 나을까? 아니, 그건 두렵다. 그랬다가는 함께 살 수 없게 될 것 같고, 애당초 부녀지간이란 무엇인가에 대한 답을 둘 다 모른다. 치명적인 균열은 없지만 작은 틈새가 벌어진 울적함. 이 틈새는 어떻게 메워질까. 아니면 친부녀지간이 아닌 우리는 그 무게를 떠안은 채 살아가야만 하는 걸까?

홍차를 마신 뒤에 방으로 돌아와 나는 '하나의 아침'을 치기 시작했다.

우울한 상태인데도 피아노는 소리를 내 주었다. 기분은 가라앉았지만 피아노는 건반을 누르면 정확한 멜로디를 들려주었다.

연습도 중반에 접어들어 사흘 전부터 피아노 반주에 합창하기 시작했다. 내 피아노에 실린 노랫소리는 손길을 멈추고 듣고 싶을 만큼 아름다웠다. 각 파트의 소리가 어긋나지 않고 어우러졌다.

"우아. 유코, 피아노 진짜 잘 치네."

"피아노에 맞춰 노래하면 CD 틀어 놓고 할 때보다 노래하는 맛이 있어."

다들 내 보잘것없는 피아노 솜씨를 칭찬해 주었다.

악기는 사람 마음의 움직임까지 비추어 소리를 낸다고들 하지만 그런 미세한 차이를 알아차릴 수 있는 사람은 없을지도 모른다. 정확하게 악보대로 칠 수 있으면 듣는 사람도 이해해 준다.

어쨌든 연습하자. 실수만은 절대 하지 않도록, 손가락이 완전히 악보를 외울 수 있도록 해야 한다.

스스로를 그렇게 타이르며 반복해서 '하나의 아침'을 쳤다.

합창제 열흘 전, 다섯 번째 반주 연습을 하러 갔다. 시마니시와 한 조였는데 음악실에 도착하니 하야세가 있었다.

"어, 너도 오늘이었니?"

"응. 시마니시가 바꿔 달라고 해서."

내가 묻자 하야세가 쑥스러운 듯 대답했다.

"그렇구나."

"싫어?"

"설마, 그런 거 아니야."

나는 고개를 저었다. 하야세의 피아노 연주를 들을 수 있다. 싫을 리 없다.

"그렇지만 다른 반주자들이 나를 싫어하는 것 같아서."

"어째서?"

"나하고 같은 날 반주 연습이 잡히면 다들 다른 애들과 바꾸려고 하는 눈치가 보여."

그건 분명히 하야세가 피아노를 너무 잘 치기 때문이다. 다른 반주자는 나와 달리 본격적으로 피아노를 하는 애들이 대부분이다. 함께 연주하고 평가받는 건 견디기 힘들 거라는 생각이 들었다.

"지나친 생각이야. 네가 싫어서 그런 건 아니지."

"그런가? 나 말고는 다들 1학년 때부터 내내 반주를 맡았잖아? 3학년이 되어 처음 맡은 나는 초보자나 마찬가지겠지. 피아노는 어렸을 때부터 배웠지만 반주는 역시 많이 다르니까."

하야세는 아무래도 진짜 그렇게 생각하는 모양이다. 날카롭고 박력 넘치는 피아노 연주인데 하야세는 도무지 흥이 나지 않는 듯했다. 윤곽이 또렷한 어른스러운 얼굴 때문인지 다가가기 힘든 분위기이기는 하지만 실제 곁으로 다가가 보니 하야세에겐 아무런 문턱도 없었다.

"자, 연주할까? 이제 연습도 마지막 단계야."

기쿠치 선생님은 음악실로 들어오자마자 그렇게 말했다.

지난번과 반대로 오늘은 하야세부터 연주를 시작했다. 여전한 솜씨를 보여 주는 피아노 연주. 하야세가 치는 피아노는 어쩜 이리 사람 마음을 흔드는 걸까. '대지 찬송'은 다이내믹하면서도 부드러운 빛이 가득 차 넘실거리는 곡이다. 옆에서 듣고 있으면 그 빛이 나를 감싸는 느낌이 든다.

한편 나는 연주에 제대로 집중하지 못했다. 곡에 몰입하려고 해도 쓸데없는 생각이 머릿속에 떠올랐다. 피아노 앞에 앉자 자꾸만 그날 밤 모리미야 씨와 나누었던 대화가 떠올랐다. 불안정한 마음은 떨치려고 하면 할수록 엉겨 붙어 끝날 때까지 사라지지 않았다.

"실수는 전혀 없지만 왠지 불안한 느낌인데."

기쿠치 선생님은 그렇게 평하면서도 내가 자신감을 잃지 않도록 이렇게 덧붙였다.

"그렇지만 노래 반주로는 충분할 것 같구나."

음악실을 나서자 하야세가 이렇게 말했다.

"어쩐 일이야? 너 피아노 연주가 흔들렸어."

"그래?"

"다른 일에 마음이 쓰여 집중하지 못한다는 말은 가끔 들었는데 바로 이런 걸 말하는 모양이네. 처음 본 것 같아."

하야세는 감탄한 듯이 말했다.

"그렇게 형편없었구나."

나는 그렇게 말하며 어깨를 축 늘어뜨렸다.

"형편없었던 건 아니야. 그런데 무슨 일 있니?"

"아니, 뭐, 그게 좀, 아빠하고 사이가 좀 그래서……."

"아버지하고 사이가 불편하면 마음이 차분해지지 않아?"

하야세는 무척 놀랐는지 그의 낮은 목소리가 복도에 울려 퍼졌다. 후미나와 모에도 웃었지만 아빠와 사이가 불편하다고 마음을 앓는 것은 고등학생에겐 무척 이상한 일인 모양이다.

"아무래도 이상한가?"

"이상하고말고. 부모와 사이가 불편한 건 늘 있는 일 아니야? 나는 매일 엄마하고 으르렁거리는데."

북쪽 교사에 있는 음악실에서 서쪽 교사에 있는 3학년 교실로 돌아오려면 교사 하나를 거쳐야 하니 거리가 제법 떨어져 있다. 이 교실 저 교실에서 흘러나오는 노랫소리를 들으며 우리는 함께 걸었다.

"그건 뭐랄까, 어머니와 너는 친어머니와 아들 사이라 서로 신뢰하고 있다고나 할까, 틀림없이 서로 받아들이기 때문일 거야."

"글쎄, 아무래도 내가 엄마를 상대하기 싫은 건가?"

"부모를 상대하기 싫다니, 그런 사람도 있어?"

이번엔 내 놀란 목소리가 층계에 울려 퍼졌다.

"부모를 상대하기 싫은 애들은 아주 많을걸."

"정말? 네 어머니는 친어머니잖아?"

무례한 질문이 아닐까 생각하면서도 물었다.

"그게 무슨 소리야? 당연히 친엄마지."

하야세는 대답하며 킥킥 웃었다.

"피도 섞였고 얼굴도 나하고 똑같아. 그렇지만 도무지 서로 맞지 않아서. 엄마는 자기가 무조건 옳다고 생각하기 때문에 같이 있으면 피곤해."

하야세는 그러면서 미간을 찌푸렸다.

후미나와 모에처럼 아무렇지도 않게 부모에 대한 불평을 할 수 있는 까닭은 거기에 서로를 좋아한다는 당연한 감정이 있기 때문이라고 생각했다. 그런데 예외도 있는 걸까?

"부모자식 사이라는 게 대개 툭하면 다투더라도 기본적으로는 사이가 좋은 줄 알았어."

"넌 부모님들이 금이야 옥이야 키웠나 보구나. 그런 걸 믿다니."

"그래?"

"그럼. 아버지와 사이가 좀 불편해졌다고 끙끙대며 고민하는 고등학생은 처음 봤어. 그런데 대체 왜 다툰 거야?"

"뭐라고 해야 할까. 집에 디지털 피아노가 있는데 진짜 피아노가 있으면 좋겠다고 했더니 분위기가 이상해져서…….”

하야세에게 모리미야 씨는 친아버지가 아니라는 사실을 설명하려면 맥이 빠질 것 같아 나는 문제의 발단만 이야기했다.

하야세가 보기에는 디지털 피아노 같은 건 악기로 인정하지 않을지도 모른다. 나는 알려지면 거북한 사실을 들킨 듯 ‘헤헤헤’ 하고 살짝 웃었다.

“난 처음 네 연주를 들었을 때 네가 집에서 엄청 좋은 피아노를 치는 줄 알았어. 음악실에 있는 그랜드피아노를 잘 다루면서 깨끗한 소리를 들려주었으니까. 평소 좋은 악기를 쓰는 사람들이 내는 소리였거든.”

“아아…….”

하야세가 칭찬하는데 나는 뭐라고 대꾸해야 좋을지 몰라 그냥 모호하게 맞장구만 치고 말았다.

“난 디지털 피아노를 쳐 본 적이 없는데 진짜 대단한 악기로구나.”

“글쎄…….”

“글쎄라니, 넌 늘 디지털 피아노를 치잖아?”

“응, 그렇지.”

실제로 디지털 피아노를 쳐 보면 하야세는 장난감 같다고 생각하리라. 나는 또 ‘헤헤헤’ 하고 웃을 수밖에 없었다.

합창제도 나흘 뒤로 다가온 날. 점심시간에 무카이 선생님이 나를 불렀다.

짐작은 갔다. 어제 영어 쪽지 시험에서 60점을 받았고 오늘 사회 단원별 시험은 50점도 받지 못했다. 요즘 치른 쪽지 시험은 하나같이 점수가 나빴다. 어색한 집안 분위기 때문인지 무슨 일에도 집중하지 못하는 나날이 이어지고 있었다.

"모리미야, 쪽지 시험이라고는 하지만 이거 너무하지 않니?"

진로지도실로 들어가자 선생님이 대뜸 그렇게 말했다.

"예……. 죄송합니다."

나는 의자에 걸터앉으며 사과했다. 영어 쪽지 시험은 복습 상태를 알아보려는 테스트이기 때문에 다들 80점 이상 받을 만한 내용이다. 나도 여태 80점 아래로 받은 적은 한 번도 없다. 공부하지 않으면 어떤 시험이라도 점수를 딸 수 없다는 사실을 깨닫게 되었다.

"그런데 수업 시간에도 딴생각을 하고?"

"그런가요……?"

주의를 받아도 어쩔 수 없는 면은 있지만 딴생각이라고 할 만큼 심했던가 싶어 쓴웃음을 지었다.

"반주 연습 때문이니?"

"아뇨. 그건 관계없어요."

나는 바로 부정했다. 오히려 피아노를 치는 시간이 있어 숨통이 트인 느낌이 들었다. 반주 연습이 없다면 집에서 보내는 시간이 더 불안정했을 것이다.

"그럼 뭐야? 요즘은 친구들과 잘 지내는 것 같고 다른 아이들하고도 잘 어울리는 모양이던데."

뜻밖에 선생님은 교실 상황을 다 알고 있다는 생각이 들어서 내심 감탄했다.

"이렇게 형편없는 점수를 받고도 원인이 없다는 건 아니겠지?"

선생님이 날카로운 목소리로 말했다.

'원인이라……?'

나는 어떻게 말을 꺼내야 좋을지 궁리하면서 진로지도실에 있는 선반을 바라보았다. 참고서와 입학 안내용 팸플릿이 촘촘하게 놓여 있었다. 합창제가 끝나면 입시가 기다리고 있다. 성적이 떨어져서는 안 될 시기다.

"공부에 소홀해지다니, 이건 아주 심각한 일이야."

"예……."

"대체 무슨 일이니?"

"아, 저어, 그게, 아빠와 좀 사이가 어긋났을 뿐이에요."

선생님의 추궁에 내몰리지 않으려고 나는 솔직하게 말했다. 선생님이 기특하다는 표정을 지었다.

"어긋나? 아빠랑?"

"예, 아, 아니에요. 그런 건 아니고."

새아버지와의 심각한 문제가 있는 걸로 오해하지 않도록 나는 모리미야 씨와 분위기가 어색해지게 된 계기를 설명했다.

"그랬구나. 아빠도 여러모로 마음을 써 주고 계시네. 그렇지만 너 이상하구나. 친구와 다투고도 아무렇지 않던 애가."

"그렇죠? ……왠지 진짜 가족 같아진다는 게 생각보다 쉽지 않네요. 이상하게 서로 자꾸만 이것저것 신경을 쓰게 되니."

"그렇지만 넌 아버지를 모리미야 씨라고 부르잖아?"

"예, 모리미야 씨라고 부르죠. 아빠 느낌이 들지 않아서."

이즈미가하라 씨나 모리미야 씨나 내게 '아버지라고 부르라'고 강요한 적은 없다. 나도 어느 정도 머리가 커서인지 혈육이 아닌 사람을 '아버지'라고 부르기에는 엄청난 위화감이 들었다. 아버지로 인정하느냐 마느냐는 별개의 문제로 하고, '아버지'라고 편하게 부를 수 있는 것은 어린 시절을 함께 보낸 사람뿐인 듯했다.

"그럼 어떤 게 일반적인지 알 수는 없지만 흔히 있는 부녀지간의 문제는 아니라고 이해해도 되는 거니?"

무카이 선생님은 내 성적 부진의 원인을 알아내서인지 가벼운 말투로 물었다.

"예……."

"함께 사는 사람들이 서로 배려하는 건 당연한 일이고 그건 서로 조심하기 때문만이 아니라 서로를 소중하게 여기고 있기 때문일 거야."

"그렇겠죠."

"틀림없이 이런 상황이 반복되겠지. 가족이란 친구와 마찬가지로 가끔 부딪히기도 하고 자기 생각을 말했다가 삐걱거리기도 하면서 만들어져 가는 거 아니겠니?"

"그런가요?"

"넌 늘 한 걸음 뒤로 물러서 있는 모습이지만 뭔가를 진지하게 생각하거나 누군가와 진지하게 사귀다 보면 사소한 갈등은 생기기 마련이야. 늘 한결같다면 따분하잖아?"

작년 진로 상담 때 선생님한테 진로에 대해 진지하게 생각한다는 말을 들었던 기억이 났다. 지금은 내가 가족이라는 것에 한 걸음 더 다가간 걸까?

"그렇지만 반에서 따돌림 당할 때는 아무렇지도 않게 여기던 애가 아버지하고는 분위기가 어색해진 것만으로도 공부가 손에 잡히지 않다니. 평소에 집안 분위기가 상당히 좋은 모양이네."

무카이 선생님은 그렇게 말하며 조용히 웃었다.

"어쩌죠……? 반 아이들에게 따돌림 당했을 때는 매일 교자를 해 주었는데."

"교자? 만두 말이야?"

"예. 우리 아빠는 제게 이것저것 만들어 먹이기를 좋아해요. 기운이 없을 때면 교자를 만들고, 새 학기가 시작되는 날에는 가쓰돈, 여름이 오기 직전에는 매일 젤리를 만들죠. 그럴 때면 저는 억지로 참고 먹으면서도 내게 지나치게 신경 쓰지 말라고 화내지 않았는데. 설마……, 모리미야 씨는 내가 교자를 너무너무 좋아한다고 여겨서 그렇게 많이 먹었다고 생각하는 걸까?"

내 말을 듣더니 선생님은 웃음을 터뜨렸다.

왠지 나도 웃음이 나왔다. 우리가 살아가는 하루하루를 돌이켜 보니 유쾌했다.

"그런 아버지라면 더더욱 성적이 떨어질 상황이 아니잖아."

방금 웃은 선생님은 어느새 여느 때와 마찬가지로 엄숙한 표정으로 돌아왔다.

“어쨌든 공부 더 열심히 해. 입시는 기다려 주지 않는다.”

“알겠습니다.”

나는 고개를 크게 끄덕였다.

그날 밤, 저녁 식사를 하고 난 뒤에 식탁을 정리하고 있는데 모리미야 씨가 ‘유코짱, 잠깐 앉아 봐’라고 했다.

“뭔데?”

또 케이크라도 사 왔나? 이런 생각을 하며 자리에 앉았다.

“이거.”

모리미야 씨가 정색하고 뭔가를 내게 내밀었다.

“뭐야, 이거?”

내게 건넨 것은 은행 통장이었다. 왜 이런 걸 내게 주지?

“펼쳐 봐.”

모리미야 씨는 내 맞은편에 앉더니 그렇게 말했다.

“내가 봐도 돼?”

“응.”

남의 통장을 펼쳐 본 적은 없다. 나쁜 짓을 저지르는 기분이 들었지만 살짝 펼쳐 본 나는 무심코 소리를 지르고 말았다. 그 저축액에 깜짝 놀랐기 때문이다.

"1,896만 엔? 모리미야 씨, 부자였네?"

"그래. 나 이래 봬도 일류 대학 나와서 일류 기업에 취직해 열심히 일하고 있으니까."

모리미야 씨는 헤헤헤 웃었다.

"엄청나네."

"그렇지?"

"그런데 왜 갑자기 보여 주는 거야?"

돈이 있다는 건 알겠는데 왜 그걸 보여 준 걸까. 내가 통장을 돌려주면서 물었다.

"왜라니? 이걸로 피아노를 사려고. 내친김에 방음 시설이 제대로 된 아파트로 이사하자."

모리미야 씨가 이렇게 말했다.

"그게 무슨 소리야?"

"무슨 소리냐고? 피아노도 사고 아파트도 사겠다는 이야기지."

"농담이지?"

"정말이야. 리카는 돈이 없는데도 유코짱에게 피아노를 칠 수 있게 해 주려고 그토록 애를 썼잖아. 난 돈이 있으니 피아노쯤은 사도 당연하지."

"당연하지 않아."

돈이 있다고 해서 자식이 갖고 싶어 하는 걸 막 사 주는 건 아니다.

"이사하기 싫고 피아노는 필요 없어."

내가 말하자 모리미야 씨가 작은 목소리로 대꾸했다.

"그렇지만 이대로 가다가는 내가 제일 뒤처질 거라고 생각하지 않아?"

"뒤처진다니, 뭐가?"

"유코짱 아버지로서 말이야. 다른 아버지와 비교하면 난 그 사람들보다 못하잖아."

"그게 무슨 소리야?"

통장을 꺼내 오더니 이번에는 또 무슨 소리를 하는 걸까. 내가 의아해하는 건 아랑곳하지 않고 모리미야 씨는 말을 이었다.

"미토 씨는 유코짱과 피가 섞였으니 당연히 점수가 제일 높겠지. 얼굴도 닮았고. 게다가 기저귀를 갈아 주고 밥을 먹이고 안아 주고 말을 가르치기도 하고. 미토 씨가 제일 고생하며 유코짱을 보살폈을 거야."

"그야 내가 어렸으니까."

"그리고 리카는 행동력이 있어서 유코짱을 위해서라면 뭐든 하잖아. 피가 섞이지 않았는데도 친아버지를 밀어내고 맡아 키우기도 하고, 필요하면 부자와 결혼하기도 하고 말이야. 모든 걸 던지는 그 열정은 부모로서 높은 점수를 받을 거야. 또 여성은 원래 모성이 있으니 기본 점수가 높을 테고."

"기본 점수가 뭐야?"

내가 물었지만 아랑곳하지 않고 모리미야 씨는 계속 이상한 소리를 늘어놓았다.

"이즈미가하라 씨는 돈이 많잖아. 돈이 전부는 아니지만 교육은 돈이 드는 일이거든. 돈으로 메울 수 있는 부분이 아주 커. 게다가 엄숙한 태도와 위엄 있는 외모. 그렇게 엄격해 보이는 사람은 조금만 부드럽게 나와도 아주 높은 점수를 받을 수 있거든."

"그러니까, 대체 왜 점수를 따지는 거야?"

"유코짱의 아버지 선수권전이 있다는 가정 아래 하는 이야기지. 그런데 말이야, 내가 아버지가 되었을 때 유코짱은 이미 고등학생이었어. 나는 키우느라 고생하지도 않았고 집안일을 반씩 나누어 할 만큼 난 부모로서 재능을 살릴 기회가 없는걸. 내가 아버지 노릇에 어울리는 사람이 아니라는 건 알지만 워낙 능력을 발휘할 기회가 없으니 불리하다고 생각하지 않아?"

"그러니까, 지금 무슨 소리를 하는 거냐고."

모리미야 씨가 심각하게 이야기하고 있기 때문에 꾹 참았지만 나는 도저히 웃음을 참을 수 없었다.

"너무 웃겨. 선수권전이라니, 그게 뭐야?"

"선수권전이랄까, 비교라고나 할까. 아버지로서는 미토 씨가 제일 좋았겠다거나, 이즈미가하라 유코였을 때는 편했을 거라거나."

"그런 비교를 해?"

"하지. 다른 사람들도 대부분 해. 나도 대학 시절에 사귄 여자 친구는 예뻤지만 성격은 취직하고 난 뒤에 생긴 여자 친구가 제일 좋았다거나 하는 비교를 하지."

"그 여자 친구들은 나는 모르겠고, 부모는 제각각이라 비교가 안 되는데. 이즈미가하라 씨는 조용히 지켜봐 주었을 뿐 함께 있는 시간은 적었고, 리카 씨는 어떻게든 내게 피아노를 마련해 주었지만 날 두고 떠났잖아? 애정을 표현하는 방법과 종류는 다 다르니까 비교할 수 없어."

내가 이렇게 말하자 모리미야 씨는 '그렇구나' 하면서 살짝 고개를 끄덕이더니 이렇게 물었다.

"그럼 1위는 결정되지 않았어?"

"무슨 소리야. 순위 같은 건 없어."

나는 단호하게 말했다. 여태 그런 생각은 해 본 적도 없다.

그때그때 곁에 있던 부모와 살아가느라 빠듯했다. 엄마와 아빠 어느 쪽을 더 좋아하느냐고 물으면 어린애들은 다 난처해한다. 아무리 친부모가 아니라고 해도 부모 가운데 누가 더 나은지를 정할 수는 없는 일이다.

"그래? 그렇담 다행이네."

모리미야 씨는 마음이 놓인 듯 밝게 웃었다.

"홍차라도 끓이자. 오늘은 애플파이를 사 왔거든."

이렇게 말하고 주방으로 갔다.

"설마 그런 걸 신경 쓰고 있었어?"

"그럼. 언제 아버지 자리에서 밀려날지 조마조마하니까."

모리미야 씨는 홍차를 끓이며 대답했다.

"그런 건 내게 결정권이 전혀 없어. 늘 내 뜻과는 상관없이 부모가 바뀌었을 뿐이지."

"말을 듣고 보니 그렇구나."

모리미야 씨는 애플파이를 얹은 접시를 내 앞에 내려놓았다. 반짝반짝 빛나는 애플파이에서는 향기로운 버터 향이 풍겼다.

"그렇다면 별 볼일 없는 부모라도 내가 나가지 않는 한 아버지 자리는 안전한 건가?"

모리미야 씨는 자리에 앉더니 얼른 애플파이를 베어 물었다.

"뭐 그런 셈이지."

"뭐야, 그럼 마음 편하게 먹어도 되겠네."

피가 섞이지 않은 자식과 사는 일은 돈도 들고 자기 시간도 줄어든다. 부담만 있지 좋을 일은 별로 없는 것 같다. 그런데 그런 아버지라는 자리를 지키고 싶다니, 역시 모리미야 씨는 이상한 사람이다.

"그러니까 피아노 사 주지 않아도 돼. 난 저 디지털 피아노 마음에 들어."

나도 애플파이를 입에 넣었다. 잘 조린 사과에서는 부드럽고 달콤한 맛이 입안에 퍼졌다.

"아니야. 피아노는 사자. 통장까지 보여 주었는데 체면이 있지. 무르면 아무래도 아버지 위엄에 흠집이 날 거야. 나도 진짜 피아노 소리를 듣고 싶고."

모리미야 씨는 애플파이의 사과만 입에 넣으며 말했다. 함께 먹어야 더 맛있는데 모리미야 씨는 과일 케이크도 과일만 먼저 빼 먹는다.

"피아노는 정말 괜찮아. 이사하기는 싫고. 아, 그럼 말이야."

"그럼 뭐?"

"코트 사 줘."

"코트?"

"응. 지금 입는 갈색 코트는 어린애 같아. 회색 코트를 갖고 싶어."

그러자 모리미야 씨는 미간을 찌푸렸다.

"피아노는 건전한 느낌이 들지만 코트를 사 달라고 조르는 건 좀 다른 느낌이 드네."

"왜 그래? 피아노보다 싼 걸 사 달라는데?"

"안 돼, 안 돼. 사 달라고 한다고 다 사 주면 안 된다니까."

"칫, 짠돌이."

"짠돌이가 아니야. 때론 엄해야 아버지지."

모리미야 씨는 의기양양한 얼굴로 말했다.

"1,896만 엔이나 있으면서?"

"그러니까 돈이 전부가 아니라는 거지. 나도 사 주고 싶지만 응석을 받아 주는 건 자식을 위해 도움이 되지 않아. 유코짱을 위해서 마음 독하게 먹고 하는 말이야."

모리미야 씨는 또 의기양양한 표정을 지었다. 모에와 후미나가 말한 그대로 아빠는 짜증난다. 난 다시 한 번 '짠돌이'라고 중얼거리며 애플파이를 입에 넣었다.

합창제 전날은 어느 반이나 체육관 사용을 배정받았기 때문에 마치 합창제 당일처럼 긴장감 넘치는 연습이 되었다.

"남녀 목소리가 잘 어울리고 반주까지 포함해 일체감이 있다."

우리 반의 합창을 듣고 기쿠치 선생님은 이렇게 칭찬해 주었다.

'하나의 아침'은 힘찬 가사와 부드러운 멜로디가 특징이고 낮은 음과 높은 음 모두가 어우러져 완성되는 곡이다. 어른이 다 된 고등학교 3학년이라 남자 목소리는 깊이가 있고 여자 목소리도 의젓해진다. 체육관에서 듣는 목소리는 피아노를 치는 내 귀에도 풍성하게 들렸다. 합창제 반주를 몇 년 해왔지만 이번이 가장 그럴듯한 노래였다.

"유코짱, 피아노 잘 치는구나."

합창이 끝나자 하야시가 말했다.

"고마워."

"그래, 맞아. 얼마 전까지만 해도 어딘가 와닿지 않는 부분도 있었는데 지금은 노래하기 아주 편해."

미야케가 그렇게 말하자 다른 남학생들이 '그래? 미야케, 네가 그런 것도 알아?'라며 웃었다.

"그럼, 알지. 최근 이틀 동안 모리미야의 피아노 연주가 정말 좋아. 노래하기 아주 편해."

바이올린을 배우는 도요우치까지 미야케의 말에 동의하자 다들 '그러고 보니 그런 것 같아'라며 고개를 끄덕였다.

피아노가 내는 소리의 미묘한 차이를 누구도 알아차리지 못할 줄 알았다. 그렇지만 피아노를 배우는 사람이건 그렇지 않은 사람이건 느끼는 부분은 있기 마련이다. 집중하지 못한 상태에서 연주하면 안 되겠구나 생각했다. 노래하는 반 아이들이 모두 피아노에 집중할 수 있는 상태로 만들어야 한다.

체육관에서 나오니 다음은 5반 연습 시간인지 하야세가 말을 걸었다.

"박력이 대단했어."

"그래? 뭐 디지털 피아노로 열심히 연습하니까."

내가 웃자 하야세는 이렇게 대꾸했다.

"그렇겠지. 나도 얼마 전에 악기점에서 디지털 피아노를 만져 봤는데 힘을 많이 주지 않아도 되는 좋은 악기라는 생각이 들었어."

"정말?"

"응. 대학에 가면 나 아르바이트해서 디지털 피아노 살 생각이야."

하야세는 진심인 듯 단호하게 말했다.

디지털 피아노는 가볍고 어딘가 인공적이라 피아노에 비해 싸구려 소리밖에 나지 않을지도 모른다. 그렇지만 들으면 마음이 편해지는 소리를 들려주는 악기인 것도 사실이다.

"내일이지, 합창제?"

저녁 식사 후 방에서 피아노 연습을 하는데 모리미야 씨가 들어왔다.

"응."

나는 헤드폰을 벗으며 고개를 끄덕였다.

"이제 반주는 잘 돼?"

"그럭저럭. 무대에 섰을 때 긴장하지만 않으면 좋겠는데."

내가 말하자 모리미야 씨는 자세를 가다듬으며 말했다.

"좋아. 내가 노래해 줄게."

"엥?"

"노래가 있어야 반주 연습을 하기 쉬울 거잖아."

"그렇지만. 그런데 노래 알아? 우리가 부를 노래."

"알지. 한번 쳐 봐."

"'하나의 아침'이라는 곡인데."

"그래, 알아."

"안다고? '하나의 아침'을?"

내가 다시 물었다. 합창곡은 들을 기회가 많지 않다. 평소 생활하면서 듣게 되는 일은 거의 없을 텐데. 이상하게 여기는 내 옆에서 모리미야 씨는 숨을 크게 내쉬더니 호흡을 가다듬었다. 아무래도 진짜 노래를 할 모양이었다. 모리미야 씨가 노래를 부를 수 있는지는 모르지만 연주는 한번 해 볼까?

나는 헤드폰 코드를 뽑고 음량을 낮춘 다음 반주를 시작했다. 셋잇단음표로 시작하는 피아노. 리듬을 잃지 않도록 조심스럽게 전주를 연주했다. 노래가 시작되는 부분으로 이어지는 화음을 누르자 모리미야 씨가 숨을 들이쉬는 소리가 들렸다.

지금 눈앞에 펼쳐지는 하나의 아침

눈부신 빛의 홍수 속으로 세상이 가라앉기 전에

자 배에 올라 여행을 떠나자

'하나의 여행'은 처음부터 힘찬 가사가 거듭해서 나오는 다이내믹한 노래다. 모리미야 씨는 망설이지 않고 큰 소리로 노래를 불렀다. 어차피 노래를 못할 거라고 생각했는데 노랫소리는 반주를 이끌고 가듯 힘찼다.

노래는 분위기가 고조된 직후 차분한 곡조로 바뀐다. 나는 손가락을 부드럽게 움직이며 건반을 눌렀다.

눈물 흘리며 헤어지기도 하고

용기가 무엇인지 알게 되기도 하고

사랑을 속삭이기도 하고

때론 고독과 마주하는 것

여행은 여행은 여행은 수많은 만남

모리미야 씨는 남성 파트가 아닌 주선율을 노래하고 있다. 차분하게 가사 하나하나를 틀리지 않으려고 정확하게. 평소 이야기할 때는 몰랐는데 모리미야 씨는 목소리가 좋았다. 낮지는 않은데 들뜬 느낌이 없이 차분한 목소리. 모든 가사가 귀에 쏙쏙 들어왔다.

날갯짓하며 내일로

아직 보이지 않는 대지로 새로운 대지로

아직 보이지 않는 새로운 대지로

삶의 기쁨을 삶의 기쁨을 펼친다

자유를 찾아 펼친다 자유를 찾아

막바지에 이르면서 노래도 반주도 장중하고 깊어진다. 지금까지 이어진 가사와 멜로디의 힘으로 곡을 전개하며 해방되듯 노래가 끝난다.

마지막 셋잇단음표를 누르고 내가 건반에서 손가락을 떼자 모리미야 씨는 '와아' 하며 감탄했다.

"혼자 노래할 때는 여행을 떠난다는 내용뿐이고 괜히 거창한 노래라고 생각했는데 피아노 반주에 맞추니 좋네. 내가 그만 진짜로 날갯짓을 할 뻔했어."

"그치? 그런데 나 깜짝 놀랐네."

"뭐가?"

"뭐가라니. 노래 엄청 잘하네. 이 곡을 이만큼 소화하다니. 그런데 이 노래를 어떻게 아는 거야?"

내가 궁금했던 것을 묻자 모리미야 씨는 '뭘' 하며 멋쩍은 듯 웃었다.

"학교 다닐 때 합창으로 이 노래 부른 적 있어?"

"그건 아닌데."

"그럼 어떻게? 이 노래 들어 본 적도 거의 없을 텐데?"

"그냥 인터넷에서 검색해 연습한 거야."

모리미야 씨는 잘못을 들키기라도 한 듯이 어깨를 으쓱했다.

"아아……, 그런데 왜? 왜 연습을 해?"

모리미야 씨는 가사를 보지 않았다. 게다가 곡조가 몇 번이나 바뀌는 이 노래를 완벽하게 노래했다. 노래를 잘하지 못하면 부를 수 없는 곡이다.

"뭐랄까. 아버지라면 딸이 합창제에서 연주하는 곡은 노래할 줄 알아야 당연하잖아?"

모리미야 씨는 이렇게 말하고 헤헤헤 웃었다.

"무슨 소리야. 그런 아버지는 없을걸."

"역시 그런가? 연습하면서 어렴풋이 그럴 것 같다는 생각은 들었는데. ……그래도 이 곡을 부르면 의욕이 마구 솟아나. 출퇴근 전철 안에서 나도 모르게 '펼쳐지는 자유를 찾아'라는 대목을 흥얼거렸더니 사람들이 째려보더라."

"당연하지."

"뭐 난 아무래도 어딘가 남들과 다른 모양이야."

어딘가는 무슨. 엄청 많이 다르지. 그렇지만 모리미야 씨가 노래하는 '하나의 아침'은 정말 좋았다.

"그래. 사실은 우리 합창제 끝나고 나서 해 보려던 거였는데, 옛날 고등학교 다닐 때 합창제에서 불렀다는 그 곡 해 보자."

나는 책상 서랍에서 악보를 꺼내 보면대에 세웠다.

"엥?"

"고등학교 3학년 때 불렀던 노래라면서?"

내가 그렇게 말하고 전주를 시작했다. 느긋한 정감이 넘치는 멜로디. '하나의 아침'이 지닌 장엄한 분위기와는 다른, 왠지 정겨운 느낌이 드는 곡이다.

전주가 진행되는 동안 모리미야 씨는 '이게 대체 뭐야?', '엥? 농담이지? 어떻게 알았어?'라고 했지만 멜로디가 시작되자 나지막하게 노래하기 시작했다.

왜 우연히 마주치는지 우리는 아무것도 모른다
언제 우연히 마주치게 될지 우리는 늘 모른다
어디에 있었는지 어떻게 살아왔는지
먼 하늘 아래 두 가지 이야기

통장을 보여 준 다음 날, 모리미야 씨가 다니던 고등학교에 전화를 걸었다. 결혼식 때 아빠에게 고맙다는 뜻으로 아빠가 고등학교 합창제 때 부른 곡을 깜짝 이벤트로 노래해 드리고 싶다고. 그러니 곡명을 알려 달라고. 20년 전 고등학교 3학년 학생. 몇 반인지는 모르지만 공부 제일 잘하던 반, 아마 월반을 했을 거라고 하자 내 이야기에 감동한 선생님이 알아봐 주었다.

모리미야 씨가 고등학교 3학년 때 부른 노래는 나카지마 미유키의 '실'이었다. 악보는 악기점에서 쉽게 구했다. 들어본 적 있는 부드러운 선율. 몇 번 쳐 봤을 뿐인데 손가락은 멜로디를 기억해 주었다.

날실은 그대 씨실은 나
엮어 만드는 천은 언젠가 누군가의 상처를 감싸 줄지도 몰라
날실은 그대 씨실은 나
만나야 할 실이 만나는 걸 사람들은 운명이라 부르네

더듬더듬 가사를 따라가던 모리미야 씨도 이내 또렷한 발음으로 노래하기 시작했다. 귀뿐만 아니라 피부로도 스며들 듯 부드럽고 깊은 목소리. '실'은 결혼식에서 자주 불리는 노래라고 악보에 적혀 있었다. 그래도 만나야 할 사람을 만나는 게 행운인 것은 부부나 연인만이 아니다. 이 곡을 들으면 그걸 잘 알 수 있다.

"아버지가 학창 시절 합창제에서 노래한 곡을 연주하는 딸은 아마 없을걸."

노래를 마치더니 모리미야 씨는 그렇게 말하며 웃었다.

그리고 내가 모리미야 씨의 모교에 연락해 곡명을 알아냈

다고 하자 깜짝 놀라며 '유코짱은 행동력이 있구나' 하며 놀랐다. 그러더니 당황한 듯 이렇게 말했다.

"그런데 20년 전 고교 3년생이 지금 결혼하려는 딸의 아버지라니……. 딸이나 아버지나 결혼이 너무 빠른 거 아니야? 사람들이 날 터무니없는 불량소년으로 여기지 않을까?"

"괜찮아. 20년 전에 고3이었던 학생을 기억하는 선생님은 지금 학교에 없을 거야. 전화를 받은 선생님도 오래 생각하지 않고 바로 알려 주셨으니까."

"정말?"

"정말이라니까. 그런데 합창 싫어한다더니 노래 잘하네. 너무 잘해서 깜짝 놀랐어."

내가 솔직하게 칭찬하자 모리미야 씨는 기쁜 표정으로 웃었다.

"뭐 난 나카지마 미유키를 좋아하니까. 나도 모르게 부르고 싶어졌어. 유코짱, '보리의 노래' 쳐 봐. 있잖아, 나카지마 미유키의 신곡."

"'보리의 노래'? 모르는데."

"뭐? 정말? 아침 드라마 주제가였는데?"

모리미야 씨는 진심으로 실망했다는 듯 미간을 찡그렸다.

"난 아침 드라마 안 봐."

"그럼 나카지마 미유키의 곡 가운데 칠 수 있는 거 뭐 있어?"

"들어 본 적 있는 곡은 있는데 칠 수 있을 만큼은 몰라. 악보가 있으면 좋을 텐데……."

그러다 문득 생각이 났다. 음악 교과서에 '시대'가 실려 있었다. 틀림없이 나카지마 미유키의 곡이라고 적혀 있었던 것 같다.

"아, 참. '시대'라는 곡은 칠 수 있을 거야."

"좋아, 그걸 하자."

내가 음악 교과서를 펼치자 모리미야 씨는 '아—, 아—, 아—' 하며 목을 풀기 시작했다. 제대로 노래할 모양이다.

"나 내일 합창제인데. '하나의 아침' 연습해야 하지 않나? 그런데 노래하겠다고 막 신바람이 났네."

내가 큰 목소리로 중얼거리자 모리미야 씨는 이렇게 대꾸했다.

"나 내일 아침 일찍 회의 있는데. 자료를 미리 읽어 봐야 하지 않을까? 그렇지만 유코짱 연습을 도와줘야지."

그러더니 이렇게 덧붙였다.

"자, 노래하자. 이럴 땐 노래하는 게 좋아. 노래란 원래 그런 거지."

합창 같은 건 좋아하지 않는다더니. 나는 웃음을 터뜨리고 말았다. 하지만 나도 피아노를 더 치고 싶었다. 헤드폰을 쓰고 연습하는 게 아니라 이렇게 누군가의 노래에 맞추어.

"그럴지도 모르지. 그럼 시작할게."

"좋았어. 아자!"

"노래할 땐 그런 이상한 구호는 외치지 마."

그 뒤로 우리는 들어 본 적이 있는 곡을 찾아 계속 노래를 불렀다. 피아노를 치는 건 항상 즐겁다. 합창제를 앞두고 내 마음속 불안은 가라앉고 기대만 커졌다.

"긴장되네."

"아, 목소리가 제대로 나올까?"

1반 합창이 끝나고 우리 2반은 이런 말들을 주고받으며 무대로 향했다. 합창 리더인 하야시는 계속 심호흡을 했고 지휘를 맡은 미야케도 손을 파르르 떨었다. 스미다와 야바시도 긴장했는지 걸음걸이가 어색했다.

"괜찮아?"

피아노 앞에 앉은 내게 무대 끄트머리에 서 있던 후미나가 입 모양만 움직여 물었다. 나는 '물론'이라고 하며 고개를 끄덕였다. 어제 마지막 준비 때 계속 나카지마 미유키의 곡을 쳤기 때문에 당연히 잘될 것이다.

"다음은 2반의 합창입니다. 곡목은……."

사회자의 목소리가 들리자 다들 노래할 자세를 취했다. 나는 피아노 건반을 가만히 들여다보았다. 오늘 치는 것은 체육관에 있는 피아노. 커다란 그랜드피아노는 오래되어 품격이 있었다.

함께 살기 시작한 지 얼마 되지 않았을 무렵, 내가 피아노를 쳤었다는 걸 알게 된 모리미야 씨가 디지털 피아노 팸플릿을 잔뜩 가지고 왔다.

"나이로 보나 성격으로 보나 내가 아버지로 인정받기는 좀 무리가 있을지 모르지만 그래도 난 역시 유코짱 마음에 들고 싶어."

솔직하게 털어놓는 모리미야 씨의 말을 들으니 맥이 풀렸다.

함께 사는 거다. 애인도 아니고 친구도 아닌, 가족이라는 이름 아래. 이렇게 함께 지내는 사람 마음에 들고 싶다는 게 뭐가 잘못인가? 마음을 써 주는 게 뭐가 이상한가. 모리미야 씨의 말을 듣고 나도 뭔가 다시 생각해야 할 것 같은 기분이 들었다.

이즈미가하라 씨가 꼼꼼하게 손질해 주었던 피아노. 모리미야 씨가 고민하며 골라서 사 준 디지털 피아노. 나는 늘 최고 상태의 피아노를 쳐 왔다. 내 앞에 어떤 피아노가 있건 두려울 일 없었다.

자, 이제 합창이 시작된다. 나는 손가락에 입김을 훅 불었다.

20

"크리스마스다 한 해의 마지막 날이다 해서 노는 날이 이어지는데 유코는 입시 때문에 바쁘고 모에는 남자 친구랑 여행을 간다니 따라갈 수도 없고."

겨울방학이 시작된 첫 일요일, 우리 집에 놀러 온 후미나가 한숨을 내쉬었다.

"너는 지정 학교 추천으로 합격[8]했으니까. 어어? 됐다니까 뭘 또 가져와?"

---

8 일본의 여러 사립대학이 실시하는 추천 입학 제도. 대학이 지정한 교육기관을 지정 학교라고 하며 이 교육기관이 선발한 학생을 대학은 면접 등의 과정을 거쳐 입학을 허락하는 입시 제도.

거실에서 뒹굴뒹굴하고 있는데 모리미야 씨가 커다란 쟁반을 들고 와 후미나 앞에 부지런히 과자와 음료수를 내놓았다.

"자, 먹으면서 이야기해. 케이크하고 홍차, 모나카, 호지차란다."

"앗, 고마워요. 우아, 이렇게 많이?"

"미안. 일요일에 출근한다더니 안 나가게 되었대."

나는 후미나에게 두 손을 모으고 사과했다. 아까 후미나에게 만나자고 했더니 밖은 춥고 모리미야 씨가 일요일에도 출근할 테니 집으로 부르라고 했다. 그런데 갑자기 출근하지 않아 어색한 분위기가 되고 말았다.

"무슨 소리야. 너희 아빠 계시니 과자도 주고 더 좋은데 뭘."

후미나가 마음에도 없는 소리를 하자 모리미야 씨가 뻔뻔스럽게 이렇게 말했다.

"내가 화과자랑 양과자를 사러 아침부터 부지런히 다녀왔지. 후미나가 뭘 좋아하는지 몰라서,"

그러더니 그냥 거실 바닥에 주저앉고 말았다.

"잠깐, 왜 여기 앉아? 방에 들어가지 않을 거야?"

"내 방에 들어갈 거야. 그런데 좀 물어보고 싶은 게 있어요. 딸 친구가 왔으니까."

모리미야 씨는 빠뜨리지 않고 준비한 자기 몫의 차를 마시더니, 우리 이야기를 들었는지 대뜸 후미나에게 물었다.

"그런데 모에라는 친구 말이야, 여행 갔다고? 남자 친구랑?"

"아, 예. 뭐……."

별로 드러내 놓고 하고 싶은 이야기는 아니라 후미나는 모호하게 고개를 끄덕였다.

"그럼 안 되지. 남자 친구와 여행이라니, 고등학생인데. 안 그러니?"

모리미야 씨의 말을 듣고 나는 얼굴을 찌푸렸다.

"그럴 줄 알았어. 그래서, 뭐? 무슨 말을 하고 싶은 거야?"

"아니, 뭐 내가 무슨 말을 하려는 건 아닌데."

"지금 왜 그런 소리를 해? 어서 자기 방으로 가."

"차만 내오고 바로 사라지면 후미나가 날 웨이터로 착각하잖아."

"그럴 리 없어. 멋대로 우리 이야기에 끼어들지 마."

"걱정이 되니까 그러지."

우리 대화를 듣던 후미나가 킥킥 웃으며 모리미야 씨에게 물었다.

"아저씨, 유코짱 남자 친구 와키타 때문에 걱정하는 거죠?"

"아냐, 그런 거 아니라니까."

후미나에게 지적을 받자 모리미야 씨는 멋쩍은 듯 머리를 긁적이며 대답했다.

"아니긴 뭐가 아니야? 요즘 계속 저런 식이야. 내가 와키타와 사귀기 시작한 뒤로는 툭하면 왜 집에 늦게 들어오느냐고 잔소리하고, 변한 게 하나도 없는데 외모에 너무 신경 쓴다고 잔소리하고. 매일 저녁 식사 때마다 와키타는 어떤 녀석이냐고 캐묻고. 어휴, 지겨워."

나는 후미나를 보며 투덜거렸다.

"그건 당연하지. 따지자면 아빠에게 남자 친구가 생겼다고 이야기한 네 잘못이야. 난 니시노 이야기를 아빠에게 한 번도 한 적 없어. 아빤 내게 남자 친구가 없을 거라고 철석같이 믿고 있지."

"그래?"

후미나는 2학년 초부터 니시노와 사귀고 있다. 여태 용케 숨겼다.

"해 봐야 잔소리만 들을 텐데 뭘. 이야기할 이유가 없지."

"용케 들키지 않았네."

"우리 아빤 바보라서 절대 눈치채지 못할 거야. 그보다 남자 친구가 있다고 아빠에게 이야기하는 애가 어디 있니?"

후미나는 모나카 포장을 뜯으며 말했다.

"그렇구나……. 모리미야 씨가 친아빠가 아니라서 방심했어."

합창제를 마친 날, 집으로 돌아가다가 반주자인 구보타, 다다와 함께 축하하는 의미에서 케이크를 먹으러 갔다.

"합창제가 끝나 한숨 돌리나 했더니 이제 입시가 코앞이네."

다다는 밀푀유를 앞에 두고 천천히 말했다.

"다다는 대학에서 피아노 하지 않을 거야?"

내가 묻자 다다가 대답했다.

"음악과가 있는 대학을 생각한 적은 있지만 장차 음악 관련 직장에 취업하고 싶은 것도 아니라서. 우리 주변에서 음대에 갈 만한 실력은 하야세 정도 아닐까?"

하야세. 그 이름이 나오기만 해도 나는 가슴이 두근거렸다.

합창제에서 우리 반은 준우승이고 우승은 하야세네 반이었다. 무대에서 들려준 하야세의 피아노 연주는 압권이었다. 전주가 흘러나오자 체육관은 순식간에 조용해졌다. 그리고 모두들 연주에 빨려 들어갔다.

합창제는 끝났지만 하야세의 피아노 연주를 더 듣고 싶다. 하야세와 많은 이야기를 나누고 싶다. 나는 그런 생각을 했다.

"하야세 여자 친구도 음대에 다니니까."

"뭐?"

구보타가 덧붙인 정보에 나는 귀를 쫑긋 세웠다.

"하야세는 지금 대학 2학년 여학생과 사귀거든."

구보타가 그렇게 말하자 다다도 이렇게 덧붙였다.

"아, 나도 알아. 예술가 느낌이 물씬 풍기는 여대생이잖아. 피아노 발표회에서 본 적이 있어."

"아, 그렇구나……."

그 뒤로 멍한 상태에서 흘려들어 무슨 이야기를 했는지 머릿속에 들어오지 않았다. 하야세에게 고백하지는 않았지만 그런 마음을 먹기도 전에 차인 기분이었다. 더 친해지면 좋겠다는 어렴풋한 마음은 큰 타격을 받아 실연이라도 당한 듯한 안타까움이 가슴속에 퍼졌다.

그 이틀 뒤. 피아노를 치는 여자는 더 예뻐 보인다는 말이 사실인지, 합창제 반주 덕분에 3반의 와키타가 나를 좋아한다고 고백했다.

와키타는 옆 반이고 내 주위에 있는 여자애들 가운데 그를 좋아한다는 아이는 없었다. 그렇다면 아무도 불만이 없을 테니 사귀는데 문제가 없을 것 같았다. 게다가 하야세의 여자 친구 이야기를 듣고 혼자 남겨진 것 같은 쓸쓸함도 지워질지 모른다. 이런 감정으로 나는 와키타의 고백을 받아들였다.

처음에는 큰 기대가 없었다. 하지만 와키타와 만나는 일은 나쁘지 않았다. 모에나 후미나와 함께 있을 때와 달리 뭔가 끓어오르는 듯한 기분. 좋아한다고 말해 줄 사람이 있다는 안도감. 와키타와 함께 있을 때는 그런 느낌을 받았다.

"너희들 내가 앞에 있는데 험담이 지나치구나."

잠자코 듣고 있던 모리미야 씨가 미간을 찌푸렸다.

"하하하. 미안해요. 하지만 고등학교 3학년인데 남자 친구가 없으면 그것도 좀 이상하지 않아요? 우린 남녀공학인데 남자 친구가 생기지 않으면 오히려 유코에게 무슨 문제가 있는 게 아닌가 걱정하게 되실 거예요."

후미나가 달래듯 말했다. 그러자 모리야마 씨는 이렇게 중얼거렸다.

"어어, 난 고등학교 때 여자 친구 없었는데……."

"음, 그건 뭐 시대가 다르니까. 옛날엔 다들 그랬을지도 모르죠."

"아니야, 내 주변 남자애들은 다 여자 친구가 있었던 것 같아. 난 무슨 문제가 있었나?"

후미나가 상황을 수습하려고 애쓰는데 모리미야 씨는 불

안한 표정을 지었다.

"얘, 얘, 얘. 어째서, 어째서 리카 씨는 너희 아빠하고 결혼한 거니?"

"어째서라니……?"

"리카 씨는 좀 화려한 느낌이라 인기가 있었을 것 같은데. 뭐랄까, 모리미야 씨하곤 다른 타입이랄까?"

후미나에게는 리카 씨의 사진을 보여 준 적이 있고 이즈미가하라 씨나 첫 아빠와의 결혼에 대해서는 이야기했다.

"그 말을 듣고 보니 그래. 분명히 모리미야 씨를 선택한 건 불가사의야."

어린 시절 기억뿐이지만 첫 아빠는 깔끔하고 꼼꼼하게 신경을 써 주는, 누구나 좋게 보는 사람이었다. 이즈미가하라 씨는 부자이기도 하지만 남자답고 여유 있는 사람이었다. 그에 비해 모리미야 씨는 평소 허둥대고 가끔 이기적이며 종잡을 수 없다.

"너희 아빠 말이야, 외모도 나쁘지 않고 청결해 보이기는 하지만 아무래도 인기가 있을 것 같지는 않아. 그치?"

후미나가 말했다.

"맞아."

나는 단호하게 고개를 끄덕였다.

21

이즈미가하라 씨의 집에서 나간 지 1년이 지나서도 리카 씨는 종종 나를 찾아왔다.

"아—, 피곤하다."

리카 씨는 내가 학교에서 돌아올 무렵에 찾아와 함께 살던 때와 마찬가지로 소파에 털썩 걸터앉았다. 요시미 씨도 예전과 마찬가지로 리카 씨에게 홍차를 끓여 주고 과자를 내왔다. 그러니 시간이 지나도 리카 씨가 집을 나갔다는 실감이 들지 않았다.

"일이 힘들어?"

리카 씨 옆에 앉아 홍차를 마시며 내가 물었다. 짙게 우린 홍차에 얼음을 넣어 만든 아이스티. 이 집에 올 때까지만 해도 홍차는 전혀 마시지 않았는데 잎에서 그윽하게 우러난 향기는 마음을 편하게 만들어 주었다.

"전만큼 바쁘지 않고 내게 맞는 일을 하는 기분이라 좋아."

"그렇구나."

"나 사실은 일하는 게 좋았던 모양이야. 이 집에서 가만히 있으면서 시간을 보내는 것보다 훨씬 나아."

리카 씨는 요시미 씨에게 들리지 않도록 작은 목소리로 그렇게 말했다.

하는 일 없이 여기서 지내는 어려움은 나도 느끼고 있었다. 저녁 식사를 차리지도 않고 설거지를 하지 않아도 된다. 집에 돌아오면 깨끗하게 세탁된 옷이 청소가 잘된 방에 놓여 있다. 몇 번인가 집안일을 하려고 해 보았지만 그때마다 요시미 씨가 '그러면 내가 할 일이 없어져요'라고 했다.

편하다는 점은 인정한다. 하지만 집안일을 하나도 하지 않는 생활은 여기 사는 거북함을 전혀 덜어 주지 않았다.

"어, 좀 말랐네?"

나는 리카 씨에게 물었다. 리카 씨는 원래 날씬하고 작은 체격이지만 찻잔을 든 손목이 전보다 가늘었다.

"그래 보여?"

리카 씨가 방긋 웃었다.

"왠지 그렇게 보여. 밥은 제대로 먹는 거야?"

리카 씨 혼자 지내니 내 몫의 생활비가 들지 않는다고 해도 여기서 느긋하게 지낼 때보다는 빠듯한 나날이리라. 게다가 리카 씨는 계획성이 없다. 월말에는 틀림없이 식비 때문에 어려움을 겪을 것이다.

"무슨 소리야. 다이어트하는 중이라 그래. 나 이혼했어. 새 애인을 찾아야 해."

리카 씨답다. 이제 이즈미가하라 씨를 생각하는 마음은 아무것도 없는 모양이다. 그렇게 생각하니 이즈미가하라 씨가 딱해졌다.

"유코짱, 나랑 같이 가지 않을래?"

리카 씨는 나를 찾아올 때면 늘 그 말을 했지만 나는 늘 고개를 저었다.

"유코짱, 여기 생활에 익숙해진 거니? 이제 고생하고 싶지 않지?"

"그건 아닌데."

리카 씨와 둘이 살던 날들을 고생스러웠다고 생각하지는 않는다. 그렇지만 이즈미가하라 씨 곁에서 리카 씨뿐만 아니라 나까지 사라지는 것은 너무한 일이라는 생각이 들었다.

아침 식사와 주말 저녁 식사를 함께 하는 정도이지 별 이야기를 나누지도 않는다. 그렇지만 이즈미가하라 씨가 나나 리카 씨를 받아들이고 있다는 사실은 잘 안다.

게다가 리카 씨는 자기가 생각한 대로 살아가는 사람이다. 이 정도 거리를 두고 만나 서로의 안부를 확인하고 하고 싶은 이야기를 나눈다. 분명히 이게 맞다. 친아빠는 어디 있는지 모르고, 엄마인 리카 씨와도 떨어져 사는 지금의 생활. 자연스럽지 못한지는 몰라도 내겐 딱 좋은 생활로 여겨졌다.

그런 나날이 내가 중학교 3학년이 되도록 이어졌다. 다만 리카 씨는 일이 바빠졌는지 자주 만나러 올 때도 있지만 한 달 넘게 오지 않을 때도 있었다.

"어제 리카 씨가 다녀갔어요."

나는 리카 씨가 오면 이즈미가하라 씨에게 이야기했다. 이즈미가하라 씨는 싫은 표정을 짓기는커녕 리카 씨에 대해 이것저것 묻고 싶어 했다.

"그래, 잘 지냈대?"

"예. 여기 오면 맛있는 과자가 있다면서 쿠키를 잔뜩 먹고 돌아갔죠."

내가 그런 이야기를 하면 이즈미가하라 씨는 정말 즐겁다는 듯이 웃었다.

"리카하고 무슨 이야기를 나누었니?"

"아, 일 이야기 같은 거요."

"잘 하고 있다지?"

"예. 일하는 게 재미있나 보던데."

"그거 다행이네. 다른 이야기는?"

틀림없이 이즈미가하라 씨는 아직도 리카 씨를 좋아하는 거다. 직접 만나지는 못하지만 리카 씨가 여기 오는 것만으로도 기뻐한다.

"그 다음에는 내 학교 이야기를 했나?"

"그래? 이제 곧 고등학교 입시가 있으니까. 난 고졸이라 잘 모르지만 부모가 학교에 가야 하는 거 아니니?"

"괜찮아요. 가고 싶은 고등학교는 합격권이라고 선생님이 말씀하셨으니까."

"그럼 다행이지만. 필요한 게 있으면 언제든 이야기해 다오."

이즈미가하라 씨는 툭하면 내게 그렇게 말했다. 아마 명령일 것이다. 요시미 씨도 부족한 필기도구는 없는지, 참고서는 필요 없는지 자주 물었다.

"피아노 레슨 받고 학원까지 다니니 바빠요. 공부는 스스로 할게요."

"아, 참. 유코짱. 피아노 실력이 많이 좋아졌더구나."

"나 저 피아노 정말 좋아해요."

내가 그렇게 말하자 이즈미가하라 씨는 부끄러운 듯이 얼굴이 빨개지며 웃었다.

중학교 3학년 3학기에 들어서자 바로 여느 때처럼 저녁에 찾아온 리카 씨는 내게 사진 한 장을 내밀었다.

"이 사람, 어때?"

"어떠냐고……?"

사진에는 남자가 찍혀 있었다. 키가 훌쩍 크다. 그렇지만 눈도 가늘고 코도 작고 입술도 얇아 이렇다 할 느낌이 오지 않는 얼굴이었다. 내가 사진을 보면서 '뭐 깔끔한 사람이네'라고 대답했다.

"이 이는 도쿄대 나와서 지금 초일류 기업에 근무해."

리카 씨가 자랑스럽다는 듯 말했다.

"이 이?"

"헤헤헤, 뭐 그냥."

"이 사람하고 사귀는 거야?"

리카 씨 취향과는 전혀 다른 남자라 나는 깜짝 놀랐다.

"그래. 모리미야는 중학교 동창이야. 전에 동창회 때 들었는데 크게 출세했대. 그래서 내가 먼저 말을 걸어 이렇게 되었지."

도쿄대를 나왔건 일류 기업에 다니건 이렇게 평범한 외모를 지닌 사람에게 리카 씨가 끌리다니, 이해가 되지 않았다.

"어디가 마음에 든 거야?"

내가 묻자 리카 씨는 빤한 이유를 늘어놓았다.

"머리도 좋고, 직장도 확실하고, 상식도 있고."

"그래서 좋아해?"

"게다가 착하다면 착하고."

리카 씨와는 정반대인 사람이다.

"으음……. 뜻밖이네."

도무지 이해가 되지 않아 내가 중얼거리자 리카 씨가 말했다.

"그래서 이 사람과 결혼할까 생각해."

"농담이지?"

"진심이야, 진심."

"잘 생각하고 하는 소리야?"

"물론. 삼세번이라고 하잖아? 이번엔 잘될 것 같은 느낌이 들어."

리카 씨가 밝은 목소리로 말했다.

리카 씨에게 결혼은 아주 쉬운 일이다. 그래도 리카 씨와 사진 속 남자가 어울리지 않는다는 생각은 지울 수 없었다.

"어머? 유코짱, 마음에 들지 않니?"

"그렇지는 않지만……."

"미토 씨는 멋진 남자였지. 이즈미가하라 씨는 부자였고.

그 다음으로 구한다면 머리 아니겠니? 역시 머리 좋은 사람이 최고지."

"리카 씨가 좋다면 그걸로 됐지 뭐."

내가 뭐라고 하건 리카 씨의 결심은 변하지 않을 것이다. 리카 씨는 결혼하고도 이따금 이 집으로 만나러 와 줄 테고 내 생활은 변하지 않을 것이다. 그렇다면 괜찮지 않을까 생각했다.

그렇지만 중학교를 졸업한 봄방학 때. 이즈미가하라 씨가 집에 있는 시간에 리카 씨가 찾아왔다. 그리고 이즈미가하라 씨와 내 앞에서 모리미야 씨와 혼인신고를 했다는 사실, 그리고 나를 데려가고 싶다는 이야기를 아주 간결하게 설명했다. 리카 씨가 나를 데려갈 작정이었다고는 생각도 못 했던 나는 놀라서 아무 말도 하지 못했다. 그렇지만 무엇보다 놀란 일은 이즈미가하라 씨가 아무런 동요도 없이 '알았다'고 고개를 끄덕인 것이었다.

"알고 있었어요?"

리카 씨가 돌아간 뒤, 이즈미가하라 씨에게 물었다.

이즈미가하라 씨가 아무리 냉정한 사람이라고 해도 리카

씨가 재혼하거나 나를 데려가겠다는 소리를 냉큼 받아들일 리 없었다.

"뭐 이야기는 가끔 들었으니까……."

이즈미가하라 씨는 면목이 없다는 듯이 말했다.

나만 만나러 왔다고 생각했는데 리카 씨는 이즈미가하라 씨와도 이야기를 했던 모양이다. 생각해 보면 이런 중요한 일을 이즈미가하라 씨와 의논하지 않았을 리 없다. 어른은 늘 아이들이 모르는 곳에서 움직인다.

"어떤 게 유코짱에게 가장 좋은 생활이 될지 나는 모르겠어."

이즈미가하라 씨가 힘없는 목소리로 말했다.

"나도 그래요."

여기서 사는 게 가장 좋다고는 단언할 수 없다. 왠지 아직도 어색한 분위기가 느껴지기도 하고 내 분수에 맞지 않는 생활이기도 하다. 그렇지만 여기서 나가고 싶은 것은 아니다.

"유코짱이 나하고 산 게 겨우 3년이네. 그에 비해 리카와는 오래 함께 지냈고."

이즈미가하라 씨는 그렇게 말하더니 완전히 식은 차를 한 모금 마셨다.

"그건 그렇지만……."

"리카는 유코짱의 친아버지도 알고 어렸을 때의 유코짱도 알아."

이게 무슨 말일까? 어린 시절을 알고 있는 게 함께 사는데 중요한 문제인가? 나는 아무 말 없이 이즈미가하라 씨의 말을 듣고 있었다.

"유코짱은 내게 소중해. 행복하기를 바라지. 함께 지낸 시간은 짧아도 너는 친자식처럼 둘도 없는 존재야. 그렇기 때문에 난 더 자신이 없구나. 리카보다 더 나은 부모라고 말할 자신이 없어."

이즈미가하라 씨는 조심스럽게 말했다. 자신. 부모가 되는데 그런 게 필요한 걸까. 자신감이 넘치는 부모는 본 적이 없다.

엄마는 세상을 떠나고 아빠는 외국으로 나갔고 리카 씨는 이 집에서 나갔다. 그렇지만 이즈미가하라 씨는 내 앞에 있다. 그런데 아버지가 아니게 될 수도 있는 걸까? 초등학교 4학년 때는 내가 선택했는데 열다섯 살이나 된 나는 결정권이 없는 모양이다.

"유코짱은 어떻게 하고 싶어?"

이즈미가하라 씨가 말했다. 여기 있고 싶다고 하면 이즈미가하라 씨는 나를 이 집에서 살게 하고 여전히 소중하게 여길 것이다. 하지만 그게 과연 좋은 일일까. 알 수 없었다.

"이미 결정한 거죠?"

내가 묻자 이즈미가하라 씨는 '그렇지'라며 고개를 끄덕였다.

리카 씨가 찾아오지 않게 된다면 여기서 지내는 생활은 거북할 것이다. 그렇지만 여기서 나가면 틀림없이 이즈미가하라 씨를 다시는 볼 수 없으리라. 지나온 시간과 함께 나눈 이야기, 함께한 경험은 많지 않다. 그렇지만 이즈미가하라 씨의 깊은 정을 나는 안다. 이즈미가하라 씨가 무뚝뚝하면 할수록 나를 지켜보는 마음이 더욱 내게 와닿았다.

누가 부모건 상관없을까. 그런 건 모르겠다. 그냥 나를 받아들여 주는 사람과, 함께 살아온 사람과 헤어지고 싶지 않다. 똑같은 경험을 반복해도 헤어짐은 견디기 힘들다.

"어디든 좋아요."

나는 그렇게 말했다.

뭐가 좋다는 건가? 어떻게 하고 싶은 거지? 생각해 보니 우스워졌다. 내 가족이란 무엇일까? 그런 생각을 하면 내 안의 뭔가가 무너져 내릴 것만 같았다. 아무래도 상관없다. 어디 살건, 누구와 살건 마찬가지다. 이렇게 자포자기하지 않으면 살아갈 수 없다. 그렇게 생각했다.

22

"입학시험 공부 잘 되니?"

1월 2일. 함께 신사에서 참배를 마치고 옆에 있는 식당에 들어가자 와키타가 말했다.

"그럭저럭."

나는 따스한 차를 마시면서 고개를 끄덕였다. 작은 신사라고는 해도 참배하려는 사람들이 많아 줄을 서 있는 사이에 몸이 차가워졌다.

"너 정도면 추천을 받아 입시 치르지 않고도 입학할 수 있었을 텐데."

"그런가? 뭐 서두르지 않아도 괜찮을 거라고 생각해서."

"그래? 그렇구나."

추천 입학으로 이미 진학할 대학이 결정된 와키타는 그렇게 말하더니 카레라이스를 주문했다.

"어제도 오늘도 집에서 설음식만 먹었더니 맛이 진한 걸 먹고 싶어지네. 넌?"

"난 그냥……. 주먹밥 시킬게. 오늘은 아침에 떡을 엄청 먹고 나왔더니 배가 아직 부르네."

아직 배가 꺼지지 않은 나는 매실장아찌 주먹밥을 하나 주문했다.

“허어, 요즘 젊은이들은 남친, 여친과 함께 설날 첫 신사 참배를 하는구나. 양식 있는 사람은 가족과 함께 갈 텐데. 우리나라도 많이 바뀌었어. 신께서 놀라지 않으시면 좋겠네.”

오늘 아침에도 모리미야 씨는 영문을 알 수 없는 말을 주절주절 늘어놓으며 아침 식탁에 떡을 잔뜩 올렸다.

“떡?”

“찰떡을 다섯 개 먹었나?”

“너 생각보다 잘 먹는구나.”

“맞아. 아빠가 계속 떡을 가져와서……. 분명히 내 배를 가득 채워서 너하고 맛있는 걸 먹지 못하게 하려는 빤한 속셈이었을 거야.”

나는 그렇게 말하면서도 매콤달콤한 이소베야키[9]의 냄새에 끌려 계속 집어먹고 만 내 식욕을 원망했다.

“딸이 남자 친구를 사귀는 건 어느 부모도 쉽게 허락하지 않을 거야.”

와키타의 말을 듣고 난 친아버지가 아니라고 말하려다 입을 다물었다. 숨길 생각은 없지만 내 성장 과정에 대해서는

---

9 磯辺焼き. 찰떡을 구워 간장을 바르고 김으로 만 음식.

아직 이야기하지 않았다. 와키타가 '넌 참 올바른 아이야. 가정환경이 좋은 모양이야'라고 가끔 이야기하는 바람에 왠지 말을 꺼내기 어색했다. 굳이 내가 털어놓지 않아도 학교에는 내 사정을 아는 아이들이 있으니 언젠가 와키타의 귀에 들어가겠지. 그때 이야기하면 될 것이다.

"카레라이스는 어떻게 만들어도 맛있게 되는데 이건 아니네."

와키타가 카레라이스를 한 입 입에 넣더니 얼굴을 찡그렸다.

"그래?"

"맛이 밍밍하고 고기는 딱딱하고 그런데 밥은 질어."

"설 연휴라 급히 만드느라 그런 거 아닐까?"

나는 그렇게 말하면서 주먹밥을 베어 물었다. 확실히 밥이 질어 카레라이스에는 어울리지 않는 것 같았다.

"아, 참. 그런데 4반 오노다 이야기 들었니?"

와키타가 싱글싱글 웃었다.

"오노다? 못 들었는데."

"그 녀석 졸업하기 전에 반드시 여자 친구를 사귀겠다고 겨울방학 시작되면서부터 여기저기 고백하고 다닌대."

"어머……."

나는 오노다와 그리 친하지 않기 때문에 대충 맞장구를 쳤다.

"종업식 때 1반 도키타에게 고백했고 크리스마스에는 2학년인 사토에게, 12월 말일에는 누구더라? 어쨌든 세 명에게 고백했는데 모두 차였대."

와키타는 그렇게 말하며 웃었다.

"그랬구나."

"응, 그렇다니까. 지난번에 텔레비전에서 보았을 때 김을 소화시킬 수 있는 건 전 세계에서 일본인뿐이래."

"그래……?"

"별로 관심 없어?"

"아니, 아니야. 정말 감탄해서……."

와키타는 늘 재미있게 해 주려고 이런저런 이야기를 준비해 나온다. 그 마음은 고맙지만 반 이상 남긴 채 옆으로 밀어 둔 카레라이스가 신경 쓰여서 대화에 집중할 수 없었다.

모리미야 씨는 '맛없다'느니 '밍밍하다'느니 투덜거리면서도 뭐든 맛있게 먹었다. 많이 매운 음식이나 아주 단 음식도 싹 비웠다. 저 먹성은 일종의 재능이다, 나는 그렇게 생각하고 있었다.

웅크리지 않으면 밖을 걸어 다닐 수 없을 만큼 추위가 매섭던 날, 3학기가 시작되었다. 마지막 학기인데 고등학교 생활은 영 활기가 없었다. 집에서 공부에 전념하기 위해 나오지 않는 학생도 드문드문 보였고 먼저 추천 입학으로 이미 진로가 결정된 학생들은 다른 아이들에게 신경을 써 주면서 조용히 지내고 있었다.

"무엇보다 건강관리가 중요하니까. 공부도 중요하지만 잠도 푹 자고 영양 섭취도 제대로 하도록."

무카이 선생님도 학생들 상황을 다 알아, 조례나 종례 시간에도 길게 이야기하지 않고 요점만 전달했다. 선생님이 이야기하는 중에 몰래 참고서 문제를 푸는 학생도 있고 꾸벅꾸벅 조는 학생도 있다. 단결과 협력을 강조하던 고교 생활이 이렇게 마무리되는 것은 쓸쓸했다. 어서 입시가 끝나 이런 분위기에서 벗어나고 싶다. 다들 그렇게 생각한다는 것만은 확실했다.

"자, 우동."

밤에 내 방에서 공부하고 있는데 노크 소리가 나더니 모리미야 씨가 들어왔다.

"으아, 나 배고프지 않은데."

"입시까지 이제 열흘 남았잖아. 영양 섭취 제대로 하고 기운을 내야지."

모리미야 씨는 책상 위를 멋대로 치우더니 우동과 차를 얹은 쟁반을 내려놓았다. 그릇에서 뜨거운 김이 모락모락 피어올랐다.

"방금 저녁 먹었는데."

아직 10시도 되지 않았으니 저녁을 먹은 지 2시간도 지나지 않았다. 배는 아직 부르고 따뜻한 음식을 먹으면 졸음이 올 것 같았다.

"야식은 배가 따로 있잖아?"

"그건 괜히 하는 소리지. 수험생들이 정말 야식 같은 걸 먹나?"

"그야 먹지. 우동을 공부방에 들고 들어오는 어머니 모습을 텔레비전이나 만화에서 자주 봤는데."

모리미야 씨는 그렇게 말하며 바닥에 놓인 쿠션 위에 앉았다.

"그럼 옛날에 입시 공부할 때 야식 먹었어?"

"아니. 난 먹어 봐야 칼로리 메이트나 바나나 정도. 부모님이 공부는 자기 힘으로 하는 거라고 생각해서."

"나도 그러는 게 좋을 것 같은데."

모리미야 씨가 어제는 주먹밥을, 그 전에는 감기 걸린 것도 아닌데 채소와 된장을 넣고 끓인 잡탕죽을 가지고 들어왔다. 1월 들어서부터라고는 하지만 공부하는 내게 밤마다 뭔가 먹을 것을 갖다주고 있다.

"난 제대로 된 아버지이니 그럴 수야 없지."

"그렇지만 난 열두 시 지나면 잠을 자잖아. 이렇게 야식을 먹으면 그냥 뚱뚱해지기만 할 것 같은데."

"괜찮아. 살찌면 찌는 거지. 시험 보는 날 살이 쪄서 나타나면 저 아이는 입시인데도 여유만만하구나 할 거야. 다른 애들 기를 죽일 수 있다니까."

"소노다단기대학에 응시하는 학생은 우리 학교에서 나뿐이야. 내가 모르는 사람들만 있는데 어떻게 내가 살찐 줄 알겠어?"

내가 그러자 모리미야 씨는 기쁜 표정을 지으며 이렇게 말했다.

"역시 유코짱, 날카롭네. 시험공부 시작한 뒤로 두뇌 회전이 좋아졌어. 아니 공부만 해서는 이렇게 되지 않을 테니 역시 야식 먹은 효과인가?"

"글쎄올시다. 그렇지만 입시 과목은 국어하고 작문뿐이야. 이제 별로 더 공부할 것도 없어."

소노다단기대학 기출문제도 술술 풀 수 있게 되었고 작문도 몇 차례 선생님께 보여 드려 잘했다는 평가도 받았다.

"유코짱, 시험공부에는 끝이 없어. 아무리 쉽게 들어갈 수 있는 대학이라고 해도 마지막까지 정신 차리고 공부해야 해."

"알았어."

"이렇게 잡담하면 공부 시간 줄어드는 거 아니야? 그럼 난 내일은 무슨 야식을 준비할까 생각한 다음에 잘게. 우동 식기 전에 먹어."

모리미야 씨는 그러면서 방을 나갔다.

"알았어……. 잘 먹을게……."

배는 고프지 않았지만 만들어 준 음식을 먹지 않을 수는 없다. 나는 젓가락을 들었다. 국물을 한 모금 마신 다음 우동 면발을 입에 넣었다. 살짝 퍼진 면이 목구멍으로 미끄러져 들어갔다. 건더기는 잘게 썬 유부와 어묵, 파였다. 간단하게 먹기 좋았다.

우동을 다 먹고 나서 나는 두 손을 모았다. 쓸데없는 야식이라고 해도 음식을 차려 주는 사람이 있다는 사실. 그건 너무도 고마운 일이다.

23

입학시험을 치르기 전 마지막 일요일. 와키타와 근처 쇼핑몰에 갔다.

"넌 기분 전환이 필요할걸? 난 그냥 보고 싶었을 뿐이지만."

우리 집에서 가장 가까운 역까지 와 준 와키타가 이렇게 말하며 웃었다.

"일부러 데리러 와 주지 않아도 그냥 그쪽에서 장소 정해 만나면 되는데."

와키타네 집에서 쇼핑몰까지는 전철역으로 한 정거장이다. 나를 데리러 오느라 일부러 멀리 온 셈이다.

"여기까지 오면 너하고 전철도 함께 탈 수 있고 더 오래 같이 있을 수 있으니까."

와키타는 거침없이 그렇게 말했지만 나는 쑥스러워 '그렇기는 하지만'이라며 살짝 고개를 끄덕일 수밖에 없었다.

추위가 심한 휴일에는 쇼핑몰에서 시간을 보내는 게 딱 좋다. 안은 겨울의 황량한 풍경 같은 것은 찾아볼 수 없어 사람들로 붐볐다. 와키타가 영화를 보자고 해서 우리는 쇼핑몰 안에 있는 영화관에서 '스타워즈' 최신작을 보았다. 오래간만에 큰 스크린으로 보는 영화는 박력이 넘쳤고 지금까지 본 적이 없었지만 '스타워즈'는 두근거리고 손에 땀을 쥐는 장면이 이어져 영화가 끝날 때까지 눈을 뗄 수 없었다.

"어땠어?"

영화관을 나오자 와키타가 물었다.

"재미있었어. 엄청."

내가 그렇게 대답하자 와키타는 마음이 놓인다는 표정으로 웃었다.

"다행이네. 스토리가 너무 단순해서 네가 따분해하지 않을까 걱정했는데."

나는 '스타워즈'가 왜 단순한 스토리라는 건지 이해가 되지 않았다. 웅대하면서도 각각의 인물이 살아 있는 멋진 작품이었다. 이런 영화를 보고 따분해하는 사람이 과연 있을까?

"우리나라 영화와 이 영화 어느 쪽을 볼까 고민했거든. 우리나라 영화감독이 영화를 잘 만들어. 촬영 방식도 독특하고. 그렇지만 큰 스크린으로 볼 거라면 '스타워즈'가 더 낫겠다 싶었지."

나는 '그러게'라며 고개를 끄덕이면서도 '너 영화 잘 아네'라고 말하는 게 훨씬 나았을 텐데, 라며 살짝 후회했다.

그 뒤로는 와키타가 하는 이야기를 들으면서 쇼핑몰 안을 걸었다. 와키타는 영화만이 아니라 음악이나 문학에 대해서도 많이 알았다. 사귀면서 여러 가지를 알게 된 기분은 드는데 그 이야기에는 쉽게 어울리지 못했다. 나는 예술에도 문학에도 관심이 별로 없었던 거로구나 하는 생각이 들어 스스로에게 실망하고 말았다.

"어, 피아노다."

이 부근에서는 가장 큰 쇼핑몰이라 안에는 영화관만이 아니라 레스토랑이나 여러 가게들이 있다. 커다란 악기점 앞을 지나가는데 와키타가 손가락으로 가리키며 말했다.

"정말. 엄청 많네."

악기점 입구 부근에는 피아노가 여러 대 놓여 있고 초등학생 여자아이가 '반짝반짝 작은 별'을 치고 있었다.

"너도 쳐 봐."

와키타의 말을 듣고 나는 고개를 저었다. 밖에서 당당하게 칠 만큼 잘 치는 것도 아니고 어린애처럼 아무 신경 쓰지 않고 칠 만한 용기도 없었다.

"합창제 때 피아노 엄청 멋졌는데."

"고마워. 그렇지만 이런 데서 칠 수 있을 만한 수준은 아니야."

우리는 악기점 안을 천천히 걸었다.

"나는 3반이었지만 네 피아노 반주에 노래하고 싶었어."

"시마니시가 훨씬 잘 치는데."

"그래? 어, 저기 기타 있다. 나 대학 입학하면 기타 연습할까?"

와키타가 세워져 있는 기타를 살짝 만졌다.

"기타 치면서 노래하면 기분 좋을 것 같아."

"맞아. 제이슨 므라즈의 곡 같은 거 쳐 보고 싶어."

와키타가 말했다. '제이슨 므라즈는 누구지?'라고 물어봐야겠다고 생각하면서도 왠지 귀찮아져 '아, 좋겠네'라며 고개를 끄덕였다.

"그치?"

"응. 뭐."

"어쿠스틱으로 할지 일렉트로닉으로 할지 고민이야. 어느 쪽이 좋을까?"

"글쎄…… 어라?"

기타를 보면서 이야기하는데 귀에 익은 소리가 들려왔다. 깊게 울려 퍼지는 피아노 소리.

"우아, 대단하다."

옆에 있는 남자아이가 달려가는 쪽을 바라보니 입구 부근에 놓인 피아노를 누가 치고 있었다. 음 하나하나가 생생하게 쌓아 가는 화음. 주위의 공기를 빨아들이듯 퍼지는 멜로디. 긴 손에 튼튼한 어깨. 하야세였다. 더 가까이서 연주를 듣고 싶었다. 나는 피아노 옆으로 급히 다가갔다.

"이 곡 알아!"

"정말이야."

피아노 주위에 있던 여러 아이들은 박력 넘치는 연주를 듣고 완전히 흥분했다. 편곡을 하기는 했지만 하야세가 치는 곡은 '호빵맨' 주제가였다. 나도 어렸을 때 들었다. 여전히 인기가 있는지 아이들은 '호빵맨, 호빵맨' 하면서 소리를 질렀다. 그 목소리에 신이 난 듯 하야세는 선 채로 몸을 움직이며 즐겁게 피아노를 쳤다.

밝은 멜로디에 피아노 주위에는 사람들이 몰려들었다. 가만히 귀 기울이는 사람, 재잘거리는 아이들. 다들 표정이 즐거워 보였다.

하야세가 마지막 음을 치자 박수 소리가 났다. 가게 안에 있던 사람들이나 지나가던 사람들이나 다들 귀 기울여 듣고 있었던 모양이다.

"감사합니다. 감사합니다."

하야세는 주위 사람들에게 고개 숙여 인사했다.

"피아노를 치고 사지는 않아서 미안합니다."

그리고 점원에게도 사과했다.

"저 녀석 우리 학교 하야세잖아."

내 옆에서 와키타가 말했다.

"응, 역시 대단해."

"네 피아노 솜씨가 더 좋은 것 같은데."

"그렇지 않아."

정말 그렇게 생각한다면 음악적인 재능은 제로다. 나는 단호하게 부정했다.

"어, 모리미야, 와키타."

하야세가 우리를 발견하더니 곧바로 다가왔다.

"아, 하야세. 너 이런 데서 뭐하고 있는 거니?"

"잠깐 테스트 연주를 했어. 여기는 피아노를 마음대로 칠 수 있거든. 그래서 자주 와."

하야세는 장난스러운 표정으로 웃었다.

"정말 잘 쳤어. 어디서 연주하나 네 피아노는 대단해."

사실은 더 그럴듯한 표현으로 감상을 말하고 싶었는데 나는 '대단해'만 연발할 수밖에 없었다.

"이런 느낌으로 가볍게 치는 피아노는 그냥 재미로 하는 거지."

이런 느낌으로 치는 피아노. 평소에는 어떤 식으로 치는 걸까. 하야세의 피아노 연주를 더 듣고 싶다. 하야세의 이야기를 더 듣고 싶다. 그렇게 생각했지만 '그럼 갈까' 하고 와키타가 말하자 하야세는 '아, 또 보자'라며 악기점 안쪽으로 걸어 들어갔다.

우연히 들은 것만으로도 행운이다. 그렇게 생각하려고 했지만 한번 들으면 그 울림이 강렬해 귀에 맴돌아 더 듣고 싶어진다. 하야세의 피아노에는 그런 힘이 있었다.

9시 전에 집에 돌아오니 모리미야 씨가 '유코짱, 잠깐'이라며 불러 세웠다.

"뭔데?"

"뭐냐니? 이번 주 수요일에는 입학시험이 있잖아."

"그런데?"

"시험 전 마지막 일요일에 하루 종일 나가 돌아다니다니, 괜찮은 거야?"

모리미야 씨는 그렇게 말하며 따뜻한 차를 끓여 내오더니 식탁 내 자리 앞에 놓았다.

"아마, 아니, 분명히 괜찮을 거야."

앉으라는 이야기일까? 나는 코트를 소파 위에 내려놓고 식탁에 앉았다.

"소노다단기대학의 경쟁률은 1.3대 1이야. 시험공부도 한 차례 했고."

"나도 어지간하면 붙을 거라고 생각해. 그렇지만 시험을 치르는 거니까 마지막까지 최선을 다해 공부에 임하는 자세를 보여야 당연하잖아."

내 맞은편에 앉은 모리미야 씨는 떫은 표정으로 그렇게 말했는데 도쿄대학 입시를 치르는 것도 아니고 붙을 거라는 사실을 알고 있는 시험인데 과연 그렇게까지 몰아붙일 필요가 있을까?

"그런가?"

"시험공부는 이제 인생에서 거의 마지막이나 마찬가지잖아?"

"뭐……."

"자격시험 같은 걸 치를 일은 있을 테지만 그런 건 요령으로 되는 시험이고. 죽어라 공부할 기회는 앞으로 거의 없을 거야."

"맞아. 그렇지만 공부 충분히 했어. 평소에 했다니까."

나는 입시를 제대로 준비했다고 생각한다. 그래서 살짝 반박했다.

"유코짱, 공부에는 끝이 없는 법이야."

"그럴 테지만. 그래도……."

"숨 돌리고, 어깨 힘 빼고 하다 보면 기운까지 빠져. 안 그래? 시험공부는 무리하지 않고 슬렁슬렁하는 게 아니잖아?"

모리미야 씨는 낮은 목소리로 말하더니 차를 한 모금 꿀꺽 마셨다.

혹시 지금 내가 야단맞고 있는 건가? 어렸을 때는 할아버지, 할머니에게 자세나 말투, 인사 같은 자잘한 문제까지 주의를 받았다. 친아빠에게도 어린이집 출석 노트를 잃어버리고 숨기다가 야단맞은 적은 있다. 그렇지만 돌이켜 보면 그 뒤로 부모에게 야단맞은 기억은 없었다. 그건 내가 잘못을 저지르지 않고 살아왔기 때문일까? 아니면 피가 섞이지 않은 부모들이 나를 조심스럽게 여겼기 때문일까?

나는 모리미야 씨의 눈을 가만히 바라보았다. 모리미야 씨의 눈은 가늘고 길쭉했으며 그 안에 있는 눈동자는 깊은 색을 띠고 있다. 툭하면 허둥대지만 모리미야 씨의 눈동자는 늘 차분했다.

*

"네 친아빠인 슈짱과는 열정으로 하나가 되었고 이즈미가하라 씨는 그 포용력에 끌렸어. 그렇지만 마지막엔 상식적인 사람에게 정착한 느낌이랄까? 유코짱에게도 마지막 아버지는 건실하고 착실한 사람이 제일이지."

리카 씨는 모리미야 씨와 살기 시작할 무렵 이렇게 말했다.

"아, 그래?"

"그렇게 쌀쌀맞게 말하지 마. 유코짱 아버지가 될 사람인데."

리카 씨는 그러면서 내 어깨를 콕 찔렀지만 새아버지에게는 기대도 관심도 없었다.

친엄마는 세상을 떠났고 친아빠는 외국으로 나갔다. 리카 씨는 나를 마음대로 다룬다. 다들 좋은 사람이란 것은 안다. 그렇지만 미움이나 화가 끓어오를 것 같을 때도 있었다. 엄마도 보고 싶고 아빠도 보고 싶다. 할머니와 할아버지는 어떻게 지내실까. 헤어진 사람이 아주 많다. 그리움이란 쉽게 쌓인다.

그렇지만 그런 것을 품고 있으면 내 마음은 공허하게 가라앉을 뿐이다. 가족이라는 것을 깊게 생각해 봐야 방법이 없다. 지금 내가 있는 이곳에서 살아갈 수밖에 없다. 기대나 불안에 마음을 움직이는 것은 그만두었다. 사는 장소와 함께 있는 사람이 바뀔 뿐, 가족이 새로워질 때마다 내 마음은 조금씩 식어 갔다.

"반가워요, 유코짱. 이야기는 리카한테 많이 들어서 처음 보는 느낌은 아니네. 으음, 난 모리미야 소스케라고 해요. 리카와는 중학교 동창이고 나이는 서른다섯이죠."

모리미야 씨는 자기소개를 한 뒤 '앞으로 잘 부탁해요'라며 고개를 숙였다.

아버지가 될 사람이 내게 고개를 깊숙이 숙여 인사했다. 나는 늘 받아들여져야 할 처지였기 때문에 그 모습을 보고 묘한 느낌이 들었다. 다만 망설이지 않고 고개를 깊이 숙이는 모리미야 씨에게서, 느닷없이 딸을 맞이하게 되어 허둥대면서도 나를 똑바로 바라보는 눈에서 이 사람은 적어도 거짓말은 하지 않을 사람이라는 느낌을 받았던 것만은 확실하게 기억한다.

*

"아아, 배 아파."

가만히 보고 있는데 모리미야 씨가 불쑥 배를 누르기 시작했다.

"왜 그래? 괜찮아?"

"괜찮아. 그런데 배뿐만 아니라 위도 쓰려 토할 것 같네."

"그럼 괜찮은 게 아니잖아. 심각한 거 아니야? 구급차 부를까?"

그러고 보니 낯빛도 별로 좋지 않다. 내가 옆으로 다가가며 묻자 모리미야 씨는 '병원에 갈 정도는 아니야'라며 힘없이 고개를 저었다.

"무리하지 말고. 무슨 약이라도 먹는 게 나을까? 어디……."

"됐어. 지금 상태에 효과가 있을 약은 없을 테니까."

"그럼 일단 눕는 편이 낫겠다."

"아니야, 누워도 낫지 않을 거야."

모리미야 씨는 몸을 웅크리고 신음하듯 말했다.

"그렇게 힘들면 병원에 가야지. 야간에도 진료하는 곳이 있을 테니까."

"아니야, 아니라고."

"아니긴 뭐가 아니야. 억지 부리지 마."

기분이라도 좋아지라고 나는 모리미야 씨의 등을 쓰다듬었다. 약을 먹어도 누워도 나아지지 않는다면 중증이다. 이 집에는 나와 모리미야 씨밖에 없다. 쓰러지면 큰일이다.

복통에 구토…… 감기 아닐까? 뭘까? 위염인가?

"아니야……, 괜찮다니까. 응, 이제 가라앉았어."

모리미야 씨는 그렇게 말하며 자세를 고쳤다.

"가라앉다니, 지금 잠깐 괜찮은 거야. 제대로 진찰을 받아야 해."

"아니야, 그게 아니라니까……."

"아니라고?"

"병이 아니라니까……."

"병이 아닐 리 없지."

병도 아닌데 위와 배가 아프고 구역질이 나지는 않는다. 나는 신중하게 모리미야 씨의 등을 문질렀다.

"아니야, 정말 아니라고. 오늘 네가 놀러 나갔잖아?"

모리미야 씨는 숨을 크게 쉬며 차를 천천히 마시고 그렇게 말했다.

"응, 그런데?"

"그 뒤 내내……."

"내내 뭐?"

모리미야 씨는 더듬더듬 이야기하고 나는 느릿느릿 물었다.

"이건 곤란하다. 틀림없이 좋지 않다는 생각이 들어서."

"설마, 그때부터 몸이 안 좋았어?"

"아니. 그게 아니라. 시험 직전에 네가 남자 친구랑 놀러 나갔잖아? 한마디 해야 한다고 생각했거든."

"그래서?"

복통과 구토가 무슨 관계가 있다는 건지 이해할 수 없었지만 나는 꾹 참고 물었다.

"그렇지만 내가 한마디 하면 유코짱이 발끈할 거 아니야? 난 네가 무뚝뚝한 표정 짓는 모습 보기 힘들어. 그렇다고 그냥 넘어가는 것도 아니다 싶은 생각이 들고. 그렇게 되면 아버지 역할을 포기하는 꼴이니까."

"으음."

"인생이 얼마나 살아 내기 힘든데. 이렇게 유코짱이 어떤 일에 최선을 다하지 않는 걸 배우면 큰일이라는 생각이 들기도 했고, 내가 한마디 했다고 싫어하기만 하면 의미가 없다는 생각도 들고."

"그래서 배가 아프기 시작했다는 거야?"

나는 등을 문지르던 손길을 멈췄다.

"응. 뒤에서는 불평하지만 나 부하 직원에게도 지적을 하지 않거든. 그런데 억지로 유코짱을 꾸짖으면 위가 찌르듯 아팠어."

모리미야 씨는 위 언저리를 꾹 눌렀다.

"그게 뭐야? 대체 그게 뭐냐고?"

"위도 배도 심상치 않게 아팠다고. 스트레스는 만병의 근원이라더니 정말이야."

모리미야 씨는 속마음을 털어놓아 속이 후련한지 기지개를 활짝 폈다.

"스트레스라니, 허풍도 참. 어, 차를 다 마셨네. 다시 끓일게."

이유는 말도 안 되지만 위가 아팠다는 말은 사실인 모양이다. 내가 컵을 가지고 주방으로 가자 '아, 난 홍차로'라고 모리미야 씨가 말했다.

"홍차?"

"그래. 그리고 유코짱이 사 온 치즈케이크 먹자."

"이제 위통이 가라앉았구나. 그런데 내가 케이크 사 온 건 어떻게 알았지?"

"응. 유코짱을 꾸짖으면서도 케이크 가게 봉투가 눈앞에 어른거렸어."

"아, 그러셔?"

약삭빠르다고 한마디 퍼부어 주고 싶은 걸 참으면서 나는 접시에 케이크를 얹고 홍차를 끓여 왔다.

"어라?"

치즈케이크를 테이블에 내려놓은 나는 고개를 갸웃거렸다.

"왜 그래?"

위통과 구토, 복통도 다 가라앉은 듯 모리미야 씨는 맛있다는 듯이 홍차를 마시는 중이었다.

"어떻게 치즈케이크인지 알았어? 다른 케이크일지도 모르는데."

"그거야 간단하지. 어차피 달콤한 생크림이 잔뜩 있는 케이크는 와키타라는 녀석하고 먹었을 거 아니야? 그렇지만 외출했다가 돌아오는데 빈손으로 들어오기는 미안했겠지. 그래서 집에서 먹을 거론 산뜻하게 치즈케이크를 고를 거라고 추측한 거야."

"과연."

"어때. 맞았지? 나 탐정이나 될까?"

모리미야 씨는 그렇게 말하며 기쁜 표정으로 치즈케이크를 입에 넣었다.

"맛있네. 이 정도면 여덟 개는 먹을 수 있을 거야."

"확실히 먹기 좋네. 추측한 대로 난 아까 초코케이크를 먹었는데도 쑥쑥 잘 넘어가네."

치즈 향이 살짝 풍기는 수플레는 입안에서 바로 녹았다. 살짝 달콤한 맛이 밤에 잘 어울렸다.

"나도 배가 터지게 치즈를 먹었는데 맛있네."

"치즈?"

"그래. 설마 시험 직전인데 느긋한 유코짱이라고 해도 외출할 줄은 몰랐거든. 그래서 저녁 식사 재료로 2인분을 준비했지. 난 도리아를 잔뜩 만들어 혼자서 먹어 치웠어. 치즈를 수북하게 얹어서."

"그랬구나."

"새우, 감자, 연어, 버섯도 잔뜩 넣은 아주 진한 화이트소스를 얹은 호화판 도리아였지."

모리미야 씨는 자랑스럽다는 듯 말하지만 치즈를 너무 많이 먹어서 위가 아팠던 게 아닐까?

"유코짱도 와키타인지 뭔지 하는 녀석과 훌쩍 나가지 말고 얌전히 집에서 공부하고 있었다면 도리아를 먹을 수 있었을 텐데. 아, 참. 내일 만들어 줄까?"

"아니. 다음에. 으음, 입시가 끝난 뒤가 좋겠네."

치즈는 괜찮지만 이 케이크처럼 살짝 맛이 나는 정도가 좋다. 치즈를 듬뿍 넣은 진한 도리아는 입학시험 전에는 너무 부담이 된다.

"좋아. 시험 끝난 축하는 도리아로 하자."

모리미야 씨는 기운이 난다는 듯 그렇게 말하더니 치즈케이크를 싹 비웠다.

1월 22일. 입학시험을 치르는 날은 난방을 해도 별 효과가 없는 추운 아침이었다. 교복을 입자 늘 입던 옷인데 추위 때문인지 아니면 긴장해서인지 몸에 꽉 끼는 느낌이 들었다.

준비를 마치고 식탁으로 가자 된장국을 국그릇에 옮기던 모리미야 씨가 나를 보고 인사했다.

"잘 잤니? 아침 식사 준비 다 됐어."

"좋은 아침……. 어라?"

나는 식탁을 보고 고개를 꼬았다.

"왜 그래?"

"가쓰돈이 아니네."

새 학기 첫날 나올 정도이니 입학시험을 치르는 날이면 당연히 가쓰돈을 먹게 될 거라고 생각했다.

"설마. 오늘 입학시험 치르는 날이잖아. 그렇게 먹으면 속이 부대껴. 몸을 따스하게 하기 위해 생강 영양밥과 건더기가 가득 든 된장국에 사과야. 너무 배부르면 머릿속이 맑지 않을 테니 이쯤이 좋겠지?"

"응, 좋아. 좋아. 잘 먹겠습니다."

기름에 튀긴 음식이 들어올 거라고 긴장하던 위가 안도했다. 나는 자리에 앉아 얼른 젓가락을 들었다.

아릿한 생강은 국물과 어우러져 촉촉하고 부드러운 맛을

냈다. 희미한 풍미가 느껴지는 생강 영양밥을 방금 잠에서 깬 위가 조용히 받아들였다.

"유코짱, 평소 실력대로 하면 틀림없이 붙을 거야."

"응."

"침착하게 해."

"알았어. 그런데 왜 이럴까? 여유 있다고 생각했는데 좀 긴장되네."

모리미야 씨가 긴장을 풀어 주려고 해 나는 미소를 지어 보였다.

"당연한 일이야. 입학시험 치르는 날 아침이니까."

"그런가?"

"성실하게 공부했으니 긴장쯤은 아무것도 아니야. 뭐 눈 깜빡할 사이에 끝날 테니까."

"그러겠지."

유부, 배추, 무청, 홍당무, 시금치. 갖가지 재료가 들어간 맛. 국은 약간 달아 온몸에 채소의 기운이 퍼져 나가는 것 같았다.

"그래, 기운 내."

내가 '잘 먹었습니다' 하고 두 손을 모으자 모리미야 씨는 버스 정류장까지 바래다준다며 자기도 준비하기 시작했다.

"됐어. 회사에 지각해. 괜찮으니까 걱정 마."

배웅을 받는다고 해서 시험 결과가 바뀌지는 않는다. 내가 사양하자 모리미야 씨는 이렇게 말했다.

"괜찮아. 한 시간 늦게 나간다고 이야기했으니까."

"거짓말이지?"

"정말이야."

"툭하면 늦게 나간다고 하는데, 그러다 잘리지 마."

"괜찮아, 걱정 마. 자녀가 있는 사람들은 다 애들이 학원이나 유치원 행사가 있을 때마다 이야기하고 쉬잖아? 나만 그러는 거 아니야."

"그렇다면 다행이지만."

그건 틀림없이 아주 어린 자녀가 있는 사람들일 것이다. 고등학생 부모가 툭하면 유급휴가를 쓰다니, 과보호도 이만저만이 아니다.

"자, 가자!"

멋대로 나갈 준비를 마치더니 기운 넘치는 목소리로 모리미야 씨가 말했다.

"소풍을 가는 것도 아닌데."

"특별한 장소에 가는 거니까 비슷하지."

"하긴."

나는 크리스마스에 모리미야 씨가 사 준 회색 코트를 교복

위에 입고 무거운 아파트 문을 열었다. 신선한 겨울 공기가 코를 시큰하게 만들었다.

"추우면 평소보다 더 힘이 나는 것 같아."

"그래?"

"그럼, 그렇지."

모리미야 씨는 혼자 의욕에 넘친다는 듯이 아파트 바깥으로 나올 때까지 의기양양하게 이야기했다.

"춥지만 날이 맑았어. 딱 입학시험 있는 날 날씨네."

현관을 나서자 모리미야 씨는 하늘을 우러러보았다. 오전 7시가 조금 지난 하늘에는 흐릿한 햇빛이 비쳤다.

"그러네. ……어?"

버스 정류장이 보이자 나는 걸음을 멈췄다. 버스 정류장 벤치에 와키타가 앉아 있었다.

"안녕?"

와키타는 내가 다가가자 천천히 일어났다.

"안녕? 어쩐 일이야?"

"오늘 입학시험이잖아. 잘 보라는 말 전하려고."

"그랬어?"

"괜히 부담만 됐나?"

와키타가 그렇게 말하자 나는 고개를 저었다.

"아니야. 정말 기뻐."

군이 이른 아침에 여기까지 와 주었다. 참으로 고마운 일이라는 생각이 들었다.

"그렇다면 다행이네."

"응, 고마워."

우리가 이야기하고 있는데 뒤에서 모리미야 씨의 목소리가 들렸다.

"아, 깜빡했네, 아, 난 유코 아버지예요. 와키타 학생 맞죠?"

내가 간단하게 소개하자 두 사람은 서로 고개를 숙였다.

"내 딸이 늘 신세를 지고 있다고 들었어요."

"아닙니다. 오히려 제가."

"일부러 이렇게 와 주시다니. 고맙습니다."

"아뇨, 아닙니다."

두 사람이 어색하게 대화를 나누는 사이에 버스가 왔다.

"아, 난 갈게."

두 사람을 그냥 놔두고 가기는 불안했지만 입학시험에 지각할 수는 없었다.

"시험 잘 쳐."

와키타가 주먹을 불끈 쥐어 보였다.

"응, 고마워."

나는 버스 승강대에 다리를 얹다가 얼른 모리미야 씨를 돌아보고 말했다.

"아, 고마워."

모리미야 씨는 고개를 크게 끄덕였다.

버스 창문 너머로 보이는 두 사람의 모습은 왠지 우스웠다. 모리미야 씨가 이상한 소리를 하지 않으면 좋겠는데. 나는 보이지 않을 때까지 두 사람의 모습을 가만히 지켜보았다.

24

일주일 뒤, 학교에서 돌아오니 우편함에 대학 이름이 적힌 봉투가 들어 있었다.

"왔네, 왔어."

나는 봉투를 쥐고 얼른 집으로 갔다.

합격 통지서일 거라고 생각하며 가위를 들었다. 가슴이 두근거렸다. 혹시 불합격이면 어쩌지? 다른 진로는 전혀 생각하지 않았는데. 설마, 괜찮겠지. 나는 숨을 길게 내쉬고 나서 안에 있는 종이를 꺼냈다. 거기에는 '이 응시자는 합격이 결정되었습니다'라고만 적혀 있었다.

"앗, 붙었다는 이야기네."

너무 간단한 내용이라 나도 모르게 이렇게 중얼거렸다. 봉투 안에는 그 밖에도 인쇄물이 몇 장 들어 있었다. 입학 수속이나 구입해야 할 물건의 품목, 오리엔테이션 일시 같은 것들이 적혀 있었다. 몇 가지 서류를 훑어보니 그제야 붙었다는 실감이 났다. 4월에는 단기대학 학생이 되는 거다.

정말 다행이다. 대단한 입학시험은 아니었지만 해방감은 컸다. 이제 심사받을 일이 없다는 사실이 자유를 느끼게 해주었다.

맞아, 와키타에게도 알려 줘야지. 시험 날 아침에 일부러 찾아와 응원해 주었다. 어제도 '합격 통지는 아직?'이냐고 물었으니 어서 알려 줘야지. 그렇게 생각하며 가방에서 휴대전화를 꺼내다가 문득 손을 멈추었다.

와키타는 내게 친절했고 나를 소중하게 여긴다. 함께 있기만 해도 다른 사람에게서는 느낄 수 없는 뿌듯한 느낌도 든다. 기쁜 소식은 전하고 싶고 와키타에게 무슨 일이 생긴다면 나도 알고 싶다.

그렇지만 입시를 가장 응원해 준 사람은 와키타가 아니다. 밤마다 부탁하지도 않은 야식을 만들어 주고, 복통과 구토를 느끼면서도 내가 공부하도록 격려해 준 사람은 모리미야 씨다. 번거로워도 모리미야 씨에게 제일 먼저 알리는 게 예의라는 생각이 들었다.

"일단 아버지니까 제일 먼저 알려야겠지?"

나는 합격 통지서를 도로 봉투에 넣고 나갈 준비를 했다.

시험 치르기 전날, 모리미야 씨가 만들어 준 야식은 오므라이스였다.

"양식은 야식으로 좀 부담되지만 달걀 써서 해 주는 요리는 정말 맛있어."

책상 위에 놓인 오므라이스를 본 나는 '뭐야 이거?' 하며 살짝 놀랐다.

오므라이스에는 케첩으로 '오늘은 푹 자고 내일을 준비하자. 합격할 수 있다고 믿고 릴랙스하면서 파이팅!'이라는 긴 메시지가 적혀 있었다.

"좀 무서워지네."

"어째서? 오므라이스 위에 케첩으로 메시지 쓰는 건 공식 아니야?"

모리미야 씨는 고개를 갸웃거렸다.

"그렇지만 대개 좋아한다거나 이름을 서너 글자 정도 쓰잖아? 이렇게 작은 글자로 오므라이스에 꽉 차게 쓰다니. 빨간 글자라 다잉 메시지처럼 보여서 으스스해."

"그래? 내 딴에는 고생해서 썼는데. 이쑤시개로 메시지를 쓰느라 30분은 걸렸을 거야."

그런 모리미야 씨를 보며 나는 웃음을 멈출 수 없었다.

모리미야 씨가 다니는 회사까지는 전철로 30분. 회사 건물들이 많은 역에서 내리기는 처음이다. 인터넷에서 검색한 지도를 보며 나는 빌딩들을 우러러보며 걸었다. 똑같은 빌딩들만 계속 이어져 어디가 어딘지 알 수 없었다. 모리미야 씨가 다니는 회사 이름을 찾으며 5분쯤 걷자 커다란 빌딩이 나왔다. 일류 기업이라고 큰소리치는 만큼 예쁜 건물이었다. 이런 멋진 곳에서 일을 하다니. 평소 어리숙한 모습만 보이기 때문인지 뜻밖이라는 느낌이 들었다.

안에서 나오는 사람들에게 방해가 되지 않도록 나는 입구 옆에 있는 담에 기대어 모리미야 씨를 기다리기로 했다. 1월도 저물어 가는 저녁 하늘은 어둑어둑했다. 여기 오느라 정신없이 걷느라 몰랐는데 가만히 서 있으니 온몸이 얼어붙을 듯한 추위였다.

오늘은 야근이 없는 날이라고 모리미야 씨가 말했듯이 5시가 지나자 사람들이 우르르 나왔다. 양복을 입은 회사원들이 시끌벅적하게 이야기를 나누며 걸어갔다. '밥이라도 먹고 가자', '새로 생긴 가게에 가서 한잔할까?' 이런 이야기를 나누는 사람들의 얼굴은 일을 마친 뒤라 그런지 느긋한 표정에 웃음이 가득했다.

회사에 들어가 일하는 것도 즐거울 것 같다. 화사한 모습을 한 여성이나 웃고 있는 남성들을 보니 그런 생각이 들었다. 자기가 쓸 돈을 자기가 벌고, 집에 돌아갈 시간을 걱정하지 않고 어디든 갈 수 있다. 사회가 그렇게 호락호락하지만은 않다는 걸 알지만 그런 삶을 동경했다. 늘 곧바로 집에 돌아오는 모리미야 씨에게도 저녁 식사쯤은 함께할 동료가 있으면 좋을 텐데.

그런 생각을 하며 둘러보는데 다섯 명쯤 되는 사람들이 걸어오는 모습이 보였다. 30대쯤 되었을까? 사이좋게 웃는 사람들 모습을 보다 깜짝 놀랐다. 그 한가운데 모리미야 씨가 있었다.

"어? 유코짱."

친구들과 있어 난처하겠다 싶어 숨으려고 하는데 그보다 먼저 모리미야 씨가 나를 발견하고 달려왔다.

"아……, 나 왔어."

"어쩐 일이야? 회사에 찾아오다니."

모리미야 씨는 그러면서 친구들에게 '그럼 내일 봅시다'라며 손을 흔들었다.

"아니, 그런데……. 친구가 있네."

내가 이렇게 말하자 모리미야 씨가 웃으며 대꾸했다.

"친구이기도 하고, 회사 동료야. 설마 내가 늘 외톨이일 거라고 생각하는 거니?"

"뭐, 그럴 줄 알았지."

"너무하네. 그런데 어쩐 일이야?"

모리미야 씨는 '갈까' 하며 걷기 시작했다.

"아, 참. 이거……."

혼자 쓸쓸하게 걸어 나오는 모리미야 씨의 모습을 상상했던 나는 왠지 보여 주기 쑥스러워진 봉투를 가방에서 꺼냈다.

"아, 합격 통지서구나."

모리미야 씨는 봉투를 열기도 전에 그렇게 말했다.

"맞아."

"이걸 보여 주려고 온 거야?"

"응, 맞아."

"그래? 하기야 내가 아버지니까."

모리미야 씨는 봉투 안에서 합격 통지서를 꺼냈다.

"잘했어. 축하한다. 그런데 이거 너무 간단하네. 합격 판정은 받았지만 시간을 들여 공부했는데 고생했다는 말 한마디쯤 적혀 있어도 좋을 것 같다는 생각 들지 않니?"

모리미야 씨가 미간을 찡그리며 말했다.

"그렇기는 하지만 이런저런 내용이 적혀 있으면 내용 전달이 확실하게 되지 않으니까."

"그런가? 그래도 유코짱이 이걸 보여 주러 회사까지 와 주다니."

"뭐 그동안 잘 보살펴 주었고, 내친김에 내 용돈으로 저녁을 쏠까 해서."

내가 그렇게 말하자 모리미야 씨는 '얏호' 하며 두 팔을 치켜들었다.

"뭐? 뭐 사 줄 거야?"

모리미야 씨는 완전히 흥분한 듯 발을 동동 굴렀다.

"먹고 싶은 거 있어?"

"글쎄. 유코짱이 한턱 쏘는 거니까 나야 아무거나 다 좋지."

"그럼 라면 먹을까?"

"라면?"

"그래. 언제였는지 잘 기억이 나지는 않지만 라면은 늘 혼자서만 먹었다고 했잖아."

내가 말하자 '합격 축하 라면이라' 하며 모리미야 씨는 고개를 갸웃거렸다.

"이상해?"

"아니. 괜찮아. 난 분명히 다른 사람과 라면을 먹어 본 적이 없거든."

우리는 라면집을 찾으며 걸었다. 역으로 이어지는 길에는 음식점이 많았다. 이곳저곳 음식점에서 맛있는 냄새가 풍겨 배가 고팠다.

"아, 저기는 어때?"

모리미야 씨가 조금 앞에 있는 노란색 포렴이 나부끼는 가게를 가리켰다.

"어떨까? 맛있을까?"

"잠깐, 내가 보고 올게."

모리미야 씨는 잰걸음으로 가게로 가서 안을 들여다보더니 두 팔을 들어 동그라미를 만들어 보였다.

"맛있을 것 같아?"

"밖에서 맛까지 알 수는 없지만 가게 주인은 처진 눈이라 기가 세지 않을 것 같았어."

"그게 무슨 소리야?"

"고집스럽지 않을 거라는 이야기지. 라면 가게 주인들은 왠지 무섭잖아. 까다로운 사람이 주인이면 라면이 목으로 넘어가지 않지. 됐어, 여기는 괜찮을 거야."

모리미야 씨는 멋대로 결정하더니 문을 열었다.

카운터와 테이블 석이 두 개뿐인 좁은 가게 안에는 이미 손님이 몇 명 있었고 향긋한 된장과 간장 냄새가 가득했다.

"맛있겠다."

"응, 어서 시키자."

우리는 자리에 앉자마자 라면과 교자를 주문했다.

"때론 밖에서 식사하는 것도 좋아."

"맞아. 유코짱이나 내가 만드는 맛은 대개 상상할 수 있지만 모르는 사람이 만들면 어떤 맛이 날지 가슴이 설레거든."

"프로가 만드는 음식이니 틀림없이 우리가 만든 것보다 맛있겠지."

둘이서 이런 이야기를 하고 있는데 교자가 먼저 나왔다.

"와아, 빠르네."

"역시 프로야. 자, 건배하자."

모리미야 씨는 물이 든 잔을 들었다.

"건배까지 해야 할 일은 아니지만……."

내가 멋쩍어하면서도 잔을 손에 들자 모리미야 씨가 큰 소리로 '합격 축하해!'라고 하며 물을 단숨에 들이켰다.

"기쁜 소식을 듣고 마시는 한잔은 맹물인데도 맛있네. 자,

식기 전에 먹을까?"

"응. 잘 먹겠습니다."

"오, 맛있다."

모리미야 씨는 커다란 교자를 한 입 가득 밀어 넣었다.

"집에 있는 프라이팬으로는 어지간해선 이렇게까지 바삭하지 않지."

나도 교자를 먹어 보았다. 바삭하며 살짝 탄 교자피 안에서 마늘과 부추 향이 풍기면서 육즙이 흘러나왔다.

"확실히 내가 만든 교자보다 약간 맛있군. 그래, 어때? 합격한 소감은?"

"글쎄. 좀 마음이 놓이는 기분……."

내가 대답하는데 라면이 나왔다.

"이 집은 뭐든 금방 나오네."

"그게 프로의 기술이지. 합격한 소감을 제대로 듣고 싶었는데 면이 퍼지면 안 되니 어서 먹자."

우리는 나란히 라면을 먹었다.

"라면을 먹을 땐 왠지 바빠."

"금방 나오고 식을수록 맛이 떨어지니까."

우리가 열심히 라면을 먹고 있는데 입구에 사람들이 줄을 서기 시작했다.

"기다리는 손님들이 있네."

"아, 이거 서둘러야겠다."

모리미야 씨는 더 힘차게 라면을 흡입하다가 웃음을 터뜨렸다.

"왜 그래?"

"합격 축하 식사인데 너무 어수선한 것 같아서."

"진짜. 이야기할 틈이 없네."

나도 국물을 꿀꺽 마시고 고개를 끄덕였다. 기다리는 손님들이 신경 쓰여서 차분하게 앉아 있을 수 없었다.

"라면은 혼자 먹기에 어울리는 음식이야. 이야기를 나누고 싶은 사람과 먹으면 안 돼. 실패했네."

모리미야 씨는 그러면서 젓가락을 분주히 움직였다.

"이야기는 집에 가서도 할 수 있으니까."

"그래. 케이크라도 사서 들어가자. 여기서는 속전속결로 먹어 치우고."

"응. 그래."

우리는 뜨거워 얼굴이 새빨개지면서도 부지런히 라면을 먹었다.

25

3월 1일. 이제 겨울도 물러가나 싶었는데 다시 돌아왔는지 찬바람이 부는 날이었다. 하늘은 무겁게 내려앉아 당장이라도 비가 내릴 듯했다. 졸업식 날은 늘 날이 궂다. 체육관은 여기저기에 난로를 피웠지만 난방 효과는 별로 느껴지지 않았다. 추위 때문인지 엄숙한 분위기 때문인지 전교생이 모였는데도 썰렁했다. 이렇게 같은 교복을 입고 같은 또래인 친구들이 모일 일도 앞으로 없을지 모른다. 그렇게 생각하니 지금까지 겪었던 졸업식보다 무게가 느껴졌다.

교가를 부르고 졸업장 수여를 위해 호명하기 시작했다. 반별로 대표자만 졸업장을 받고 우리는 이름이 불리면 그 자리에서 일어서기만 하면 되었다.

1반 담임인 사이토 선생님은 아직 젊은 여교사라 자기 반 학생들 이름이 불리는 동안 눈물을 흘리고 있었다. 선생님도 감동한 것이다. 무카이 선생님은 어떤지 궁금해 살펴보니 아주 차분한 표정이었다.

오늘 아침 조례 때 무카이 선생님은 우리 반 학생들 모두에게 편지를 나누어 주었다. 늘 냉정하고 학생과 선을 긋고 있는 듯한 선생님이 편지를 써 주다니, 다들 깜짝 놀라 술렁거리는 사이에 선생님은 프린트라도 나누어 주듯 담담한 얼굴로 학생들에게 편지를 건넸다.

학생들 대부분은 바로 봉투를 열어 읽기 시작했다. 스미다는 '어디, 어디?' 하며 의기양양하게 큰 목소리로 읽기 시작했지만 도중에 '선생님, 저에 대해 이렇게 잘 알고 계셨네'라며 울음을 터뜨렸다. 옆에 앉은 다케이도 조용히 읽으며 코를 훌쩍거렸다. 미야케는 '선생님이 나한테 엄청 기대가 크셨어'라며 선생님의 손을 잡으러 나갔다가 '우쭐거리지 마'라고 꾸중을 들었다.

뒤에 앉은 모에가 '선생님은 나를 눈엣가시로 여기는 줄 알았는데 사실은 걱정하고 계셨던 거네. 저 차가운 눈으로 잘도 보셨어'라며 살짝 웃었다.

"그치?"

나도 그렇게 생각한다.

힘들었겠구나. 너무 애쓰지 않아도 된단다. 부모가 아무리 바뀌어도 너는 너야. 성장 과정에 너무 신경 쓸 일 없단다. 이런 이야기를 해 주는 선생님들은 지금도 많다. 하지만 무카이 선생님은 편지에 '너처럼 부모에게 많은 사랑을 받는 사람은 별로 없단다'라고 써 주셨다.

"자, 이제 바로 체육관으로 이동하도록. 내일부터 여러분을 기다리고 있는 것은 지금까지 지내던 곳이 아니라 각자의 새로운 장소일 거예요. 그런 생각을 하고 가슴을 쭉 펴야죠. 이제 고등학교 생활 마지막 최고의 무대가 시작될 겁니다."

선생님이 밝은 목소리로 그렇게 말했다.

1반 대표가 졸업장을 받은 뒤, 2반의 호명이 시작되었다.

무카이 선생님은 명부가 아니라 우리 얼굴을 바라보며 이름을 불렀다.

사에키 후미나, 다도코로 모에. 친한 친구들의 이름이 불리면 가슴이 왠지 옥죄는 듯한 느낌이 들었다. 이제 정말 끝이 다가오는 거다. 긴장한 것도 아닌데 가슴이 마구 뛰었다.

중학교 졸업식 때는 이즈미가하라 유코였기 때문에 두 번째로 호명되었는데 이번에는 뒤에서 다섯 번째. 내 성은 학교를 졸업할 때마다 바뀌었다. 고등학교를 졸업하면 그 뒤에는 어떻게 될까.

*

모리미야 씨와 리카 씨, 그리고 내가 함께 사는 생활을 시작한 지 두 달 만에 리카 씨는 집을 나갔다.

'찾지 말아 줘. 리카'라는 쪽지를 남기고.

"이게 가출하면서 남긴다는 쪽지인가? 처음 보네."

모리미야 씨는 편지를 보고 그렇게 말했다.

"뭐 고양이 같은 사람이니까 또 훌쩍 돌아올 테지."

모리미야 씨보다 리카 씨를 더 잘 아는 나는 별 걱정도 하지 않았다.

"정말 그럴까? 그럼 다행이지만."

"응. 아마 그럴 거야."

틀림없이 리카 씨는 누군가와 함께 생활하는 게 답답하고 매일 같은 생활을 하는 게 따분해졌을 것이다. 외로움을 심하게 타는 사람이라 혼자서는 견디지 못한다. 그렇지만 자유롭고 싶다. 결혼이 맞지 않는 사람이다. 나를 위해 가족을 만들려고 하는 것이지 사실은 연애를 하며 혼자 내키는 대로 사는 편이 더 어울린다. 이즈미가하라 씨와 살던 때도 종종 찾아왔다. 이번에도 또 나를 만나러 와 줄 것이다. 그렇게 생각했기 때문에 나는 아무런 불안도, 쓸쓸함도 느끼지 않았다.

그런데 리카 씨는 모습을 감춘 지 한 달이 지나도, 두 달이 지나도 돌아오지 않았다. 모리미야 씨가 집을 비운 사이에 나를 만나러 오는 일도 없었고 문자 메시지나 전화를 하는 일도 없었다.

리카 씨는 무슨 생각이 들면 주위의 시선은 아랑곳하지 않고 불쑥 나가서는 소식도 없는 사람이다. 그래서 이럴 수도 있다고 생각하고 싶었다. 그런데 이상하게도 모리미야 씨 또한 리카 씨가 없다고 슬퍼하거나 곤란해하는 일 없이 '돌아오고 싶으면 돌아올 테지' 하며 느긋하게 받아들였다. 틀림없이 이 사람은 어떤 상황이라도 받아들일 줄 아는 사람이다. 그래서 딸이 있는 리카 씨와 결혼했다가 지금은 나와 둘이 살게 되었는지도 모른다. 거의 동요하지 않는 모리미야 씨의 모습을 나는 그렇게 분석했다.

그로부터 한참 지나서 리카 씨로부터 편지가 왔다.

편지에는 '재혼하게 되었으니 절차를 얼른 확실하게 밟아 주세요'라고만 적혀 있었다. 이혼 서류가 함께 들어 있었다. 내 이름을, 가족을 바꾸는 힘이 있는 종이.

"아아, 결국 이게 왔군."

모리미야 씨는 이혼 서류를 살랑살랑 흔들었다.

역시. 편지를 본 나는 그렇게 생각했다. 리카 씨에게 좋아하는 사람이 생겼다. 그래서 이 집으로 돌아오지 않을 거라고 추측하고 있었기 때문에 놀라지는 않았다. 설명도 없이 이혼을 진행하는 것도 리카 씨답다. 그렇지만 나를 두고 꼭 두각시로 취급하다니. 친아빠로부터 나를 떼어 놓을 만큼 사랑해 주었는데. 피아노를 갖고 싶다는 말만 듣고도 이즈미가하라 씨와 재혼할 만큼 소중하게 여겨 주었는데.

지금 리카 씨 곁에 있는 사람은 나에 대한 애정조차 바꾸어 버린 사람이다. 드디어 그런 사람을 만난 건가? 그렇게 생각하니 미움이나 외로움보다 잘되었다는 마음이 앞섰다.

그렇지만 이혼 서류가 우송되어 왔다는 것은 상상도 할 수 없는 일이었다. 모리미야 씨는 나하고 전혀 연결 고리가 없는 사람이다. 친아빠도 아니고 나하고 피가 섞인 사람의 남편도 아니다. 아직 확실한 관계를 쌓기도 전이며 아버지라는 생각도 들지 않았다. 그런 사람과 앞으로 함께 살아가야 하다니, 자연스럽지 못하다.

그렇지만 나는 아직 열다섯 살이고 경제력도 없고 생활력도 없다. 앞으로 어떡해야 하나. 이 집에서 나간다면 의지할 곳은 어디일까? 친아빠는 지금도 어디에 있는지 모른다. 이제 와서 이즈미가하라 씨의 집을 찾아갈 수는 없다. 나를 원하지 않는 리카 씨를 찾아가려면 용기가 필요하다. 부모였던 사람이 꽤 많은데 갈 곳이 한 군데도 없다니. 이게 피가 섞이지 않은 가족의 현실일까.

잠시 여기 있게 해 달라고 하고 그 사이에 일자리와 살 집을 찾는다. 이런 정도밖에 방법이 보이지 않았다.

"자, 다 썼다."

모리미야 씨는 생각에 잠겨 있는 내 옆에서 후딱 이혼 서류를 작성했는지 도장까지 찍고 있었다.

"관공서가 문을 열지 않았으니 우송밖에 방법이 없네. 우편함에 넣으러 가야겠어."

"너무 서둘지 마."

내가 놀라자 모리미야 씨는 '무슨 일이든 빨리빨리 하는 게 좋아'라고 태연히 말했다.

"리카 씨 찾지 않아도 돼? 찾아서 데리고 오지 않을 거야?"

리카 씨를 찾더라도 돌아올 가능성은 없다. 그걸 알면서도 너무도 시원시원하게 처리하는 모리미야 씨에게 묻지 않을 수 없었다.

"응. 어디 있는지 모르는 사람을 찾으려고 해 봐야 방법이 없잖아. 그보다 소중한 게 얼마든지 있는데."

"리카 씨 좋아하지 않아? 그보다 더 소중한 게 뭔데?"

"리카를 좋아하지만 더 소중한 건 유코짱이야. 나는 사람이기 전에, 남자이기 전에 아버지니까. 이 이혼 서류 보내면 결혼한 상대의 딸이 아니지. 이제 진짜 내가 유코짱 아버지가 될 수 있다고. 이렇게 기쁜 일이 어디 있어?"

모리미야 씨는 왠지 들떠 보였지만 아무런 연결 고리도 없는 딸을 떠맡는 게 기쁜 일이라니, 내 머리로는 이해가 되지 않았다.

모리미야 씨는 지금 무슨 일이 일어나고 있는 건지 제대로 알기나 하나? 남겨진 나도 안되었지만 모리미야 씨야말로 참 딱하다.

"난 유코짱 아버지가 되었을 때, 이미 서른다섯 살이었어. 충동적으로 한 결혼도 아니고 진지하게 고민해서 판단해 유코짱의 아버지가 되기로 결정했던 거야. 리카와 결혼했더니 유코짱이 저절로 따라온 게 아니란 말이지."

나를 그렇게 받아들인 건 리카 씨를 좋아했기 때문이다. 나라는 장애물이 있어도 리카 씨를 사랑했기 때문이다. 나는 이렇게 말하려고 했다. 그렇지만 모리미야 씨는 내 말을 가로막고 이렇게 말했다.

"전에 리카와 사귈 때, 만날 때마다 유코짱 이야기를 했어. 올곧고 멋진 착한 아이라고."

"과대평가네."

리카 씨가 과장해서 이야기하는 모습이 눈에 선해 나는 어깨를 으쓱했다.

"뭐 70퍼센트는 맞았어. 리카가 말했지. 유코짱 엄마가 되고 나서 내일이 두 개가 되었다고."

"내일이 두 개?"

"그래. 자기 미래와 자기보다 더 큰 가능성과 미래를 간직한 내일이 찾아왔다고. 부모가 된다는 건 미래가 두 배 이상이 된다는 이야기지. 내일이 하나 더 생기다니 대단하다고 생각하지 않니? 미래가 두 배가 된다면 꼭 그러고 싶을 거야. 그건 '도라에몽'에 나오는 '어디로든 문' 이후 최고의 발명이 되겠지. 게다가 '도라에몽'은 만화지만 유코짱은 현실이잖아."

모리미야 씨와 결혼하고 싶었던 리카 씨가 그럴듯한 소리를 해 나를 받아들이도록 했을 뿐이다. 나는 점점 모리미야 씨가 딱해져 이렇게 말했다.

"리카 씨는 말주변이 좋으니까."

"아니야. 리카 말이 맞았어. 유코짱과 살기 시작하면서 내일이 진짜 두 개가 되었다니까. 내 내일과 그보다 훨씬 더 소중한 내일이 매일 오는 거지. 대단해."

"대단한가?"

"그럼, 대단하지. 어떤 번거로운 문제가 따라붙는다고 해도 나 이외의 미래를 맞이할 수 있는 내일을 포기하다니, 난 그런 건 상상도 할 수 없어."

모리미야 씨는 피가 섞이지 않은 자식과 함께 사는 게, 나를 떠맡는 일에는 큰 결단이 필요하다는 사실을 알고 있는 걸까?

"난 재혼도 하지 않을 거고 어디에도 가지 않을 거야. 평균 수명까지는 죽지 않을 거야. 내가 아버지가 된다는 건 내겐 그런 거라고."

모리미야 씨는 그렇게 선언하더니 당황한 나에게 '그러니 앞으로 잘 부탁해'라며 처음 만났을 때처럼 깊숙이 고개를 숙였다.

*

모리미야 씨와 살기 시작한 지 3년. 그 세월이 긴지 짧은지는 잘 모르겠다. 아버지와 딸이라는 관계가 쌓였는지도 불분명하고 앞으로 몇 년을 더 살더라도 모리미야 씨를 아버지라고 부를 수 있을 것 같지도 않다. 그냥 내가 살 집은 여기밖에 없다.

모리미야 씨가 속마음을 털어놓은 것과 마찬가지로 나도 마음을 굳게 먹었다. 가족 가운데 누군가가 바뀔 때마다, 누군가와 헤어질 때마다 마음은 강하고 담담해졌다. 하지만 이제 나는 가족을 잃는 일이 두렵다. 만에 하나 모리미야 씨가 내 아버지가 아니게 된다면 울고불고 하면서라도 막으려 들 것이다. 꼴사납거나 보기 흉하더라도 상관없다. 어떻게든 막을 것이다. 늘 흘러가는 대로 살 수만은 없다. 이 하루하루를, 이 집을 나는 어떻게든 지키고 싶다.

"모리미야 유코."

무카이 선생님의 목소리가 들려 나는 '예' 하고 대답하며 자리에서 일어났다. 모리미야 유코. 좋은 느낌이 드는 좋은 이름이다. 다음에 내 이름을 바꿀 일이 생긴다면 그건 나 스스로가 원해서일 것이다. 그때까지는 모리미야 유코. 이게 내 이름이다.

제2장

1

“부모가 많으면 이럴 땐 골치 아프네. 결혼 인사는 한 번 하기도 부담스러운데.”

아파트 담 앞에 서자 그는 살짝 한숨을 내쉬었다.

“괜찮아. 많은 만큼 다 가볍게 넘어갈 테니까.”

“정말?”

“아마. 게다가 모리미야 씨부터 시작하니까 여유가 있을 거야. 모리미야 씨는 틀림없이 기뻐해 줄걸.”

내가 자신 있게 말했다.

어젯밤 ‘내일 만나 주었으면 하는 사람이 있어’라고 했을 때 모리미야 씨는 엄청 기뻐했다.

"결국 왔네."

"결국이라니? 애인이 있다는 건 알고 있었어?"

"당연히 눈치는 채고 있었지."

모리미야 씨는 씩 웃었다.

"그래? 그랬구나."

"데려오겠다는 사람이 혹시?"

"결혼할까 해서."

내가 그렇게 말하자 모리미야 씨는 대뜸 '결혼하는 것도 괜찮겠지'라고 했다.

"그래?"

"유코짱은 아직 스물두 살이라 좀 어리다는 생각은 들지만 이제 슬슬 결혼도 생각할 만한 나이가 된 것 같아. 다른 남자 친구를 사귈 때는 자주 이야기했는데 지금 사귀는 애인은 내게 공개하지 않았잖아? 그만큼 진지하고 신중하게 사귀고 있구나, 하고 추측했지."

"숨긴 건 아니지만……. 어쨌든 기뻐해 주니 다행이다."

"당연히 기쁘지. 유코짱이 이 집에서 나가게 된다고 생각하면 두렵지만. 그래도 그보다는 훨씬 기쁜걸."

모리미야 씨는 웃으며 이렇게 말했다. 그러니 틀림없이 괜찮을 거라고 예상했다.

그렇지만 막상 하야세를 보자 모리미야 씨는 떨떠름한 표정을 지었다.

"결혼 상대라는 게 설마 이 녀석?"

"응. 하야세."

"너희 헤어진 거 아니었니?"

"헤어졌던 때도 있지만 꾸준히 사귀고 있었지."

내가 대답하자 모리미야 씨는 하야세를 머리끝에서 발끝까지 빤히 훑어보았다.

"아버님, 놀라게 해 드려 죄송합니다. 작년에 미국에서 돌아와 정식으로 사귀기 시작했습니다. 진지하게 장래 문제도 생각하며 사귀어 왔죠."

모리미야 씨는 시치미 뚝 떼고 이야기를 듣고 있다가 단호하게 말했다.

"그런 건 됐고. 난 이 결혼 반댈세."

하야세가 이 집에 발을 들인 지 3분도 지나지 않았다. 그렇게 대뜸 반대하다니, 참을 수 없었다.

"잠깐만, 무턱대고 그런 소리 하지 마."

"당연하잖아. 어느 아버지가 자기 딸이 건들건들 여기저기 여행이나 다니는 뜨내기와 결혼하겠다는데 찬성하니? 어차피 또 바로 어디론가 떠날 텐데."

"아뇨. 한동안 우리나라에 머물 겁니다."

하야세가 그렇게 대답하자 모리미야 씨는 또 물고 늘어졌다.

"한동안이라니, 그게 무슨 소린가? 시간이 좀 지나면 또 케이크 만드는 걸 배우겠다면서 프랑스로 훌쩍 떠나겠지. 그런 불안정한 남자와 결혼하겠다는 걸 인정할 부모는 한 명도 없을 거야."

"함부로 말하지 마. 하야세는 불안정한 사람이 아니고 인정할 부모가 한 명도 없는 건 아니잖아."

"함부로는 아니지. 일반론이야. 온 세상 부모들 다 잡고 물어봐라."

"누구와는 달리 찬성해 주는 다정한 부모도 얼마든지 있어."

내가 반박했다.

그러자 모리미야 씨는 유들유들한 목소리로 이렇게 말했다.

"그건 다정한 게 아니라 어설픈 부모지."

"어째서 결혼에 찬성하는 게 어설프다는 거지?"

"딸의 장래를 진지하게 생각한다면 이런 녀석과 하는 결혼은 반대하는 게 당연해."

"저어, 두 분 그만하시죠. 아, 참. 케이크 사 왔습니다. 드시겠어요? 아버님, 단것을 드시면 기분이 좀 나아지실 겁니다."

하야세는 우리가 말다툼하는 모습을 지켜보더니 그렇게 말하며 선물로 들고 온 케이크 상자를 열었다. 하야세는 맛있는 것을 먹으면 대부분의 문제는 해결된다고 생각하지만 지금은 케이크로 극복할 수 있는 상황이 아니었다.

"난 별로 기분 나쁘지 않아. 그리고 자네가 가져온 케이크는 먹지 않을 거야."

모리미야 씨는 뻗대듯 말했다.

"그래요……? 그럼 유코, 너도 먹을래?"

"아니, 나중에 먹지."

하야세는 분위기를 읽지 못해 대담한 모습을 보일 때가 있다. 그때마다 고개를 갸웃하게 된다. 나는 살짝 고개를 저어 하야세에게 입을 다물라는 눈짓을 보냈다.

"케이크는 필요 없고 이야기는 끝났네. 그만 돌아가는 게 어떻겠나?"

모리미야 씨는 테이블 위를 정리하기 시작했다. 홍차와 녹차, 과자와 콩고물을 묻힌 경단. 모리미야 씨는 준비했던 음식들을 부지런히 주방으로 옮겼다. 아무래도 분위기가 바뀌지는 않을 것 같다. 오늘은 여기서 철수하는 게 현명하다.

"으음, 오늘은 이만 일어날까. 만난 것만으로도 된 거지 뭐. 처음이라 혼란스러울 테니까."

"난 혼란스럽지 않다니까."

모리미야 씨는 부엌에서 달그락달그락 소리를 내면서 식기를 닦고 있었다.

"그래. 별로 혼란스러워 보이지는 않지만 뭐 이런 상황이니까. 나중에 다시 이야기하지."

나는 그렇게 말하며 하야세의 등을 밀었다. 일단 나 혼자 모리미야 씨를 설득하는 게 좋겠다는 생각이 들었다.

"아아, 그래? 그럼, 아버님. 오늘은 이만 실례하겠습니다."

하야세는 모리미야 씨의 등에 대고 인사를 한 다음 현관으로 향했다.

"어쨌든 미안해."

"아니야. 아버님 말씀도 이해가 안 되는 건 아니야."

"저렇게 고집스러운 면이 있는 줄은 몰랐어."

"응. 너하고 많이 닮지 않았나?"

우리가 현관에서 이런 이야기를 나누는데 모리미야 씨가 쿵쾅거리는 발소리를 내며 다가왔다.

"아, 참! 이 말을 까먹었군."

"뭔데?"

"난 자네에게 아버님이라고 불릴 이유가 없네."

모리미야 씨는 하야세에게 그렇게 쏘아붙이더니 다시 쿵쾅거리며 거실로 돌아갔다.

"어휴, 완전 예상 밖이네."

하야세를 배웅하고 집으로 돌아온 나는 주스를 따랐다. 모리미야 씨와 하야세가 이야기한 시간은 5분쯤이지만 너무 피곤해 목이 말랐다.

"넌 어떻게 될 거라고 예상한 거야? 저런 뜨내기 녀석과 딸의 결혼을 허락할 부모가 어디 있겠니?"

모리미야 씨는 그렇게 말하더니 하야세가 들고 온 케이크를 접시에 얹었다.

"뜨내기 녀석이라니, 무슨 소리야? 어, 케이크 먹을 거야?"

"그래. 방랑벽 있는 뜨내기 녀석은 형편없지만 음식에는 죄가 없잖아."

"그래, 맞는 말이야."

가장 낮은 장애물로 여겼던 모리미야 씨를 넘어서지 못한 나는 한숨을 내쉬었다.

"그 녀석이 미국에 갔을 때 유코짱에게 새 남자 친구를 사귀라고 권했잖아. 피자나 피아노 같은 걸 쫓아다니지 않는 성실한 남자를 말이야."

모리미야 씨는 케이크를 입에 넣으며 심술궂게 중얼거렸다.

*

고등학교 때 사귀던 와키타와는 대학에 입학한 지 한 달도 되지 않아 헤어졌다. 와키타가 좋아하는 여자가 생겼다며 나를 찼다. 나와 마찬가지로 대학생이 되어 니시노와 헤어진 후미나가 이런 말을 했다. '대학이란 무서운 곳이야. 느닷없이 유쾌한 세상이 펼쳐지는걸.' 내가 진학한 학교는 여학생만 다니는 단기대학이라 그리 화려한 분위기는 아니었다. 4년 동안 배울 것을 2년 만에 배우기 때문인지 바로 자격시험이나 취업 활동에 내몰려 상상했던 것보다 자유로운 시간은 적었다.

대학 생활 1년이 끝날 무렵 아르바이트하는 패스트푸드 가게에서 함께 일하던 남자애와 사귀었지만 이때도 반년쯤밖에 가지 못했다. 단기대학 학생인 내가 취업 활동을 시작해 4년제 대학에 다니던 그 남자애와 페이스가 맞지 않아 헤어지게 되었던 것이다. 그렇지만 허전함은 거의 느끼지 못했다. 오히려 만나는 시간이 없어지자 한 가지 일이 줄어든 기분이었다.

"그건 진짜 사랑이 아니기 때문이야. 유코짱도 어른이 되면 진실한 사랑을 만나게 될 거야."

모리미야 씨는 그런 나를 웃으며 바라보았다. 그러면서도 내가 '그럼 모리미야 씨는 진짜 사랑을 해 본 적 있어?'라고 물으면 '글쎄, 뭐라고 해야 하나'라며 편치 않은 표정을 지었다.

"이제 곧 마흔인데 슬슬 애인을 만들어야지. 이대로 할아버지가 되면 곤란하잖아."

"내겐 연애보다 중요한 게 있다니까."

"아버지 역할 말이지? 그건 부담이야. 난 이제 스무 살이니 본인 걱정이나 하셔."

"알았어, 그만. 내키면 할게."

모리미야 씨는 그렇게 말했지만 통 애인이 생길 것 같지 않았다.

단기대학을 졸업하고 영양사 자격을 딴 내가 취직한 곳은 야마모토식당이라는 작은 가정식 요리점이었다. 고령자용 배달 도시락도 하고 있어 그 식단을 짜는 게 업무였다. 그래

봤자 점심이나 저녁 식사 시간에는 바빠서 조리 보조로 일하는 경우가 많아 취직한 직후에는 이게 과연 영양사가 할 일인가 하는 생각이 들었다. 같은 학교를 나온 친구가 기업이나 병원 같은 곳에서 일하는 것에 비하면 작은 식당은 왠지 뒤처진 느낌도 들었다. 그래도 매일 도시락이 오기를 기다리는 사람들이 있어 가게에 나오면 '맛있다', '잘 먹었다'는 소리를 들을 수 있었다. 누군가 내가 관여해 만든 음식을 먹어준다. 그러다 보니 내가 하고 싶은 일은 바로 이런 것일지도 모른다고 생각하게 되었다.

취직한 지 8개월이 지나 어느 추운 겨울 날. 하야세가 왔다.

야마모토식당은 집에서 전철로 세 정거장 떨어진 주택가에 있었다. 평일에는 오후 7시가 지나면 역 앞이어도 거의 사람이 지나다니지 않는 조용한 곳이다.

"아직 7시 반이지만 슬슬 문을 닫아도 되지 않을까? 오늘은 모리미야 씨도 오지 않을 것 같고 말이야."

12월에는 진짜 일찍 해가 진다. 점장인 야마모토 씨가 가게 밖을 내다보며 말했다.

평일에는 5시가 지나면 시간제로 일하는 분들도 퇴근해 가게에는 야마모토 씨와 나뿐이다. 야마모토 씨는 50대 중반의 먹는 걸 좋아하는 활달한 아저씨인데 '요리사 주제에 그렇게 살이 쪄서 어떻게 할 거야'라고 늘 부인에게 야단을 맞는다.

"모리미야 씨가 일식에 질렸다고 했으니 오늘은 뭔가 진한 맛이 나는 걸 만들어 집에서 먹을 거예요."

"맞아, 어제와 그저께 연속해서 들르셨으니까."

모리미야 씨는 이 가게에 일주일에 두세 번 식사하러 왔다. 회사에서 집까지 오는 전철을 내리지 않고 세 정거장 더 오면 된다. 번거로울 텐데 오지 말라고 해도 '집에서 혼자 밥을 해 먹는 것도 엄청난 파워가 필요해'라며 뻔질나게 왔다.

"모리미야 씨가 아니면 이제 올 손님 없을 거야. 청소 시작할까?"

"그러죠."

12월 들어서부터이기는 하지만 평일 밤에는 거의 손님이 없기 때문에 매상의 절반 이상을 배달 도시락이 맡는다. 아들 제안으로 시작했다고 하는데 연세 든 분들이 많이 사는 이 동네에 딱 맞아떨어지는 아이디어였다.

"1월부터는 한 시간 앞당겨 7시에 문을 닫기로 할까. 엇, 손님 오셨네."

야마모토 씨가 당황했다. 테이블을 닦던 행주를 정리하며 고개를 돌리니 들어온 손님은 하야세였다.

고등학교 졸업 후 처음이니 못 본 지 3년. 그렇지만 고교 시절 그대로라 바로 알아보았다. 깔끔하게 자른 머리에 다부진 체격. 넓은 등에 긴 팔을 보니 피아노를 연주하기 위해 구부린 모습이 머릿속에 떠올랐다.

"하야세."

내가 무심코 이름을 부르자 하야세는 '아, 그래. 그러니까……'라며 잠깐 생각하더니 기억을 해낸 모양이었다.

"맞아, 모리미야!"

"오래간만이야."

하야세는 이렇게 말하며 웃어 보였다. 윤곽이 뚜렷한 얼굴 때문인지 살짝 웃었는데도 하야세의 얼굴은 변화가 컸다.

"정말 오래간만이네. 설마 이렇게 만나게 될 줄이야. 그런데 여긴 어떻게?"

하야세가 진학한 음악대학은 다른 현에 있기 때문에 이 근처에서는 통학할 수 없을 것이다.

"아, 겨울방학이라 집에 돌아왔거든. 그래서 지금 여기저기 맛집 탐방 중이야."

"맛집 탐방?"

"매일 다른 음식점에 들어가 먹는 거지. 너는 여기 근무해?"

"그래. 여기 취직했어. 아, 참. 어서 오세요. 편한 자리에 앉으시죠."

내가 문득 생각났다는 듯이 말하자 하야세가 웃으며 말했다.

"대단하네. 사회인 다 되었어."

"유코짱 아는 분?"

테이블에 앉은 하야세를 보며 야마모토 씨가 주방에서 말을 걸었다.

"예. 고등학교 동창이에요."

"그럼 스페셜 정식으로 하지. 손님, 가리는 음식은 있나요?"

야마모토 씨가 묻자 하야세는 '바나나 말고는 뭐든 잘 먹습니다'라고 했다.

야먀모토 씨는 스페셜 정식이라며 남은 음식 여러 가지를 테이블로 옮겼다. 감자를 넣은 고기 조림에 가자미 조림, 시금치 절임, 달걀말이, 돈지루. 여러 접시가 놓이자 하야세는 '모리미야와 동창이라 다행이네'라며 기쁜 표정을 지었다.

"사실은 그냥 남은 음식들이야. 그래도 맛은 좋아."

"아, 그래? 잘 먹을게."

"그래, 어서 먹어."

하야세는 놀랄 만큼 잘 먹었다. 음식을 입에 넣을 때마다 맛있다고 하며 이것저것 야마모토 씨에게 물었다.

"이 돈지루는 맛이 달아요. 어떤 된장을 쓴 거죠?"

"규슈 된장이라 좀 달지. 게다가 양파와 고구마도 들어갔으니까."

"아하, 맛있네요. 달걀말이도 촉촉해서 좋고요."

"그렇지? 달걀말이는 육수를 좀 넉넉하게 넣었지. 그래서 말 때는 꽤 기술이 필요해."

야마모토 씨는 의기양양하게 대답했다.

"이 시금치도 아주 맛있네요. 시금치뿐인데 다른 재료와 함께 볶은 것 같은 순한 맛이야. 이렇게 늘 맛있는 요리가 많이 나오는 게 일본 가정식의 장점이죠."

그러면서 시금치 무침을 입에 넣는 하야세에게 야마모토 씨가 말했다.

"그 무침은 유코짱이 만든 걸세."

"그렇군요. 모리미야, 피아노 치면서 이런 요리도 할 줄 아는 거야?"

"아니야. 피아노는 거의 치지 않고 그건 그냥 무침에 깨를 살짝 뿌렸을 뿐이지."

"대단하네. 모리미야, 음악도 하고 요리도 하고. 마치 로시니 같아."

하야세는 그러면서 내 손을 잡고 악수했다.

순간 고교 시절의 추억이 머릿속을 스쳐 갔다. 하야세가 연주하는 피아노를 더 듣고 싶었고, 내 피아노 연주가 마음에 든다는 하야세의 말만 듣고도 뛸 듯 기뻤던 그 마음. 손이 닿았을 뿐인데 가슴이 오그라드는 듯했다. 그리고 따스하고 부드러운 감촉이 온몸으로 퍼졌다. 와키타에게 차이고 아르바이트하다 만난 남자 친구와 헤어진 뒤에도 허전하지 않았던 까닭은 뭔가 이유가 있었기 때문이다. 진짜 좋아하는 사람은 이토록 간단하고 확실하게 알아차릴 수 있는 것이다.

"아, 미안. 나 얼마 전까지 이탈리아에 있었더니 악수하는 게 그만 버릇이 되어서……."

내가 어지간히 허둥지둥했는지 하야세는 손을 놓고 고개를 숙였다.

"아, 아니야. 괜찮아."

새빨개졌을 얼굴과 빠르게 뛰는 심장을 진정시키려고 나는 손으로 얼굴을 부채질했다. 그러자 야마모토 씨가 주방에서 나오며 놀렸다.

"아니, 이거 두 사람 사귀던 사이였나?"

"아뇨. 그냥 합창제 반주할 때 함께 했어요. 어? 너 혹시 나 좋아했니?"

하야세가 터무니없이 직구를 던졌다. 나는 말도 제대로 못했다.

"뭐, 그게……. 그렇지."

솔직하게 고개를 끄덕일 수밖에 없었다.

그 뒤로 몇 차례 만나다가 우리는 사귀게 되었다.

하야세도 나나 후미나와 마찬가지로 대학에 진학한 뒤 바로 연상의 여학생과 헤어진 모양이었다.

"피아노와 음악에 완전히 갇혀 지내면서 깨닫게 되었지. 나는 이런 식으로 심각하게 음악을 하고 싶었던 것은 아니야. 더 신나게 하고 싶었지."

하야세는 피아노를 치면 칠수록, 음악에 다가가면 갈수록, 자기가 하고 싶은 일과는 멀어지는 기분이 들었다고 했다.

"그러고 보니 예전에 악기점에서 네가 피아노 치는 걸 본 적이 있었어. '호빵맨' 주제가를 쳤지. 그때 무척 즐거워 보였는데."

내가 말하자 하야세는 웃으며 이렇게 대꾸했다.

"그래, 그런 적 있지. 넌 그때 와키타와 함께 있었지. 난 피아노가 있는 걸 보고 갑자기 치고 싶어졌던 거야. 버릇이야, 이건."

"피아노는 참 좋아."

"그렇지. 이탈리아에 가서 피아노를 완전히 떠났을 때는 역시 왠지 답답했어."

"이탈리아라니, 피아노 공부하러 간 게 아니야? 다른 악기를 공부하러 갔었니?"

야마모토식당에서 다시 만나기 조금 전에 이탈리아에서 귀국했다는 말을 들은 나는 피아노 공부를 하러 간 줄 알았다.

"아니야, 아니야. 피아노가 아니라 피자."

"피자?"

"그래. 피자 만드는 걸 배우러 이탈리아 레스토랑에서 수업했지."

하야세의 대답은 너무도 어처구니없었다. 하야세가 말한 피자가 음식이라는 사실을 깨닫는 데는 시간이 좀 걸렸다.

합창제 반주를 연습할 때 하야세는 음악실에 걸린 초상화를 보고 로시니를 제일 좋아한다고 말했다.

"로시니는 음악 활동 뒤에 레스토랑을 경영했어. 역시 도착 지점은 음식이었지."

"그게 무슨 소리야?"

"아름다운 음악이냐 맛있는 음식이냐: 망설이게 되지만 어느 쪽이 사람을 더 행복하게 만들 수 있는지 따지면 후자가 되지 않을까?"

하야세는 이렇게 말했다. 사귀기 시작해 하야세에 대해 알고 싶었던 것들을 묻다 보니 반년쯤 되는 시간이 흘렀다.

그리고 다시 만난 이듬해, 가을이 깊어질 무렵, 하야세는 5개월 뒤면 졸업할 음악대학을 그만두고 '아르바이트해서 모은 돈으로 올해는 햄버그스테이크를 배우러 갔다 오겠다'고 미국으로 떠났다.

"피자만으로는 배가 부르지 않아. 스파게티도 좋지만 난 햄버그스테이크를 먹고 싶어. 피자와 햄버그스테이크가 최고의 조합이라고 생각하지 않니?"

하야세는 데이트하고 돌아가는 길에 들른 패밀리레스토랑에서 치즈햄버그스테이크를 먹으며 말했다.

"글쎄, 그건 모르겠는데. 하지만 햄버그스테이크를 만드는 법을 배우고 싶다면 굳이 미국까지 가지 않아도……."

"나도 확실히 일본 햄버그스테이크가 맛있다고 생각해. 그렇지만 본고장에서 만드는 방법을 배워야만 응용할 수 있지 않겠어? 기초 연습을 튼튼히 해야 비로소 피아노 연주 실력이 좋아지듯."

"넌 앞으로 어떻게 할 거야?"

너무 대담한 행동에 나는 그렇게 물었다.

"요리가 맛있고 분위기 좋은 레스토랑을 할 거야."

하야세가 말했다.

"피아노는?"

"할 거야. 미국에서 햄버그스테이크 수업을 받으면서 피아노 연습도 하고 올 거야."

"그게 뭐야? 둘 다 한다는 게 말이 돼?"

내가 그렇게 말하자 하야세는 '미국은 머니까 그냥 음식점 아르바이트만 하기로 할게'라고 여느 때처럼 속 편하게 말하더니 '3개월 뒤에 돌아올 거야'라며 여행 가방 하나만 들고 떠나 버렸다.

모리미야 씨는 늘 하야세 이야기를 재미있게 들었는데 대학을 중퇴하고 미국에 갔다는 이야기를 하자 '그 녀석은 안 되겠다'며 얼굴을 찌푸렸다.

"그렇게 생각해?"

"목표가 있다는 건 나쁘지 않은 일이지만 인생이란 그렇게 만만한 게 아니지."

"하긴, 뭐."

"유코짱도 이제 어른이야. 장래를 진지하게 생각하는 녀석과 사귀어야 한다고 생각해. 하야세가 미국에 간 게 헤어지기 좋은 기회지."

모리미야 씨는 이렇게 말했다. 하지만 나는 헤어지지 않고 평범한 나날을 보내며 하야세를 기다렸다.

세 달이 지나고 해도 바뀐 1월 말, 미국에서 돌아온 하야세는 여행 가방을 끌고 야마모토식당에 나타났다.

"안녕? 다행이네, 아직 문을 안 닫아서."

하야세가 그렇게 말하며 문 닫을 준비를 하던 가게 테이블에 앉자 야마모토 씨는 '일본 가정식이 그리웠을 거야'라며 연어를 굽고 치쿠젠니[10]를 준비하기도 했다.

"나 여러 가지를 깨달았어."

하야세는 물수건으로 손을 닦더니 나를 똑바로 바라보며 그렇게 말했다.

"여러 가지?"

"그래, 미국에는 햄버그스테이크가 없다는 사실과 내가 하고 싶은 일이 무엇인지. 나 패밀리레스토랑을 하고 싶어. 잠깐 외출해 패밀리레스토랑에 가서 먹는 그런 요리가 제일 마음 설레잖아."

"정말? 미국 사람들은 햄버그스테이크 자주 먹을 것 같은데? 그냥 네가 못 본 것 아니야?"

---

10 筑前煮. 닭고기와 홍당무, 우엉, 연근, 표고버섯 등을 기름에 볶고 설탕과 간장으로 맛을 내 바짝 조린 치쿠젠 지방의 향토 요리.

"아니야. 여기저기 알아보았지만 햄버그스테이크라고 하는 건 없었어."

"햄버그스테이크 맛있는데. 어째서 없을까."

"그러니까 햄버그스테이크보다 내 결심에 주목해 줘. 내가 하고 싶은 건 체인점이 아니야. 수제 요리 패밀리레스토랑을 하기로 했어."

"아아, 그래?"

"그래서 말인데, 유코, 나랑 결혼해."

"뭐?"

레스토랑을 하겠다는 소리에 결혼 이야기까지 꺼내는 바람에 햄버그스테이크에 대한 의문은 날아가고 말았다. 그냥 어처구니없었다.

"유코, 영양사 면허 있잖아. 요리도 잘하고."

"그게 무슨 소리야? 네 가게 종업원으로 공짜로 부려 먹으려는 거야?"

"아니야. 난 유코를 좋아해. 사랑과 음악이 넘치는 패밀리레스토랑이면 최고라고 생각하지 않아?"

하야세가 그렇게 말하자 야마모토 씨가 '와! 좋구나, 젊다는 건'이라며 된장국을 내왔다.

"패밀리레스토랑은 몰라도 결혼이라니. 너무 느닷없는 소리잖아."

나는 도무지 이해할 수 없었다. 어제까지만 해도 먼 나라에 있던 사람에게 프러포즈를 받다니, 어떻게 이해할 수 있단 말인가.

"이제 1년 가까이 사귀었으니 결혼해도 괜찮을 것 같은데."

"사귀었다고는 해도 넌 거의 미국에 가 있었잖아."

"그래. 미국에 가서 유코를 향한 내 마음은 평생 변하지 않을 거라는 확신이 들었어. 난 미국의 적극적인 미녀들에 둘러싸여 지내면서도 한 번도 한눈 판 적이 없다니까."

"결혼이라면 그런 거 말고 더 중요한 문제들이 있잖아?"

나는 전혀 이해가 되지 않았다. 마음이 변하지 않을 거라는 자신은 있다. 하지만 좋아한다는 이유만으로 결혼해도 되는 걸까. 애인이 아니라 가족이 되기 위해서는 그것만 가지고는 안 될 것 같은 생각이 들었다.

"다른 거? 뭐? 돈? 그거라면 나 죽도록 일할 거야. 주방 아르바이트를 해서 조리사 면허를 따고 가게를 낼 거야. 그래? 그렇다면 가게 낸 다음에 프러포즈하는 게 나을까?"

하야세가 고개를 갸웃거리자 야마모토 씨는 재미있다는 듯이 말했다.

"어때서 그러나? 결혼은 쇠뿔처럼 단김에 빼는 거야. 그보다 식기 전에 들게."

"돈은 아니지만. 그래도 결혼이 사랑만으로 하는 건 아니지 않을까……? 아, 잘 모르겠어. 난 제대로 된 가정을 몰라."

"그건 나도 몰라."

부모와 누나가 있는 하야세가 이렇게 대꾸하자 야마모토 씨도 끼어들었다.

"말이 나왔으니 하는 소리지만 우리 집도 제대로 된 가정은 아니야. 아내가 너무 무서워."

"가족이 된다는 건 분명히 간단한 일은 아니야. 뭐랄까……, 그래 각오가 필요해."

"결혼도 가족이 되는 것도 즐거운 일이잖아? 각오라니, 그런 무서운 말 하지 마."

하야세는 그러면서 어깨를 으쓱했다.

"네가 말하듯 그렇게 쉬운 게 아니야. 생활도 그렇고 인생도 그렇고, 쉽지 않다니까."

"그래? 나하고 유코가 있고 피아노와 맛있는 음식이 있는데? 아무리 생각해도 즐거운 이미지밖에 떠오르지 않는걸."

하야세의 말을 듣고 나도 이미지를 떠올려 보았다. 하야세의 피아노 연주를 들으며 맛있는 음식을 먹는다. 내일도 또 내일도 하야세와 함께 지낼 수 있다. 그건 분명히 행복한 일이다.

“그리고 만약 싫은 일이나 괴로운 일이 생기면 그때 잘 생각해서 고치면 되잖아. 내가 음대를 그만둔 것처럼 언제든 변경할 수 있어. 우리는 어른이니 우리가 즐겁다고 생각하는 일을 하면 되는 거야.”

뭐가 어떻게 되어야 결혼하기에 적합한 것인지는 모른다. 하지만 하야세와 있으면 불안이나 고민이 줄어드는 건 사실이다.

“나는 찬성. 뭐든 좋아하는 음식을 싹 비우는 사람은 그리 많지 않아. 게다가 다른 여자에게 한눈을 팔 것 같지도 않고.”

야마모토 씨는 웃으며 말하더니 이렇게 덧붙였다.

“유코짱, 얼른 OK해라. 음식 다 식을라.”

*

그 뒤 프랑스 음식점에서 일하기 시작한 하야세가 아르바이트에서 정사원이 되면서 우리는 결혼하기 위해 본격적으로 움직이기 시작했다. 그러나 모리미야 씨를 대면하고 처음부터 벽에 부딪히고 말았다.

“나 치즈케이크는 어느 가게에서 만든 거든 다 좋아하지만 이건 그저 그렇군. 역시 그 뜨내기 녀석은 수준이 낮아."

모리미야 씨는 케이크를 깨끗이 먹어 치우고 그렇게 말했다.

2

4월 세 번째 일요일. 하야세를 다시 모리미야 씨에게 데리고 오기로 했다.

지난번에 보고 보름 만이다. 나는 집에서 틈만 나면 하야세 이야기를 했다. 불쑥 외국에 나가기도 하고 느닷없이 음대를 그만두기도 하지만 그만큼 행동력이 있는 사람이라는 점. 피아노에도 재능이 있고 맛있는 음식도 만들 줄 아는 매력적인 사람이라는 점. 서로 좋아하고 함께 있으면 앞날이 기대된다는 점. 그런 이야기를 할 때마다 모리미야 씨는 '결국 생각 없이 덤벙거리는 놈이라는 소리야'라며 못마땅한 표정을 지을 뿐이었다.

"뭐야, 또 와?"

점심때가 지나서 하야세를 집으로 부르자 모리미야 씨는 노골적으로 싫은 표정을 지었다.

"오늘 온다고 했잖아. 자, 일단 앉으셔."

지난번 모리미야 씨는 하야세를 보자마자 화를 냈기 때문에 차 한잔 마시지 못했다. 오늘은 달콤한 음식이라도 먹으며 이야기를 좀 진행하고 싶었다. 나는 두 사람을 식탁에 앉히고 따스한 홍차를 준비했다. 4월 중순의 환한 햇살이 방 안으로 쏟아져 들어오기는 했지만 아직은 좀 쌀쌀했다.

"자꾸 찾아와 죄송합니다. 아버님, 마음이 좀 바뀌셨습니까?"

자리에 앉은 하야세가 입을 열었다.

"보름 만에 마음이 바뀔 리가 없지 않나. 아니, 평생 바뀌지 않을 테야."

모리미야 씨가 발끈하며 대꾸했다.

"아, 그러지 마. 하야세는 말을 잘 골라 할 줄 몰라서 그렇지 나쁜 마음은 없다니까. 그보다 슈크림 사 왔는데."

나는 두 사람 앞에 접시를 내려놓고 슈크림을 나누어 주었다. 이야기가 힘들어지기 전에 무거운 분위기를 풀고 싶었다.

"역 앞에 새로 생긴 케이크 가게에서 샀어. 그 앞을 지나가는데 맛있는 냄새가 나서. 자, 드셔."

"잘 먹겠습니다."

하야세는 얼른 슈크림을 크게 한 입 먹었다.

"와, 맛있다. 아버님도 어서 드시죠. 아직 빵이 식지 않아 향긋하네요."

"알아. 그런데 내가 자네에게 아버님이라고 부르지 말라고 했을 텐데."

모리미야 씨는 그렇게 대꾸하더니 하야세 못지않게 입을 쩍 벌리고 슈크림을 먹었다. 나도 한 입 먹어 보았다. 빵이 바삭하게 구워진 슈크림은 우유와 달걀, 설탕의 부드러운 맛이 났다.

"아버님이라고 부르지 않으면 어떻게 불러야 할까요?"

슈크림을 순식간에 먹어 치운 하야세가 홍차를 마시며 물었다.

"부르지 않으면 돼."

"그렇지만 호칭이 없으면 불편하죠. 모리미야 씨라고 한다면 유코를 부르는 건지 아버님을 부르는 건지 분간하기 힘들잖아요. 아버님, 성 말고 이름은 어떻게 되십니까?"

"소스케."

"소스케……. 그렇지만 소스케 씨라고 부르면 애인을 부르는 것 같고, 소상이라고 줄여 부르면 너무 가벼운 것 같네요. 아저씨라고 부를 수는 없고."

"남의 이름 가지고 멋대로 놀고 있군."

"역시 아버님밖에 마땅한 호칭이 없는데요."

하야세가 말하자 모리미야 씨는 대꾸할 말이 없는지 잠자코 슈크림을 입에 밀어 넣었다.

"뭐 어떻게 부르건 상관없지. 오늘은 조금이라도 하야세를 인정해 주기만 한다면."

나는 모리미야 씨를 보며 말했다.

"인정할 수 없다니까 왜 자꾸 그래. 이런 뜨내기에 갈피를 잡을 수 없는 남자와 결혼하겠다니, 찬성할 여지가 없어."

"뜨내기가 아니라니까."

"피자니 햄버그스테이크니 하며 이 나라 저 나라 돌아다니는 녀석이 뜨내기가 아니면 누가 뜨내기야?"

"심술궂은 소리 하지 말고."

이런 상태라면 지난번과 마찬가지로 아무런 진전이 없다. 나는 화가 불끈 솟는 걸 참고 부탁했다.

"당장 인정하라는 건 아니야. 이야기만이라도 좀 들어줘."

"아무리 들어도 변하지 않아. 시간 아까우니 포기하는 게 어떻겠니?"

도무지 빈틈이 보이지 않았다.

"어째서 포기해야 하는 거지? 반대한다고 해도 우리 문제란 말이야."

"그게 무슨 소리니?"

"딸의 행복을 응원해 주지 않다니. 이상하잖아."

"이상한 건 너야."

"내가 뭐가 이상해?"

내가 발끈해서 대꾸하자 옆에서 조용히 있던 하야세가 '저어……' 하며 끼어들었다.

"뭐야?"

"아버님, 아니 소스케 씨, 입가에 커스터드 크림이 묻었어요."

"뭐?"

"아니, 중요한 말씀 하고 계신데 중간에 끊는 것 같아 좋지 않다고 생각해 잠자코 있었는데 그래도 나중에 아버님이 거울 보셨을 때 내가 크림 묻은 얼굴로 열변을 토했구나, 하며 부끄러워하실까 봐서……."

하야세가 조심스럽게 실례되는 소리를 했다.

"됐어! 분위기 좀 누그러뜨리려고 일부러 묻힌 거야."

모리미야 씨는 영문을 알 수 없는 핑계를 대더니 '아, 난 이제 잘래'라며 자기 방으로 들어가 버렸다.

"휴우……. 난 아버님과 쉽게 친해질 수 없겠어."

모리미야 씨가 자리를 뜬 식탁에서 하야세는 한숨을 내쉬었다.

"저렇게 고집스러운 사람은 아닌 줄 알았는데."

"어떤 남자를 데려왔어도 아버님은 반대하셨을까?"

"부모란 다 마찬가지라는 생각이 들어. 음대를 그만두고 외국에 가 버리는 사람이라면 딸의 결혼 상대로는 피하고 싶겠지."

내가 솔직하게 말하자 하야세는 씁쓸하게 웃었다.

"그래? 피아니스트가 될 걸 그랬나?"

"글쎄. 그렇지만 그건 선택 항목 안에 없었잖아?"

"그렇지. 난 대학에서 매일 피아노를 들으며 생각했어. 음악은 대단하다. 하지만 잠과 음식을 포기하면서까지 매달릴 것은 아니라고. 학문적으로 연구하며 온몸과 마음을 다 기울여 내는 소리가 사람 마음을 흔드는 건 분명해. 그렇지만 내가 듣고 싶은 건 그런 소리가 아니라 더 온화하고 빛을 던져 주는 듯한 음악이거든. 목숨 걸고 하는 음악도, 고상한 음악도 훌륭하지만 무슨 일을 하면서도 어, 이 곡 좋네, 라는 생각을 할 수 있는 음악이 딱 좋다는 생각이 들어."

"피자와 햄버그스테이크를 먹으면서?"

"그래. 맛있는 음식이 있는 곳에 음악도 있으면 최고지."

모리미야 씨가 이런 이야기를 들으면 어떻게 받아들일까. 한심하다고 웃을까. 아니면 그거 괜찮네, 하며 공감해 줄까. 하지만 이야기에 귀를 기울여 주지 않는 데에는 방법이 없다. 이럴 때 엄마가 있으면 잘 수습해 줄 텐데. 이렇게 생각하니 리카 씨가 머릿속에 떠올랐다. 분명히 리카 씨라면 결혼을 무조건 찬성해 줄 것이다.

"다음 일요일에 다시 아버님을 설득해야겠네."

하야세의 말에 나는 고개를 저었다.

"모리미야 씨는 됐어."

"어째서?"

"난 부모가 많거든. 모리미야 씨 말고 다른 부모 모두가 찬성해 주면 모리미야 씨 혼자 계속 반대할 수는 없을 거야."

"정말 그럴까?"

"응. 모리미야 씨는 소심하니까. 부모가 여러 명 있는 이점은 거의 없었는데 이번엔 활용해 봐야지."

"아아."

하야세는 내 얼굴을 물끄러미 바라보았다.

"뭐야? 반대?"

"아니, 뭐 좋아. 그래, 다른 분들을 설득해 경험을 쌓은 다음에 모리미야 씨를 다시 만나면 나도 잘 설명할 수 있겠다."

"리카 씨가 어디 사는지 역시 모르는 거야?"

하야세가 다녀간 이튿날, 저녁 식사 준비를 하면서 모리미야 씨에게 물었다.

"아, 이혼 서류를 보낸 뒤로 아무 소식도 없네."

"그래?"

나는 야마모토식당에서 받아 온 반찬을 접시에 덜어 식탁에 놓았다. 취직한 뒤로 가게에서 저녁을 먹지만 차츰 폐점 시간이 빨라져 집에서 먹게 되었다. 영원히 모리미야 씨와 여기서 식탁에 함께 앉을 수는 없다. 그런 사실이 현실감을 띠며 평범한 저녁 식사도 소중한 시간으로 생각되었다.

"또 남은 반찬이야?"

모리미야 씨가 그러면서 식탁에 앉았다.

"남은 반찬이지만 우리 가게 맛을 집에서 즐길 수 있잖아. 야마모토식당의 배달 도시락을 시키면 680엔이나 해."

"그렇다면 이득을 본 기분이 드네."

"그렇지."

반찬은 토란 조림에 된장을 넣은 고등어 조림, 무말랭이, 넉넉하게 만들어야 맛을 낼 수 있는 것들뿐이다.

"야마모토 씨가 만드는 건 다 차분한 맛이 나네. 난 가끔 자극이 강한 교자 같은 것도 먹고 싶은데."

모리미야 씨는 토란을 입에 넣으며 말했다.

"고객이 퇴직한 노인들이니까 그렇지. 그래도 몸에 좋아. 벌써 마흔두 살이잖아. 음식에 신경을 써야 해."

"벌써라니, 아직 마흔두 살이지. 정년까지 20년 가까이 남았어."

"퇴직은 멀었지만 내가 나가면 저녁밥 혼자 차리기 귀찮을 테니 배달 도시락을 시키는 것도 방법이지."

내가 이렇게 말하자 모리미야 씨는 미간을 찌푸렸다.

"그렇게 해서 은근슬쩍 결혼 이야기를 꺼내지 마. 그 녀석 얼굴만 떠올려도 밥맛이 떨어지니까."

"또 듣기 싫은 소리 하네. 하야세가 왜 그렇게 마음에 안 드는 거야? 결혼은 찬성이라면서."

모리미야 씨는 하야세 이야기만 나오면 바로 가시가 돋친다.

"전부 다, 전부. 너야말로 그런 뜨내기 어디가 좋다는 거니? 결혼은 생활이야. 더 건실하고 성실한 녀석이 아니면 제대로……."

그러면서 모리미야 씨는 말을 잇지 못했다.

"건실하고 성실해도 이혼하는 경우가 있지."

내가 대신 이렇게 말하자 모리미야 씨는 '하긴, 그렇지' 하며 어깨를 축 늘어뜨렸다.

"그렇게 기죽지 마. 리카 씨가 멋대로 나갔을 뿐이잖아. 잘못한 거 없어."

"그런가?"

"그럼, 잘못 없지. 나도 결혼하면 모리미야 씨처럼……. 아, 그러기는 좀 싫지만. 그래도 모리미야 씨는 가끔 억지를 부리지만 현명하고 한눈 팔 걱정도 없고 성격도 얼굴도 그만하면 괜찮다고 생각해."

"그렇게 치켜세워 봐야 뜨내기는 인정하지 않는다니까. 또 다음 일요일에 그 커다란 덩치에 선물 하나 달랑달랑 들고 히죽히죽 웃으며 찾아오는 건 아니겠지?"

모리미야 씨는 기분이 좀 나아진 듯 다시 의기양양하게 하야세 험담을 했다.

"괜찮아. 설득은 뒤로 미루었으니까."

"뒤로 미뤄?"

"난 부모가 여럿이잖아? 한 명에게 시간을 너무 많이 쓸 수는 없어. 우선 다른 부모부터 인사를 드리려고."

"그게 무슨 소리니? 게다가 내가 맨 마지막이라니. 이상하잖아. 물론 내가 유코짱 부모로는 신입인 셈이지만. 어, 잠깐. 난 이미 7년이나 아버지 노릇을 했어. 이제 슬슬 결혼 같은 인륜지대사를 맡아도 괜찮지 않아?"

모리미야 씨는 퉁명스러운 목소리로 말했다.

"결혼은 중요한 일이야. 그러니까 '토리'라는 거지."

"토리?"

"그래. 연말 가요홍백전으로 이야기하면 기타지마 사부로나 이시카와 사유리처럼 맨 마지막에 등장하는 가수를 토리라고 부르잖아."

"아, 그래? 그 분야의 대가로 인정한다는 거로구나."

"그래, 맞아."

"알았어. 그럼 먼저 비중이 작은 사람들부터 정리해. 뭐 내게 오기 전에 다들 반대할걸. 뜨내기는 또 여행을 떠날 것 같은데."

모리미야 씨는 빼기듯 말하더니 '이 된장 넣은 고등어 조림 고추를 조금 넣어서 밥하고 잘 어울리는 것 같아'라며 맛있다는 듯이 고등어 살을 입에 넣었다.

3

지금 살아 있는 내 부모는 모리미야 씨, 이즈미가하라 씨,

리카 씨, 피가 섞인 친아버지, 이렇게 네 명이고 리카 씨가 집을 나간 지금 사는 곳을 아는 건 모리미야 씨와 이즈미가하라 씨뿐이었다.

"부모님들을 찾아뵈러 다닌다니, 좀 긴장되네. 게다가 이렇게 큰 집이라니."

모리미야 씨와 사는 아파트에서 전철역으로 네 정거장. 거기서 택시로 15분. 이즈미가하라 씨의 집 앞에 내리자 하야세는 한 차례 심호흡했다.

4월 말부터 5월 초까지 휴일이 이어지는 골든위크 첫날인 오늘은 햇볕을 쬐면 좀 더운 맑은 날이다.

"이즈미가하라 씨는 보기엔 엄숙하지만 부드러운 분이니까 걱정하지 말고."

내가 이렇게 말하자 하야세가 웃으며 대꾸했다.

"너는 모리미야 씨를 만나기 전에도 결혼에 찬성할 테니 걱정하지 말라고 했는데."

"하하하, 그랬지. 하지만 이즈미가하라 씨는 정말 걱정 마."

나는 자신 있게 고개를 끄덕였다.

4월 하순. 이즈미가하라 씨에게 편지를 썼다.

중학교를 졸업한 지 7년 만의 연락. 뭐라고 인사를 건네야 할지 망설여졌다. 중학생이던 내가 고등학교를 나와 단기대학을 졸업하고 직장 생활을 하며 결혼하기로 마음먹었다. 이런 경위를 쓰자니 너무 길어질 것 같았다. 하지만 그냥 나이를 먹었을 뿐 특별히 편지에 적을 만한 일들은 일어나지 않았다는 생각도 들었다. 이리저리 궁리한 끝에 여전히 잘 지내고 있으며 결혼을 준비하고 있는 상대와 인사드리고 싶다는 내용만 썼다. 이즈미가하라 씨는 바로 '꼭 들러라'라고 답장을 주었다. 큼직한 글씨지만 정성 들여 쓴 편지는 관대하면서도 섬세한 배려를 해 주는 이즈미가하라 씨 그 자체였다.

"당연하지만 건물은 별로 변하지 않았네."

나는 집을 천천히 살펴보았다. 큰 문 안쪽에 손질이 잘된 정원수들이 보였다. 초등학교를 졸업하고 이 집에 왔을 때는 어마어마한 저택으로 보였는데 어른이 된 지금은 더 큰 집도 알고 호화로운 집도 본 적이 있다. 그 때문인지 집은 낮아진 느낌이 들었다. 3년을 살았을 뿐인데 가까운 친척 집에 온 것 같은 생각이 들었다.

"유코, 정말 이 집에서 나간 뒤로 연락하지 않았어?"

건물을 쭉 살펴본 하야세가 물었다.

"응. 중학교 졸업한 뒤 처음으로 편지를 썼어. 이즈미가하라 씨만이 아니야. 헤어진 아빠와는 전혀 연락이 되지 않았고."

"통신 수단이 이렇게 많은데 전화나 문자도 하지 않았다니 대단하네."

"그런가?"

브라질로 간 아빠에게는 편지를 썼지만 답장은 한 번도 오지 않았다. 아빠도 새로운 삶을 시작했을 수 있다. 지나간 버스에 손을 흔들어 봐야 소용없다. 현재보다 중요하게 여겨야 할 과거는 전혀 없다. 부모가 바뀌고 또 바뀌는 사이에 나는 그걸 깨달았다.

"그래도 오래 소식이 없었는데 불쑥 이렇게 찾아오다니 깜짝 놀라겠네."

"분명히 그렇기는 하지."

하야세가 감탄하듯 불쑥 결혼하겠다며 인사하러 오는 것은 놀랄 일인지도 모른다. 그렇지만 받아들여 줄 거라는 확신이 있다. 시간과 거리가 문제가 되지 않는 것은 잠시나마 부녀지간이었기 때문일지도 모른다.

둘이서 문 앞에서 이야기하고 있는데 '오오, 그래. 유코짱. 어서 들어와'라며 초인종을 누르기도 전에 이즈미가하라 씨가 바깥까지 마중을 나왔다.

"그간 안녕하셨어요?"

내가 고개를 숙이자 하야세도 '처음 뵙겠습니다' 하며 깊숙이 고개를 숙였다.

7년 만에 보는 이즈미가하라 씨는 꽤 나이가 들어 보였다. 내가 이 집을 나갈 때는 쉰두 살이었으니 예순쯤 되었을 텐데 머리가 하얗게 셌기 때문인지 살짝 말랐기 때문인지 나이가 조금 더 들어 보였다.

이즈미가하라 씨는 바로 우리를 거실로 안내했다. 넓고 커다란 저택. 천장도 벽도 커튼도 리카 씨와 이야기 나누던 가죽 소파도 그대로였다. 너무도 변하지 않아 여기서 살았던 시간들이 되살아나 나도 모르게 '어머, 예전 그대로야'라는 소리를 하고 말았다.

"유코짱, 오래간만이에요."

귀에 익은 목소리에 고개를 돌리니 자세까지 예전과 같은 요시미 씨가 서 있었다.

"어머, 요시미 씨. 잘 지내셨어요?"

"그럼요. 자, 이것 드세요."

요시미 씨는 그러면서 우리에게 홍차를 내왔다. 쓸데없는 소리는 하지 않는 단호한 모습에 수수하면서도 품격 있는 옷차림. 요시미 씨는 여전히 같은 모습이었다.

"우와. 멋진 집이군요."

하야세가 방을 둘러보며 말했다.

"이제 많이 낡았는데."

이즈미가하라 씨는 조용히 미소 지으며 대꾸했다. 인사만 했을 뿐인데 이즈미가하라 씨는 하야세를 받아들이는 눈치였다.

이즈미가하라 씨가 홍차를 마시자 나는 밝은 목소리로 물었다.

"그러니까, 뭐냐. 이제 와서 연락을 드리는 게 과연 어떨까 생각했지만 결혼한다는 말씀은 드리는 게 도리가 아닐까 생각해서……."

고등학교에 들어갔을 때도, 취직했을 때도 어느 부모에게도 알리지 않았다. 그렇지만 결혼은 알려야 할 중요한 전환점이라는 생각이 들었다. 다른 부모와 함께 지내는 게 아니라 나 자신이 새로운 가정을 꾸민다. 지금까지 부모가 되어 주었던 분들에게 이제 마음 놓으세요, 라고 말씀드리고 싶었다.

이즈미가하라 씨가 기쁜 듯 웃는 표정을 지어 나는 마음이 놓였다.

"그런데 하야세 군이라고 했지? 무슨 일을 하는가?"

이즈미가하라 씨는 하야세를 바라보며 물었다.

"지금은 프랑스 요리점에서 일합니다. 아직 초보입니다만."

"그렇군. 요리사가 목표인가?"

"예. 레스토랑을 열고 싶습니다. 음악을 들을 수 있는."

"음악?"

"맞아. 이 사람은 피아노를 잘 쳐요."

내가 대신 대답했다. 그러자 이즈미가하라 씨는 자리에서 일어서며 이렇게 말했다.

"유코짱도 그랬었지. 아, 이리 와 봐. 우리 집엔 작지만 방음 시설이 있는 피아노 방이 있거든. 갑자기 부탁하면 곤란한가?"

"아뇨, 쳐 드리겠습니다."

하야세는 피아노 연주를 요청받으면 사양하는 법이 없다. '음대 학생이다', '피아노를 배웠다'라고 하면 '한 곡 쳐 봐'라는 사람이 무척 많다. 그때마다 하야세는 머뭇거리지 않고 선뜻 연주한다. 반갑다고 손짓하듯 아주 편안하게 건반을 두드린다.

"보관 상태가 정말 좋네요."

피아노 방에 들어서자 하야세는 피아노를 구석구석 살폈

다.

"치지도 못하면서 악기 만지는 걸 좋아해서."

이즈미가하라 씨가 살짝 멋쩍은 듯 대답했다.

"건반도 하나하나 잘 닦여 있네요. 그럼, 어떤 곡을 쳐 볼까?"

하야세는 피아노를 보더니 당장 치고 싶은 듯 얼른 손가락을 건반에 얹었다.

"난 음악을 잘 모르니까. 곡명도 잘 모르고. 하지만 들어 본 적이 있는 곡이 좋겠지."

이즈미가하라 씨가 말하자 하야세는 '그럼……' 하더니 조용히 건반을 누르기 시작했다. 천천히 물 흐르는 듯 들려오는 기분 좋은 소리에 가슴이 찌릿해질 만큼 로맨틱한 멜로디. 한동안 듣지 못했는데 하야세의 피아노 솜씨는 전보다 좋아졌다.

"아아."

들어 본 적이 있는지 몇 소절 듣자 이즈미가하라 씨는 살짝 고개를 끄덕였다.

중반으로 접어들자 감정이 억제된 연주에 외려 마음이 흔들렸다. 작은 방의 공기를 슬쩍 감싸는 듯한 느긋한 울림. 맑은 소리가 겹쳐지며 깊게 퍼지는 음악이 만들어졌다.

나도 전에는 이 피아노를 매일 쳤다. 리카 씨는 피아노를 칠 수 있게 해 주려고 나를 이 집에 데리고 들어왔다. 하지만 여기서 내가 얻은 것은 피아노만이 아니다. 답답하고 숨이 막히기는 했지만 나는 이 집에서 평온한 삶이라는 것을 알게 되었다. 경제적 안정이 아니라 곁에 있는 사람이 조용히 지켜봐 주어 얻는 평온함을 느낄 수 있었다.

중학교 3학년이면 누구나 감정이 복잡한 시기다. 불안과 외로움, 고독과 초조. 그런 마음이 소용돌이칠 때도 있었다. 하지만 나는 포기하지 않았다. 피아노가 내 불안한 감정을 어루만져 주었기 때문이라고 생각했다.

그런데 그게 아니었다. 늘 같은 소리를 내는 피아노를 확인하면서 나는 이즈미가하라 씨의 사랑을 느끼고 있었던 것이다. 하야세가 연주하는 피아노 소리를 듣고서야 그걸 깨달은 기분이 들었다.

마지막 음이 완전히 들리지 않게 되자 이즈미가하라 씨는 힘차게 박수를 쳤다.

"대단해! 마음을 빼앗긴다는 게 이런 거로군."

"이 곡 몇 번 들은 적 있지. 뭐더라? 어디선가 들었는데."

이즈미가하라 씨가 고개를 갸웃거리자 하야세가 '레스토랑이나 음식점 아닌가요?'라고 물었다.

"맞다, 그래. 식사할 때였구나. 곡명이 뭔가?"

"앙드레 가뇽의 '해후[11]'라는 곡입니다. 듣기 편해서 음식점에서 자주 들려주는 것 같더군요."

하야세가 대답하자 이즈미가하라 씨는 고개를 크게 끄덕이더니 내게 말했다.

"이렇게 피아노를 칠 수 있는 사람과 결혼하다니, 정말 최고 아니니?"

그리고 '저녁 먹고 가거라', '그래. 스시를 시키자'라며 이즈미가하라 씨는 부지런히 움직였다. 많은 음식을 차려 하야세와 내게 술을 권하면서 자기도 마셨다.

"난 술 좋아하시는 줄 몰랐어요."

술을 잘 못 마시는 나는 두 잔째 따른 맥주를 찔끔찔끔 마시면서 말했다.

"아니야. 그땐 중학생 아빠였으니 삼갔던 거지. 아빠가 술 취하면 좀, 그렇지?"

이즈미가하라 씨는 빨개진 얼굴로 그렇게 말하더니 자기 잔과 하야세의 잔에 맥주를 더 따랐다.

"아, 나는 얼마든지 마셔도 괜찮은데, 자넨 어떤가?"

---

11 Andre Gagnon, Comme au premier jour. '첫날처럼', '그대를 만난 날'이라는 제목으로 부르기도 한다.

하야세는 무슨 술을 마셔도 표시가 나지 않는다.

“이런 기쁜 날에는 취해도 괜찮아.”

이즈미가하라 씨는 이렇게 말하며 호쾌하게 웃었다.

이즈미가하라 씨가 이렇게 쾌활하게 이야기하는 모습은 본 적이 없다. 술 때문이기도 할 테지만 그 무렵에는 부녀지간이라는 느닷없이 생긴 관계 때문에 내가 조심했듯이 이즈미가하라 씨도 긴장했던 것이다. 어른이 된 지금 이렇게 마주 앉으니 그런 것들을 쉽게 깨달을 수 있었다.

“즐거울 때는 술이 금방 취할 텐데요.”

하야세도 몇 잔 비우고 그렇게 말하며 웃었다.

“야아, 정말, 내 딸이 결혼한다니, 진짜 좋구나. 이렇게 자네 같은 사람과 알게 되고.”

“하하, 저도 기쁩니다. 누군가를 만난다는 건 역시 즐거운 일이죠.”

“그럼, 그렇지.”

나는 두 사람이 나누는 이야기를 들으며 고급스러운 스시를 집어 들었다. 수북하게 얹은 군함마키의 성게는 한 알 한 알 제대로 보여 입에 넣자 짙은 바다 내음이 입안에 가득 퍼졌다. 너무 맛있어서 모리미야 씨에게도 먹여 주고 싶었다.

모리미야 씨는 회전 초밥집에 가면 ‘이렇게 질척하게 녹지 않은 신선한 성게를 먹고 싶네'라면서도 성게만 골라 먹는다. 이 성게를 먹으면 틀림없이 무척 기뻐할 텐데.

"유코짱, 너 스시 참 좋아하는구나."

"평소에는 그렇지 않은데 이건 정말 맛있네요."

내가 말하자 '그래, 그거 다행이구나'라며 이즈미가하라 씨는 또 기쁜 표정을 지었다.

"그런데 아직 많이 남았네. 이거 진짜 3인분인가요?"

"아니야. 기쁜 자리라서 6인분을 주문했지. 자, 자네도 많이 들게."

이즈미가하라 씨는 하야세의 잔에 또 맥주를 따르고 자기도 술잔을 비웠다.

"아, 참. ……혹시 리카 씨 연락처 아세요?"

이즈미가하라 씨가 더 취하기 전에 물어보는 게 나을 것 같았다. 내가 묻자 이즈미가하라 씨의 표정이 살짝 굳어졌다.

"그게, 결혼한다는 소식만은 전할까 싶어서요. 혹시 아신다면. 모르시죠? 미안해요. 괜한 걸 물어서."

이즈미가하라 씨가 당황한 모습을 보여 나는 사과했다. 모리미야 씨도 모를 지경이니 이즈미가하라 씨가 알 리 없는데. 리카 씨와 연락할 실마리를 얻을 수 있을까 싶어 물어보았지만 집을 나간 사람 이야기를 꺼내는 게 좋지 않았을지도 모른다.

그런데 고개를 숙이는 내게 이즈미가하라 씨는 빨개진 얼굴을 문지르며 이렇게 말했다.

"알고 있으면, 아니, 알고는 있는데……."

"리카 씨 있는 곳을 알아요?"

"뭐, 그렇지."

"그럼 가르쳐 주세요. 리카 씨에게 폐를 끼칠 생각은 없어요. 그냥 결혼 소식을 전하고 싶을 뿐이지. 만약 리카 씨가 새 가정을 꾸려 자녀가 있다거나 소식을 전할 만한 상태가 아니라면 바로 포기할게요."

아버지는 세 명이지만 이 세상에 있는 어머니는 리카 씨뿐이다. 사는 곳을 알 수 있다면 알고 싶다. 내 머릿속에는 결혼 소식을 듣고 '만세' 하며 기뻐하는 리카 씨의 모습이 선하니 떠올랐다.

"그렇지. 이렇게 기쁜 일이니까. 틀림없이 리카도 기뻐할 거야."

이즈미가하라 씨는 누군가에게 확인이라도 하듯 중얼거리더니 메모지와 연필을 집어 들었다.

4

"으음. 이즈미가하라 아저씨가 찬성했다고? 생각보다 무른 양반이로군."

내가 이즈미가하라 씨에게 다녀왔다는 이야기를 하자 모리미야 씨가 밉살스럽게 말했다.

나는 양배추를 넉넉히 넣은 햄버그스테이크를 먹으며 말했다. 롤카베츠를 하기는 번거로워 잘게 썰었다. 양배추와 양파가 고기를 더 부드럽고 달콤하게 만들어 준다.

"흐음. 그 뜨내기 녀석, 피아노를 직업으로 하지는 않겠다는 거니?"

"피자와 햄버그스테이크 수업을 받았다고 했잖아? 그 사람은 음악보다 음식에 관심이 있어."

"그렇다면 피아노를 계속 치다 보니 그만 치고 싶어졌을 뿐이잖아? 기껏 그 정도 피아노를 치면서 음식 쪽에 더 관심이 있다니, 제정신이라면 위험하지."

모리미야 씨가 심술궂게 말했다.

"기껏 그 정도라니, 하야세가 피아노 연주하는 걸 들어 본 적도 없으면서 그렇게 말하지 마."

내가 뾰로통한 표정을 지었다. 피아노를 치는 하야세도 좋지만 맛있는 음식을 먹고 기뻐하는 하야세도 나쁘지 않다.

"뭐 어쨌든 상관없어. 뜨내기 이야기는 식사할 때 하지 말자. 입맛이 뚝 떨어져."

모리미야 씨는 그러더니 콩소메 수프를 꿀꺽 마셨다. 5월 들어 더운 날이 늘어 수프나 된장국도 깔끔한 걸 먹고 싶어졌다. 토마토와 양파가 떠 있는 투명한 수프는 산뜻하게 마시기 편하다.

이즈미가하라 씨와 다시 만나러 가면서 리카 씨와 내가 떠나 고독하게 살고 있지 않을지 조금 걱정이었다. 그렇지만 나이가 들기는 했어도 이즈미가하라 씨에게는 고독이나 외로움과는 거리가 먼 듬직하고 깊은 품이 느껴졌다. 모리미야 씨는 아마 내가 집을 나가 혼자 살게 되면 침울해하지 않을까. 그런 생각을 하면서 얼굴을 보는데 모리미야 씨가 물었다.

"그래, 다음은 누구야?"

"응?"

"부모를 쭉 찾아다니겠다면서. 다음은 누구를 공략할 거야?"

"그런 표현 좀 쓰지 마. 다음은 그러니까, 리카 씨. 이즈미가하라 씨가 사는 곳을 알고 있어서……."

내가 머뭇머뭇 말하자 모리미야 씨는 태연히 대꾸했다.

"어어, 그 양반이 리카와 연락하고 있었구나."

"응, 뭐, 그런 모양이야. 어디 있는지 물었더니 알려 주더라고. 혹시 만나고 싶어?"

길지 않은 기간이었지만 한때 부부였다. 모리미야 씨도 리카 씨가 어떻게 지내는지 마음이 쓰일지도 모른다. 내가 묻자 모리미야 씨는 '아니, 전혀'라며 고개를 저었다.

"정말?"

"응. 난 오는 사람 막지 않고 가는 사람 잡지 않으니까. 게다가 리카와 함께 살았던 건 여러 해 전이야. 잊지는 않았지만 굳이 떠올리고 싶은 생각은 없어."

"좋아했었는데?"

"뭐 그렇지. 자식 키우기도 빠듯해서 리카에 대한 애틋한 마음은 집을 나간 순간 사라졌지."

"자식 키우기도 빠듯해? 무슨 소리야? 난 그때 이미 고등학생이었잖아?"

내가 그렇게 따지자 모리미야 씨는 '그래, 그렇지'라며 웃었다.

"그래도 유코짱에겐 엄마니까 기뻐할 일이나 알려야 할 일은 소식을 전하는 게 좋겠지. 내겐 완전히 과거 속 사람일뿐이니까 신경 쓰지 말고."

리카 씨가 집을 나간 뒤 모리미야 씨한테서는 눈곱만큼의 미련도 느껴지지 않았다. 찾는 척하지도 않았고 그리워하는 눈치도 보이지 않았다.

"리카 씨가 이미 옛 사람이라면 이제 좀 좋아하는 사람이 생기면 좋을 텐데."

"뭐 그렇지. 하지만 됐어. 예전에는 나도 연애를 하거나 결혼하지 않으면 인생이 허무해질지도 모른다고 생각했지만 그렇지 않더라."

"그래?"

"연애보다 소중한 게 꽤 많아. 그 가운데 뭔가 하나를 얻으니 허무하다는 생각 따위는 들지 않더라. 너도 어른이 되면 내 말을 이해할 거야."

모리미야 씨가 치분하게 말했다.

"난 이미 어른인데. 어라? 지금 기뻐할 일은 알리는 게 좋다고 했지?"

"그게 왜?"

"나하고 하야세가 결혼하는 거 정말 기뻐해야 할 일이라고 생각하거든."

"무슨 소리야. 결혼은 기쁜 일이지만 뜨내기가 결혼 상대면 비극이지. 으아, 그 자식 얼굴 떠올려도 입맛이 떨어지네."

모리미야 씨는 그렇게 말하면서 햄버그스테이크를 더 가지러 주방으로 갔다.

5

"될 수 있으면 빨리 부르러 올게."

"괜찮아. 천천히 해. 휴게실에서 책이라도 읽으며 기다릴 테니까."

하야세와 종합 안내 창구 앞에서 헤어져 혼자 리카 씨에게 갔다. 처음부터 둘이 함께 가면 피곤해할지도 몰라 먼저 내가 이야기를 한 다음에 하야세를 데리고 오는 게 낫겠다고 생각했다.

306호실. 이즈미가하라 씨에게 들은 번호를 찾다가 복도가 거의 끝나는 곳에서 발견했다. 환자 명단에는 '이즈미가하라 리카'라고 적혀 있었다. 이즈미가하라? 대체 어떻게 된 거지? 설마 리카 씨가 재혼한 상대가 다른 이즈미가하라 씨라는 걸까?

못 만난 7년 동안 리카 씨에게 무슨 일이 일어났고 어떻게 되었을까? 모르는 게 너무 많다. 대체 무엇부터 물어봐야 좋을까. 리카 씨를 정말 만날 수 있을까? 그렇게 생각하자 손가락이 떨렸다. 아니다. 그 씩씩한 리카 씨다. 이곳이 병원이라 그렇지 여전히 건강한 모습을 보여 주지 않을까?

혼자서 그런 생각을 하는데 문이 열렸다.

"뭐야, 3시에 온다고 해서 기다리고 있었는데."

"아아, 리카 씨."

7년 만에 만난 리카 씨는 당연히 나이가 들어 보였다. 그리고 병 때문인지 안색도 좋지 않고 야위기도 했다. 리카 씨는 모든 걸 날려 버릴 듯 환한 웃음을 지으며 나를 맞아 주었다.

"자, 얼른 들어와. 아침부터 깨끗이 치웠어."

"정말 오래간만이네……."

"응. 진짜 오래간만이야. 병실이라고는 해도 깔끔하지? 조금 넓은 1인실을 받았어. 그런데 유코짱 완전히 어른이 되었네……. 나는 서른다섯 살에서 마흔두 살이 되었을 뿐이지만 유코짱은 고등학생에서 사회인이 되었으니 당연한 걸까?"

리카 씨는 많은 말을 단숨에 쏟아내며 나를 병실 안으로 데리고 들어갔다.

병실 안에는 화장실도 있고 욕실도 딸려 있고 간단한 소파 세트도 있어서 딱딱한 침대가 있다는 걸 빼면 원룸 아파트 같았다.

"좋은 방이네."

내가 실내를 둘러보며 말하자 리카 씨는 '오래간만에 엄마를 만나러 왔는데 방을 본 감상을 먼저 말하니?'라며 킥킥 웃었다.

"아, 그 동안 잘 지냈……. 으음."

리카 씨는 넉넉한 실내복을 입고 있지만 야윈 모습은 숨길 수 없었다. 그런 리카 씨를 앞에 두고 마땅한 말을 찾을 수 없었다.

"7년이라니. 하고 싶은 이야기가 산더미처럼 쌓였어. 유코짱도 묻고 싶은 게 많지? 자, 여기 앉아."

리카 씨는 당황한 내 모습은 아랑곳하지 않고 낯익은 화사한 웃음을 보여 주었다.

"그래."

"음, 마실 것 많이 준비했어. 뭐가 좋을까? 그래, 사과 주스로 하자."

리카 씨는 작은 냉장고에서 종이팩에 담긴 주스를 꺼내 내게 건네더니 '영차' 하며 침대에 걸터앉았다.

나는 침대 옆 간이의자에 앉아 마른 목을 주스로 적셨다. 왜 병실에 있는 거지? 무슨 병인가? 왜 이름이 이즈미가하라 리카로 되어 있지? 나를 남겨 두고 간 건 어째서일까? 묻고 싶은 말이 산더미처럼 많았지만 막상 리카 씨를 보니 그게 무슨 소용인가 싶었다.

"결혼한다면서?"

생각에 잠긴 내게 리카 씨가 먼저 입을 열었다.

"응……. 맞아."

"시게짱이 아주 멋진 남자를 데려왔다고 하더라."

리카 씨가 방긋 웃었다.

"시게짱?"

"그래. 이즈미가하라 씨가 이름이 시게오야. 이즈미가하라 시게오. 몰랐어?"

"알았지만……. 그렇게 부르는구나."

내가 놀라자 리카 씨는 후후후 웃었다. 무슨 이야기를 털어놓기 전에 장난스럽게 웃던 옛날처럼. 안색은 좋지 않고 뺨은 홀쭉해졌고 눈가에는 다크서클도 있다.

그렇지만 리카 씨의 표정은 변함없이 생기가 넘쳤다. 분명히 손질을 하는 모양이다. 피부는 고왔다.

"결혼했어. 이즈미가하라 씨하고."

리카 씨가 살짝 정색하고 말했다.

"재혼이 이즈미가하라 씨하고 한 거구나?"

이름이 적힌 판을 보고 짐작은 했지만 그래도 충격을 받은 건 사실이다.

"그래. 놀랐어?"

"그야 당연히 놀랐지. 답답하다면서 그 집을 나갔는데."

"그 집은 답답했지만 시게짱은 좋은 사람이었지."

"그건 나도 알지만."

이즈미가하라 씨가 좋은 사람이라는 것은 나도 안다. 말수가 적지만 그릇이 큰 사람이다.

"그렇지만 또 결혼하다니. 대체 어떻게 된 거야?"

"유코짱이 상상한 그대로야."

리카 씨는 그렇게 말하며 미소 지었다.

그 전에는 내게 피아노를 칠 수 있게 해 주려고 이즈미가하라 씨와 결혼했다. 이번에는 혹시 병과 관계가 있는 걸까? 내가 아무 대꾸도 없이 고개를 갸웃거리자 리카 씨가 말했다.

"그렇지만 나 진짜 시게짱을 좋아해. 전에도 그랬고 지금도."

리카 씨의 부드러운 표정을 보고 있으면 그럴지도 모르겠다는 생각은 든다. 그렇다면 모리미야 씨와 결혼한 건 왜일까. 내가 묻기도 전에 리카 씨가 먼저 말했다.

"나도 유코짱에게 묻고 싶은 게 아주 많아. 그래, 그 전에 얼른 따분한 내 이야기부터 정리할까?"

리카 씨는 기운을 내듯 말했다. 그러더니 바로 미간을 찡그리며 말을 이었다.

"어떤 이야기부터 시작할까……? 으음."

7년 동안 이즈미가하라 씨와 이혼하고 모리미야 씨와 결혼했다가 이혼하고, 다시 이즈미가하라 씨와 재혼했다. 너무 복잡해 이야기하기도 어려울 것이다.

"그럼 이즈미가하라 씨 집에서 나간 건 왜지?"

나는 먼저 처음에 일어난 사건부터 물었다. 순서대로 묻지 않으면 혼란스러울 것 같았다.

"그래. 그 생활이 따분했던 건 사실이야. 그 무렵엔 그냥 매일 우울했어. 직장에 나가지 않아도 되고, 집안일도 하지 않아도 되고. 처음엔 행운이라고 생각했지만 게으름뱅이인 나도 닷새가 지나니 좀이 쑤시더라. 요시미 씨도 싫었고."

리카 씨는 어깨를 으쓱했다.

"그랬지."

요시미 씨는 깔끔한 사람이다. 그만큼 리카 씨의 엉성한 태도에 못마땅한 표정을 짓는 일이 많았다.

"나 혼자만의 생각이었지만, 그 무렵 나는 유코짱도 이런 곳에 있으면 안 되겠다고 생각했어. 이렇게 빈틈없이 살아야 하는 곳에 있다 보면 쓸모없는 사람이 될 거라고 보았어."

"그래서 데리고 나가려고 했던 거구나."

"그래. 그래서 경제적으로도 내 힘으로 널 고생시키지 않고 지낼 수 있게 되면 데리러 가자는 생각에 일하며 돈을 모았던 거야."

"그랬구나. 그렇다면 모리미야 씨는? 왜 결혼한 거야?"

나를 데리러 와 주었을 때 리카 씨 옆에 있는 모리미야 씨를 보고 나는 위화감을 느꼈다. 모리미야 씨에게는 리카 씨가 좋아할 요소가 하나도 없었기 때문이다. 지금 이즈미가하라 씨와 재혼했다는 말을 듣고 나니 모리미야 씨와 결혼한 게 더 이해되지 않았다.

"모리미야와 결혼한 건……, 그래, 일한 지 1년 반쯤 지나서였던가? 회사에서 건강검진을 받고 병이 있다는 걸 알게 되었지."

여기는 병원이고 리카 씨가 병을 앓고 있다는 이야기도 이즈미가하라 씨에게 들었다. 하지만 리카 씨의 입을 통해 '병'이라는 말이 나온 순간 현실감이 느껴져 나는 가슴이 옥죄어 왔다. 리카 씨는 그런 건 아랑곳하지 않고 태연한 표정으로 이야기를 이어 갔다.

"설마 내가 병에 걸리다니, 깜짝 놀랐지. 아직 젊은데 말이야. 그래서 일단 병에 걸렸으니까 유코짱 엄마는 그만두기로 했지."

"그게 무슨 소리야?"

병이 걸렸다고 엄마 역할을 그만둔다는 이야기는 들어 본 적 없다. 병에 걸린 엄마는 얼마든지 있고 건강이 엄마의 조건도 아니다.

"그야 난 친엄마가 아니고 피도 섞이지 않았잖아? 그러니 굳이 함께 살지 않고 더 좋은 부모를 골라야 한다고 생각했어."

"부모라는 게 물건처럼 골라잡는 게 아니잖아."

내가 물었다.

"아이들은 부모를 고를 수 없다는 이야기는 자주 듣지."

리카 씨는 웃었다.

'아이들은 부모를 고를 수 없다.' 자주 들었던 말이다. 부모를 고를 수 없어서 불행하다는 뜻일 테지만 부모를 골라야만 하는 처지도 괴롭다.

"그렇지만 유코짱은 친아빠보다 나를 선택했는걸. 그래서 조금이라도 더 나은 인생을 살게 해 주지 않으면 안 된다고, 이래 봬도 난 아주 진지하게 생각했던 거야."

"그건 알지만."

그건 안다. 뭔가 억지스럽고 뒤죽박죽이지만 리카 씨가, 지금까지 내 부모였던 사람이 나를 그렇게 생각해 준다는 것쯤은 알고 있다.

"그래서 병이 걸려서 난처하다고 생각했지."

"나한테 폐를 끼칠 거라고? 어떻게 그런 생각을 해?"

"폐를 끼칠 거라는 생각도 있었지. 그렇지만 유코짱, 부모가 바뀌는 건 괴롭지 않겠느냐고 물었던 거 기억해?"

"아니…… 글쎄."

기억이 나지 않아 나는 말을 흐렸다.

"아직 중학생이었던 네가 부모가 바뀌는 건 아무렇지도 않다고 대답했어. 친엄마가 세상을 떠나서 가까운 사람의 죽음보다 괴로운 일은 없다는 걸 안다고."

"그런 말 한 것 같기도 하고 아닌 것 같기도 하고."

부모는 바뀌지 않는 게 낫다. 그렇지만 내 부모가 되었던 사람들은 늘 나를 진지하게 대해 주었다. 그래서 헤어진 뒤에도 어디선가 나를 지켜봐 주고 있다는 생각이 들어 마음 든든할 때도 있었다. 하지만 죽으면 그럴 수 없다. 다시는 못 만난다는 게 너무 슬프다.

리카 씨는 그렇게 말하고 나서 '그렇다고 해도 난 아직 언제 죽을지도 모르지만 말이야'라면서 소리 내어 웃었다.

나는 도저히 웃음이 나오지 않았다. 그토록 애정을 쏟아 준 리카 씨가 나를 떠났다. 나름 각오를 했을 것이다.

"우울한 표정 좀 짓지 마. 죽을 마음 없으니까 시게짱하고 재혼한 거야."

"그렇겠지."

"그래. 이렇게 뻔뻔한 내가 죽을 리 있겠어? 그런데 무슨 이야기였지? 아, 그래 맞다. 모리미야 이야기였지?"

리카 씨는 그러더니 침대 옆 선반에서 쿠키를 꺼내 왔다.

"시게짱이 네가 올 거라면서 이것저것 사다 줬어. 좀 따분한 이야기를 해야 할 테니까 이거라도 먹어."

"고마워."

깡통 뚜껑을 여니 향긋한 버터 냄새가 풍겼다. 리카 씨는 내 생각을 해서인지 '아, 초콜릿 있는 거 맛있어'라며 하나를 집어 입에 넣었다. 정말로 식욕이 있는 걸까? 맛있다고 느끼는 걸까? 나는 불안해하면서도 리카 씨가 밝게 행동하는데 침울해할 수는 없어서 '정말, 고급 쿠키네'라며 입에 넣었다.

"시게짱은 단것 싫어하면서 과자 사는 건 좋아하니까."

리카 씨는 그러더니 차를 한 모금 마시고 이야기를 이어 갔다.

"모리미야와 결혼한 건 말이야 건강진단에 걸려서 입원해 있을 때 중학교 동창회에서 만난 그 사람이 생각났기 때문이야. 도쿄대 출신에 대기업에서 일하고 게다가 금붕어를 10년이나 키우고 있다면 건실한 사람이구나 싶어서."

"그래서?"

"모리미야가 유코짱 부모로 어울린다고 생각했어. 이즈미가하라 씨 집은 너무 호화롭고, 시게짱은 나이가 있으니까 병에 걸릴 가능성이 높잖아. 모리미야라면 젊어서 내 후계자에 딱 어울린다고 생각했지. 내가 남자 보는 눈이 있으니까."

"그래서 결혼한 거야?"

"그래. 내 감이 맞았지? 모리미야는 유코를 소중하게 여겨. 그렇지?"

"그야 그렇지만."

애정 표현이 이상하게 나타나기는 하지만 모리미야 씨가 나를 소중하게 여긴다는 건 결코 부정할 수 없다.

"그렇다고 모리미야 씨에게 날 떠맡긴 거야?"

"떠맡긴 게 아니라 모리미야는 내게 네가 있다는 걸 알면서도 결혼한 거라니까."

"그야 그렇겠지만. 너무한 거 아니야?"

"뭐 그렇지. 수술받고 1년 뒤에 또 안 좋은 데가 발견되어 재수술을 하게 되었지. 이제 너와 내 문제를 어떻게든 정리해야 한다는 생각이 들어 초조했어. 느긋하게 고민하고 있을 틈이 없었지."

두 차례 수술을 받았다는데 병이 얼마나 깊은 걸까. 무슨 병이고 어떤 치료가 필요하며 언제쯤 나을 건지. 이게 무엇보다 궁금했지만 리카 씨는 내가 병에 대해 입에 올릴 수 없는 분위기를 풍겼다.

"재수술이 결정되고 모리미야와의 관계를 단숨에 결혼까지 발전시켰지. 모리미야는 부모와 사이가 좋지 않아 집을 나온 상태였기 때문에 둘이 뜻만 맞으면 간단하게 혼인신고를 할 수 있었어. 그래서 이즈미가하라 씨에게 결혼하겠다고 알리러 갔고 유코짱을 데리고 가고 싶다고 했던 거야. 아주 바빴지."

리카 씨는 아주 유쾌한 일처럼 이야기했다. 그렇다. 리카 씨는 즐거운 시간을 보내고 싶은 거다. 오래간만에 만났는데 내게 괴로운 이야기를 털어놓고 싶지 않은 거다.

"대단하네. 모리미야 씨와 이즈미가하라 씨, 다 큰 두 사람이 리카 씨 계획에 그냥 휘둘리다니."

나도 가벼운 말투로 맞장구를 쳐 보았다.

"그치? 내 말재주가 대단하거든."

"모리미야 씨는 정말로 아무것도 몰랐어?"

"응. 그 사람 어리바리하거든. 병 때문이라고 생각하지는 못했을 테지만 내가 집을 나갈 거라는 건 어렴풋이 느끼지 않았을까? 나를 완전히 믿지는 않은 것 같았고, 그래서 더 유코짱을 잘 맡아 줄 거라고 생각했지."

"그래서 더?"

"결혼하기로 했을 때는 자기가 유코짱의 아빠가 되기로 결심한 게 아닐까? 그 사람 성실하니까."

그건 안다. 7년 동안 함께 지냈다. 모리미야 씨의 각오도, 모리미야 씨가 그런 사람이라는 것도 잘 안다.

"그래서, 이즈미가하라 씨와 재혼한 거야?"

"그래. 너를 데리고 가고 싶다는 이야기를 하러 갔을 때 시게짱은 내가 몸이 좋지 않다는 걸 눈치챘어. 결혼하겠다는 이야기를 하는데 '그보다 리카는 어디 아픈 거냐'고 묻더라."

리카 씨는 '숨길 수가 없었어'라며 웃었다.

"난 전혀 눈치채지 못했는데."

나는 몸이 좋지 않은 리카 씨와 두 달 동안 살았다. 매일 같이 있었는데 병이 났을 거라는 생각은 해 보지 못했다.

"당연하지. 부모를 빤히 보는 애들은 기분 나쁘거든. 애들은 부모 눈치 보지 않고 자유롭게 지내야 해. 시게짱에겐 사실대로 털어놓을 수밖에 없었지……. 병이 나면 돈이 들거든. 수술도 그렇고 입원도 그렇고. 이런저런 도움을 받으며 오늘까지 지내 온 거야."

이즈미가하라 씨는 내가 모리미야 씨와 리카 씨에게 갔을 때 아무 말도 하지 않았다. 가만히 내 얼굴을 바라보았을 뿐이다. 그건 모든 걸 알고 있었기 때문일까?

"시게짱은 가슴이 진짜 넓어. 나는 그 사람과 함께 있으면 마음이 편해."

리카 씨는 그러면서 웃었다.

어쩌면 두 사람 사이에 있는 것은 연애나 사랑과는 다른 것인지도 모른다. 그래도 이즈미가하라 씨가 리카 씨에게 품고 있는 마음이 얼마나 깊은지는 쉽게 상상할 수 있다.

"으아—, 따분한 이야기를 했네. 이제 유코짱 결혼 이야기를 하자. 내 계획적인 결혼보다 꿈이 있을 거 아니야?"

리카 씨는 그러면서 설레는 표정으로 나를 보았다.

"그렇지?"

꼭 닫힌 병원 창문으로도 5월의 따스한 햇살이 들어왔다. 하지만 창 너머에 부는 바람은 닿지 않아 닫힌 공간의 숨쉬기 힘든 느낌은 가시지 않았다. 이 공기를 바꾸려면 몇 가지 이야기를 할 수밖에 없을지도 모른다.

"하야세라고 하는데, 고등학교 3학년 때 합창제 때 함께 피아노 반주를 맡아서."

"우아, 왠지 로맨틱하다."

"응. 그렇지만 그때는 하야세에겐 애인이 있어 사귈 수 없었지. 그런데 내가 단기대학을 졸업하고 일하던 가게에 하야세가 왔어. 그때부터 만나게 된 거야."

"뭐야 이거. 드라마 같잖아. 그래서?"

리카 씨가 진짜 재미있다는 듯이 눈을 반짝이는 바람에 나는 조금이라도 재미있게 이야기를 하려고 애썼다.

"사귀게 되기는 했는데 하야세가 좀 괴짜라서. 음대를 다니면서 이탈리아에 피자를 배우러 가기도 했지."

"그게 뭐야? 피자라는 악기?"

"아니, 치즈를 얹은 음식인 피자."

"왠지 대단하다는 생각이 드네."

"그래. 그 다음에는 햄버그스테이크를 배운다고 미국에 갔어."

"정말이야? 너무 재미있다."

하야세 이야기가 무척 재미있는지 리카 씨는 몇 번이나 소리 내어 웃었다.

둘이 이야기하다 보니 이곳이 병원이고 리카 씨가 병을 앓는다는 사실은 뒤로 밀려나고 매일 이야기하며 지내던 그 시절 느낌이 되살아났다.

"아, 참. 하야세도 여기 와 있는데. 만나 줄래?"

하야세를 깜빡 잊고 있었다. 내가 그렇게 말하자 리카는 고개를 저었다.

"됐어. 오늘은 유코짱을 만나 여러 가지 이야기를 실컷 해서 너무 좋았어. 하야세라는 친구는 결혼식 때 볼게."

"그래?"

"그래, 그러자. 다음으로 미루기로 해. 그런데 식은 언제쯤?"

"가을로 생각하는데 모리미야 씨가 반대해."

"그야 아버지니까."

"결혼은 축하한다더니. 그런 뜨내기는 안 된대. 말이 안 통해."

나는 모리미야 씨의 말투를 떠올리며 한숨을 내쉬었다.

"내가 유코짱을 두고 나갔기 때문이지. 걱정이네. 미안해. 힘들게 만들어서."

"그렇지 않아. 그때 아무렇지도 않았어, 난."

나는 리카 씨가 이혼 서류를 보내왔던 때를 떠올렸다. 그때 모리미야 씨는 눈 하나 깜짝하지 않고 서류에 도장을 찍었다. 그 뒤로도 리카 씨를 그리워하는 모습은 한 번도 본 적 없다. 그래서 '아, 이 사람은 어떤 변화도 대수롭지 않게 받아들이는구나', 이렇게 생각했다.

그렇지만 모리미야 씨는 사실 아무렇지 않은 게 아니었을지도 모른다. 마음먹은 대로 행동하는 하야세를 인정할 수 없을 만큼. 7년이 지나도록 다른 여자를 사귀지 못할 만큼. 틀림없이 내 마음이 흐트러질까 두려워 애써 태연한 척했을 뿐이다. 왜 그렇게 간단한 사실을 깨닫지 못했을까. 아니, 내가 몰랐던 것은 당연한 노릇인지도 모른다. 리카 씨가 병에 걸렸다는 사실도, 사랑하는 사람을 떠나보낸 모리미야 씨의 마음도 나는 당연히 이해할 수 없었다. 내 부모라는 사람들은 너무도 자식을 먼저 생각했기 때문에.

"좋았어. 어쨌든 가을 네 결혼식을 위해 건강해지도록 애써 볼까?"

리카 씨는 힘차게 말하더니 침대에서 일어섰다.

"그 사람 너무 기다리게 하잖아. 이제 슬슬 가 봐야지."

"그래. 결혼식에 꼭 와. 아, 깜빡했다!"

가방을 손에 든 나는 중요한 것을 가지고 왔다는 사실을 떠올렸다.

"이거. 리카 씨에게."

"뭔데, 이게?"

내가 건넨 봉투를 받더니 리카 씨는 눈살을 찌푸렸다.

"돈인데."

"그런 것 같구나. 그렇지만 자식한테 돈을 받다니. 그럴 순 없어."

"그 돈, 내 것이 아니라 초등학교 5학년 때 받은 거야."

"초등학교 때? 20만 엔이나? 대체 누구한테?"

봉투 안을 확인한 리카 씨는 깜짝 놀라며 물었다.

"그때 살던 연립주택 집주인 할머니한테 받은 거야. 노인 요양원에 들어갈 때."

"그런 일이 있었구나. 집주인 할머니가 널 귀여워하셨지. 그런데 그걸 왜 내게? 네가 지금까지 소중하게 간직하고 있었다면 네가 쓰면 되잖아."

"집주인 할머니가 이 돈이 필요할 때가 언젠가 올 거라고 했어. 어떻게든 해 보고 싶은 일이 생겼을 때 쓰라고 한 거야. 지금 돈이 궁하지는 않을 테지만 내겐 어떻게든 해 보고 싶을 때가 바로 지금이니까."

초등학교 5학년 때 받은 20만 엔은 지금까지 쓰고 싶거나 필요한 적이 한 번도 없었다. 일하기 시작하면서 내 저축은 20만 엔을 넘었다. 그렇지만 집주인 할머니가 준 이 돈에는 금액이 아닌 힘이 있는 것 같은 기분이 들었다.

"왠지 복을 가져다주는 돈 같네. 감사하게 받을게. 고맙구나."

내 말을 가만히 듣고 있던 리카 씨가 그렇게 말하며 고개를 숙였다.

"응. 이제 분명히 좋아질 거야. 기운 내고. 그리고……."

"그리고?"

"이즈미가하라 씨도. 가까운 사람이 세상을 떠나는 괴로움을 알고 있는걸."

피아노를 소중하게 닦던 이즈미가하라 씨의 모습을 지금도 잊을 수 없다. 만약, 만에 하나 리카 씨를 잃게 된다면 이즈미가하라 씨는 견뎌 내지 못할 것이다.

"알아. 그래서 시게짱보다는 훨씬 더 오래 살 작정이야."

리카 씨는 '시게짱은 할배거든'하며 소리 내어 웃었다.

"그런가? 그렇기는 하지. 아, 참. ……저어, 혹시 친아빠는 어디 사는지 알아?"

내가 문 앞에서 그렇게 묻자 리카 씨는 '미토 슈헤이' 하고 중얼거렸다.

"그래. 리카 씨 첫 남편 말이야."

"첫 남편이라는 건 알지만……."

리카 씨는 허공을 바라보았다. 별로 떠올리고 싶지 않은 사람이라서일까?

"혹시 알면 가르쳐 주면 좋겠는데……."

"응. ……알아."

리카 씨는 내키지 않는 표정으로 살짝 고개를 끄덕였다.

"그냥 나 결혼한다는 소식을 전하고 싶을 뿐이야."

"그래? 그렇겠지. 응, 집에 돌아가면 주소를 알 수 있을 거라고 생각하는데. 또 시게짱에게 알아봐 달라고 해서 보내 줄게."

리카 씨는 그러더니 이렇게 말하며 어깨를 으쓱했다.

"지쳤네. 한 해 수다를 오늘 다 떤 것 같아. 시게짱과 있으면 신나는 대화는 별로 없어서."

"또 와도 돼?"

내가 물었다.

"에이, 그만둬."

리카 씨가 농담하듯 말했다.

"안 돼?"

"안 돼, 안 돼. 난 오늘 진짜 무리한 거야. 오늘 쓴 기운을 채우려면 석 달은 걸릴 거야. 그때는 너 결혼식이잖아. 네 결혼식 모습을 볼 수 있다니, 벌써 가슴이 설레는구나. 병이 나고부터 다음 약속이 무엇보다 좋은 약이라는 걸 깨달았어."

리카 씨는 눈이 부신 듯 나를 바라보았다.

건강해야 해. 어서 병 낫고. 하고 싶은 말은 많은데 입에서 나오지 않았다.

"또 보자, 유코짱."

리카 씨는 방긋 웃으며 손을 흔들었다.

"또. 그래, 또 봐."

나도 그러면서 한 차례 숨을 내쉬고 무거운 문을 당겼다.

휴게실로 가니 하야세가 보이지 않았다. 5시가 지난 시각이었다. 리카 씨와 두 시간 넘게 이야기한 셈이다. 너무 오래 기다리게 했다고 생각하며 서둘러 아래층 종합 안내 창구로 갔지만 하야세는 거기에도 없었다. 밖으로 나갔나 싶어 입구로 걸어가는데 피아노 소리가 들려왔다. 자연스럽게 울려 퍼지는 소리에 처음에는 CD를 틀어 놓은 줄 알았는데 생생한 음색은 실제 연주였다. 소리를 따라 가니 현관 로비에 하야세가 있었다.

병원 내부는 넓고 대기실 옆에는 로비가 있어 가끔 연주회라도 하는지 안쪽에 그랜드피아노가 놓여 있었다. 그림과 꽃이 화려하게 장식된 피아노 주위만 보면 호텔 입구 같았다.

하야세는 거기서 피아노를 치고 있었다. 시원스럽게 흐르는 심플하고 아름다운 곡. 바흐의 '양들은 한가로이 풀을 뜯고[12]'였다. 병원 피아노를 멋대로 쳐도 되는 걸까 걱정되어 주위를 둘러보았지만 로비에 있는 사람들은 모두 피아노 소리에 귀 기울이고 있었다.

병원은 결코 즐거운 곳이 아니다. 매우 정돈되어 있고 청결해 로비라는 공간마저도 긴장감이 느껴진다. 그런 닫힌 공간에서도 섬세하고 차분한 피아노 소리는 따스하게 울려 퍼졌다. 뭔가를 주장하지 않고 곁에 다가오듯 흐르는 음악은 내 마음에도 스며들었다.

리카 씨는 병을 앓고 있다. 그것도 틀림없이 심각한 병. 울며 소리 지르고 싶은 현실이 피아노 소리에 녹아 누그러졌다. 불안과 괴로움, 안타까움으로 뒤덮였던 마음에 소리가 퍼지며 틈새를 열어 준다. 음악은 확실히 힘이 있다. 평소에는 느끼지 못하지만 지금은 알 수 있다. 피아노만 보면 반드시 쳐야 하는 하야세가 만들어 내는 멜로디가 마음을 흔들며 감쌌다.

맛난 음식도, 따스한 격려도, 누군가 뻗어 주는 도움의 손길마저 받아들일 수 없게 되었다고 해도 음악은 몸과 마음을 파고든다. 나는 왜 깨닫지 못했을까. 하야세는 계속 피아노를 쳐야 한다.

---

12 J. S. Bach: Cantata No. 208, 'Sheep May Safely Graze', BWV 208

"면회 끝났어?"

피아노 연주를 마친 하야세는 주위 사람들에게 살짝 고개를 숙이고 내게 다가왔다.

"아, 응. 그런데 내가 여기 있는 걸 용케 알아차렸네."

"피아노 치고 있을 때는 귀가 더 예민해지니까. 네가 오는 기척을 듣고 알았지."

하야세는 그렇게 대꾸하며 웃더니 조심스럽게 물었다.

"어땠어?"

"글쎄. 잘 모르겠어."

리카 씨는 심각한 병에 걸린 것 같아. 이렇게 대답하면 그게 진짜 현실이 되고 말 것 같아 그럴 수 없었다.

"그래? 그렇구나."

"하지만 나 깨달았어."

"뭘?"

"너 피자를 굽고 있을 때가 아니라는 걸."

내가 얼굴을 쳐다보며 말하자 하야세는 고개를 갸웃거렸다.

"무슨 소리야?"

"피아노, 쳐야 해. 답답하다느니 서툴다느니 더 중요한 일이 있다느니 하는 소리 하지 말고 넌 진지하게 피아노를 쳐야 해."

피자는 내가 구울 수 있다. 하지만 절망에 싸인 마음을 부드럽게 감싸 주는 음색을 연주할 수 있는 사람은 하야세밖에 없다. 오늘 연주한 피아노는 이즈미가하라 씨의 집에서 들었을 때보다 훨씬 좋았다. 하야세가 여전히 피아노에 어울린다는 증거다.

"이제 와서?"

"그래. 탑승권 사서 여행 가방 맡긴 뒤라도 행선지가 틀렸다는 걸 깨달으면 그 비행기는 타면 안 되잖아. 하야세, 지금이라면 내릴 수 있어."

이탈리아와 미국에 갔던 시간을, 하야세가 고민하고 결정한 결단을 부정하고 마는 셈이 될지도 모른다. 그렇지만 하야세 앞에 피아노 말고는 아무것도 두고 싶지 않았다.

"그런가?"

"그래. 햄버그스테이크도 피자도 내가 구울게. 음식은 내가 하는 게 훨씬 맛있는걸."

내가 단호하게 말하자 하야세는 조용히 웃으며 말했다.

"나도 어렴풋이 느끼고 있었어."

6

그로부터 일주일도 지나지 않아 리카 씨가 소포를 보내왔다. 아빠 연락처를 알고 싶다고 했을 뿐인데 작은 골판지 상자를 보내왔다. 포장이 무척 거창하다고 생각하며 열어 보니 둥근 고무줄에 묶인 편지 묶음이 들어 있었다.

이게 뭐지? 먼저 제일 위에 있는 종이를 집어 들었다. 리카 씨가 내게 보낸 편지였다.

지난번에는 고마웠어. 오래간만에 유코짱과 이야기해서 즐거웠단다. 좋은 시간이었어. 내가 사과해야만 할 일이 있구나. 여기 함께 보내는 것은 네 친아버지한테서 온 편지야. 브라질로 떠난 뒤, 열흘에 한 번쯤 편지가 왔어. 네가 아버지에게 가겠다고 할까 봐 두려워 네게는 보여 주지 않았단다. 이런 중요한 걸 숨겼으니 용서받을 수 없겠지. 정말 미안하구나. 무덤까지 가지고 가려 했지만 편지가 너무 많아 무덤에 들어가지 않을 것 같아서.

네 아빠는 떠난 지 2년 뒤에 우리나라로 돌아와 너를 만나고 싶다고 내게 몇 번이나 연락했단다. 그렇지만 그 무렵 내겐 너보다 소중한 존재가 없었기 때문에 잃을까 봐 불안해 도저히 만나게 해 줄 수 없었지. 내가 너무 멋대로 못된 짓을 했구나.
정말 미안하다.
네 아버지는 오래 만나지 못해 너에 대한 마음이 옅어졌을 거라고 생각했어. 그렇지만 내가 네 어머니 역할을 그만두기로 결심했을 때 네 아버지의 심정이 이해되더라. 헤어졌다고 해도, 자기에게 새 가족이 생겼다고 해도 자식에 대한 마음은 전혀 옅어지지 않는다는 사실이.
미토 씨는 그로부터 3년 뒤에 재혼한 모양이야. 새 가정이 생긴 이상 미토 씨나 유코짱의 현재 생활을 복잡하게 만들 거라고 생각해 편지에 대해서는 입을 다물기로 마음먹었지.
그리고 이제 편지는 없었던 일로 넘어갈 수 있을 거라고 멋대로 나 스스로를 용서했던 건지도 모르겠구나.
미토 씨는 딸을 둘 낳았고, 새 가족과 행복하게 사는 모양인데 그렇다고 유코짱을 잊은 게 아니야. 네 결혼 이야기를 들으면 기뻐할 거다.
그럼 결혼식 날 보자.

이런 메시지와 마지막에 아버지의 주소가 적혀 있었다.

아버지가 브라질로 간 뒤 나도 수없이 편지를 썼다. 외국으로 편지를 보낼 줄 몰랐기 때문에 리카 씨에게 보내 달라며 편지를 맡겼다. 답장이 오지 않았느냐고 물을 때마다 리카 씨는 '아버지도 바쁘니까'라며 말을 흐렸지만 사실은 편지가 왔었다. 아버지는 역시 나를 만나려고 했다. 어떻게든 아버지와 연락하려고 했던 그 시절의 나를 생각하면 가슴이 아팠다. 돌아온 아버지 역시 나를 만나려고 했다. 바로 그때 아버지와 나는 만날 기회가 있었다. 그런 생각을 하니 눈물이 절로 흘렀다.

그렇지만 당연하게 리카 씨를 원망하고 싶은 마음은 들지 않았다. 리카 씨가 그런 것을 넘어설 만한 사랑을 내게 쏟고 있다는 사실을 잘 안다.

아버지는 이렇게 많은 편지를 내게 보냈다. 백 통도 넘는 편지를 보니 아버지가 더욱 그리워졌다. 혼자서는 아무것도 못하던 갓난아기 시절의 나를 아는 아버지. 걸음마를 배우고 말을 배우는 모습을 곁에서 지켜본 아버지. 아버지는 자라나는 나에게 제대로 말을 건네주었다.

편지 소인을 보니 오래된 순서로 쌓여 있었다. 어떻게 할까? 읽어야 할까? 지금의 내게가 아니라 초등학생이었던 내게 보낸 편지들. 아버지가 어떤 이야기를 내게 보냈던 걸까? 알고 싶다. 하지만 이 편지를 읽어 봐야 이제는 그때 아버지의 마음에 답장을 보낼 수 없다. 분명히 그때 알았다면 하고 후회할 일들뿐이리라.

"우아, 무슨 편지가 이렇게 많아?"

편지를 테이블 위에 늘어놓으며 생각에 잠기는데 뒤에서 목소리가 들려왔다.

"아, 집에 있었어? 장 보러 간 거 아니었나?"

"얼른 다녀왔지. 그거, 설마 그 뜨내기 녀석이 보낸 거 아니니?"

모리미야 씨는 그렇게 말하더니 슈퍼마켓 봉투를 테이블 위에 내려놓았다.

"아니야. 하야세는 편지 같은 거 쓰지 않아."

나는 고개를 저었다. 하야세는 그리 꼼꼼하지 못하다. 미국에 가 있을 때도 헤아릴 수 없을 만큼 문자 메시지가 왔지만 편지를 받은 적은 아직 한 번도 없다.

"그럼 뭐야?"

"하야세가 아니고 아버지한테서 온 편지."

숨길 일은 아니다. 나는 솔직하게 이야기했다.

"나는 그런 편지 쓴 기억 없는데."

모리미야 씨는 어처구니없다는 표정을 지었다.

"첫 아버지 말이야."

"아아, 초대 아버지? 어째서 지금?"

모리미야 씨는 보리차를 끓이더니 식탁으로 와 앉았다.

"리카 씨가 보내 준 거야. 브라질에 있던 아버지가 내게 보낸 편지를 나한테 전하지 않고 가지고 있었대."

"아아, 리카답네. 유코짱과 함께 살기 위해서라면 친아버지쯤은 막 쫓아 버릴 만한 사람이지."

"맞아."

"그렇지만 이렇게 많으면 읽는데 사흘은 걸리겠다."

모리미야 씨는 편지를 물끄러미 바라보았다.

"읽을까 말까 고민 중이라……."

나는 편지를 슬쩍 만지며 말했다. 봉투는 초등학생에게 어울리는 걸 골라 보냈으리라. 예쁜 무늬가 있는 봉투가 많았다.

"뭐? 읽지 않을 수도 있다는 거야?"

"그야 10년 이상 지난 편지니까."

"그렇구나. 갑자기 매실장아찌를 브라질로 보내 달라고 적혀 있다고 해도 제대로 답을 할 수 없겠는걸."

모리미야 씨는 그렇게 말하며 웃었다.

그렇다. 설마 매실장아찌를 보내 달라는 내용은 없을 테지만 읽어도 답장을 보낼 수 없는 내용이 많을 것이다.

"그럼 혹시 친아버지에게도 가지 않을 작정이니?"

모리미야 씨는 내 눈치를 살피듯 내 얼굴을 보았다.

"응. 그럴 거야. 이미 새 가족이 생겼고 자식들도 있는 모양이니."

내게 새 가족이 생기듯 떠나간 부모도 새로운 가정을 꾸리게 된다. 예전 부모와 연락하거나 옛날을 그리워할 수도 있다. 하지만 그렇게 해서 지금 함께 사는 가족을 슬프게 만들면 안 된다. 자식인 나도 이런 생각을 하니 아버지는 지금 함께 사는 가족을 소중하게 여겨야 마땅하다. 결혼 소식을 전하기만 한다고 해도 내가 나타나면 어쨌든 아버지 가족을 흔드는 꼴이 된다. 그건 좋지 않다.

"친아버지잖아? 유코짱, 어엿한 딸이니까 새로 꾸린 가정 때문에 너무 조심하지 않아도 될 텐데."

"조심하는 거 아니야. 이즈미가하라 씨에 리카 씨도 있고 지금 내 가족으로도 충분해."

이즈미가하라 씨와 리카 씨를 다시 만나 그분들이 나를 여전히 생각해 주는 마음을 확인했다. 게다가 매일 곁에 있는 모리미야 씨까지 있다. 이제 대가를 바라지 않고 사랑을 쏟아 줄 사람을 더는 만나지 않아도 될 것 같다.

게다가 요즘 나는 내 가족들만 찾아다니느라 하야세에게 너무 소홀했다.

"내가 하고 싶은 건 음악과는 좀 다르다고 믿었는데 한 걸음 더 피아노만 있는 세계로 들어가는 게 두려웠을 뿐인지도 몰라. 아무리 피자를 만들어도, 아무리 햄버그스테이크를 빚어도 즐겁지는 않았어. 결국 나는 피아노를 떠날 수 없을 것 같아."

하야세가 이렇게 말했다.

그렇게 알기 쉬운 사람 마음의 변화마저 눈치채지 못했다니. 피아노 소리를 들으면 하야세가 얼마나 몰입해 연주하는지 빤히 아는데. 앞으로는 사랑을 받기만 할 수는 없다. 누군가의 자식으로서가 아니라 하야세와 둘이 가정을 꾸려가야만 하니까.

"부침개?"

나는 슈퍼마켓 봉지 밖으로 튀어나온 수북한 부추를 보며 말했다.

"맞아. 날카롭네."

"어제는 오코노미야키였는데."

"그 뜨내기 피자 만들잖아?"

"혹시 하야세와 맞서려는 거야?"

"농담해? 피아노를 하면서 틈날 때 만드는 녀석 요리는 나처럼 집안일을 진지하게 꾸려 가는 사람에 비하면 발끝에도 미치지 못하지."

모리미야 씨는 그렇게 말하더니 봉지를 안고 주방으로 갔다.

7

6월의 어느 일요일. 아침부터 결혼식장을 몇 군에 알아본 우리는 점심 식사를 하기 위해 카페에 들어갔다. 6월 하순으로 접어들면서 계속 내리는 비 때문인지 가게 안은 습기로 가득 찼다.

"결혼식장이 생각보다 훨씬 많네."

하야세는 주문을 마치더니 물을 단숨에 들이켰다.

"맞아. 어디나 다 비슷한 느낌이고. 그렇다면 제일 가까운 곳이 낫지 않을까?"

나는 받아 온 팸플릿을 늘어놓고 보았다. 어디나 큰 차이는 없었다. 그렇다면 리카 씨의 건강도 걱정되니 가까운 곳에서 치르는 편이 나을지도 모른다.

"유코가 좋다면 난 어디든 괜찮아."

"딱딱하게 격식 차리는 건 피곤하니 식은 간소한 편이 낫겠어. 그런데 결혼식이라면 아주 복잡한 준비가 필요할 것 같았는데 뜻밖에 간단하네."

어느 식장이나 저렴한 세트가 있고 신청만 하면 당장이라도 식을 올릴 수 있다고 한다.

"살림은 내가 사는 연립주택에서 시작할 테니 식은 간단하게 하자. 섭섭하지 않겠어?"

하야세가 이렇게 말해 나는 고개를 저었다.

"누군가에게 축복을 받을 수 있는 공간이 있고 새로운 생활을 시작할 수 있다면 그걸로 충분해."

"그렇다면 다행이지만. 모처럼 정사원이 되었다 생각했는데 나 또 프리가 되었으니."

하야세는 그렇게 말하면서 나폴리탄 스파게티에 치즈 가루를 뿌렸다.

프랑스 요리점을 그만둔 하야세는 이제 음악 교실 강사로 일하며 결혼식장이나 레스토랑에서 피아노를 연주하고 있다. 피아노만 칠 수 있으면 즐거운지 하야세는 요즘 얼굴이 많이 좋아졌다.

"콘서트홀에서 연주하고 싶은 것도 아니고 자존심이나 취향이 까다롭지 않으면 피아노 일로 제법 벌 수 있어."

"그렇다면 여기저기서 자주 피아노를 치다가 레스토랑을

차리는 것도 괜찮지. 그때쯤이면 돈도 꽤 모일 테고."

"뭐 로시니도 음악 일을 하고 나서 레스토랑을 경영했으니까. 피아노를 치지 않고 피자를 만들었다면 로시니가 아니라 피자 장인이 될 뻔했겠지."

하야세는 케첩이 묻은 입으로 즐겁다는 듯이 웃으며 말했다. 그리고 바로 차분한 얼굴로 이렇게 말했다.

"그런데 말이야, 아버님을 빨리 설득해야 할 텐데. 결혼식장을 결정하려는데 반대하고 계시니."

"아, 그렇지."

나는 막 나온 도리아를 스푼으로 뜨며 한숨을 내쉬었다.

리카 씨나 이즈미가하라 씨나 찬성해 주었다. 첫 번째 아버지는 만나지 않기로 했으니 이제 다 끝난 기분이었는데 마지막 '토리'가 남아 있었다.

"그래. 진짜 아버지이고, 모리미야 씨가 찬성하지 않으면 헛일일 테지."

"진짜 아버지?"

"유코 호적은 모리미야 씨 쪽에 올라 있지 않아?"

"그런가? 호적을 가지고 진짜 아버지를 따진다면 그렇긴 하네."

제일 아버지답지 않은 모리미야 씨의 모습을 떠올리고 나는 살짝 웃었다.

"지금 함께 살고 있는 아버님이 모리미야 씨니 혼주는 모리미야 씨잖아."

"그렇지. 번거롭지만 설득할 수밖에 없나? 아, 그런데 너희 어머니도."

하야세네 집에는 이즈미가하라 씨를 만난 다음 날 인사드리러 갔다. 아버님은 '이런 부족한 내 아들과 결혼해 주다니 정말 고마워요'라며 대환영이었지만 어머니는 '아가씨를 만나지 않았다면 우리 애는 중퇴하지 않고 피아노를 계속하지 않았을까?'라는 말을 툭 던졌다. 반대하지는 않았지만 나를 받아들이지 않는 것은 분명했다.

"우리 아버지가 너를 많이 좋아하시니까 괜찮을 거야. 대찬성과 약간 반대. 부모 두 분의 의견을 종합하면 일단 찬성이 되는 셈이지."

하야세는 느긋하게 그렇게 말했다. 그리고 또 접시에 치즈를 잔뜩 뿌리면서 이렇게 덧붙였다.

"이 카페 나폴리탄 스파게티는 면이 부드럽고 케첩 맛이 강해서 맛은 없는데 가루 치즈하고는 어울리네. 이렇게 하면 얼마든지 먹을 수 있겠어."

아아, 그러고 보니 비슷한지도 모르겠다. 맛있게 먹는 하야세의 모습을 보며 나는 야마모토 씨가 한 말을 떠올렸다.

지난 주말, 야마모토식당에 저녁을 먹으러 왔던 하야세가 전갱이 튀김을 꼬리까지 먹는 걸 보더니 야마모토 씨는 이렇게 말했다.

"딸들은 아버지 닮은 사람을 결혼 상대로 고른다고들 하던데 정말이네."

"그래요?"

누구 이야기를 하는 건지 잘 모른 채 대꾸했다.

"저 친구 식사하는 방식이 유코 아버지하고 똑 닮지 않았어?"

야마모토 씨가 웃으며 말했다. 그때 하야세가 말했다.

"유코도 어서 먹어. 도리아 식겠다."

"아, 그래."

"아, 뿌릴 거야? 치즈는 많이 뿌릴수록 맛있거든."

"됐어. 이미 충분히 뿌렸으니까."

내가 입학시험을 치르기 전에 모리미야 씨는 치즈를 듬뿍 얹은 도리아를 혼자 먹고 배가 아프다고 했다. 가루 치즈를 권하는 하야세를 보니 그 모습이 떠올라 웃음을 참을 수 없었다.

8

7월 들어 하야세는 토요일, 일요일에 일이 들어오는 경우가 많아졌다. 결혼식은 9월 셋째 일요일로 잡혔는데 이런 상태라면 모리미야 씨를 설득할 틈이 없다. 평일이라도 어쩔 수 없다. 일에 지쳐 퇴근했을 때가 깜빡 실수로 찬성해 줄 가능성도 있다면서 우리는 7월 마지막 목요일에 저녁 식사 준비를 하며 모리미야 씨의 퇴근을 기다렸다.

"결국 피자도 햄버그스테이크도 내가 만드는 것보다 전문점에서 사 먹는 게 훨씬 맛있어. 오늘은 무난한 걸 만들자."

하야세는 사 온 도미에 허브와 마늘을 갈아 넣으며 말했다.

"이탈리아와 미국, 그리고 프랑스 레스토랑에서 배운 사람이 만들었다는 이야기만 들어도 맛있게 여겨질 테니 괜찮아."

나는 양파와 홍당무를 잘게 썰었다. 여러 가지 채소를 듬뿍 넣은 필래프를 만들 작정이다.

"퇴직한 뒤에 메밀국수를 뽑거나 월급쟁이 생활을 그만두고 라면집을 시작하는 사람도 있으니 나도 충분히 할 수 있을 거라고 생각했지만 뭐든 재능이 필요해. 내가 손재주는 있어도 입맛은 좀 싸구려 같아."

"요리 솜씨는 좀 모자라도 넌 피아노를 잘 치니까 괜찮아."

"맞아. 음악에 둘러싸여 있을 때는 맛있는 음식이 사람을 더 행복하게 만들 수 있다고 생각했지만 내가 누군가를 행복하게 만들 수 있을 만큼 요리를 잘하지 못한다는 걸 깨달았어."

"괜찮아. 피아노 잘 치니까."

나는 썬 채소를 프라이팬에 볶으며 말했다.

"모든 걸 피아노 칠 수 있다는 걸로 해결하려고 하지 말아줘."

하야세가 웃으며 말했다.

"그렇지만 진짜잖아?"

"글쎄, 피아노가 나를 도와주는 일도 있을까?"

"그래, 맞아. 적어도 피아노가 생활비를 마련할 수 있게 해주잖아."

"우아, 현실적이네."

하야세는 그렇게 말하며 도미를 오븐에 넣었다.

"다녀왔습니다……, 어라?"

오후 8시 조금 전, 문을 열고 들어선 모리미야 씨의 불쾌한 듯한 목소리가 들렸다.

"죄송합니다. 저녁 시간에."

하야세는 모리미야 씨를 현관에서 맞이했다.

"뭐야? 일 끝나고 한숨 돌리나 했더니 뜨내기가 있네. 이거 일종의 고문 아닌가?"

"왔어? 너무 그러지 마. 하야세하고 저녁 차리고 있었어."

내가 식탁을 정돈하며 말하자 모리미야 씨는 '떠돌면서 배운 요리잖아? 뱃속에서 받아들일지 모르겠네'라며 떫은 표정을 지었다.

"마음대로 주방을 사용하면 아버님이 또 꼬치꼬치 뭐라고 하실까 봐 걱정은 되었지만 그래도 퇴근하시면 시장하실 것 같아서요. 자, 드시죠."

하야세는 '자, 이리로' 하며 의자를 빼서 모리미야 씨에게 앉으라고 권했다.

"뭐야? 왜 남의 집에서 주인 행세야? 게다가 자네 발언에는 이상한 점이 아주 많아, 뜨내기."

"그렇습니까?"

"우선 자네에게 아버님이라고 불릴 일 없다고 했어. 그리고 꼬치꼬치라니. 난 한 번도 그런 적 없네."

"자, 다 됐어. 잔소리 그만하고 따뜻할 때 드셔."

내가 막 구워 낸 도미를 테이블 한가운데 놓자 하야세는 '와, 맛있겠다'라며 소리를 질렀다.

도미에 올리브오일을 뿌리고 오븐에 구운 것과 채소가 많은 필래프에 버섯 콩소메 수프. 모두 향긋한 냄새가 나는 음식들이다.

"누구나 퇴근해서 저녁 식사가 차려져 있으면 먹을 거야. 이걸 먹었다고 뜨내기를 받아들일 일은 없어."

식욕을 돋우는 냄새에 모리미야 씨는 그런 핑계를 대더니 잘 먹겠다며 두 손을 모았다.

"예, 어서 드세요. 이거 의외로 간단해 보이죠."

하야세는 도미를 세 사람 몫으로 나누었다. 요리점에서 일을 했던 만큼 도미는 깨끗하게 살을 나누어 접시에 담았다.

"의외라니, 뭐야? 척 보니 간단한데."

모리미야 씨는 그렇게 말하고 도미를 입에 넣었다. 나도 따라서 입에 넣었다. 잘 구운 도미는 수분이 날아가지 않아 살이 부드러웠다. 껍질은 바삭하고 고소했다.

"맛있다. 그치?"

"뭐 뜨내기가 요리했지만 도미에겐 죄가 없으니까."

모리미야 씨가 그렇게 말하자 하야세는 킥킥 웃었다.

"뭔가? 버르장머리 없이."

"아뇨. 이렇게 우회적으로 맛있다고 표현하는 분은 난생 처음 봤습니다."

하야세는 어깨를 으쓱했다.

결혼 운운했다가 식사가 중지되는 것도 좋지 않다. 우리는 최근 뉴스와 내 직장 사람들 이야기 같은 시시콜콜한 대화를 나누며 저녁을 먹었다. 맛있는 요리가 있으면 분위기는 부드러워진다고는 못해도 어느 정도 풀린다. 우리는 모두 음식을 깨끗이 비웠다.

식사 후 식탁을 치운 다음 나는 차가운 홍차를 내왔다. 요시미 씨처럼 홍차 잎을 짙게 우려 얼음이 담긴 잔에 따랐다. 품격 있고 부드러운 향이 마음을 가라앉혀 주었다.

"새로운 수법으로 나오시는군."

모리미야 씨는 그렇게 말하면서도 나가려고 하지 않고 자리에 앉아 있었다. 투덜거리기는 하지만 하야세를 쫓아내려고 하지 않고 이 자리를 피하려고도 하지 않았다. 혹시 포기한 걸까?

"자꾸 찾아와 끈질기다고 여기실지 모르겠습니다만 아버님 허락을 꼭 받고 싶습니다."

하야세는 홍차를 한 모금 마시더니 모리미야 씨의 얼굴을 똑바로 바라보았다.

"됐어, 난."

모리미야 씨는 시선을 피하더니 그렇게 말했다.

"됐다니, 뭐가?"

"어차피 다들 찬성하고 있잖아."

"그렇게 삐치지 말고."

"나 삐친 거 아닌데. 아, 까먹기 전에 전달해야겠군."

모리미야 씨는 의자에서 일어나더니 테이블 옆 서랍에서 작은 나무 상자를 꺼냈다.

"뭐야?"

"이즈미가하라 씨가 300만 엔을 보냈다. 결혼 축의금으로. 자기가 보냈다는 소리 하지 말고 두 사람에게 전해 달라고 하더구나."

모리미야 씨는 나무 상자를 하야세와 내 앞에 놓았다.

"300만 엔?"

너무 큰 금액이라 하야세와 나는 똑같이 당황했다.

"거창한 결혼식을 하는 것도 아닌데, 이 돈은 쓸 수 없어."

"그렇습니다. 이렇게 큰돈은 받을 수 없습니다."

"생각해서 주신 돈이니 받아 두면 돼. 이제 와서 그 분에게 돌려드릴 수도 없잖아."

"그렇지만……."

"이건 받아두는 게 맞아. 그래야 이즈미가하라 씨도 기뻐할 테니까."

너무 큰 액수라 기쁘다기보다 당황스러웠다. 그래도 이 돈을 마련해 준 이즈미가하라 씨를 생각하면 정말 고마웠다. 틀림없이 우리의 미래를 여러모로 걱정한 게 틀림없다.

"이즈미가하라 씨는 이렇게 큰돈을 내놓으며 너희 둘을 응원하고 있어. 미토 씨는 연락이 되지 않았다고 해도 틀림없이 유코짱의 행복을 빌 테고. 리카는 무척 기뻐하겠지? 그런데 나만 반대하면 우습잖아."

모리미야 씨가 조용히 말했다.

작전대로 됐다. 다른 부모에게 찬성을 받으면 모리미야 씨 한 명의 반대는 밀어붙일 수 있다. 그런 속셈이었다. 그게 부모가 여러 명 있을 때의 이점이다. 하지만 전혀 그렇지 않다. 모리미야 씨가 진심으로 '좋다'고 해 주지 않으면 아무 의미도 없다. 다른 누가 아무리 찬성한다고 해도 밀고 나아갈 수 없다. 어째서인지는 모르겠지만 어쨌든 그렇다. 내가 그런 생각을 말하려고 하자 하야세가 단호하게 말했다.

"아버님께 승낙을 못 받으면 결혼은 할 수 없습니다. 미토 씨나 이즈미가하라 씨에 리카 씨, 다른 사람이 아무리 축복해 줘도 아버님이 찬성해 주지 않으시면 아무것도 아닙니다."

"난 뜨내기에게 아버님 소리 들을 이유 없다니까 그러네."

모리미야 씨가 눈살을 찌푸렸다.

"저는 제 아버지를 아버지라고 부릅니다. 그러니 제가 아버님이라고 부를 분은 아버님뿐입니다."

하야세가 이렇게 말했다.

9

9월 중순이 지난 토요일, 여름 더위가 완전히 숨을 죽인 듯 조용한 밤이었다.

소면을 저녁으로 먹고 나는 젤리에 슈크림, 치즈케이크, 콩고물에 묻힌 경단을 식탁에 얹었다.

"우아. 너무 많잖아? 결혼식 전에 이렇게 많이 먹고 드레스 못 입으면 어떻게 하려고?"

"먹는다고 바로 살로 가는 것도 아닐 테니까 내일은 넘길 수 있겠지. 아니, 내가 나가면 디저트 먹지 않게 될 거라면서 투덜거렸잖아? 마지막으로 많이 드시라고."

"무슨 말을 그렇게 해? 투덜거리다니. 화과자에 젤리라……. 잘 어울릴 음료가 뭐가 있을까. 녹차로 할까?"

모리미야 씨는 투덜거리면서도 차를 우려 왔다.

모리미야 씨가 결혼을 승낙하고 나서 우리는 저녁 식사 후에 디저트를 먹을 때가 많아졌다. 단것을 먹으면 얼마든지 이야기가 이어져 시간이 가는 것 같지 않았다. 하야세와 새 살림을 차릴 날이 기다려지기는 했다. 그러면서도 여기 좀 더 있고 싶다는 생각을 떨칠 수 없었다.

"내가 없어도 밥 제대로 챙겨 먹어."

"알았어. 난 원래 혼자 살아서 밥도 혼자 먹었다니까."

모리미야 씨는 그렇게 말하더니 슈크림을 입에 넣었다.

"그래? 그렇구나."

나도 따라서 슈크림을 입에 넣었다. 부드럽고 달콤한 커스터드크림에서 바닐라 향이 입안 가득 퍼졌다.

"내일부터 회식 자리에도 가고 막 놀러 다닐 거야."

"내가 있을 때도 좀 그러시지."

모리미야 씨는 늘 일찍 퇴근했다. 휴일에도 나가는 일이 거의 없었다. 워낙 혼자 있는 걸 좋아하기도 하지만 역시 왠지 나 때문인 것 같았다.

"애가 있으면 그럴 수 없으니까."

모리미야 씨는 여느 때처럼 빼기듯 말했다.

"애라니. 난 여기서 같이 살기 시작할 때 이미 열다섯 살이었는데."

"유코짱, 너 모르는구나. 고등학교 다니는 자식을 키우는 것만큼 힘든 일도 없어."

"말은 잘하셔. 그런데 손은 많이 가지 않는다고 해도 고등학생인 나를 떠맡을 때 좀 저항감 같은 건 있었을 거 아니야? 싫은 게 전혀 없지는 않았을 텐데. 내가 처지를 바꾸어 생각하면 절대 받아들이지 않았을 거야."

전에도 여러 번 똑같은 질문을 한 적이 있다. 그때마다 모리미야 씨는 '전혀 없었다'라며 웃었다. 하지만 느닷없이 딸이 생긴데다가 그 어머니라는 여자는 바로 집을 나갔다. 아무런 고민 없이 그런 상황을 받아들일 수 있었을까? 결혼 전야라면 진심을 털어놓을지도 모른다. 나는 모리미야 씨의 얼굴을 빤히 들여다보았다.

"정말이야. 싫다는 생각 든 적 전혀 없어."

모리미야 씨는 그렇게 말하더니 '자, 다음은 화과자 먹자'라며 포크로 경단을 찔렀다.

"그게 이상하지."

"그래?"

"그럼. 피도 섞이지 않은 자식을 보살펴야 하다니, 부담만 늘었을 뿐 좋을 거 하나 없었을 텐데."

나도 모리미야 씨의 기세에 눌리지 않으려고 경단을 입에 넣었다. 이제 와서 '사실은 난처했어'라고 한다고 해도 마음 아플 일 없다. 그만큼 우리들 사이에는 지울 수 없는 시간이 쌓여 있다.

"나 말이야, 어렸을 때부터 죽어라 공부해서 도쿄대학에 들어갔어. 그리고 일류 기업에 취직했지. 왠지 그걸로 목표를 다 이룬 느낌이었어. 그 뒤로는 목표도 없어졌고 시간도 남아돌았어."

모리미야 씨는 입 주위에 묻은 콩고물을 털어 내면서 그렇게 말했다.

"뭐 하는 일도 싫지 않았고 결혼도 괜찮을지 모르지. 하지만 그건 나를 깎아 먹으면서까지 할 일로는 여겨지지 않았어. 그럴 때 리카를 만났는데 딸을 함께 키워 달라, 딸의 인생을 만들어 달라고 하더라."

"리카 씨 순 억지야."

"맞아. 그렇지만 그런 엄청난 일을 부탁받고 의욕이 솟아났어. 해야만 할 일이, 해야 할 일이 생겼다는 생각이 들었지."

"대단한 일을 떠맡으셨어."

리카 씨는 일단 맡으면 제대로 해내고야 마는 모리미야 씨의 성품을 간파하고 있었다. 나는 리카 씨에게 설득당했을 모리미야 씨의 모습을 떠올리며 웃었다.

"몇 번이나 말했지만 난 진짜 행운이었어. 유코짱이 내게 와서. 나만이 아니라 누군가를 위해 하루하루를 살아간다는 거, 이렇게 큰 의미를 가져다주는 거라는 걸 깨달았지."

"그랬구나."

"지켜야 할 것이 생겨 강해진다거나, 자기보다 소중한 존재가 있다거나 하는 간지러운 대사들이 노래 가사나 영화, 소설에 넘쳐나잖아. 그런 건 모두 허풍이라고 생각했었어. 아무리 연애를 해도 전혀 느낌이 오지 않았거든. 그렇지만 유코짱이 온 뒤에 깨달았어. 나보다 소중한 존재가 있다는 건 행복한 일이고 나를 위해서는 할 수 없는 일도 자식을 위해서라면 할 수 있다고."

모리미야 씨는 단호하지만 부드럽게 말했다. 아직 나는 그런 마음을 알지 못한다. 하야세와 함께 살아가는 시간이 늘어나면 알게 되는 날이 올까?

"나를 위해 살아간다는 건 어려워. 무엇을 해야 자신이 만족을 느낄지 모르니까. 돈이나 공부, 직업, 연애. 이런 것들이 정답일 것 같지만 어느 것도 아니야. 그렇지만 유코짱이 웃는 얼굴을 보여 주기만 해도, 이렇게 자라나는 모습을 보는 것만으로도 충분하다고 생각해. 이게 내가 얻고 싶었던 것이라는 생각이 들었지. 그날 동창회에 가기를 참 잘했어. 리카를 만나지 못했다면 난 지금쯤 길거리를 헤매고 있을 거야."

"설마. 그거야말로 과장이 심하시네."

"뭐 난 머리가 좋으니까 길거리를 헤매진 않겠지만 그래도 인생은 분명히 더 따분했을 거야. 다행이지. 네가 내게 와 주어서."

나도 모리미야 씨가 내게 와 주어 정말 행운이었다. 어느 부모나 다 좋은 분들이었고 나를 소중하게 여겨 주었다. 하지만 다시 가족이 바뀔지도 모른다는 불안이 사라진 적은 한 번도 없었다. 마음이 진정되지 않는 걸 피하기 위해 가족이라는 존재에 선을 그었다. 차갑고 조용한 마음을 유지하지 않으면 쓸쓸함, 슬픔, 안타까움 때문에 미칠 거라는 생각이 들었다. 하지만 모리미야 씨와 살면서 그런 걸 잊고 지냈다. 언제부턴가 이 집에서 계속 살게 될 거라고 당연하게 생각하게 되었다. 피가 섞였는지, 함께 지낸 시간이 얼마나 긴지, 그런 건 아무 상관없다. 가족이 얼마나 필요한지를, 가족이 얼마나 나를 지탱해 주는지를 나는 이 집에서 깨달았다.

'고마워. 나도 그래'라고 할까 했지만 그 말을 하면 틀림없이 울고 말 것이다. 나는 대신 농담을 했다.

"그렇지만 다음에는 애인을 만들어 그 사람과 잘해 봐."

"아아, 귀찮아."

"어째서?"

"애인은 조금 잘못하면 싫어할 거 아니야? 왠지 어려울 것 같아."

"그래?"

"그래. 무슨 일 있을 때마다 가쓰돈을 만들고, 우울하다고 해서 교자를 만들기도 하고, 매일 젤리를 준비하기도 하고. 그런 걸 하면 나 싫어할 거야."

"그거 나도 싫었어. 교자도 가쓰돈도 하지 말았으면 했거든."

내가 말하자 '거짓말이지?'라며 모리미야 씨는 웃었다.

"뭐든 도가 지나치면 안 되는 거야."

"그런 소리는 그 녀석에게나 해. 난 그 뜨내기 때문에 아무 소리도 들리지 않는데 머릿속에 피아노 선율이 흐르는 것 같아. 이거 일종의 세뇌인데. 고소해 버릴까?"

나는 전혀 몰랐는데 하야세는 두 번째 방문 때 거절당한 뒤 사나흘에 한 번 모리미야 씨에게 편지와 자기가 연주한 피아노를 녹음한 CD를 보냈다.

그걸 알게 된 것은 결혼식장과 날짜가 정해져 하야세의 집에 인사를 하러 갔을 때였다.

지난번과 달리 부드러운 표정으로 맞아 준 어머니가 이상하다는 생각이 들었는데 어머니는 '지난번에 피해 신고가 들어왔어'라며 편지 한 통을 내게 내밀었다. 거기에는 눈에 익은 글자로 짧은 메모가 적혀 있었다.

하야세 겐토 군이 사흘에 한 번씩 피아노 곡이 담긴 CD와 읽기 괴로운 편지를 끈질기게 보내는 바람에 고통을 받고 있습니다. 결혼 문제가 잘 풀릴 때까지 계속될 것 같습니다. 이런 식이라면 평온한 삶이 불가능합니다. 부디 두 사람이 신경 쓸 일 아무것도 없이 결혼할 수 있도록 해 주시기 바랍니다.

모리미야 소스케

"겐토가 보낸 곡, 전부 수록된 CD도 함께 보냈더구나."

어머니는 그러면서 CD 플레이어 버튼을 눌렀다.

흘러나온 곡은 피아노가 아니라 디지털 피아노로 연주한 것이다. 그래도 생생하게 울려 퍼지는 소리로 하야세가 연주한 것이라는 사실을 금방 알 수 있었다. 첫 곡은 내가 고등학교 합창제에서 연주한 '하나의 아침'. 역시 나보다 훨씬 잘 친다.

"죽어라 피아노에 매달리던 때보다 훨씬 잘 치다니, 이상한 일이로구나."

어머니는 그렇게 말했다.

"아, 이거 들을래."

모리미야 씨는 서랍에 넣어 두었던 CD 가운데 한 장을 꺼내더니 플레이어에 넣었다.

"이걸 전부터 듣고 싶었는데. 유코짱은 결국 연주해 주지 않았어."

흘러나온 곡은 왠지 정겨운 느낌이 들었다.

"이거 무슨 곡이지?"

내가 묻자 모리미야 씨는 차를 다시 우리면서 대꾸했다.

"이게 바로 '보리의 노래'라니까. 나카지마 미유키. 합창제 전날 내가 쳐 달라고 했잖아."

"그런 적 있었던 것 같아."

모리미야 씨가 나카지마 미유키의 곡을 쳐 달라고 해서 곤란했다는 이야기도 합창제 때 하야세에게 한 것 같다.

"모두 36곡. 각 곡을 보낼 때마다 두 사람의 닭살 돋는 추억과 유코짱을 얼마나 행복하게 만들어 줄 것인지를 쓴 기분 나쁜 메시지가 함께 왔어."

모리미야 씨는 그러더니 '내가 워낙 거물이니까 맨 마지막에 설득하려고 했던 거지'라며 치즈케이크를 입에 넣었다.

"하야세는 음악에 관한 것만은 아주 잘 기억해. 그런데 나 이 곡 처음 들었어. 어떤 노래야?"

"정든 고향을 떠나 새로운 인생을 살아간다는 그런 노래였던가?"

"아하……. 왠지 목가적인 느낌이 드는 곡이네."

나도 치즈케이크를 입에 넣었지만 이미 배가 부른 상태였다.

"여기는 아파트고, 어중간한 도시야. 겨우 8년밖에 살지 않았지만 아마 유코짱의 고향은 여기겠지."

모리미야 씨가 말했다.

"그렇게 되나?"

"언제든 돌아와. 나 이사하지 않고 죽지도 않고 심술궂은 새엄마도 얻지 않을 테니까."

모리미야 씨는 플레이어 버튼을 누르며 이렇게 말했다.

"그 뜨내기, 피아노 하나는 잘 치더라. 좋아, 한번 더 듣자."

가을이 조금씩 깊어 가는 9월의 일요일은 아주 상쾌하다. 더위도 가시고 바람도 왠지 향긋해진다. 교외에 조용히 자리 잡은 결혼식장은 정원이 자랑거리인지 코스모스와 부겐빌레아 같은 자그마한 꽃들이 흐드러지게 피어 있었다.

크게 창을 낸 가족 대기실로 들어가니 하야세의 부모님과 누나가 맞아 주었다. 며칠 전 상견례를 겸한 식사 모임에서 한 차례 인사를 나눈 덕분에 '날을 잘 잡았네요', '잘 부탁드립니다', '작지만 예쁜 식장으로 정했군요' 하며 자연스럽게 대화가 이어졌다.

한바탕 하야세의 가족과 인사를 마치고 나는 살짝 숨을 내쉬었다. 집을 나간 리카. 리카의 재혼 상대에 유코짱의 친아버지 등. 유코의 예전 가족들과 얼굴을 마주하려니 마음이 무거웠다.

이미 다들 모인 모양이었다. 살짝 방 안쪽을 살피니 리카가 방긋 웃으며 다가왔다.

"어머, 긴장했어?"

좀 야위어 보였지만 여전히 예쁘고 짙은 남색의 풍성한 드레스도 잘 어울렸다.

"아, 잘 지냈어?"

"잘 지내지, 잘 지내. 유코짱에게 들었을 테지만 미안. 전남편과 다시 합쳤어."

리카는 현재 상황을 짧게 설명하더니 '잠깐' 하며 이즈미가하라 씨의 팔을 끌어당겼다.

"면목이 없다고 해야 할지 뭐라고 해야 할지 모르겠습니다."

이즈미가하라 씨는 큰 체구를 웅그리며 내게 고개를 숙였다.

"아뇨, 괜찮습니다. 리카도 지금이 더 행복한 것 같고요."

나는 솔직하게 말했다.

나와 리카는 동창생이고 이즈미가하라 씨와 리카는 열일곱 살 차이가 난다. 그런데 이즈미가하라 씨와 나란히 선 리카가 더 어울렸다. 온화한 미소를 짓는 두 사람을 보고 있으니 틀림없이 부부란 이런 걸 말하는구나 하는 생각이 들었다.

"그럴 줄 알았어."

리카가 방긋 웃었다.

미토 씨는 내 앞으로 오더니 말을 꺼내기도 전에 깊숙이 고개를 숙였다.

"정말 감사합니다. 오늘까지 키워 주신 것도 그렇고 연락을 주신 것도 어떻게 감사를 드려야 할지 모르겠습니다."

정중한 말투에 단정한 생김새. 유코짱과 많이 닮았다. 50세가 조금 지났을 텐데 미토 씨는 지친 느낌 없이 온화하면서도 활기가 넘쳤다.

"아뇨, 무슨 말씀을."

나는 살짝 고개를 저었다. 당연한 일을 했을 뿐이다.

유코짱이 읽지 않기로 한 미토 씨의 편지는 무려 112통이었다. 멋대로 꺼내 읽기는 꺼려졌지만 아무도 읽어 주지 않는 편지는 허무하다. 게다가 어린아이였을 때의 유코짱은 어떤 모습이었을지 궁금해서 읽지 않을 수 없었다.

아직 어렸던 유코짱에게 쓴 편지는 아주 쉽고 그래서 더 마음이 아팠다.

잘 지내느냐. 학교는 어떠냐. 친구들과 사이좋게 지내느냐. 공부는 어렵지 않느냐. 리카가 잘해 주느냐. 힘든 일은 없느냐.

답장이 오지 않는 유코짱에게 몇 번이고 같은 걸 묻고 있었다. 그리고 마지막은 늘 유코가 건강하고 즐겁게 하루하루 보내기를 바라고 있었다. 아버지는 어디에 있어도 네 편이다, 라고 글을 맺었다.

유코짱은 브라질에 있는 동안 보낸 편지라고 했지만 일본에 돌아와서도 편지는 계속되었다. 새 주소를 알려 주며 어떻게 만날 수 없을까, 얼굴만이라도 보고 싶다, 간절하게 애원하는 내용이 적혀 있었다.

미토 씨는 간절하게 자기 딸을 만나고 싶어 했고 만나야겠다는 굳은 의지도 있었다. 그런 사람을 유코와 만나게 해 주기는 두려웠을 것이다. 리카의 마음이 충분히 이해가 갔다.

리카가 이즈미가하라 씨의 집을 나갔을 무렵인가? 유코짱이 중학교 1학년일 때 편지는 끊겼다.

백 통이 넘는 편지를 읽고 유코짱이 행복해지는 모습을 보는 것이 이 사람에게 무엇과도 바꿀 수 없는 기쁨일 거라는 상상을 하기는 어렵지 않았다. 그래서 미토 씨에게 편지를 썼다. 만난 적도 없는 사람에게 편지를 쓰려니 쉽지 않아 그냥 결혼식 장소와 일시만 알렸다.

오늘 아침, 유코짱에게는 미토 씨가 올 거라는 이야기를 했다.

"좀 일찍 오실 테니 식을 올리기 전에 잠깐 이야기를 하지?"

내가 말하자 유코짱은 놀라지도 않고 웃으며 이렇게 대꾸했다.

"역시, 몰래 편지를 열심히 읽더니만."

13년 만의 부녀 상봉은 상상했던 것보다 담백했다. 두 사람은 서로 못 본 세월은 아무것도 아니라는 듯이 서로 친근하게 이야기를 나누었다. 유코짱은 '아빠가 와 주다니' 하며 활짝 웃었다. 미토 씨는 '오오, 이렇게 많이 컸구나' 하며 바로 눈물을 흘렸다. 친아버지에게는 머뭇거리지 않고 바로 '아빠'라고 불렀다. 이야기하지 않아도 서로 이해할 수 있는 것이, 함께 살지 않아도 서로 통하는 것이 두 사람 사이에는 있다. 피가 섞였다는 게 어떤 것인지 보여 주는 듯했다.

미토 씨와 이야기하고 있는데 방으로 들어온 식장 관계자가 말했다.

"여러분, 교회로 이동하시기 바랍니다. 신부 아버님께서는 신부와 함께 입장하셔야 하니 준비해 주시기 바랍니다."

슬슬 갈까? 나는 미토 씨에게 '그럼 잘 부탁드립니다' 하며 고개를 숙이고 하객들이 있는 곳으로 가려고 걸음을 뗐다.

그러자 식장 관계자가 말했다.

"모리미야 선생님, 신부님과 함께 입장하셔야 하니 저와 함께 이동해 주십시오."

"어, 그거, 아니에요. 미토 씨로 바뀌었을 텐데."

급히 친아버지가 참석하게 되었으니 신부와 함께 입장할 사람을 바꿔 달라고 내가 부탁했는데. 제대로 전달되지 않았나?

"부탁드립니다. 유코를 데리고 들어가는 건 모리미야 씨가 맡으셔야 합니다."

미토 씨가 말했다. 그러자 식장 관계자가 이렇게 덧붙였다.

"으음. 아버님이 세 분 참석하셨지만 모리미야 선생님이 맡으실 거라고 신부님께서 말씀하셨습니다."

"아뇨, 아니에요. 내가 아니죠."

나는 고개를 저었다. 피가 섞인 미토 씨가 있고 위엄 넘치는 이즈미가하라 씨도 있고 어렸을 때부터 함께 한 리카도 있다. 이 가운데 나는 신입이나 마찬가지다. 신부를 데리고 들어가다니, 말도 안 된다.

"자꾸 투덜거리지 말고 얼른. 결혼식이란 다 법도가 있다니까."

리카가 초조한 듯 끼어들었다.

"아니, 그래도 이건 아무리 생각해도……."

"아무리 생각해도 너야. 유코짱이 둥지를 튼 곳은 너희 집이잖아."

리카가 말하자 옆에서 이즈미가하라 씨나 미토 씨도 고개를 크게 끄덕였다.

"왜 떫은 얼굴이셔?"

교회 입구까지 끌려와 내가 옆에 서자 유코짱이 미간을 찌푸렸다. 웨딩드레스를 입은 유코는 당연히 예뻤다. 그렇지만 이제 내 품 안에 있는 자식이 아니라는 사실이 새삼 느껴졌다.

"그야 이런 센티멘털한 역할을 떠맡게 되었으니 그렇지. 마지막이라 손해를 보는군."

나는 유코짱을 똑바로 보지도 않고 엄숙하게 서 있는 교회를 바라보며 말했다.

"마지막?"

"그래. 마지막 아버지라고 해서 이 역할이 내게 떠넘겨졌잖아."

"무슨 소리야? 마지막 아버지라서가 아니야. 모리미야 씨뿐이잖아. 내내 변치 않고 내 아버지로 있어 주었던 사람은. 내가 여행을 출발하는 곳도, 그리고 돌아올 곳도 모리미야 씨가 있는 곳밖에 없어."

유코짱은 단호하게 말하더니 내 얼굴을 보고 방긋 웃었다.

112통의 편지보다, 300만 엔의 축의금보다 더 가치 있는 말을 해 주고 싶었지만 시간이 모자랄 것 같았다. 식장 관계자에게 간단하게 걷는 요령을 듣고 커다란 문 앞에 섰다.

"아아. 아침에 샌드위치를 너무 많이 먹었더니 힘드네. 모리미야 씨가 또 너무 많이 만드는 바람에."

문 앞에 서자 유코가 배를 쓰다듬었다.

"네가 더 달라고 했잖아."

오늘 아침. 결국 나는 오믈렛 샌드위치를 만들었다. 햄 샌드위치도 참치 샌드위치도 만들었는데 유코짱은 오믈렛 샌드위치만 여러 개 먹었다.

"이상하게 모리미야 씨가 음식을 해 주면 자꾸 더 먹게 된단 말이야."

"유코짱은 늘 식욕이 왕성하니까."

"고마워, 모리미야 씨."

"마지막으로 아버지라고 불러 줄 줄 알았더니."

"그런 거 어울리지 않는데?"

유코짱은 소리 내어 웃었다.

"아버지, 어머니, 아빠, 엄마, 어떻게 불러도 모리미야 씨보단 못해."

그리고 내 팔에 손을 얹었다.

어째서일까. 이렇게 소중한 존재를 떠나보낼 시간이 왔는데 지금 내 가슴에는 투명한 행복감뿐이다.

"웃는 얼굴로 걸어 주세요."

식장 관계자의 신호에 따라 바로 앞에 있는 커다란 문이 단숨에 열렸다.

빛이 쏟아져 들어오는 길 저편에 하야세가 서 있는 모습이 보였다.

진짜 행복이란 누군가와 함께 기쁨을 누리고 있을 때가 아니다. 자기가 모르는 커다란 미래로 바통이 넘겨질 때다. 그날 다짐한 각오가 여기까지 데려와 주었다.

"자, 가자."

한 걸음 내딛자 거기에는 이미 빛이 가득 차 넘쳐흐르고 있었다.

| 이 책을 읽고 |

부모 역할에 대해 생각해 보게 하는 소설

출판업을 하는 지인으로부터 우연히, "아빠 셋, 엄마 둘인 17세 소녀가 주인공인 소설을 출간할 예정"이라는 이야기를 들었다. 주인공을 수식하는 '엄마 둘, 아빠 셋'이라는 표현 뒤에는 '가족 형태가 일곱 번 바뀌었다'는 설명도 따랐다. 아마도 그것은 재혼 가정에서 자라는 소녀의 이야기일 거라 짐작되었다. 언젠가는 우리 사회에도 그런 종류의 스토리텔링이 등장할 거라 예상하고 있었기에 그 작품에 관심이 생겼다.

지금 우리 사회가 경험하는 재혼 가정의 어려움은 대체로 재혼 당사자인 어른들이 겪는 갈등 문제이다. 하지만 가까운 미래에 우리는 재혼 가정에서 자라는 어린이, 청소년들의 심리적 어려움에 대해서도 본격적으로 이야기해야 할 때가 올 거라 생각하고 있었다. 그렇기에 재혼 가정에서 성장한 소녀가 자기 삶에 대해 말할 때 어떤 언어로, 어떤 관점에서 이야기했을지 궁금했다. 그런 소설이 출간된다면 비슷한 심리적 환경을 경험하는 또래들에게 의미 있는 책이 될 것도 같았다.

하지만 지인은 그 소설이 성인 독자를 대상으로 하는 책이라고 설명했다. 일본에서 출간된 후 이미 많은 독자로부터 호평을 받은 책이라고도 했다. 궁금증과 기대감이 섞인 마음으로 "한번 읽어 보고 싶네"라고 대응했는데, 무심결에 뱉은 말이 계기가 되어 첫 독자로서 감상문을 쓰게 되었다.

《그리고 바통은 넘겨졌다》를 읽고 난 감상을 한 문장으로 표현한다면 '어른들에게 부모 역할에 대해 생각해 보도록 요청하는 책'이라고 할 수 있겠다. 소설은 한 소녀의 성장 이야기를 담고 있지만 이야기의 초점은 소녀의 관점에서 본 여러 보호자들의 부모 역할에 맞추어져 있다. 어른들의 갈등, 의도, 배려 들은 소설의 뒤편에 감추어져 있거나 나중에 드러난다. 환경이 바뀔 때마다 주인공이 경험하는 새로운 부모 역할과, 그것에 맞추어 세심하게 딸 역할을 해내는 소녀의 노력이 묘사된다.

주인공은 17세, 고등학교 3학년에 다니는 소녀 유코이다. 친엄마는 유코가 세 살이 되기 전에 교통사고로 사망한다. 아버지, 조부모의 보살핌을 받다가 새엄마를 만난 것은 초등학교 2학년 때이다. 4학년 때 부모가 이혼하면서 아빠는 먼 나라로 떠나고 유코는 새엄마와 살게 된다. 새엄마는 이후 두 번의 결혼을 더 하여 주인공에게 세 명의 아빠가 생기게 되었다. 소설은 현재 시점에서 고등학교 3학년이 된 17세 소녀가 37세인 세 번째 아빠와 살아가는 일상을 씨줄 이야기로 전개된다. 그 위에, 보호자였던 어른들이 과거로부터 소환되어 차례차례 어떤 부모 역할을 했는지를 묘사하는 날줄 이야기로 직조되어 있다.

소설에 등장하는 부모들은 그들의 입장에서 부모 역할을 다하기 위해 최선의 노력을 한다. 새엄마인 리카는 첫 결혼부터 그와 같은 마음이 전제된 선택을 했다. 초등학생인 여자아이의 엄마가 되기로 결심했을 때 그녀는 중요한 사실을 깨달은 후였다. 나중에 세 번째 아빠는 리카의 마음을 이렇게 전해 준다.

"리카는 유코짱 엄마가 되고 나서 내일이 두 개가 되었다고 했어. 자기 미래와 자기보다 더 큰 가능성과 미래를 가진 내일이 찾아왔다고. 부모가 된다는 건 미래가 두 배 이상이 된다는 이야기지. 내일이 하나 더 생기다니 대단하다고 생각하지 않니? 미래가 두 배가 된다면 꼭 그러고 싶을 거야. 그건 '도라에몽'에 나오는 '어디로든 문' 이후 최고의 발명품이겠지. 게다가 도라에몽은 만화지만 유코짱은 현실이잖아."

이후 리카의 두 번째, 세 번째 결혼 역시 그녀가 최선을 다해 실천한 엄마 역할이었다. 리카는 병 때문에 엄마 역할을 포기해야 했을 때 유코에게 좋은 아빠를 만들어 줘야겠다는 목표를 세웠다. 중학교 동창회에 참석했다가 도쿄대를 나와 일류 회사에 다니는 동창이 금붕어를 10년째 키우고 있다는 말을 듣고 그와 사귀어 결혼한다. 그처럼 성실하며 책임감 있고 상식적인 사람이라면 아빠 역할을 잘 해낼 거라 판단한다.

모리미야는 그렇게 해서 주인공의 세 번째 아빠가 되어 자신이 생각하는 아빠 역할을 최선을 다해 실천한다. 새 학기 첫날은 든든하게 먹어야 한다면서 회사에 늦으면서까지 가쓰돈을 만든다. 유코는 아침 식사로는 부담스러운 음식을 억지로 삼키며 그것이 딸 역할이라고 생각한다. 딸이 친구들과의 갈등으로 시무룩해 있으면 힘을 내라면서 마늘과 부추를 듬뿍 넣은 교자를 빚어 놓고 말한다. "다른 아이들이 너를 피하는 건 성장 과정이나 성격 때문이 아니라 마늘 냄새 때문이라고 생각하면 마음 편하지 않겠어?"

이 소설의 재미는 기둥 줄거리를 이끌어 가는 37세 아버지와 17세 딸이 각각 아버지 역할과 딸 역할에 최선을 다하면서 만들어 내는 미묘한 분위기에 있다. 책과 미디어를 통해 아빠 역할을 배운 서른일곱 살의 성실한 남자는 이상적인 아버지 역할을 완수하기 위해 노력한다. 여러 환경에 적응하며 생각이 많고 내공이 깊어진 소녀는 딸 역할에 적합한 행동을 하려 노력한다. 두 종류의 노력이 미끄러지면서 만들어 내는 공간과 공감에 이 소설의 재미와 의미가 담겨 있다.

모리미야는 아버지 역할을 맡은 이후 딸의 고등학교 시절 내내 퇴근 후 회식에 참석하는 일 없이 귀가하여 저녁 식사를 준비한다. 대학 입시를 앞둔 시기에는 밤마다 야식을 만들어 주며 "드라마나 만화를 보면 수험생 엄마들은 다 그렇게 하더라."고 말한다. 딸을 야단치는 역할을 억지로 해낸 후에는 위경련을 일으키기도 한다. 심지어 그는 마음속에 딸의 역대 아버지들에 대한 경쟁심도 품고 있다. "유코짱의 아버지 선수권전이 있다는 가정 아래 하는 얘기"라는 전제 하에 이렇게 말한다.

"미토 씨는 유코짱과 피가 섞였으니 당연히 점수가 제일 높겠지. 얼굴도 닮았고. 게다가 기저귀 갈아 주고 밥 먹이고 안아 주고 말을 가르치기도 하고. (중략) 리카는 행동력이 있어서 유코짱을 위해서라면 뭐든 하잖아. 피가 섞이지 않았는데도 친아버지를 밀어내고 맡아 키우고, 필요하면 부자와 결혼도 하고. 또 여성은 원래 모성이 있으니 기본 점수가 높을 테고. (중략) 이즈미가하라 씨는 돈이 많잖아. 돈이 전부는 아니지만 교육은 돈이 드는 일이거든. 돈으로 메울 수 있는 부분이 아주 커. 게다가 엄숙한 태도와 위엄 있는 외모. 그렇게 엄격해 보이는 사람은 조금만 부드럽게 나와도 아주 높은 점수를 받을 수 있거든."

주인공 유코는 몇 번 모리미야에게 묻는다. 피도 섞이지 않은 고등학생을 딸로 떠맡아야 했을 때 저항감 같은 것은 없었는지. 그것은 명백히 부담스러운 일이었을 테니까. 그 질문에 대해 늘 "조금도 싫지 않았다."고 대답해 온 세 번째 아빠는 소설의 말미에 이르러서야 속내를 털어놓는다.

"나 말이야, 어렸을 때부터 죽어라 공부해서 도쿄대학에 들어갔어. 그리고 일류 기업에 취직했지. 왠지 그걸로 목표를 다 이룬 느낌이었어. 그 뒤로는 목표도 없어졌고 시간도 남아돌았어. 그럴 때 리카를 만났는데 딸을 함께 키워 달라, 딸의 인생을 만들어 달라고 하더라. 그런 엄청난 일을 부탁받고 의욕이 솟아났어. 해야만 할 일이 생겼다는 생각이 들었지."

리카는 모리미야를 유코의 새아빠로 점찍은 후 연애 기간에 모리미야를 만날 때마다 유코 이야기를 했다고 한다. 올곧고 멋진 착한 아이라고. 모리미야는 "그것은 70퍼센트만 맞는 말이지만" 유코의 새아빠가 된 후 "나보다 소중한 존재가 있다는 행복"을 알았다고 말한다.

"나를 위해 살아간다는 건 어려워. 무엇을 해야 만족을 느낄지 모르니까. 돈이나 공부, 직업, 연애 이런 것들이 정답일 것 같지만 그 어느 것도 아니야. 그렇지만 유코짱이 웃는 얼굴을 보여 주기만 해도, 이렇게 자라나는 모습을 보는 것만으로도 충분하다고 생각해. 이게 내가 얻고 싶었던 것이라는 생각이 들었지. 그날 동창회에 가기를 잘했어. 리카를 만나지 못했다면 난 지금쯤 거리를 헤매고 있을 거야."

소설은 대학 졸업 후 직장 생활을 하는 유코가 마침내 결혼하여 자기만의 가족을 만드는 에피소드로 끝난다. 결혼식을 올리기 전, 유코는 예비 신랑과 함께 부모였던 이들을 찾아가 결혼 보고 및 감사의 인사를 드린다. 그 과정에서 부모였던 이들이 한 아이의 성장을 위해 저마다 어떤 방식으로 부모 역할에 최선을 다했는지가 밝혀진다. 한 아이의 성장을 자기 삶의 목표로 삼았던 어른들의 마음이 좀 더 환하게 드러난다.

소설은 이름 그대로 허구, 상상력으로 빚어낸 이야기일 것이다. 그럼에도《그리고 바통은 넘겨졌다》를 읽는 동안 그것이 논픽션인 것 같다는 착각에 자주 빠졌다. 아이의 온전한 성장이 자기 삶의 목표인 어른들과, 아이를 바르게 양육하는 것이 공동체의 최고 가치로 합의된 사회가 있는 것 같았다. 아니, 대부분의 사회는 그런 가치와 목표를 가지고 있을 것이다. 현실이 목표나 이상에 미치지 않기에, 소설을 읽으면서 그것이 허구인지 사실인지 헛갈리는 순간이 자주 찾아왔을 것이다.

김형경 / 소설가

옮긴이 **권일영**

중앙일보사에서 기자로 일했으며 지금은 다른 나라 소설을 우리말로 옮기고 있다. 마치다 고의 《고백》(한국어판 제목 《살인의 고백》)을 비롯해 히가시노 게이고, 미야베 미유키, 기리노 나쓰오 등의 소설을 번역했으며 테마 명작관 시리즈(에디터 발행)의 번역에도 참여했다.

그리고 바통은 넘겨졌다

초판 1쇄 발행 | 2019년 7월 31일
초판 2쇄 발행 | 2022년 4월 1일

지은이 | 세오 마이코
옮긴이 | 권일영
발행인 | 김태진, 승영란
마케팅 | 함송이
경영지원 | 이보혜
디자인 | 여상우
출력 | 블루엔
인쇄 | 다라니인쇄
제본 | 다인바인텍
펴낸 곳 | 에디터유한회사
주소 | 서울특별시 마포구 만리재로 80 예담빌딩 6층
전화 | 02-753-2700, 2778
팩스 | 02-753-2779
출판등록 | 1991년 6월 18일 제1991-000074호

값 15,000원
ISBN 978-89-6744-208-8 03830